她变成了蘑菇

1

青花燃 ／ 著

长江出版社
CHANGJIANGPRESS

图书在版编目（CIP）数据

她变成了蘑菇.1 / 青花燃著.
— 武汉：长江出版社，2021.10
ISBN 978-7-5492-8033-9

Ⅰ.①她… Ⅱ.①青… Ⅲ.①长篇小说-中国-当代
Ⅳ.①I247.5

中国版本图书馆CIP数据核字(2021)第212010号

她变成了蘑菇1 / 青花燃 著

出　　版	长江出版社
	（武汉市解放大道1863号 邮政编码：430010）
市场发行	长江出版社发行部
网　　址	http://www.cjpress.com.cn
责任编辑	罗紫晨
封面设计	南大古　张　强
印　　刷	嘉业印刷（天津）有限公司
版　　次	2021年10月第1版
印　　次	2022年3月第1次印刷
开　　本	787mm×1092mm　1/32
印　　张	18
字　　数	409千字
书　　号	ISBN 978-7-5492-8033-9
定　　价	49.00元

电话：027-82926557（总编室）027-82926806（市场营销部）

目录

一阵接一阵的喧闹声吵醒了宁青青。

她睁开眼睛，下意识地把手伸到玉枕旁边，摸到冰冰凉凉的传音镜。

青铜八角镜上雕满繁复的花纹，宁青青手指微颤，急切地顺着硬质纹理摸到镜心，注入一丝灵力，然后轻吁一口气，静静等待镜中传出声音。

许久，传音镜没有丝毫动静，耳畔仍旧只有从远处传过来的喧嚣——丝竹鼎乐声、歌声、觥筹交错声。

是乾元殿的方向。

宁青青彻底清醒过来，她皱眉起身，把传音镜放到面前看了看，发现镜面一片灰暗，全无灵力波动。

她怔忪地摩挲着传音镜上冰冷的纹理，心中有些不敢相信，怎会……只言片语都没有？

她昏睡之前给谢无妄传了音，告诉他辟邪洞中镇压凶兽的封印有所松动，她修复封印时受了伤，让他早些回来。传音之后她就睡过去了，睡得一直不安稳，层层乱梦纷至沓来。最让她焦急的，便是梦到谢无妄嘶哑的声音从镜中传出来，又急又痛，连声唤她名字让她不要死。宁青青想要回复他自己没事，可是梦中的手指怎么也碰不到镜心，越是着急，越是连传音镜都拿不稳。

她像溺水一样在睡梦中挣扎，却一直醒不过来，她后悔得要命，悔不该多事，告诉他自己受了伤。

随后，梦境急转直下，变成了彻底的噩梦。她梦见谢无妄心神大乱之际，被面目狰狞的魔族、妖兽、叛徒轮番偷袭，长袍被血浸透，一滴一滴自袍角渗出来。宁青青拼命扑腾，却怎么也醒不了，越是想要抓住传音镜，却越将它推远……

一场乱梦，令她煎熬得死去活来。她心如刀绞，求救无门，恨不能以身代之。

她在梦中绝望浮沉，不知该如何才能解脱，没想到最终将她拉出梦魇的，竟是乾元殿内的一场歌舞盛宴。

谢无妄什么事都没有。他回来了。他若不回，乾元殿便是绝对的禁地，无人胆敢踏足半步。他回来了，可是没有回复她的传音，也没有到玉梨苑来看一看受伤的她。

层层冷汗将衣裳紧贴在宁青青的身上，又闷又冷，梦中余悸未褪，心脏仍在失控地乱跳，手和足后知后觉地泛起一阵阵酸麻。她喘息了好一会儿，才缓缓平复下来。

"梦而已。"

她拥着轻柔细腻的云丝衾出了一会儿神，忽然觉得自己实在太傻。

谢无妄，怎么可能像梦中那样？他永远不可能发出梦中那般嘶哑急切的声音，也绝不可能因为她而心神大乱。

他那人，脸上总是带着浅淡的笑，心却是凉的。

当初与太虚门一战，谢无妄最得力、跟了他最久的属下张平阳惨死在眼前，他也没有流露出丝毫异色。

灭了太虚门之后，他高坐上首，令人搬出美酒犒赏三军。他自始至终都噙着淡笑，单手支颐，等众人大醉三日之后，他指着酒量与酒品最好的白云子，命他接任了张平阳的左前使一职。

就是这么一个冷情的人，天圣宫上下却愿意死心塌地效忠他。

他待她忽冷忽热，她亦像飞蛾扑火一般爱着他。

宁青青将传音镜放回枕边，赤足下地，温软的触感顺着肌肤传回来，冲淡了伤春悲秋的愁绪。

她居住的玉梨苑位于乾元殿后方的峭壁上，整个庭院，地板、墙壁、屋顶、回廊，都是用极品玉梨仙木建成，冬暖夏凉，泛着清淡异香的灵力日夜滋润肺腑，极是养人。一株玉梨仙木已足够让两个中小型的门派大打出手，而谢无妄好大手笔造了这间庭院，只是为了藏她一人。

入睡之前她服了调元丹，此刻胸间的内伤已好了大半。

住在这般灵蕴仙境，用着最上乘的疗伤圣药，她能出什么事？这么一点小伤，对谢无妄来说根本不值一提，若是他心情不错又恰巧无聊，或许还有兴致安抚她一两句，若是在办正事，那么不理会她也是理所应当。若要计较，那就矫情了。

早些年，她误以为他和她结成道侣便是最亲近的夫妻，因为他冷落她，她曾不知好歹地找他吵闹过几场。每一回，他都是一言不发、漫不经心地睨着她，眸光温柔又漠然。事后待她却更加冷淡，而她在愤怒、委屈、伤心之后，终是抵不住思念煎熬，反思自己的过错，告诉自己他本就是那样的性子，不该强求太多，然后找个借口与他和好。

谢无妄倒是不会与她计较，她给台阶，他便下。

反复数次之后，宁青青彻底明白了，想要改变谢无妄，纯粹是痴心妄想。

如今再遇到什么事，她已学会第一时间调节好情绪，不再无谓伤情。

宁青青走出卧房，看到院井上空吊着半轮清月，月华铺洒精致的屋檐和回廊，与橙黄色的玉梨仙木交叠出盈润的光芒，无须灯火便足够照明。

回廊的地板同样是玉梨仙木铺就，宁青青穿过雕花扇排门，踏着仙气氤氲的灵木，从左侧走廊的掩门绕到主屋后方的瞭望台。

玉梨苑建在万丈峭壁之上，瞭望台是背靠主屋的木质大阳台，天气好的时候，可以搬一张软榻在这里晒太阳，极为舒适惬意。瞭望台下是无尽深渊，漫卷的云雾淹上木质地板，遮蔽了脚踝。

宁青青扶着横栏望出去，只见一片空阔，万里河山尽收眼底，星星点点的灯火铺到遥远的大地尽头，这一片是极为繁华的地域。目之所及，都是道君谢无妄的江山。

他在修真界的地位和势力，便如人间帝王一般。

宁青青收回视线，望向瞭望台以东的峭壁。百丈外，有一处泛着火光的岩洞，那里便是辟邪洞，里面封印着一头上古凶兽。封印是谢无妄用自身本命元火设下的，唯有他的道侣可以接近。谢无妄出门在外时，便由宁青青看守封印——倒也无甚危险，因为这头上古凶兽绝大部分时间都在沉睡，偶尔醒来扑腾一气，也无法突破谢无妄的封印，顶多让封印小有松动。宁青青及时修补封印，不过是谨防蚁穴溃堤。

她早已习惯将家中一切打理得妥妥当当，让他每次回来都可以完全放松心神，不必再顾及这些微末之事。

昨日是她大意，才不慎弄伤自己。若是换成谢无妄的属下出了这种纰漏，少不得还要领罚，他只是不理她而已，可以说是十分宽容了。

她这般想着，隐约觉得好像有些什么东西簌簌落到心底，埋进她永远不会翻看的角落。

再看了看固若金汤的封印，她缓缓旋身，准备回卧房继续调息。刚踏着清凉的云雾走出两步，忽有微风从崖顶拂来，将娇媚悦耳的歌声送到她的耳畔。音色极酥，连她一个女子，都听得有些耳热。

又有人给谢无妄送极品佳人了。

宁青青轻轻抿住唇。这一条，是她绝不容许践踏的底线。

她与谢无妄吵闹过许多次，能逼得他明确让步的仅有一回。

二百年前，东海侯送来一个美姬。美姬是珍稀无比的水性纯阴之体，对谢无妄的九炎极火道体来说乃是绝佳的中和滋补品，哪怕不采补，只是将她带在身边，也是大有裨益。

谢无妄收下美姬，允了东海侯夺取南海落霞仙岛。

那一次宁青青和他大吵一架，心灰意冷地离开了天圣宫。她找了一处幽静的竹木山林隐居，尝试着一点点将他从心里拔除。大约过去三五日，谢无妄身边最胖的浮屠子寻到她，告诉她，道君已将那个美姬送走了，并没有收用。

宁青青虽未跟着浮屠子返回天圣宫，但心中已然动摇。又过几日，谢无妄一身白衣，踏着月色出现在她的面前，向她伸出手。竹影映在他的身后，挺拔俊朗的男人，好看得独一无二。他身上的冷香，于她更是致命诱惑。

那是谢无妄第一次向她低头，宁青青根本无力抵抗，当即执了他的手，任他拥她入怀。

在那之后，无论谁往谢无妄身旁塞女人，他一概拒绝，不留任何余地。

宁青青渐渐彻底释怀。知道谢无妄不收人，至今已有好些年不曾有人送过美姬了，今日又是哪个贼心不死的？

宁青青不知不觉便走出玉梨苑，踏上通往崖顶的白玉小道。

也许是因为那个噩梦，又或许是伤势还未彻底痊愈的缘故，此刻她似乎有一点软弱，心中十分挂念他，想要离他近些，最好能听一听他的声音。

也不知谢无妄平日都是如何拒收绝色佳人的，他会不会说是为了她？

宁青青耳热起来，疾步登上崖顶。

乾元殿像一头黑色的巨兽，沉沉伏趴在山崖之巅，连月光都无法将它照亮。这是天圣宫的核心正殿，是谢无妄发号施令之所。

自玉梨苑至乾元殿后殿的范围是谢无妄的私人禁域，宁青青一路直行，没有碰到半个人影。她走进空旷无人的后殿，这里与前殿只隔着半座屏风墙和帐幔，前殿的一切动静清晰可闻。

歌声已经停下，一个尖细的男声啧啧叹道："如此极品竟入不了道君的眼吗？道君对尊夫人当真是一往情深、忠贞不贰哪！"

闻言，宁青青的心脏不禁漏跳一拍，脊背涌起丝丝缕缕热流，胸中也在沸腾地冒着细小的泡泡，身体轻盈得像一片羽毛，一时竟连内伤都感知不到了。

她屏息凝神，竖耳听着，想知道谢无妄要如何回答。

宁青青双手攥在一起，羞涩地抿着唇，等待谢无妄开口接话。

他出行已有半月，她思念他，也思念他那低沉的嗓音。想到他一开口兴许就是对她的告白，她的心头仿佛被人用毛茸茸的草尖拂来拂去，紧张又期待。

谢无妄轻轻笑了下。他的音色极为特别，这般低笑时，又温柔，又凉薄。

他道："不至于。"

宁青青胸口翻腾的情愫顿时凝在喉头，她死死屏住呼吸。

"咔嗒"，应当是谢无妄漫不经心地将酒盏磕在了桌案。

"不合眼缘罢了。"他的声音平静中带笑。

宁青青轻而缓地吸了一口气，告诉自己，像他这样的人，当然不可能当着这么多人的面承认自己怕夫人，他是天上地下唯我独尊的道君，难道不要面子的吗？

"哦？"那个尖细的男声立刻来了兴致，"这样的无骨艳色佳人也不合眼缘，不知道君喜欢什么样的？我章天宝别的本事没有，就是擅长搜罗美人！道君只要能说出个子丑寅卯，我必为道君觅来佳人！"

宁青青扬起笑脸。她相信，谢无妄定会随口糊弄过去，岔开话题。她抬眸望向前方，仿佛想要用目光穿透墙壁，凝望那道高高在上的身影。

神色微微一滞，笑容僵在苍白的脸上。她发现面前的黑木屏风墙异常光滑，月光从身后照进来，自己的面容隐约映照在屏风墙上。她看到自己笑得勉强又脆弱，像一触即折的花枝。

谢无妄的声音传过来，带着漫不经心的轻佻："喜欢什么样的？西阴神女那样的。"

"哦——"前殿传来善意的哄笑声。

"哎呀！原来道君属意的是那镜中花，水中月哪！"尖细嗓音的男子一边拍腿一边朗笑道，"那般神仙中人，如今虽只留少许泥塑画像与诗歌，却能管中窥豹，意会其绝世风姿……啧，好！给我章天宝少许时日，短则二月，长则半载，定为道君觅来合心佳人！不过……"他故意欲言又止。

谢无妄声音懒散带笑："江都灵山，好说。"

"谢道君！谢道君！"章天宝的声音立时拔高了好几个度。

前殿的声浪汇成细细一束，钻进宁青青的脑子，尖锐地嗡鸣回荡。她攥住胸口的衣裳，极慢地转过身，游魂般飘出后殿。

身体很轻，一颗心脏却比平日沉了数倍，直直落到足底。每踏出一步，好似都踩踏着那颗不合时宜的心。

走在通往玉梨苑的白玉道上，她忽然发现崖顶的风很大，也很冷。

西阴神女早已陨落千年，宁青青不知道谢无妄的真实岁数，也不知道他和她有没有过交集。从前，她待在青城剑派那个友爱的小宗门时，师兄师姐们常常打趣，说她长得很有几分像那位传说中的神女。

那时候她总是眯起眼睛笑道："我脑门上又没有花！"

在所有的塑像和画像中，西阴神女的额上都有一朵花，据说那不是花钿，也不是画上去的，而是上苍独赐给绝世佳人的妆点。

她曾偷着乐。毕竟女孩子都爱美，被人说像是天上地下独一份的美人，是个少女都要骄傲欢喜的。她从来不觉得长得像那位神女有什么不好，直到今日——谢无妄他……喜欢西阴神女？

脚下一绊，宁青青急忙抓住身旁的玉栏杆，内伤好像忽然加重了。

所以当初谢无妄看上她这个小宗门里的小修士，原因竟在这里？她的头皮一阵接一阵发麻发紧，双肩不自觉地缩起来，喉咙干涩，身体难抑战栗。

身后，黑兽一般的乾元殿又响起丝竹之声，众仙君开怀同乐，明月藏进云层，巨殿的影子笼罩下来，山道之上伸手不见五指。

宁青青没有释放神念夜视，她像攥着一根救命稻草一般，牢牢抓着玉栏，一步一步向着玉梨苑挪去。

夜色太浓郁，令她有些喘不上气。

哪怕是没有月光，玉梨仙木自身也会焕发出橙黄的暖光，在黑暗中望过去，那里一片暖融融的温馨。

像家。

她是真的把玉梨苑当成家的。

宁青青张了张口，感觉到泪水在眼眶中打转。她扶着玉栏，慢慢蹲坐下去，将脸埋在膝间，无声地哭，胸腔中就像塞了一块冰冻的巨石。她把自己缩成最小的一团，好像这样做，受到的伤害也能小一些。

不知过了多久，乾元殿中的灯火暗下去，人声也突兀地中止。

宴散了。

一道熟悉入骨的气息来到她身后，停在那里，一言不发。

她能感觉到，他倚着另一边的玉栏，视线自上而下，若无其事地打量着她。

"哭够了吗？"好听的嗓音在夜风中显得异常凉薄。

宁青青抹掉眼泪，站起来往前走，没理他。

他低哑地轻笑了一下。

每次，他将她送上欢愉的巅峰时，总会像这样在她耳畔轻声一笑。

身体记忆陡然袭来，宁青青脊背一颤，僵在原地。

"何必呢？"他的气息罩过来，一只大手揽住她缩起的肩头，他微微俯身在她耳畔低语，"风这么大，为什么不回院子里等我，是想让我心疼？"

他又笑了下。

虽未明言，但宁青青已然领会了他的意思——何必呢？他是不会心疼的。

温存地拢住她肩膀的那只手，像是攥住她的心脏，无情地碾压、蹂躏。

"我没有。"宁青青干巴巴地开口。

他温柔道："你知道，无人近得了我身。"

所以他知道她在后殿。他知道，但他丝毫没有顾忌地在她面前说那样的话，甚至可以说，他就是说给她听的。

已经擦干的眼泪再一次涌出来，她正要抬袖掩面，却忽然被他打横抱了起来。

身影一晃，穿过百丈玉阶，踏入玉梨苑正房。

仙木焕发出暖光，宁青青的狼狈无处隐藏。她把头别到一旁，看见两颗泪珠飘落下去，在温软的木质地板上摔成两朵小水花。

谢无妄把她放进床榻，欺身上来，两根手指钳住她的下颔，将她的脸转向他。他是九炎极火道体，身体永远是烫的，贴近时，却有一股独特的冷香袭人心魄。

宁青青双眸紧闭，心脏一阵阵抽着疼。

"你过了。"他的声音带着笑，她却听出了浓浓的冷意，"撒娇倒也无妨，不该探我。"

宁青青倏然睁开眼睛——四双相对，被泪水模糊的视野中，男人的脸漂亮得刺眼。

"你是说我传音让你早回？还是到乾元殿寻你？还是在山道上哭？"她看着他一动不动的神色，半晌，颤着唇哑声开口，"抑或，都有？"

他那双狭长漂亮的黑眸微微一弯："既是聪明人，日后就不要做蠢事。自讨苦吃，何必？"

说罢，薄唇微勾，压下来吻她。

宁青青从头顶麻到了足底，止不住的战栗从唇上扩散到全身，她难以抑制地颤动起来，像秋风中簌簌的落叶。

用唇止住她继续发声之后，他的吻落向她细长的颈，一只大手拢上来，随手将她的衣裳扯下肩膀。不待她做出反应，俊美至极的脸蓦地向下偏去，牙尖惩罚般不轻不重地一咬。

宁青青浑身剧震，脑海一片空白。

在她惊慌失措时，他像剥蛋壳一样，动作利落，准备将她从薄薄的云裳里面彻底剥出来。

"谢无妄！"宁青青倒抽着凉气，艰难地吐声，"我身上有伤，你……还是人吗！"

声音抖得厉害。他明知她有伤，却不闻不问，还这般欺负她。心头的委屈像海啸一般，一浪接一浪地扑打她的胸腔。

大手一顿，牙齿松开，滚烫的气息离开了她。有风从窗边拂过来，他缓缓起身，浅淡地笑着，一点点将她的衣裳扯上来。

"我是不是人？"他凉凉地道，"说不好，得看情况。"

他居高临下，左右看她，然后将她的衣裳拢过双肩，叠在颈项，严实得透不进风。

宁青青盯着他，试图透过那一对深不见底的幽黑瞳眸，望进他那颗莫测的心——半晌，徒劳无功。

"西阴神女……是真的吗？"她问。

他冷下脸，垂眸起身："适可而止。"

宁青青看着他沉重华贵的衣袍擦过床榻，重重垂落到地上。

方才他带来的战栗仍未消退，她的心脏一片麻木，倒也不疼，只是簌簌声不断，像是在下一场雪。

她怔怔地看着他，心中空茫茫的。

他往外走，她一动不动，连呼吸都轻得仿佛要消失。她感觉到他和自己之间连着一根细若蚕丝的线，只要他再继续往前走，这根线或许就会断了，断的那一瞬间应当会非常非常疼，但是疼过之后，兴许便是解脱。

她安静地等待着，他却不再继续向前，身形顿了片刻，转身瞥她一眼，然后大步走回来，压上床榻，将她狠狠拥进怀中。

"别乱想。"他无视她微弱的挣扎，带着笑的低沉声音贴着她的鬓发，哄她道，"三百多年了，我只有你一个，这还不够？阿青，知足常乐。"

她身体微震，不动了。

他说得没有错。修真界有名有姓的大能们，哪个不是姬妾成群？能做到谢无妄这一步的男人，两只手便能数得过来，而且人家道侣的实力都是与丈夫旗鼓相当的。

她不一样。她只是个小小的元婴修士，天赋平平，卡在进阶化神的瓶颈不知多少年了，她和他之间，还隔着化神、炼虚、合道三重大境界，能突破合道修成道君的，天上地下独他一人。他的天圣宫乃是当之无愧的仙门之首，势力遍布三界。她没有资格和他平等对话，这辈子都不可能。

她的眸中涌起些难言的情绪。

"睡吧，快养好伤。"他的声音缠进她的心底，晦暗惑人，"我想你。"

他说他想她。

他想她什么，不言而喻。

她有一张肖似那位传说中的神女的脸，还有一副令他爱不释手的好身段，因为她爱惨了他，所以总能极大地满足他的征服欲。

他忙起来虽然会十天半月不记得她，但只要他回到玉梨苑，总是会抱着她。在无关紧要的小事上，他都十分纵容她，餍足懒散时，也愿意说些温软的话来哄她。她把这些错认成了爱。

宁青青慢慢从他怀中抬起眼睛，茫然地搜寻他的视线。

"你爱我吗？"她执着地问，"爱过吗？"

他那双幽深的寒眸中倒映出她小小的脸，惨白、脆弱。他的眸色明明冷了下去，笑容却比方才更加温存。

"阿青想听假话了？"

嗓音微微哑了些，更是让人耳郭酥麻。但话中之意，却能将人冻结成冰。

支撑着宁青青的那股气陡然散去，她瘫在松软的云丝衾中，涣散的眸光顺着他凉薄的唇一路往下，划过线条冷硬漂亮的下颌，攀过隆起的喉结，落入看不见的衣襟下方。那里藏着结实滚烫的胸膛，里面分明装着一颗跳动有力的心脏，怎就是个无心的人呢？

"不爱对吗？"她不依不饶。

他身上的气势更加冷沉，盯了她一会儿，耐心告罄："收起不该有的心思。"

他拂袖而去，也没说下一次什么时候回。

宁青青定定地看着帐顶，暖融的灵木光芒正在滋润她的身体、修复她的伤势，随着呼吸丝丝缕缕浸入肺腑，却无法止住她心中正在下的那场雪。

簌簌、簌簌，一寸寸落下的，不知是雪，还是碎成灰的心。

他终于残忍地戳破了一切。是怪她得寸进尺吧？在他上次出行之前，他们曾共度了一段异常甜蜜的时光，她扣着他的手指躺在大木台晒太阳的情景历历在目，她时不时滚到他的身上，冲着他笑。阳光映在他的黑眸中，懒洋洋地泛着无限的纵容和宠溺。

那天的太阳实在太好，才会让她恃宠而骄。

她忘了，对睥睨天下的道君来说，这是一种冒犯。

妄想掌控他，她起了这样的念头，他便第一时间将她打回原形。宁青青吸了一口长气，两行泪水顺着眼角淌入耳窝。谢无妄没把话说尽，他漏了一句——"看清你的位置"。

也许这便是他给她留的最后一丝颜面，看在床笫之谊的分上，名为道侣，实则是养在院中的娇雀。

如果她不爱他，自然可以像一个寻常姬妾那样笑靥如花，用甜言蜜语哄着他，从他手上讨些资源、灵宝，甚至权势，彼此各取所需，其乐融融。

奈何她爱他。跟了他三百年，她从未找他要过任何好处，每次他回来，她都会亲手给他做一些奇奇怪怪的小食，还会替他仔细打理他的法衣、他的剑、他的法宝。旁人的灵器用久了，灵力便越来越弱，他的东西却不一样，被她悉心照料着，灵力只增不减。

她在修行一道上，天赋着实不算高，一时无法跟上他的脚步，与他并肩而战，但她也尽可能地做了自己力所能及的事情，全身心地付出……这样错了吗？

她以为，他们和别人是不一样的。

簌簌——簌簌——

宁青青涣散的视线缓缓凝聚起来。不是耳畔的幻觉，而是放置在窗下的蘑菇正在摇晃它的"帽子"。

它是一只非常漂亮的蘑菇，一顶翡翠般的漂亮菌帽，一根柔韧通透的柄，在玉盆的灵壤底下，还藏有无数缕整齐密致、玉线一般的菌丝。它被养得有一点点肥，通身莹润透亮，一看便知被主人悉心照料着。

这是新婚时谢无妄送给她的礼物。她缠着他，让他定期亲自用灵力灌溉哺育这只蘑菇，在这种小事上，他向来不会拂了她的意。久而久之，他也习惯了，每个月圆之日，他必会风雨无阻地回来喂蘑菇，就像两个人共同哺育爱的种子。

今夜空中悬着半轮上弦月，若无意外，谢无妄会在七八日之后回来。

他已经彻底向她摊牌，爱没有，若想继续待在他身边被他宠着，她就得在这段时日内收拾好情绪，从此认清现实，安守本分，不要试图掌控他那莫测的心。若讨得他欢心，兴许将来的日子里，他会一如既往，只宠她一个人。

挺好的，不是吗？这样的日子，已经羡煞旁人。

宁青青坐到窗下的软榻上，伸出手，用指尖触了触蘑菇帽。

簌簌——它懒洋洋地左右摇摆着。养久了，蘑菇已染上他的冷香。

宁青青记起有一回，谢无妄中了算计，肋下裂开好大一道伤口，他风驰电掣地赶回来，半空都拖出了焰迹，掠入屋中，第一件事却是喂蘑菇，当时他口中还吐着鲜血，那场面让宁青青震撼不已。

谢无妄只淡笑着说了一句："它是你的命啊。"

冷白的牙上沾着血，清冷的黑眸也染上了猩红，喂蘑菇的动作却温柔到不行。那一刻的谢无妄，几乎击穿了她的心。

他真的不爱她吗？这么多年，哪怕是出于习惯，也该有些不一样的感情吧？宁青青轻触着蘑菇帽，被死灰覆盖的心不甘地挣扎跳动。

也许他只是不愿意承认。这些年，三界恋慕他的红颜数也数不清，要论受到的诱惑，这世间恐怕没有谁能与他比肩，可事实上，他的确只守着她一个。单这一点，背地里不知多少人嫉妒得眼眶淌血。

"是我错了吗？"她问蘑菇。

蔌蔌——它只会懒洋洋地随风摇摆着那顶碧玉质地的漂亮胖帽子。

她茫然地看了它好一会儿，看着蘑菇，想着自己。

她没有父母，还是婴儿的时候，她被师父捡回了青城剑派。那是一个小得可怜的宗门，满宗上下只有一个师父，也就是青城剑派的掌门。老头子身体不行，人也很不靠谱，带徒弟有一搭没一搭，没有半点事业心，就守着祖传的仙山灵脉混日子。

宁青青从小被师兄师姐们带大，一群爱心泛滥的剑修就像老父亲老母亲一样疼她。她倒是很想振兴青城剑派，奈何她的修行天赋实在是一言难尽。

灵根以单一纯净为上乘，比如谢无妄的九炎极火道体，便是纯火之中的帝王灵根，常人羡慕不来。宁青青是五灵根，五行齐聚一堂。稍微正经、有名气的宗门，都不会收驳杂灵根之人为徒，三灵根、四灵根已经是没人愿意要的废材，遑论五灵根。

但宁青青又有不同寻常之处，旁人的驳杂灵根都是像几种颜色的泥巴糊在一起，又脏又乱，她不一样，体内五行丝丝分明，均匀衡定。这样的天赋在修行方面没有任何优势，不过天生与动植物亲，与高阶的灵器法宝也能诡异地、鸡同鸭讲地共鸣，她可以清晰地感知到法宝最细微的缺损，无论缺了哪一行，她都可以精准完美地修补。正因如此，这些年她把谢无妄的法衣、仙剑和法宝都养得油光水滑，一个个都快要成精了。

她跟了他三百多年，无论是她，还是青城剑派，都不曾问谢无妄讨过什么好处。多年的陪伴和付出，全身心交托的爱意，怎就沦为轻飘飘的一句"不该有的心思"？

宁青青蓦地站起来，抿着唇，离开玉梨苑，顺着白玉小道攀上山巅。

东方泛起了鱼肚白，宁青青攥了攥手指，被夜色晕染得一塌糊涂的心绪，此刻渐渐分明起来。

她要平静地和他好好谈一谈。不是在床榻上，没有暧昧气息，不会心乱。她要清醒冷静地问清楚，他究竟是什么意思。

到了乾元殿，她发现黑沉沉的厚重殿门紧闭，一丝光线也透不进这座黑暗的巨兽般的殿堂。她顺着黑石岩座绕到殿前，站在殿前广场向下望去，只见整座仙山上重叠着层层殿宇，密布着天圣宫各部，井然有序地从山腰铺到山脚，绵延辐射向山下的大地。单看这些殿宇的制式，便是对山巅乾元殿俯首帖耳的臣服姿态。

身后的乾元殿带着极重的威压，殿前列着禁侍，这些人像刀锋一般，无心无情，只听从谢无妄一人之令，没有人能和他们打交道。

谢无妄不在这里。他在的时候乾元殿从来不关门，遥遥能望见他高坐的身影，漫不经心之中透着刻骨的威严气势，令人不自觉地屏息。

她望向山下鳞次栉比的殿宇。谢无妄也许在某一处，也许离开了天圣宫。她窝在玉梨苑太久，习惯了独来独往，要让她四处去寻谢无妄……着实是有些难为她。

罢了，先回去吧。

宁青青顺着乾元殿侧面的阔道返回后山。刚走到殿侧，忽然听到低沉的开门声从殿阶之上传来。

偏门开启，一个柔若无骨的女子走出来，款款行到宁青青面前，盈盈一拜。

"夫人是在寻道君吗？"她的声音能掐得出水，"道君半夜便走了，没留下来过夜，妾身也不知道道君后来去了何处，还望夫人莫怪。"

这个女子宁青青认得。她叫云水淼，正是二百年前东海侯送来的那个纯阴美姬。后来被送出天圣宫后，据说去了昆仑。

她怎会出现在天圣宫，还在谢无妄的乾元殿过夜？宁青青有些失神。

云水淼扶着腰，眸光娇怯，弱弱地道："夫人请千万不要因为妾身的事情和道君置气。妾身只要能得道君一两分庇护，便心满意足，绝不敢肖想太多。"她摇晃着腰肢继续向前凑，一副欲言又止的模样，斟酌着还想说些什么，"妾……"

宁青青漠然瞥去一眼："我没发问，谁许你自说自话？"

她跟了谢无妄多年，那股发自骨子里的强势和嚣张多少也能学到几分。

没有外人在场时，她会毫无形象地和他闹，但在外人面前，她绝不会弱了半分气势。

云水淼神色一凛，垂下头不敢再多说。

宁青青越过她，走向山后。山巅的清晨，空气稀薄得叫人透不过气。

这是她和谢无妄的事，与旁人无关。谢无妄知道她的底线在哪里，她忤逆他，令他不快，他便身体力行地告诉她，他是绝对权威，不受任何要挟。

宁青青离开崖顶，飘回玉梨苑。

茫然片刻，她坐到床榻上，呆呆地盯着八角传音镜看了很久很久。终于，她缓缓将它取过来，轻抚着对应谢无妄的火焰纹理，注入灵力。

她试图平静地说话，但尾音还是带上了一丝不明显的沙哑和颤抖："我不要一个被别人染指的夫君。回来，与我解契离籍。"

手指一松，传音送至千里之外。

给谢无妄传信之后，宁青青的手无力地垂下，传音镜落到了枕侧。心脏后知后觉地怦怦乱跳起来，周身急速流淌的血液也不知是冷还是热。

单凭云水淼的一面之词，宁青青自然不会信，但是谢无妄昨日肆无忌惮地伤她，将话说到那个分上，又留此女在乾元殿过夜……宁青青无法不多心。

她看似把话说得决绝，其实是想要他解释澄清。谢无妄不屑说谎，他若真做了，必定会认。

日影在院中移动，传音镜中一片死寂，自宁青青传音过去已有数个时辰，谢无妄全无反应。她的心脏隐秘地疼痛着，似一阵阵阴雨，绵密细碎，无休无止。给个痛快也比这般钝刀子割肉要好受些。

日影西斜，星斗渗入夜幕中，月也渐渐爬到桂树的枝叶之间。她僵成一座雕像，只静静地等着他的消息。她用尽全部意志力，才忍住没有再次给他传音。她不愿去想他，记忆却不停地涌上来，他的精湛、他的强势、他唇角攻击性十足的轻笑，他微眯的暗沉长眸，他的气息、他的温度……他的一切，都在凌迟她的心。

她悲哀地发现，关于谢无妄的记忆几乎都在床榻之间。他到玉梨苑来，目的总是那么明确。

日升月落，她等了整整三日。

这三日，好像走完了一生，转动眼睛时，她感觉自己的眼珠就像是木头刻出来的。

玉梨仙木制成的屋子似乎越来越冷，要将她连人带心冻死在这里。她蜷起来，茫茫天地间，好像只剩下她一个……不，不对，她还有师父，还有师兄师姐们！从小，大家言传身教告诉她，自己对别人好，别人也会对自己好。可是在谢无妄这里，似乎不是这样的……

她猛地抓住传音镜，就像溺水者抓到一根稻草，手指画到东南方位的硬质纹理上，她注入灵力，向她的师父、青城剑派掌门宁天玺传信。

"师父，我想家……"

原以为自己已经彻底麻木，没想到刚开口唤一声师父，情绪陡然找到出口，眼泪决堤，短短一句话未说完，竟打起了哭嗝。

她不是孤身一人，青城剑派的师父和师兄师姐们永远不会抛弃她，她随时都可以回去，每天换一个人抱着哭，直到情伤痊愈为止。

这么想着，心中的委屈更是尽数化成泪水，奔涌而出。知道被人爱着，才会肆无忌惮地委屈。

许久，她哭完一场，打着嗝擦干泪，抹开糊在脸上的发丝，随手摸过传音镜，自然地将手指探向镜心，准备读取师父的回音。

"咦？"

镜心一片死寂，并无丝毫灵力波动。

"原来传音镜坏了啊。"她恍然大悟。

那个糟老头子不可能不回她的消息。

她将八角青铜镜置于掌心，沉浸心神，荡出水波一般柔和均衡的五行灵力，尝试与这件法宝共鸣。

莹润的白色光芒在镜面上来回卷动，半晌，宁青青收回灵力，摇了摇头——她只能与高阶的灵器法宝共鸣。传音镜等级太低，修不了。

她这天赋当真是一言难尽，修行奇慢不说，还挑三拣四，嫌弃人家低阶法宝。

她叹了口气，拿着传音镜站起来："找谁修……"

动作蓦地一顿，她愣在原地，仿佛有一道闪电照亮了昏昧，她忽然清晰地意识到，在与谢无妄的这段关系中，她的处境究竟有多么糟糕。

谢无妄不给她回复，她能在心中找到一百个理由。而师父不给她回复，她第一时间便认定是传音镜坏了。

其实怎么会不明白呢？谁在意她，谁不在意她，一目了然。无须刻意去找，处处都是他不爱她的证据。

心脏一下一下抽着疼，疼到几乎喘不过气。恍恍惚惚之间，瞥见微光一闪，宁青青怔然望去，竟是传音镜亮了起来。

没坏吗？

她的头皮一阵发麻，心脏失控地乱跳，陡然探出手，却在手指触到镜心的一瞬间蜷了回去。

"不，肯定不是他，是师父。"

她深吸一口气，定了定神，将灵力注入镜心。

"小青儿！"一个咆哮般的女声传来，震得镜面簌簌摇晃，"糟老头子重塑剑骨成功啦！"

是青城剑派的二师姐，武霞绮。整个门派就她嗓门最大。

糟老头子？重塑剑骨？

宁青青怔了好一会儿没反应过来。糟老头子过得那么颓废，其实是因为早年与妖兽搏斗时毁伤剑骨，从此动不得剑气。剑骨之伤，伤在根本，就连天下医修之首、药王谷谷主也说无力回天。

糟老头子早已放弃了修行，每天混吃等死，怎会突然……

宁青青感觉自己重新活了过来，她兴奋地攥住传音镜，还没来得及回复，便见镜心又一次闪过灵力微光。

武霞绮的大嗓门响彻玉梨苑："剑灵髓这种神物，用在糟老头子身上可真是浪费了啊，虽然他是咱们的师父，但咱们一说一，治他，委实是糟蹋了道君的好东西，还劳动道君亲自出手替他塑骨……小青儿呀，你吹的怕不是枕旁风，而是龙卷风吧！"

宁青青的心跳狠狠顿了一下，手指轻颤，几乎拿不稳传音镜。她难以置信地注入灵力，传音过去："二师姐，你讲清楚一点。谁？什么时候？师父如何？"

武霞绮很快就有了回复："三日前，道君大半夜带着剑灵髓从昆仑赶过来，亲自动手给师父重塑剑骨，耗时整整三日。方才师父剑骨已成，人还得昏迷些日子。对了，道君说你受了小伤无法同行，没大碍吧？"

"我没事，我没事，我会尽快回去看你们……"她说着带上了哭腔。

武霞绮的声音十分嫌弃："多大人了还哭？回头好好向道君道谢，别像个小娃儿一样只会撒娇！"

宁青青："知道了。"

放下传音镜之后，她的心绞成一团乱麻。她错怪谢无妄了。

云水森宿在乾元殿的那一夜，谢无妄去了昆仑，取剑灵髓到青城山替师父塑骨。

他不是要伤害她，而是要赠她一个天大的惊喜。在她给他传音说那些决绝的话时，他已经开始给师父重塑剑骨了，自然无法回复。

宁青青掩住唇，眼泪又一次决了堤。

师父在修为全盛时，也不过只是化神期剑修而已，谢无妄这么做，自然不是因为什么利益，而是为了她。

一时之间，心头涌上千头万绪，堵得喉咙又酸又苦。他这般有心，又岂是真不在意她？

她怔怔地想了许久，一点点地想通透了。

他天性冷情，又是唯我独尊的道君，不愿囿于情情爱爱也是理所应当。这世间，人的性情有千种万种，哪来什么十全十美？他说不爱，可是三百年待她如一，只守着她，这难道不比什么甜言蜜语海誓山盟更加可靠吗？

她好像真的错了。她不该着急，不该逼他。两个人在一起，明明是欢愉甜蜜的。

一片泪光中，宁青青慢慢扬起笑脸，她替糟老头子高兴，也替自己高兴，只是那段绝情的传音……已经收不回来了！

宁青青捂住发烫的脸颊，呜呜哀鸣着倒进床榻里滚了几圈。

传音镜又一次地亮了起来。这一回，镜中飘出的是谢无妄的声音——

"你干净的夫君，月圆之夜回。"

一字一顿，牙缝间明显咬着冷笑。她的心，抽搐成软软一团。

月圆之日晃眼即至，宁青青一大早坐立不安，她到回廊左侧的小厨房里给他做了香酥银鱼丝和脆青豆，用文火温着酒，自己回到偏室的灵池仔细沐浴，然后换上他喜欢的云雾纱。

姣好的身段包裹在如云如雾的纱裳之中，若隐若现，乌发松松蓬在脑后，衬得雪颈更加纤长。

今夜会发生什么，自不必说。

她的心脏像是泡在沸腾的热锅里，扑通扑通，上上下下。

在她顺着回廊绕到第十三圈时，那道颀长玉立的身影无声落进院中，黑眸沉沉瞥过来，用目光肆无忌惮地侵犯了一遍她特意为他准备的可餐秀色。

她被他的眸光灼得轻轻一颤，笑容略微有一点局促："夫君回来了。"

"嗯。"

她绕出回廊，赤足踏进庭院。

院中种着一株大桂树，地上泥尘松软微凉，云雾纱在夜风中轻轻翻飞，谢无妄微挑着眉看她。

今夜月华四溢，银白的光芒洒落到他的身上，骤然变得黯淡，沦为这位谪仙的陪衬。他平素只穿黑或白，今日是黑袍，衬得脸庞更加冷白。

她迎上去，微垂着头站在他的身前。他身上依旧是干净纯粹的冷香，伴着他的温度和气息侵袭过来，令她心惊胆战。

她急急牵住他一只手，返身带他走向屋中。

"夫君辛苦了。我备了酒菜，先用些吧。"

他用一声略沉的呼吸作答。

灼灼目光落在她雪白纤长的后颈上，她知道今夜那里必定要受他偏爱。

进入屋中，他将那几分侵略藏进深不可测的眸底，面上只余云淡风轻，好整以暇地半倚着窗榻，微仰着头，等她将酒菜端来。

暖黄的光芒在她的脸颊上柔柔氤氲开，她看起来气色极好，像一潭温暖的让人甘心溺毙其中的春水。

她置好玉碟、酒盏和匙箸，软身坐到他的对面，两个人举杯对饮，不提先前种种不快。

"若不是我受了伤，此次便能与夫君一道回青城山了。"她遗憾地说。

这是在隐晦地向他表示歉意。若是没有受伤，就不会传音向他撒娇，进而存着些许怨气跑到乾元殿去偷听他说话，自找苦吃之后，还不依不饶，逼问他的真心。

和他这样心机深沉的人说话，只需要点一点便足够了。他知道她是什么意思。

心底仿佛有个幽幽的声音问自己"我真的错了吗"，在危险的情绪死灰复燃之前，她及时打住，眨了眨眼，等他反应。

他挑了下眉梢，接下她的示好："三日后带你去。"

"为何要三日？"她下意识问道。

他的眸色深了少许，目光定在她的唇上，嗓音染上喑哑，意味深长道："你说呢？夫人。"

宁青青呼吸一滞，垂下头，脸颊腾起一阵热意。要……要整整三日吗？

他的手越过桌案，覆住她的手背。

他的手很大，修长的五指扣住她，灼热而强势。她垂下头，看不见自己的手，只看见他那玉般的肤色，以及竹一般分明的骨节。赏心悦目的男人的手，却让她有种被深渊吞没的窒息感。

她的身体不自觉地颤了颤，骤急的呼吸和染上红晕的双颊，令他心情大好。

"可有好好想我？"低沉悦耳的声音毫不掩饰地浸满哑意。

她垂着头，脸颊热成一片。

他的大手微微用力，将她从软榻上带起来，绕过桌案，落进他坚实宽阔的怀抱。

灼人的气息落在耳侧，他的目光令她心悸不已，偷偷瞥他一眼，眸光触到他那漂亮的薄唇，匆匆回转，像被烫到一般。

三百年夫妻，却是没有丝毫腻烦，每一次亲近，她都像是面对新婚郎君一般，羞得无所适从。

她也不知道自己怎就这么不争气。这个男人，就像剧毒，要她的命，又要她欲罢不能。

她扣住他的手指，指尖无意识地轻轻摩挲他的皮肤。今日他身上的温度倒不似平时那么烫，定是替师父重塑剑骨的时候损耗过大，还未恢复。

她不自觉地攥紧他的手，用柔软的掌心蹭他，柔声呢喃："夫君辛苦了。我替师父谢过夫君。"

他低笑着，亲了亲她的耳尖："如何报答我？"

声音微微含混，低哑诱人。

细小的涟漪顺着她的耳尖扩散到周身，她的呼吸变得轻而急，身体绵软地倚向他。她也不知该如何报答——用她的身体吗？她这么迷恋他，每一次与他亲近，她都甘之如饴，两情相悦的事，怎么算得上报答？

他将她如水一般的变化尽收眼底，薄唇微勾，松开她的耳尖，嗓音带上浓浓笑意："夫人很香。我喜欢。"

十分喜欢。

他将她的双手擒在右手掌心，左手抚上她的后颈，缱绻地揉了两下，然后强势控制住她，迫她抬头，深深吻入唇齿之间。

她的心被搅得天翻地覆。

他大肆汲取她的清香，一丝呼吸都不放过。她神思恍惚，视线迷离。

他的动作优雅却不容抗拒，薄长的唇线在这个时候占尽优势，封住她的所有退路。待她彻底喘不过气，他暂时放过她，轻轻啄了下唇后，将她打横抱起来，大步走向床榻。

一条玉梨木长椅绊住他的步子，他恨笑着踢远它，不经意间流露出一两分迫不及待和气急败坏。

她还是第一回在他脸上看到这样的少年气，心尖一颤，抿起被他吻得丝丝麻痛的唇，偷着笑了笑。

他捕捉到她略显促狭的笑容，低低地笑出声，唇角扯出一抹凶残的弧线，哑声道："笑？有得你哭。"

她心尖猛然一悸，急忙将脸蛋藏进他的怀中。

平日他是有分寸的，只要她求饶，他便会笑着放过她，偶尔他兴致上来却会刻意使坏，将她欺负到哭，让她又爱又怕。

不过他甚少如此。他是九炎极火道体，一着不慎，很容易弄伤她。要时刻保持清醒理智来照顾她，终是差了点意思。

其实这般一想，那个水属性纯阴之体的云水淼倒是能够供他肆意妄为。若是与那样的女子在一起，他就不必有任何顾忌。他为了她，压制了天性本能。

她的心变得更软，在他将她压进床榻时，她勇敢地抬起水润的双眸，羞怯软糯地说道："夫君随意，我尽量不哭。"

他轻嘶一声，幽暗浸透双眸，唇角的笑容微微失控。

他半侧着身，垂头吻下。她紧张得轻轻颤抖，笨拙地回吻他，双臂攀着他宽阔的肩。

半晌，他的薄唇辗转到她的唇角，又至耳郭，低沉赞叹："软玉温香，出水芙蓉。"

她脸颊通红，又羞又嗔地瞪他。

这时，床榻重重颠簸了一下。

宁青青吓了一跳，小心地抬眸看他，却见他黑眸中的暗潮瞬间退去，长眸微微眯起，气息迅速转冷，整个人好似渐渐融化在天地之间，缥缈无定。

她知道，这是他准备战斗的姿态。

还未回过神，床榻再一次重重颠簸。

院中的桂花树像是落雨一般，飘下一瓣瓣香甜细碎的花，空气中充斥着暴戾不安的因子。

谢无妄单手掩上她的衣襟，身体倒掠而起，一个闪身便消失在门口。

她反应过来了，是辟邪洞中的上古凶兽有异动。

这些年，那头凶兽虽说时不时便会撞击封印，却从未这般激烈过。

宁青青的心脏后知后觉地悬起来，吊在锁骨下咚咚直跳。

这可不是小事。

倘若用人类修士的力量做对比，这头上古凶兽的实力恐怕已在合道九重天，距离道君也不过一步之遥——妖、魔进阶不存在瓶颈，只要实力到了，便是水到渠成。

一旦让其脱困而出，必将带来浩劫。

此兽唯有谢无妄一人能敌，但他也只能将其封印压制，无法斩草除根。

床榻再次重重震荡，宁青青爬起来，匆匆披上一件厚重的外袍，疾步走到屋后的木质大平台上。

今日月圆，清亮的月色下，黑沉沉有暗潮涌动。

她放出神念一扫，原是谢无妄的禁侍与座下一众部将已来到近处。没有谢无妄的命令，谁也不敢擅动，众人御风浮在悬崖半空，紧张戒备。

"轰——"

一声巨震，一道焰浪翻腾着自辟邪洞口的封印一掠而出，火舌舔舐到了数百丈外！

宁青青感到脚下的木板在震动摇晃，这座万丈之峰好似随时都要崩塌。火光涌起之时，一道道炽焰蜿蜒着自洞口迸出，蛛网一般炸裂在崖壁之上！

地动山摇，落石滚滚。石块脱离崖壁的同时，被那骇人的高温灼成熔岩，一团一团，明灭着落向深渊。再一瞬间，整座崖壁像是烧得赤红的铁块，闪烁着炽烈红芒。

"轰——"

恐怖的焰浪再一次翻腾而出，这一次，一个巨大的火焰印记自洞口出来，隆隆荡到了千丈之外！半边夜空被染成焰色，入目一片血红，火浪所经之处，无人敢正面抗衡。

轰隆隆如雷声灌耳，万仞崖壁仿佛置于熔炉之中。玉梨苑结界闪烁着微光，护住仙境般的院落，以及院中娇小的人影。结界之外，火焰铺天盖地，焚尽苍穹。

入目所及，尽是熊熊烈焰，小小的庭院虽有结界保护，但此刻整座山都在轰隆剧震，筑在峭壁上的小院随时可能随着崩塌的山壁跌入火海！那凶兽虽未发声，但漫天咆哮的灭绝之焰，正是它宣战的喉舌。

宁青青呼吸凝滞，浑身渗满冰冷的恐惧。这样的力量，远非人力可及。世界变成火焰炼狱，她只是一只即将坠入火海的小小蝼蚁。

漫天狂暴之间，忽然传出一声极低的轻笑，温柔、凉薄。

宁青青心尖一悸，循声望去，一眼便找到了那道瞩目的身影。

一袭黑袍静静立于火光之间，面对他，连无知无觉的焰浪也不自觉地退避三舍。

他微垂着长眸，漫不经心地自广袖之中扬起一只冷白的手。

"定——风——波。"

一字一顿。

每一字响起，那张牙舞爪、腾越千丈的焰浪都像是兜头吃了一棒，蔫蔫地倒卷回去。

三字吐毕，火焰已轰然尽数没入辟邪洞中。

"当——"

一个固若金汤的火焰印记镇在洞口之上，金石相击之声荡向无边大陆，震散空中浮云。下一刻，焰气消散无踪。

宁青青呼吸微滞，心脏在胸腔中剧烈跳动，周身丝丝发麻。覆手定风波，着实令人心驰神往。这就是她的夫君，是天下独一无二的道君！

"道君神功盖世，道法通天！"悬在峭壁外的天圣宫众人齐声低喝，声浪沉沉，如实质一般拍打着崖壁。

"查，"谢无妄脸上带着浅浅的笑，声音温和平缓，"千里之内，形迹可疑者一律拿下。反抗者，杀无赦。"

"遵令！"

一道道人影掠下山崖，即刻便有星星点点的光芒如潮水一般顺着圣山淌下，呼吸之间便铺到了山脚。天圣宫部下雷厉风行，一令既出，瞬时唤醒了庞然可怕的战争机器。声声冷厉低喝从各处传来，这一夜，注定血雨腥风。

宁青青有些茫然地望向火光熠熠的洞口封印。难道这上古凶兽异变，还能是人为的不成？

正思忖时，忽然一阵闷吼荡出，重重击在心口，只见那火焰封印的后方"轰隆"传来一声巨震，一只硕大的眼睛从幽暗的洞中浮起，悬在封印后方。

冰冷的红色巨眼，正中立着一道薄薄的黑色竖瞳。眼睛之外的身体尽数包裹在浓稠的黑雾之中，看不出形状。

这只兽眼冷漠地与飘在洞口的谢无妄对视。

宁青青心头不禁重重跳了两下。这个东西，和她离得这么近。

这三百年间，虽说她时不时会加固一下封印，但从未与这头上古巨兽有过任何接触，洞中大部分时间都是一片死寂，偶尔它在洞穴深处打几个滚，给封印弄出一点小小的裂缝。

她一直觉得它没有什么威胁，直到今日，她不敢想象，若谢无妄不在……

她望向那道挺拔的身影，顶天立地一般，无惧烈焰风霜。

她爱上的，便是这样的盖世英雄。

在谢无妄淡漠的注视下，上古凶兽缓缓收起竖瞳，浓雾漫过，它退回黑暗之中。

谢无妄广袖一拂，身影消失在原地，隐约有焰痕拖曳到院外的白玉山道上。宁青青下意识地越过种着桂树的庭院，走到门后，准备迎接他，却见谢无妄的身前站着一个胖胖的人。

右前使，浮屠子。

"道君，"浮屠子躬身施礼，"属下已安排妥当，借此机会，定将宫中的异心之徒彻底清洗干净。"

他的语气和缓，宁青青却听出了厚重的血腥味。她心头微凛，悄悄转过身，想要退回屋中。

谢无妄淡淡应了一声。

"还有一事……"浮屠子讪笑着，略有几分为难，"云水淼仍在乾元殿侧殿，不知算不算形迹可疑？"

宁青青下意识地顿住脚步。

谢无妄温凉带笑的声音传来："我的人。"

谢无妄的嗓音一贯寒凉，却天然带着几分笑意。

宁青青脊背微僵，极缓、极缓地长吸了一口气。

滔天焰浪刚肆虐过这万仞崖壁，空气本是干燥灼热的，但不知为什么，吸到肺腑之中，却是丝丝发寒。

她能确定谢无妄没有碰过云水淼，但听到他用这么云淡风轻、理所当然的语气称那个女子为"我的人"，她的心脏还是变成了一团浸透冷水的棉花，沉沉地坠在胸腔里。

她不必看也知道，此刻浮屠子的眼神一定与那日大殿上的仙君们一样，了然的、心照不宣的。

云水淼天赋异禀，正是顶级的水属性体质，与谢无妄的九炎极火道体可谓天造地设。云水淼住在谢无妄的乾元殿，谁都会很自然地联想到一些香艳的事情——道君怎么可能为后院中那个没什么存在感的道侣宁青青守身如玉，放着这么好的炉鼎不用？

而谢无妄，他丝毫也不避嫌……

宁青青鼻尖微酸，定定神，压下了情绪。她知道自己不该有怨气。谢无妄本就没有理由特意向旁人解释清楚他与那个女子并没有亲密关系。像他这样的身份，若是刻意强调身边的女人只有一个，那不是非常奇怪吗？

她攥紧手指，告诉自己这不算什么事，既然浮屠子提醒他那个女子一直赖在乾元殿，他定会把她撵走，就像二百年前一样。

她努力微笑，可心脏却难以抑制地下沉，将嘴角也坠得垂了下去。这种无力的感觉，早在那日站在后殿的阴影中，听着前殿的热闹喧嚣时，她便深有体会。无论谢无妄说什么、做什么，她都只能尽力往好的方向、有利于自己的方向去想——不然她还能怎样？她动摇不了他那金铁般的意志和权威，只能逼着自己适应一切。

"是，"浮屠子回道，"那就让云水淼在偏殿住着？不如属下另行安排一处？"

宁青青的心脏剧烈地跳动起来，她不自觉地竖起全部汗毛，每一寸肌肤都在等待夜风送来谢无妄的声音。

"送她走，有多远送多远。"她绞着手指，心中细细地念叨。

"不必，随她。"谢无妄无所谓地道。

胸腔传来一声闷响，宁青青的心往下沉、一直沉，血液冷下去，她清晰地感觉到自己的脸颊褪去了血色。

他竟留人。他是忘了二百年前的事情吗？他明知道她不会接受他的身边多出另一个女子。她绝对不相信一个男人把一个女人收在身边，却永远不去动她。日子那么长，契机那么多，只要留了人，碰她就是早晚的事情。难道说……这就是他为师父重塑剑骨的代价？

宁青青像是坠入冰窟，浑身上下，无一处不冷。

她忽然发现赤足站在庭院中的黑色软泥上，其实是很凉的。那种顺着足心丝丝渗上来的寒意，缠住胸间淤积的旧伤，让她喉头泛起了腥甜。

谢无妄的心情倒像是不错，懒洋洋地问了一句："还有事？"

浮屠子无比狗腿地笑了起来："嘿嘿，无事，无事了！话说道君帮青城剑派宁天玺塑了剑骨，夫人定是开心得不得了。今夜花好月圆，伉俪情深，属下这个不识趣的这就告退，不打搅道君啦！"

谢无妄轻笑一声，提足走向玉梨苑。他没有瞬移，一步一顿向院中走来，像在欣赏沿途风景一般。

宁青青疾疾倒退两步，有些踉跄地逃回屋中，坐回桌案旁，木愣地给自己斟了一盏酒。

她用力捏着玉盏，不让酒液有丝毫摇晃。屋中的空气仿佛变得稀薄了许多，她用力呼吸，仍觉得胸腔阵阵闷痛，环视温馨暖光的玉梨仙室，竟有些物是人非的悲凉感觉。

今日，她为他准备了满腔柔情蜜意，气氛那么好、那么温存，她已为他彻底敞开心扉，本该是一个爱意炽烈的夜晚，即便被那上古凶兽打断，他的风姿却更是将她的心彻底俘获，让她沦陷得一塌糊涂。

他是她的夫君，是她的英雄，是她想要托付一生的良人。叫她如何愿意相信，在她最爱他的时候，他却要这般伤她？

也许，他……他只是不愿在属下面前堕了大男人的威风和面子吧？就像他不愿当众承认他是为了她而不收美姬，便拿传说中的神女做借口一样。

她攥紧手中的酒盏，深深吸气，强迫自己冷静下来。她不会同他吵闹，她要好好与他说。

少时，平缓沉稳的脚步声从身后接近，华贵厚重的长袍曳过她身侧，他定在她的身旁，一只大手摁住她的肩。广袖沉沉地坠在她单薄的肩背上，压得她几乎拿不住手中的酒盏。平静的酒液一晃，星星点点洒到地上。

"夫人久等了。"他的声音有些轻，落入耳中，道不尽的温柔缱绻，她的心立刻有一半化成了水。

她抬眸看他，发现他的面容泛着一点微光，有些模糊。惊觉自己眼眶里盛了泪，她急急低下头掩饰。

"夫人？"他捏了捏她又小又软的肩头，垂下视线来看她。

她抬起左手，轻轻覆上他的手背。和他一比，她的手指显得异常纤细柔软。

她悄悄在衣袖上擦掉眼泪，然后拉着他的手，站起来，缓缓抬头看他。

遥望他时，那一身气势风度极其摄人心魄，这般贴近一看，更是叫人难以相信，睥睨苍穹的道君竟生了这么一副绝世容颜，那双幽黑清冷的长眸就像漩涡一般，心神坠进去，就太容易沦陷溺毙。

她有些伤心，那份伤感将她的视线浸得酸酸的，贴在他的脸上撕扯不开。

"夫君可有受伤？"她怔怔地问。

"怎么？"他唇角微勾，"以为我受了伤，你今日便能逃过？"大手抬起来，抚了抚她微红的眼角，声音更沉，"不要哭。"

她的心陡然慌乱，以为他发现了她偷偷躲在这里掉眼泪的事情，眸光一闪，触到他暗沉的眸色和攻击性十足的微笑，她才意识到，他说的是另外一回事。

早些时候，她娇羞无限地倚在他怀中，对他说："夫君随意，我尽量不哭。"

她动了动唇，心头再一次涌起物是人非之感。

他是期待这个夜晚的，他要续上被打断的旖旎。

方才那一出覆手定风波看似云淡风轻，其实必定凶险万端。高手之争只是看起来不动声色，其中风云变幻，携山撞海，威势如何只有当事者心中清楚。

对谢无妄而言，难得有这样的机会让他放手宣泄一身绝世修为。此刻的他，正是大战之后，豪情激荡归敛于胸的状态。

英雄凯旋，撩刀看美人。

今夜若是叫他如愿，必定会比平日孟浪得多。

"夫君……"她敛下眸中的情绪，轻轻拽住他的衣袖，左右一晃，"我不小心做错事了。"

"嗯？"他漫声应着，随手将她的头发拨到耳后，露出白皙小巧的耳朵。

她道:"方才夫君的风采令我心旌动摇,忍不住想到院外迎夫君,却听到了你与浮屠子说话。"

"嗯,无事。"高大的身体微微俯下,侧头准备亲她的耳垂。

"可是我讨厌云水淼。"她抬起双手,捧住他那张俊美的脸,将他推回原处,凝视他的眼睛,"那一日我到山顶去,她跑到我面前耀武扬威,故意说些似是而非的话挑拨我与夫君!我讨厌她!"

一次一次,她已经学乖了,她不再和他硬碰硬。他本身便是心机极深的人,在他面前耍心机是自寻死路,于是她用撒娇的方式,有话直说。

她知道此刻他想要什么,只要不逆他的心意,多少他会纵着她、哄着她。

果然,谢无妄抬手将她揽入怀中,如珠宝一般护在身前:"夫人受了委屈?"

她摇摇头,故意用自己的脸颊和发丝拱他结实的身躯,低低地道:"我才不会丢了气势。我在她面前放了狠话……夫君,我知道你懒得理会她,可是,别留她在近处好不好?那样的话,我放的狠话便成了笑话。"

谢无妄低低地闷笑,随口应道:"嗯。"

他是冷情的,根本不会在意一个小小的云水淼。

"那夫君此刻就让浮屠子送她走。"她抬起眼睛看着他,不等他眸色转冷,她立刻�’嘴道,"不提我倒没想起来,提了便如鲠在喉。我若心存芥蒂,夫君又如何肆意开怀?"

她知道,只有在此情此景下,用自己这个香喷喷的饵料吊着他的胃口，他才会容忍她的僭越和放肆。倘若今夜不解决这件事，明日只要随便出个岔子，小事便容易发酵成大事。云水淼，不是安分的人。

她什么也不愿计较，只要将人送走，便当作无事发生。

她把双手置于他的胸前，赖皮地推着他，让他退到床榻侧边坐下，窝进他的怀里，取过枕旁的传音镜递到他的面前："请夫君下令。"

云鬓微松，她披在外头的厚袍也坠到地下，露出薄如蝉翼的云雾纱。

他沉沉蹙来，她假装看不见他渐冷的眸色，故意轻蹭着他，吐气如兰："夫君……夫君就不好奇，今夜我究竟哭还是不哭？"

他闭了闭长眸，轻吐一口长气，接过传音镜，语气平静淡漠："送云水淼下山。"

"遵令！"浮屠子的回复极快，快得像是他正无所事事盯着传音镜等消息一般。

谢无妄随手将传音镜抛到一旁，微勾唇角，半眯的黑眸中暗藏锋芒："可如意了？"

她垂眸笑着，攀住他的肩，轻轻闭上眼睛，藏起了所有心绪。

开心吗？不开心。

这不是她原本的样子。爱一个人，不该是这个样子。但这是一个聪明柔弱的女子在权势滔天的丈夫面前应有的样子。

也许不算太熟练，但她已大致掌握了要领。

曲意逢迎，粉饰太平。

第
七
章

宁青青闭着眼睛，感觉到谢无妄沉沉地压下来。她想，她大约会让他失望。

她的脸颊有一点发酸，是因为假笑的缘故。倘若是发自内心的甜蜜笑容，那么无论笑上多久，脸也是不会酸的。

身体无法说谎，他期待多时的软玉温香、芙蓉出水，恐怕也是给不了了。她终究做不到全无芥蒂。

熟悉的冷香气息到了近处，她不必睁眼也知道，他正微侧着脸，将薄唇悬在离她的唇极近的地方，等她愿者上钩。

为了不让他发现方才做的一切都是虚情假意，她只能主动相迎，轻启微颤的唇瓣，贴上去。

她也说不清楚，自己心中究竟哪里意难平。谢无妄对云水淼并无半分上心，自己一撒娇，他便遂了自己的愿，令浮屠子将此女送走。她还有什么不满？为什么胸口正中，却在一阵接一阵地抽着疼？

她的唇触到他。他的唇线薄而长，十分特别，不必睁眼看，只需略一描摹，便知道它非常漂亮，和任何人的都不一样。

拥着自己倾心恋慕的人，即将与他做最亲密的事情，她却丝毫开心不起来。

他一动不动，任她亲吻。半晌，她嘴巴都发麻了，他却全无反应。她渐渐有些心慌，不知该如何是好，只能硬着头皮继续。

他微合牙关，分明没使什么力道，却与他那冷硬的心防一样，向她竖起不可逾越的铜墙铁壁。她不知道该怎么办，唇渐渐有些发颤。

终于，他不咸不淡地开口："阿青在敷衍？"

她睁眼看他，见他的黑眸清清冷冷，没有半分意乱情迷。

在一起这么多年，他甚少唤她"阿青"，每次只要凉凉吐出这两个字，接下来便是要给她一记冷刀子。

阿青这是要走？劝你三思。

阿青，知足常乐。

阿青想听假话了？

她心中一震，忽然意识到他其实什么都清楚。他看着她强颜欢笑，笨拙地用力守护她那一亩三分地，小心翼翼地维护着她不舍得放弃的珍宝。

他的眸光平静无波，被他这样注视着，她感觉自己的心思仿佛全被剖了出来，摊在他的面前，任他审视。

他轻易便能看穿一切，他之所以纵着她，是因为她许诺过甜美的报酬，可是现在她给不了他想要的东西，他不高兴了。

她感到一阵狼狈，失措地搂住他的后颈，扬起脸来，想要堵住他的嘴，却被他竖起一根手指，抵住唇。不容抗拒的力道从他的手指上传来，她被他摁到了枕头里。

他的唇角挂着一贯的浅淡笑容，嗓音飘忽，极好听，却让她心头发冷。

"这般不情不愿。"他慢条斯理地问，"把我当什么了？"

她下意识地摇头："没有……"

她是有些伤心，但是并没有不情愿。她只是从来没有主动过。和他在一起，无论哪一方面，从来都是由他强势主导，她已经习惯了被动地接受他给她的一切。

他淡笑着看她。

他的气势静若深海，她仰头望着他，忽然有种错觉，自己立在沉沉苍穹之下，独自面对整个世界。

他，就像一个世界，一个强硬的、完美的、自成一体的世界。而她，就是一只小小的蝼蚁，站在天幕下，妄想着拥有整个世界。

一股悲凉从心头涌上，化成冷冰冰的液体，无声无息地顺着眼角淌下，胸腔中一阵接一阵抽搐，尤其是修复元火封印时被焰气震伤的淤积之处，此刻正抽搐着，火辣辣地蹿动。

他微微垂头，唇角勾起来，叹息道："这就哭了啊。"

她读不懂他的语气，像是怜惜，像是失望，又像是讥讽。

他抓着她的肩，将她翻过身，摁在软枕里。

他的强硬唤醒了她的身体记忆，让她想起了她和他的洞房花烛夜。

新婚那夜，这个男人压低寒凉的声音，在她耳畔温柔地说着情话，他笑得比任何人都好看，神色温存动人，但他的动作却极其强势、极其冷酷无情、肆无忌惮。

极致的矛盾，让她不知自己是梦是醒。

那时候，她以为他是爱她的，因为爱她，所以冲动了些、鲁莽了些，她丝毫没怪他。

此刻想来，却是如坠冰窟。这个人，根本就没有真实情愫。所有的温存都是假象，只是为达目的的手段而已，为的是他自己快活。

"啊！"她忽然痛呼出声。

脊柱正中像是被烈焰灼穿，他一指点在她后背的穴位上，元火渡入经脉，精准无误地找到了内伤淤积之处，丝丝缕缕开始疏通淤堵。

他在替她治伤。

温柔的嗓音在身后响起："乖，很快就好，稍微忍耐些。"

另一只大手揉了揉她脑后的发丝。

她脑袋一蒙，一时之间，竟不知身体的战栗是因为麻还是因为痛。

她是被封印上的火焰震伤的，他用强势百倍的元火，一点一点焚尽了她体内残留的焰烬。浑厚精纯的元火悉心抚触她的致命要害，倘若他稍微失手，她的小命就会即刻葬送。

她知道他不会失手。她全然信他。虽然他不爱她，但这个男人仍是全天下最可靠的人。

恐怖的元火在她心脉附近游移，他若无其事地说着话，分散她的注意力："该撒娇的时候，却像个闷葫芦。伤势未愈怎么不告诉我？"

委屈涌上她的双眼，脸埋在软枕中，渐渐濡湿一片。

治伤很疼，比淤积在胸间不去理会时要疼得多。原本它只是淤堵在那里，略有一点闷，疼也是闷着疼，不显山不露水。不像此刻，闷积在深处的沉疴全部袒露出来，一点点拔除，疼得尖锐分明。

此刻她已说不出话来，伏在有些湿凉的软枕上，微弱地喘息着，像一尾搁浅的鱼。

她不知什么时候昏睡了过去，睡梦中全是他带给她的疼痛，很真实，很有安全感。至少她清楚，这份疼痛不是伤害，而是治愈。

迷迷糊糊之间，她仿佛听到他在耳畔低声絮语。

"阿青长大了，不过还不够。再懂事些，我会更喜欢。"

"阿青，我待你，已是仁至义尽。"

她的身体无意识地战栗了几下，像是在回应他。

宁青青醒来时，发现身体有些虚弱，胸腹之间沉疴散尽，一片空空茫茫。她探了探身边，床榻是冷的。

谢无妄已离开多时。

视线一转，他的剑、法衣和乾坤袋都放在床榻旁边的精致木台上。他把蘑菇也挪了过来，它被喂过，此刻精神饱满，正懒洋洋地摇晃着帽子，和那几件灵宝鸡同鸭讲地玩耍，一派岁月静好的氛围。

她缓缓起身，把他的剑搬过来，横于腿上。

他的剑，名叫龙曜，通体乌黑，极沉，剑身文满了古朴的焰痕，煞气极重。据说被谢无妄斩杀的妖兽，兽魂都拘在剑中。龙曜一出，三界无人不胆寒。为了照顾旁人的情绪，谢无妄极少在人前令凶剑出鞘。

不过和宁青青在一起时，这把剑乖得不得了。

不知从什么时候起，只要她拿起龙曜，它的重量就会减轻许多，像是体贴她，生怕她累着一样。

此刻，这把能够劈山断海的凶煞仙剑老老实实地躺在她的腿上，轻得就像一个空剑鞘。

宁青青心头微暖，轻声一叹，将手覆在剑上，渡入微弱五行白芒，缓缓淌过整个剑身，替它修补缺损。

她能明显感觉到它在欢欣雀跃，恨不得蹭到她身上，像蛇一样贴着她撒娇。

"你是凶剑，注意你的气势。"她收回手，一本正经地叮嘱它。

此剑就快要成灵了。若是凝出个妖娆缠人的剑灵，谢无妄恐怕会把它送去回炉重造。

龙曜发出微弱的剑鸣，嘤嘤嗡嗡，像是小孩子不满的嘀咕。

宁青青叹了口气，取过他的法宝和法衣，挨个儿打理一遍，然后放回床边的木台上。

这几个家伙和她的蘑菇感情很好，放在一处，总会极慢极慢地蹭过去，挤成一堆。和灵宝们在一起时，那朵懒蘑菇也愿意把脑袋摇晃得更厉害一些，就像夫子摇头晃脑教导一群傻小子。

每次看着它们，宁青青都会有一种谢无妄的孩子和她的孩子在亲密相处的错觉。

她和他，早已有太多部分融在一起，要割舍无异于剔骨剜心。

"铮——"

龙曜剑忽然爆发出恐怖的煞气，剑身重重一震，向她示警。下一瞬，"轰隆"一声巨响在头顶炸开，庇护玉梨苑的结界爆出刺目的光芒。

"滋——嘤——"

宁青青一掠而出，举目望去，只见一只巨大的黑色虬龙之爪深深嵌进结界之中，就那么斜斜地悬于庭院顶上，满怀恶意地指着她。蛛网般的裂痕向着四方扩散，如琉璃将碎。

心脏怦地一跳，她胆战心惊，望向那只破碎龙爪，扎入结界的石质龙爪从根处断裂，截面光滑如镜。

这是……乾元殿殿顶的虬龙。

宁青青愕然望向崖顶，只见那黑沉如巨兽的乾元殿竟然被人生生削去一角。

居然有人敢在太岁头上动土！强敌来袭？！

宁青青心脏乱跳，手足冰冷。她来不及思索，急急掠回屋中，将谢无妄的剑和法衣囫囵塞进乾坤袋，送往圣山顶！

她的身体虚弱乏力，掠至山巅，气息已全然紊乱。顾不上调匀一口气，她掠上缺了角的巨殿殿顶，神念疾疾向下一扫，她怔在原地。

只见巨殿前的空阔广场上，谢无妄正与一名白衣剑仙对峙。

本该被送得远远的云水淼，此刻正瑟缩在谢无妄的身后，楚楚可怜地受他庇护。

宁青青的胸腔忽然像是开了个口子，呜呜地灌进冷风。

殿顶真冷。

黑沉的广场上，气氛剑拔弩张。

天圣宫的禁侍杀意凛然，将那名闯到乾元殿前的白衣剑仙团团围住。

此人单手执剑，白袍广带迎风翻飞，气质清冷。他握着剑，人与剑不分彼此，通身上下没有丝毫破绽。

能与谢无妄对峙，绝非等闲之辈。

"道君。"白衣剑仙的声音清越如剑鸣，"云水淼是我昆仑的人，寄某今日不惜一切代价也要带走她，还望道君成全。"

昆仑，姓寄，一人一剑就闯到乾元殿前。宁青青知道此人是谁了，昆仑掌门，寄怀舟。

昆仑乃是天下剑修心中的圣地，寄怀舟少年成名，一剑震烁八荒，担起了昆仑掌门的重任，至今已有数百年。

寄怀舟何等身份，竟会为了一个女子，执剑闯入天圣宫？

宁青青视线一转，落向谢无妄的身后，只见柔若无骨的云水森瑟缩在那里，一副全然依赖谢无妄的模样。

她发出又柔又细的声音："我不走，道君，我不走。"

声音颤颤，鼻喉之间憋着一口气，娇媚得令人头皮发酥。

寄怀舟冷硬地说道："入了昆仑，生是我昆仑人，死是我昆仑鬼。云水森，你犯的错我都替你担下，你不必害怕，回到昆仑无人会为难你。跟我走。"

云水森红着眼眶，哀哀地去拉谢无妄的衣袖："不，他会杀我，道君护我……"

寄怀舟剑尖微挑："跟我走。"

面对这位剑已出鞘的剑仙，谢无妄神色并无半分郑重，淡笑着，声音依旧温柔凉薄："既已缘尽，何必强求。云水森现是我的人。寄掌门请回，我不究你擅闯圣山之过。"

宁青青的心跳蓦然停滞，胸中一空又一紧，旋即呛咳出声。

原来心脏漏跳，是会扰乱呼吸的。

胸口的空洞更大了，透体而过的罡风，逐渐带走了她的全部温度。

寄怀舟叹道："看来是没得商量了。寄某不才，自知剑术浅鄙，不堪一看。可是男儿立身于世，若不能偶尔任性放肆一回，那人生也委实无趣。不如这样，寄某自愿向道君讨教，生死自负——两个男人之间的事，不涉及宗门家族，一切后果自行承担，道君以为如何？"

这是要越阶挑战当世第一。

谢无妄低低笑了声："寄掌门，落子无悔，想清楚了？"

与郑重其事的寄怀舟相比，谢无妄的姿态堪称散漫不羁。

宁青青的心跳再次一滞，一口乱息陡然从口中喷出，她顺势嘲讽地轻笑出声。

真好，好一段风流佳话！

两个屹立在世间巅峰的男子，为了一名绝代佳人，不惜抛下所有，放手一战。真是至情至性，令人热血沸腾，不消多少时日，便能传到天下皆知，成为人们茶余饭后的谈资。

那她这个道侣，又算什么呢？

放眼一望，广场正中两个男人挺拔玉立，气质卓绝，威势与战意渐渐弥漫，令人心惊胆战。

"铮——"寄怀舟手中的长剑自行发出锐鸣。

人未开口，心意已与剑意圆融合一。

谢无妄随手挽袖，温润如玉，斯文俊雅，就像准备执笔或是研墨。

广袖微微一震，只见围在周遭的禁侍齐齐倒退，竟被谢无妄的威压生生逼到广场之外。云水森却仍旧站在他的身后，也不知他是不在意她的死活，还是他自信可以在这一场巅峰之战中保全她的性命。

天空仿佛压低了许多，气机涌动，一触即发。

寄怀舟剑尖微挑，握剑的指节微微一紧，空气中那一根无形的弦即将绷断！

"且慢！"

凝重的气氛被一道女声打破。

她的音色清澈柔美，像是携着桃色花瓣的溪水潺潺而下。极好听的声音，语气却浸满令人动容的伤感。

谢无妄与寄怀舟气息微顿，缓缓偏头望去。

宁青青从殿顶一掠而下，落到对峙的二人面前。

谢无妄沉沉瞥向她，幽暗深邃的黑眸中映出一道娇小的身影。她的面色异常惨白，连唇色也是浅淡的，一双眼睛分明没有含泪，却能看出波光颤动。这是伤心入了眼眸。

"夫人？"谢无妄的声音明显冷了下去。

第一次，她从他语气中听出了薄怒，但她丝毫不在意。

"我不许。"她极力压抑着情绪，但声音还是带上了不自觉的颤抖，就像是沉沉的玉珠，悬在将断的细弦上面，"不许我的夫君，因为另一个女人，和别的男人争斗。我不许。"

谢无妄敛去神色，声音淡淡："回去。"

"道君夫人，"寄怀舟冷声开口，"这是男人之间的事情，你最好不要插手。"

宁青青扫他一眼，发现这位年轻的剑仙生得十分英俊。与谢无妄那种漂亮的俊美不同，寄怀舟的英俊是棱角分明的，脸型五官十分刚硬，显出些不近人情的凌厉。

他是一路强闯上来的，身上却没有太多战斗痕迹。

宁青青转回视线，紧紧盯住谢无妄的眼睛，尽力探入他的眼底，好像想要打捞出一两分镜花水月的真心。

"夫君，"她颤着唇问，"你若是应了这一战，那置我于何地？我的夫君，同别的男人争抢另一个女人，那我算什么啊？"

她的神色太过凄婉伤心，逼得寄怀舟皱起眉头，垂眸退了一步，语气带上了些为难："道君，这……"

谢无妄轻轻抬了下手。他的手冷白得像玉雕一般，平日看不见的青筋有些分明。

"右前使，送夫人回去。"

宁青青脚下一软。他此刻的语气，与昨夜令浮屠子送云水淼下山时一般无二。

一身紫袍的浮屠子圆润地滚过来，笑吟吟地躬身探臂："刀剑无眼，这里太危险，夫人请回吧。"

他的衣袍上被剑气割开了好几条大口子，想来应当是护送云水淼离开时，被寄怀舟堵了个正着，动了手。

宁青青仍旧盯着谢无妄："夫君！你当真要这般伤害我，由着天下人耻笑我？夫君，今日你若战了，我在你身旁，再无立足之地。你确定要逼我走吗？"

她的声音颤抖得更加厉害，眸中的火焰却是越烧越烈，灼人心魄。她单薄的脊背绷得笔直，是孤注一掷的姿态。

寄怀舟抿紧唇，抱剑垂眸。

谢无妄面无表情地打量她片刻，终于淡声开口："我的人，无人胆敢置喙。右前使，还等什么？"

宁青青盯着他，眸光轻轻地晃动着，褪去血色的唇渐渐勾出凄美的弧度，像是一片脆弱的琉璃上，开出了一朵绝美破碎的花。

宁青青躲开浮屠子为难探过来的手。

"我明白了。"她轻声说着，径自从乾坤袋中取出法衣，走到谢无妄的身后，缓缓抬手，为他披上，"夫君每次出征，都是我为你披上战袍……"

未尽的话消失在极轻的哽咽中。

他比她高得多，她要略微踮起脚，才能替他拉平肩部的褶皱。她的手颤抖得厉害，笑容极不自然，让人不忍直视。

她抚过他宽阔坚硬的肩，留恋地轻触，然后绕到身前，替他系上炎纹扣，环好法带。她没看他的脸，却能感觉到他的目光冷沉得吓人，重重落在她的身上。

她的指尖在轻轻地颤抖。与他成亲三百年，她从来没有插手过他的任何正事，甚至极少在人前露面。这一次，当着众人的面，闹成这样。

为他整理好法衣之后，她取出龙曜剑，交到他的手中，一眼也没看他，她转过身，朝着寄怀舟露出一个有些失控的笑容。

"寄掌门可要当心了，龙曜有灵，若是战斗激烈失控，恐怕道君很难点到即止。我祝寄掌门得胜，抱得美人归——可惜，你我的心愿注定落空。"她的声音已然变调，很狼狈，像是醉酒一般。谁都能看得出来，这个可怜的妻子崩溃了。

她感觉到谢无妄眸色更沉，犹如实质一般的目光冰冷地压在她的后颈和脊背上。

寄怀舟明显一怔，浓眉微蹙，凝神望着她，片刻之后，垂剑拱手："寄某受教。"

宁青青微笑回礼，转过身，缓步走向殿后。她清晰地感觉到，两个男人的目光都落在她的身上。

一步，一步，背不弯，肩不晃。有风拂起了她的头发。

"夫人。"谢无妄的声音平静地传来，"安心等我。"

她脚步未顿。

在她的身影消失在乾元殿后的一刹那，广场上突然爆发出滔天气浪！

她没有回头，站在白玉山道往下望，只见那间温馨的小庭院上方嵌了一只黑沉沉的魑龙爪，好像下一刻就要毁掉她的家。

她掠到结界上方，伸出双臂，搂住龙爪，将它拔出来，抛下万丈深渊。

"呜——嗡——"

龙爪很沉，抱在怀里像个磨盘。因为从来无人清理，石雕表面腻了一层滑滑的水渍，触感和气味留在了她的身上。

她落入院中，听着闷雷一般的震击声从山巅传来。

龙曜没有出鞘，看来寄怀舟听进了她的话，心存忌惮，没敢全力施为。

谢无妄归来时，宁青青正坐在窗下愣神，胸口有一片脏脏的水渍。

"夫人。"

她转动视线，冲他淡淡笑了笑："点到即止？"

"断他一臂，小惩大诫。"他走到她的身旁，大手摁住她的肩，"夫人令我吃惊。"

他的黑眸中难得地浮起了探究意味。

她垂着眸，笑着摇了摇头。龙曜还未成灵，她对寄怀舟撒了谎。

上古凶兽的暴动来得蹊跷，谢无妄昨日损耗真元封印凶兽，今日便有绝世剑仙不顾性命上门挑战，哪怕是久居后宅的她，也嗅出了其间阴谋和凶险的味道。

她对谢无妄确实有怨，但她分得清轻重。

这一战，绝不能让寄怀舟破釜沉舟，与谢无妄斗个玉石俱焚。她先是阻止，阻止不成便撒了个谎，让那位剑仙有所忌惮。

谢无妄在她身旁坐下。一场酣畅的战斗，让他身上的温度变得更加灼人，独特冷香袭向她，侵蚀她的神志。

一只大手拢住她的肩，他凑近了些，饶有兴致地挑眉看她，眸中懒洋洋泛着愉悦。

倘若她顺势揭过近日的种种不快，那么今日、明日、后日，日复一日，也许都会比往日更加甜蜜欢愉。只要此刻她闭口不言，什么也不说……像他这么聪明的人，定会以为今日种种都只是她逼退寄怀舟的心机。

他想要的便是这样的妻子，大度、懂事，不会在无关紧要的事情上与他斤斤计较。

心弦"嗡"地一拨，荡出圈圈阵痛。

她缓缓抬眸看他："夫君，你觉得方才我是装的吗？不，昨夜与你委与虚蛇，哄你送云水森下山，那才是装的。方才字字句句，都是出自真心。"

耳畔响起裂帛声。

真心颜色太过浓艳，终究粉饰不了太平。

　　宁青青知道这是她和谢无妄修复关系的最好机会，但她已无法继续按捺心中的痛苦和不甘。说出这句话，便等于触了他的逆鳞。她已准备好迎接最坏的结果——其实没有什么结果能比如今这般软刀子凌迟更坏了。

　　也许当她在广场上开口说出第一句话时，心中还在思量着自己的退路。但在他毫不迟疑地赶走她，然后和寄怀舟一战之后，她的心，已然化成了冰冷的灰烬。

　　她无法改变他的任何决定，他也不在意她的伤心。她什么也不是。

　　谢无妄皱起眉，冷下眼神："夫人。"

　　看到她平静却哀伤的笑容，他的心肠无端软了几分，耐心道："既然知道此事并不简单，就不必与我使性子了罢。"

　　他的大手握着她柔软小巧的肩，灼热的掌心几乎将她烫痛。

　　她笑着，一行清泪顺着脸颊滚落下来："我方才说的，有哪一句不对吗？"

无论出于什么目的，只要他应了寄怀舟那一战，对她造成的伤害便已无可挽回。在广场上时，她已将自己最炽烈的情绪都宣泄出来，此刻她很累，心像是一片沉静的水，所有的痛楚都只是水面泛起的涟漪。

"无人敢说闲话。"狭长的眼眸微微眯起，他的眼尾沁出丝缕冷戾。

他以为她只是伤了面子。

她扯了扯唇角："道君堵得住悠悠众口，可是无法左右别人的所思所想。"

"呵。"他低低冷笑出声，"你需要在意旁人？"

他微扬下颌，俊美的面庞上傲意十足。

不怪他自负。就凭"谢无妄"这三个字，分量已远胜万千庸碌凡夫。只要能得他青眼，旁人又算什么东西。

他眯着眼睨她，强势的冷香气息铺天盖地，无孔不入。她知道这是毒物，已不会再放任自己去飞蛾扑火。

胸口抽着疼，让她有些喘不过气，唇瓣微颤，一时竟说不出话来。

"夫人，"他轻笑着，一只大手覆上她的手背，将她又小又软的手攥进掌心，"手这么冷。多大人了，还是学不会照顾自己。罢了，我再多疼着些。"

再一次放下身段哄她。

宁青青看着他，在他的眼睛里，找不到半分愧疚。

　　他不会认为他有错。像他这般身份的男人，每日呼风唤雨，面对诸多明枪暗箭、阳谋阴谋，哪有闲心顾忌一个后院女子的感受？他说她是自找伤心，这也没错，因为她只要乖乖守在这间庭院里，便不会听到、看到任何令她不开心的事情。

　　他把她揽进怀里。

　　他的怀抱宽阔坚实，手臂力道惊人，大手罩在她的后背。他垂下头来吻她，眸光暗沉，呼吸灼热。

　　他知道她的致命弱点，他会用最愉悦的方式来轻易征服柔软的她。

　　在他沉沉一喘，将她拦腰抱起时，她抵住他的胸膛，轻轻问了一句："你留我到现在，只是因为这具身子还堪一用，对吗？"

　　他停下动作，缓缓垂眸看她，精致的唇角勾起一抹讽刺："看轻我了。"

　　她顺势一挣，从他怀里挣脱。她的身上染了水渍，这股刺鼻的气味令她保持清醒，不被他惑乱神志，溺毙在虚假的温柔乡。

　　"我方才问过你，是不是要逼我离开，你已经用行动回答了。"她想要努力挺直脊背，但是胸口抽搐的剧痛却令她微微躬下腰，像一只狼狈的、浑身都是水渍的虾米，"该不会是要反悔吧？"

　　他定定看着她，眸色渐冷："适可……"

　　她疾言打断他："我不要适可而止！该说的话，在广场上时我已说尽！是你逼我离开！"

　　"所以呢？"他不怒反笑，唇角凉薄地勾起，"这次打算去哪里，去多久？"

泪光中，他那张脸漂亮得刺眼。

她动了动嘴唇，胸腔中的空气仿佛突然被抽空，窒息、无力。

他的笑容仁慈又冷漠，上前一步，将她重新捉回怀中。她的身体一阵战栗。

"在哪里生气不是一样？外面不安全，不如就在家里。"他语气凉凉，无视她的挣扎，"安心，你不想见到我，我不回来扰你就是了。"

她难以置信地抬眸看他，一瞬间，她苍白美丽的面容上除了震撼和错愕，什么也不剩下，仿佛被他的无耻惊呆了。

他垂眸看着她，鬼使神差地，在这个极其不合时宜的时候，俯身亲了下她的唇，然后松开她，潇洒肆意地向外走去。

到了门口，他微侧过半边脸，温和地对她说道："结界修复期间，不要擅自硬闯，以免受伤。"

宁青青抽了一口长长的凉气——他这是要囚禁她！

她追上去时，他已化成一道缥缈残影，消失在院门之外。小小的庭院中，处处回荡着他临走之前留下的凉薄轻笑。

她一掠而起，被光华璀璨的新结界拦回院中。

"谢无妄！"

自那日谢无妄用新结界封住玉梨苑，已有足足半月。

宁青青每日都会催动自己弱小的修为，疯狂攻击结界，将一道道极光般的炫彩色泽荡至半空。

她知道自己不可能击破他设下的结界，但这样做，可以避免他来。

只要想到谢无妄那个人、那张脸，她总是气到浑身难以抑制地颤抖，抖得不成形状。

他就是这样的。

早些年她每次与他吵闹，他便这般睬着她。区别只在于，那时候她不会因为冷战而离家出走，今日却被他困在这间院中！

原来谢无妄也有不那么自信的一日。他也知道，此刻若放了她，她便会像鱼儿游进大海，再不回来。

"轰——"最后一道透明的白光击中结界，她耗空灵力，蔫蔫地返回卧房，伏在床榻上，缓缓地闭上眼睛。

她环抱住自己轻颤的身体，尽力把身体蜷缩起来，觉得自己就像一只小小的飞蛾，根本逃不出他遮天蔽日的掌心。

意识渐渐模糊，疲惫的她沉入梦乡。

她梦见了初遇他的时候。

青城剑派的东面有个煌云宗，煌云宗宗主野心很大，终日处心积虑地想要吞掉糟老头家祖传的仙山灵脉，两个宗派摩擦争斗不休，实力较弱的青城剑派吃了不少闷亏。

宁青青有心报复，时常偷偷潜入煌云宗干坏事，找他们麻烦。

一次她放火被人发现，狼狈地从煌云宗内翻墙跳出来，好巧不巧地摔进了谢无妄的怀里。

阳光下，青年俊美的面庞晃花了她的眼睛。

他装模作样地掂了掂她，嫌弃道："小道友，这不是投怀送抱，而是泰山压顶。"

煌云宗门人追杀出来，他低低地笑着，带她险而又险地一次次避开追兵。

形势危急，他来不及将她放下，于是那双沉稳有力的手便一直抱着她。少女的心忽上忽下、起起落落，就这么一点一点寄在他的身上，直到彻底沦陷。

无忧无虑，情窦初开，风也是香甜的。

他的怀抱给人无尽的安全感，她倚着他，蜷缩的身体一点点放松下来。

她翻了个身，依偎到他的胸前。熟悉的气息侵蚀着她，梦中记不起那些不愉快的事情。伏在他的怀里，她只感觉十分委屈伤心，就像是旁的什么伤了她，她到他这里寻求安慰。她丝毫没有去想，若伤她的是他，她又该怎么办？

三百年了，她早已习惯依赖他、信任他。

他轻轻拍着她的脊背，就像哄一个小婴儿一样，温存至极地安抚她。

他的怀抱安全、可靠，他将她当成心头至宝。她的眉头渐渐被他的气息抚平，唇角慢慢勾起愉悦的微笑。在他怀里，她什么也不怕。

他悄悄抚了抚她的头发，大手轻轻拍过她的后颈、肩膀、脊背，帮助她紧绷的身体彻底放松。很快，她被他倒饬成了一条绵软无骨的藤蔓。

他发出好听的闷笑。炽热的呼吸靠近她，先是吻了她的额头，然后落到鼻尖，片刻之后，侧过脸，灼热的视线落在她微启的双唇上，烫得她幽幽醒转过来。

睁开眼，她的脑袋迷糊着，分不清今夕何夕。看着近在咫尺的俊美容颜，她心中一悸，下意识地弯起眼睛，抿唇笑了笑。

两个人初在一起时，他最喜欢这么逗她，薄唇贴近，用炽热的气息惑乱她的神志，等她愿者上钩。

她正要迷迷糊糊凑上去亲他的唇时，胸中陡然袭来的闷痛唤醒了她。

梦醒了。

倏地回神，她极其敏锐地在他的黑眸中捕捉到了志在必得的浅淡笑意。他自信、自负、自傲，他下了饵，笃定她会摇头摆尾地咬钩。

他的神态云淡风轻，漫不经心。对于给她造成的伤害，他浑不在意。

身体蓦然僵硬，她想要推开他，却发现自己的手臂没出息地缠着他劲瘦的腰，一阵血气涌上来，激得她双眼阵阵发黑。

他把脸退开少许，宽容地、宠溺地看着她，温声笑问："梦到我了？"

用的是疑问的语气，神色却是绝对的笃定。

她向来不难哄。无论如何生气，只要给她些时间，她总能用回忆中的一颗颗甜枣，将她自己酿成一汪醇美的蜜。

这一腔柔情蜜意，属于他，只属于他。

拇指抚上她娇嫩饱满的唇，他微蹙长眉，似有不满。

颜色淡了。他的小人儿，憔悴了许多。

宁青青看着近在咫尺的谢无妄，瞳仁一点点收缩。

他那样肆无忌惮地伤害她，然后不顾她的意愿将她囚在院子里，冷落了她半个月，此刻，他竟能这般若无其事地亲近她。

她别开头，避开他抚在她唇上的手。

他并不恼，那只落空的手极自然地抚上她的发丝，语气温存："这几日忙于正事，不是故意冷落你。"

另一条胳膊环着她又小又软的身体，她被困在方寸之地，无从逃脱。她知道，和他硬碰硬，吃亏的都是她。

每次吵闹起来，他都会漫不经心地拂袖而去。外面有大好事业在等着他，他轻易便将她忘在脑后，等到忙过一阵想起她来，他才会回来看一看。若她已经调整好情绪，他便既往不咎，搂着她安抚温存。若她还在别扭，他便再冷落她一些时日，她总会好的。

从前，她总会好的。

她动了动唇，心中的悲凉涌上来，濡湿了眼角。

他见她没有和缓之意，眸色显而易见地冷了一些，大手一收，准备径自离开。手掌重重划过她的身体，动作忽然顿住，似是有些不相信地折返回来，隔着衣裳，捏了捏她嶙峋的肩骨。

短短半月，她瘦了很多。

她第一次在他的黑眸中看到清晰的暴躁，虽然只是一闪即逝。

他的脸上失去了一贯的浅笑，沉着声告诉她："宫中清出了不少内贼，放你在外面乱走，不安全。不是困着你。"

她怔怔看着面前这个令她神魂颠倒的男人，心中想道：对他而言，这般耐着性子解释哄人，确实是仁至义尽了吧。

可笑吗？不可笑。

在这个世间，没有任何人能够得到这样的待遇。他是屹立在世间巅峰、睥睨芸芸众生的道君，和旁人，自是不一样的。

她闭了闭眼睛，轻轻点头道："我不和你吵架，只想问你几个问题。"

她有些虚弱，声音听起来比平日更加柔软动人。

他似乎没料到她的态度竟是这般软，眉梢不禁微微挑起，淡笑颔首。

她抿了抿唇，轻声道："和寄怀舟打斗时，你是如何护住云水淼的？搂住她的腰，带她翩然游走吗？就像当初，你装成低阶修士，带着我躲避煌云宗门人追杀时一样吗？"

他一怔，水墨般的长眉蹙起，视线冷凝，静静看着她，不答。

她仿佛早已料到他不会回答，径自继续问道："倘若寄怀舟当真全力以赴与你搏命，你当如何？你刚封印过上古凶兽，若是再度全力施为，必定引发九炎极火暴动，导致道体不稳。这样的话，云水淼的水系炉鼎体质，便是治你的灵丹妙药，对吗？如今暗潮涌动，你会冒着风险慢慢调养，还是和她……"

声音哽住。这些话她已在心中准备了千百遍，但最不堪的那一句，终是说不出口。

他的眸光冻结成冰，唇角却浮起笑容："你定要因为没有发生的事情，与我闹到这个地步？"

"没有发生这样的事，是因为我去了广场，用龙曜有灵骗了寄怀舟。"她直视他，"我的举动并不在你的预料之中。若我没有去呢？你告诉我，留着云水淼，是不是以备不时之需？"

谢无妄的笑容定在唇畔，像是冻在寒冰中的花。

她抿了抿唇，看着他的黑眸中映出自己破碎却美丽的容颜，悲哀地凝视着他："在你做任何决定的时候，我的感受从来不在你的考虑范围之内。你想过我会伤心吗？你想过往我心上捅一刀，然后把我扔开不闻不问，我会痛苦绝望吗？你不会想，你也不需要想，在你看来，我只要安静待在后院等待你的宠幸便够了。"

说到这里，喉间微微一哽，脑海中浮起一幕又一幕，酸涩的、甜蜜的、纵情欢愉的，胸口正中的颤抖向着周身扩散，有些喘不上气。她像溺水的人挣扎着吸了一口气，用尽全力对他说道："我很累，你让我回青城山，给我时间想一想，好吗？"

她看着他的眼睛，和那日一样，她并没有在他的眼中找到半分真心或动容。他这潭深水，无波无澜。

他缓缓开口，声音清凉淡漠："这就是你冷静之后的结果？"

　　长睫一动，他的视线深沉了些，精致的唇角缓缓化开一抹浅笑。她那颗又冷又疼的心脏蓦地一跳，后背渗出细细的冷汗，惊心不已。一种未知的恐惧攫住了她。这一刻的谢无妄陌生得可怕，带着冰冷的、上位者的威压。

　　她的身体不自觉地轻轻颤动，牙间也发出了细碎的碰撞声，她终于知道，为什么他脸上总是带着笑，旁人却那么怕他了。

　　她知道他真的动了怒。他冷了她半个月，不是要听她质问的。

　　她盯着他，身体在本能地惧怕，却不让自己的眼神有丝毫闪躲，她执拗地用眼睛向他要一个答案。

　　"宁青青，"他第一次缓声念出她的全名，"这一战，是寄怀舟身后的势力，妄想探我的底。云水淼不过是一个僭越的由头罢了。因为这种无聊的理由和我闹脾气，实在是不识大体。"

　　她的后脑泛起丝丝缕缕的麻意，心脏沉到了底。

　　是啊，一只养在后院的小雀，怎么会懂得前朝大事？她根本没有真正踏足他的生命，她在意和重视的那些，在他这里却是最微不足道的部分，情爱纠葛这种东西，在他那颗冷硬凉薄的心里毫无分量。他要的是锦上添的那朵花，而不是令他心生厌憎的一块霉斑。她不知不觉，竟活成了这般不堪的模样。

　　她微微失神眩晕，思绪散开，想起了刚与谢无妄成婚的光景。

　　那时，她喜欢偷偷地看他在乾元殿上的样子。

　　他高坐上首，比帝王更有威势，气氛肃穆威严，压迫感让人连大气都喘不上来。她远远地看着他，心中既钦慕又自豪。

　　但她很快就发现那样的场面与她格格不入。无论她站得多远，总能感觉到那些杀气凛凛的禁侍在防备、驱逐她。

她跑到殿前去，也的确挺奇怪的。乾元殿森严肃穆，而她却是娇俏的、柔弱的，她出现在附近，只会损了道君的威仪。

她也想勤勉修行，与他并肩而立，但她并不是什么天之骄子，修行只能按部就班地来，一点一滴慢慢积蓄灵力。

很快她就发现，她和谢无妄之间的差距有如天堑，想要追上他，完全就是痴人说梦。于是她不再强求，而是将生活的重心全部转移到他的身上，她按着他的喜好打理自己和这个家，让他带着风尘归来时，可以在这个温馨安乐的小院子里好好歇息驻足。

他在外面做的那些事，她从前不懂，后来更是不过问。她只知道他心机极深，别说是她，就连那些活了千年的老狐狸也不是他的对手。她越陷越深，终于，他成了她的全部。

到如今，她失去自己，变成了一个为谢无妄而活的人。

她其实根本没有想过自己会真的离开他。在她的潜意识里，没有他的世界，便是一片由眼泪和疼痛组成的黑暗之海，会将她吞噬，让她死无葬身之地。和他吵架闹分手，不过是比较激烈的谈判手段。他早已看透。既已看透，又如何会当真？

她怔怔地看着他，颤着声开口："我想回去住一阵子，先前……说好了的。"

她很冷，也很累，她不想再被关在这个院子里，就连哭，也只有自己的影子知道。这里处处是他的痕迹，他的气息，与他有关的记忆，再被关在这里，她真的会崩溃。

他的眸色倒是和缓了些，冰冷的气势也尽数敛去。

"宫中清洗已至尾声，后日吧，后日我陪你回去。"

他又开始哄她。

她的眼睛茫然地动了动。她有一双非常好看的眼睛，黑白分明，清澈透亮，眼尾微微一点下垂，带着些天真娇憨的少女稚气，什么情绪都藏不住。

她的双唇微微开启，随着胸腔传来的抽痛，花瓣般娇嫩的唇也轻微颤动，无辜又可怜。

他看着她，黑眸不知不觉浮上一丝温良柔和。

"后日就能回去吗？"她眨了眨眼睛。

他仿佛忍俊不禁，轻笑着伸出大手揉了揉她的脑袋："何时骗过你？好生歇息，我还有事要处理，后日清晨回来接你。"

"嗯。"她低低应了一声，闭上眼睛，很乖地伏在软枕上。

她不再胡思乱想，后日便能回青城山了，想着这件事，她的心中就软软地往外冒小气泡。

谢无妄行事狠绝，关她禁闭的时候连传音镜都不留给她，直到今日她还未和师父说上话。不知道重塑剑骨之后，糟老头子该有多么得意。她想着与师父相见的画面，心绪一点点彻底沉静下去。师父常说他吃过的盐比她吃过的米还多，兴许他能一语点醒梦中人……

接下来的两日，宁青青在屋中根本待不住，她到玉梨木长廊边上抱膝坐着，一寸一寸数着日影，一粒一粒数着碎星。

好不容易挨到了约定的时间，谢无妄竟没有回来。

他，从来不曾失约。

　　宁青青看着日头攀上檐角，一寸一寸挪到正当空，迟疑地歪了歪脑袋，倚在温暖柔软的玉梨木廊柱上思忖，谢无妄那日说的是早上还是晚上？她是不是记错了日子？

　　他说话向来是算数的。

　　她扶着廊柱站起来，赤脚走过回廊，打开院门。

　　开了门也没用，有结界阻挡，她还是出不去。

　　顺着白玉山道往上望，能够看到乾元殿的黑色飞檐。那日被寄怀舟削下的殿角已经修复了，精致石雕完美如初，只不过缺少了风雨的洗礼，看上去终究是泾渭分明。

　　山巅很安静，不像是出了状况。

　　她轻轻吁一口气，默然返回院中。

　　谢无妄不是出尔反尔的人，定是有什么急事绊住了。

　　她坐回长廊下，望着碧蓝的天空，轻声说道："我不着急，不必赶着回来。"

话一出口，她不禁怔怔地抬起手指触了触唇。

她想起近日与他发生龃龉的源头——

那一日因为受伤给他传音之后，她做了一个噩梦，梦见他为了她心神大乱，被人轮番偷袭，浑身是血。她急火攻心，险些把半条命都扔在梦里。挣扎着醒来时，第一件事便是去取传音镜，想要告诉他自己没事，不必着急。

而眼下，此情此景仿佛昨日重现，她焦急地、下意识地害怕他因为担心她而出事。

那一次，他并没有出事，而是在乾元殿大摆筵席，把她抛于脑后。那么这次呢？她怎么就下意识地开始担心他的安危啊？

怔了片刻之后，一种诡异的宿命感攫住她的心神，她的心脏在胸腔中怦怦跳，一丝丝寒意顺着脊柱爬上后脑，奇怪的不祥预感令她手足冰冷。

谢无妄这个人，极度自律，最是守时，甚至可以称得上是严苛。只要答应过，他就绝不会失约，她从未见过他失约。

正当空的艳阳，冷冷地洒下炙热的光焰。

"不会的。"她攥着手站起来，感觉双腿隐隐有一点发软。

她对谢无妄有怨，有恨，但是她绝不会想他出事。

哪怕二百年前，他收下云水淼，逼得她离家出走那一次，她也只是找个角落躲起来默默舔舐伤口，努力将他从心里挖出去。她没有因爱生恨，没有盼着负心的男人去死。倘若他与旁人在一起过得很好，那么她一定会真正放下他的。

与谢无妄相伴三百年，他已经是她生命的一部分。他若出事，定比他负心更叫她疼痛百倍。

她拼命绞着双手，咬得唇火辣辣地疼。

挨到傍晚时，天空与山道依旧冷冷清清，不见谢无妄的身影。

她拿定主意，凝聚全部灵力开始攻击结界。瞄准的，便是那一日被魃龙爪击破的位置。

一道道耀眼的灵力光芒荡出，循着魃龙爪飞来的轨迹，落向崭新的乾元殿檐角。

一次、再一次……她的喘气声越来越重。

淡色的天幕向着西边拉扯，渐渐换上洒满了星点的暗色幕布。终于，一道灵力光芒击中了新修的魃龙。

砰——

魃龙高高扬起的前爪被灵力流斩断，砸中乾元殿殿顶，然后打着滚落向殿前。

宁青青双手拄着腿，躬下腰去，大口喘着粗气。

少时，一道圆胖的人影掠上乾元殿殿顶，略微迟疑之后，蓝衣胖子的身影既轻盈又沉重地掠过山道，"嘭"的一声落在了玉梨苑门口。

成功把人引来了！

宁青青急奔到门前，隔着结界看向谢无妄身边这位"大内总管"——右前使浮屠子。

浮屠子面容最是亲切和善，不过在外的名声可不好听。世人都说这胖子是道君身边第一大奸佞，一只心黑手狠的笑面虎，欺下媚上，专门不干人事。外人给他取了个外号，叫屠公公。

其实明白人都清楚，浮屠子不过是出面做一些谢无妄不方便做的事情，替他背黑锅罢了。

一身蓝袍的浮屠子掂了掂手，恭恭敬敬作了个揖，头一扬，便是一张令人忍不住随他一起笑的胖脸。短眉弯弯，唇红齿白，生得一副喜气面相。

他嘴唇在动，但隔着谢无妄特意设下的新结界，宁青青听不到外面的丝毫声音。她问了几句，发现浮屠子和她一样，完全看不懂唇语。

她下意识原地转了两圈，心生一计，抬起一只手放在结界上，缓缓渡入灵力，凝出几个莹白光亮的字样："道君在何处"。

浮屠子缓缓张大他红润的嘴巴，眼睛一眨不眨地盯着这几个字，瞪成了一双斗鸡眼。

宁青青焦急地拍了拍结界，示意他回答。半晌，才见这胖子后知后觉地回神，抬起一双小眼睛，见鬼一样地瞪着她。

宁青青险些被他气死——这胖子有必要这么装傻充愣吗？

浮屠子狠狠眨了好几下眼睛，终于回过神，摆了摆胖手，学着宁青青的模样把手放在结界上，试着用灵力凝出字样。

他是合道期的大修士，灵力属水。只见凝实的水波灵力从他掌心涌出，落到结界上，"噗"一下散开。

他抽了抽嘴角，迫出更多的灵力，使着吃奶的力气操纵它们，试图摆成字样。半晌，浮屠子抬起一张渗满细密汗珠的胖脸，无辜地冲着宁青青摊了摊手，红润的厚唇动了动，宁青青这一回诡异地看懂了他在说什么——"属下做不到哇！"

宁青青狐疑地盯着他，正在思忖这老狐狸是在玩花样还是真无法用灵力凝出字样，便见他灵机一动，扯下一截袍子，用指甲在上面划出痕迹——江都。

宁青青微怔。

青城山便位于江都地界，谢无妄去了江都？

略一思忖，她又写："干什么？"

浮屠子回得极快："接人。"

写完这二字，浮屠子垂下双手，规矩地立在一旁，似是不便再透露更多。

宁青青心脏怦地一跳。原来，谢无妄还是担心安全问题，所以打算将师父他们接到圣山来见她吗？看来局势比她以为的还要更加紧张啊。倘若已危急到这样的地步……那她还因为吃醋与他闹，是不是有些过分了？两个人烦愁的事情，根本就没在同一个层面。

她咬着唇，点点头谢过浮屠子，然后捉着衣袖折回院中。

她并不知道，浮屠子盯着她的字迹残留之处愣了好一会儿，然后微张着嘴，望着她纤细瘦削的背影，眸中交织起震撼与怜悯。

世人都知道，道君谢无妄的妻子没有半点存在感，他留着她，只不过是因为她伴他多年，像他的剑、他的法宝，没有必要扔掉罢了。直到今日，浮屠子才发现，这位柔弱的夫人控制灵力的本事，可谓登峰造极！道君难道没有发现，他的枕边人竟有这么出神入化的控灵手段吗？

浮屠子搓了搓眼角，想到道君去江都接的人……垂下硕大的脑袋，幽幽叹了一口气。

宁青青并不知道她无意间露的这一手，给浮屠子造成了多大的震撼。她经年累月替谢无妄打理灵宝，聚沙成塔，早已可以自如地控制灵力。她根本没有意识到这是一件多么恐怖的事情。

宁青青回到院中，四下看看，将落在院子正中的桂叶与花瓣都清扫起来，埋到庭院一角，然后把她平日随手乱扔的小物件都整理归位——乱扔东西，肯定要被槽老头子念叨。

东西各有三间厢房，平日都是空置着，她简单地检查了一遍，确认没有留下自己和谢无妄胡闹的痕迹。做完一切，她坐到距离院门最近的廊椅上，按捺着激动的心情，等待谢无妄带着师父他们归来。

虽然……虽然她还没消气，但看在他千里迢迢替她接人的分上，她便稍微站在他的立场上，体谅稍许吧。

这一等，便等到了天明。

太阳从东面远山蹦出来时，宁青青忽然心有灵犀，急急地从廊椅上站起来，迎向院门。

刚奔出两步，便见那道熟悉的身影踏了进来。

她的心脏停跳两拍，神色实在绷不住，下意识地扬起唇角，双眼微微弯成期待的月牙。

谢无妄明显一怔，略显冷峻的唇线向下微抿。他看着她，深不可测的眸光微微一闪。

宁青青迎到面前，草草冲他笑了下，然后满怀期待地将目光投向他的身后——

她眨了眨眼。是她眼花了吗？只见一个女子站在那里。

她和她，生得有五六分像。乍一看，以为是结界上映出了自己的影子。

不同的是，这个女子的额心赫然映着一枚梅花胎记，红艳艳的，灼目得很，她的双手轻轻交叠在身前，肩端得极平，微微向后压，下颌微含，神色柔顺。

宁青青退了一步，难以置信地望向谢无妄。触到他全无波澜的视线，她忽然感觉一道落雷劈进了脑海。

那一日，她在后殿，听到那个擅长搜罗美人的章天宝说起，无论什么样的美人都能为他觅来。

他说，要西阴神女那样的。

他说，江都灵山，好说。

所以他去江都，是与章天宝交易。

一手交钱，一手交人。

　　宁青青的脑海一片空白，那道劈进她脑海的落雷从天灵盖沉到足底，周身上下，说不清是麻，是痒，还是痛。

　　她的视线收缩成一小束，牢牢禁锢在谢无妄腰间的束带上。

　　这条束带是她亲手织的，用的是南瞻洲天山产的冰蚕丝。她操纵着灵力，一丝一丝为他织的，上面的祥云图案是她用取巧的手法编织出来的，没有彩染过，却会随着光线变幻色泽。

　　她紧紧盯着一朵祥云，不让余光晃动分毫。一眼也不去看那个比她更像西阴神女的女子，是她仅存的最后尊严。

　　祥云动了。

　　"整理一间厢房。"谢无妄的声音从身前传来。

　　他忽然靠近她，右边广袖微微扬起，一只大手环向她，准备扶住她的腰身。

　　"呵……"她轻声失笑。

　　原来他知道的，他知道她会痛、她会摔。

她才不!

微有踉跄的脚步稳稳站定,她一挥袖,荡开了他。

"客人要住在这里吗?"她依旧盯着他腰间的祥云,问。

"是。"

"东厢吧。"她转过身,往侧廊走去,"方才我已收拾过了。"

走出两步,她有些奇怪地抬手抚了抚心口。怎么回事,居然是不痛的吗?

麻木、空洞。原来她已经想开、放下了吗?比想象中……似乎容易得多。

她并不知道,许多动物在落入天敌口中、再难逃脱命运的一瞬间,身体会自行激发保护机制,令自己彻底麻痹,感受不到外界的任何伤害,哪怕被尖牙撕裂皮肉,哪怕喉管被咬穿,哪怕被吞入一片窒息的黑暗……都是没有感觉的。

"东厢可否?"她听到谢无妄用温和的声音询问那名女子。

她恰好抬足踏上木廊,脚下一绊。她扶了下廊柱,站稳身体,一步一步,平稳地走到雕花排门前,推开。

阳光下,有细小的微尘在飞舞。

女子发出迟疑的鼻音,似乎并不是非常满意。

宁青青回眸笑道:"久不住人,有一点灰尘。不如住正屋如何?我去简单收拾一下便会很干净。"

真好,身体好像变成了一具木头壳子,一丝一毫都不会痛呢。

谢无妄冷冷瞥来,一字一顿道:"就东厢。"

她笑着点了下头,僵硬地走进厢房看了一圈,然后示意谢无妄已经收拾妥当。

她顺着木廊向正屋走去，眼睛里又干又空，并不想哭。

剑是悬在头上更好，还是落下来更好？宁青青也不知道答案。

她轻飘飘地走回屋中，走到窗榻下，缓缓落座。手一摸，摸到方才为师父准备的一壶浓茶。

她给自己沏了浅浅一杯，放到唇边。牙磕在茶盏上，她才发现自己的手指和嘴唇都在颤抖。

她用别扭的姿势衔住杯沿，一饮而尽。

奇的是，她的身体好像变成了一个破了洞的木桶。茶从嘴里饮下，竟从眼睛里跑了出来。她有些惊奇地抬手摸了摸脸上那两行潮湿，有些不信地又饮了一杯。

还是从眼眶里跑出来了。

她愣愣地笑了笑，好像孩子找到了新奇的玩具，举杯饮、再饮。它没叫她失望，每次都从眼睛里流出来，都把她的衣襟弄湿了。

她机械麻木地饮着。

大约饮了七八杯之后，手腕忽然被人强硬地擒住。

"铛。"

指间的茶盏落到茶盘上，滚了两下，杯底残余的茶液缓缓流出来。

谢无妄把她扯起来，冷冷逼视道："你在做什么？"

"喝茶啊。"她怔怔回道。

她抽了抽手腕，发现抽不回来。他把她钳得有些痛，她不由得蹙了眉看他，触到那张令她魂牵梦萦的脸，埋在死灰中的心脏微微一挣，一缕酸麻的液体缓缓浸了进去。

"不要想太多。"他的脸上没有表情。

"我什么也没想。"她冲他露出笑容，"真没。"

他脸色更沉，声音冷清："懂事些，不要闹。"

一只很热的手抚上她的脸颊，极慢极重地擦掉她脸上的泪渍。

"我没闹啊。"她低低地应道，"你让我安排厢房，我便安排了。"

谢无妄嘲讽地勾唇，黑眸居高临下地睨着她，盛满讥诮。

"哦……你指的是吃醋吗？"她抬起一根手指，指了指东厢，平铺直叙地问，"是我想的那样吗？旁人依着你的心意，给你搜罗来的美人？"

他那形状完美的薄唇动了动，好看的喉结也滚了一圈，仿佛要说些什么，最终只是淡淡吐出一个字："是。"

宁青青点点头。

这一刻，她无比感激这些日子他带给她的那些伤害。若是猝不及防之下被他捅这么一刀，她必是撑不住的。不过此刻她已有了防备，她的心已经碎成一堆松散的灰烬，刀捅上去，不算疼。

她努力用平静的语气问他："你知道我的底线，为什么还要这么做？"

谢无妄用一种她完全看不懂的眼神盯了她一会儿，玩味地、琢磨地道："底线？"

他微垂下头，一根手指挑起她的下巴，与她对视，冰冷的威压令她呼吸困难。

心跳渐急，她察觉到他正在把她从麻痹中唤醒。他不会允许一个人在面对他的时候心不在焉。

她渐渐有些承受不住，视线闪烁，他那俊美的脸在面前明明灭灭，阵阵刺痛随着呼吸回到了她的胸膛。

"想多了。"他的黑眸中浮起一抹凉薄的认真，"在我面前，没有任何人有资格谈底线。"

她的唇愣愣地分开，呆滞片刻，她又问："两百年前，你送走云水淼，难道不是为了我吗？"

谢无妄笑了。他没回答，但他的笑容已道破一切。

半晌，他垂眸道："只宠着你一个，是因为我喜欢，我愿意，而不是受了你的要挟。"

那些被麻痹的知觉彻底回到她的身体里，心脏仿佛被一只只手撕来扯去，空气冰冷如刀，刮进肺腑，又涩又疼。不过还好，近来疼得多了，习惯了，还能扛得住。

"所以……"她发出虚弱的声音，"你会要她吗？"

她不想发抖，但双肩还是像秋风中的落叶一般，颤抖着蜷缩起来。

他低低地笑了笑："说不好，看情况。或许，你再虚与委蛇哄我试试？能把人送走一次，兴许便有两次、三次、百次。不过别像上次那般光说不练，要哭就好好哭。"

她脑袋一蒙，身体先于思绪一步，扬手扇向他的脸。

手腕不出意外地被他钳住。道君谢无妄，怎么可能被人扇到耳光呢？

他使了些力气，让她疼，越疼越清醒。

她错了，错得离谱。

"解契离籍。"她微微喘息着，盯住他的眼睛，"你我再不相干！"

谢无妄轻笑出声，随手将她的手扔向一旁。

"阿青，你还不懂？无我护你，你这般姿色早晚会引来章天宝之流。你以为青城山谁能保得住你？"

她难以置信地看向他，仿佛不敢相信自己听到了什么。

他踏前一步，一只大手抚上她的脸颊，温存道："明明是个聪明人，为什么非要我把话说透。你我是有情分的，没人能取代你，不必患得患失。简简单单跟着我，别多想，不好吗？"

她颤着声，说："所以，你不放我。"

他笑得好听极了："是阻止你犯傻。阿青，世上没有后悔药。"

唇角带着笑，渐冷的眸光却在昭示他已耐心告罄。宁青青知道，他又准备丢着她、冷着她，让她自己咽下苦果，自行消化。

她不能再被他关起来了。

衣袖中的五指攥紧，指甲深深地刺入掌心，制止身体和声音颤抖。

"好。且不提离籍。"她咬着唇道，"那你答应让我回青城山的事情，还作不作数？"

他盯着她，目光沉沉。

"也许时间能令我释然想通，愿意和别人共侍一夫。"说出这句话，胸腔中的剧痛不亚于万刃诛心，她的肩膀难以抑制地抖动起来，一字一顿道，"可是现在，不行。我做不到。"

他微挑了下眉，等着她继续说。

她吸了口气，说："让我留在这里，面对你和别人，这太残忍了，我只会怨恨、崩溃。你若还想我好，便让我离开这里，冷静想通。"

每吐出一个字，都有一股泛着腥甜的气流从胸腔中涌出，让她的声音变得一字一顿，字字带着些气声。

他的语气慵懒了些，半真半假道："夫人不在这里盯着，万一我真动了旁人怎么办？"

"那便是我自找的。"她咬牙道。

"呵。"他轻笑一声，拇指在她的脸颊上轻轻摩挲，半晌，回应道，"可。"

他应了。

她的心狠狠一痛，痛到极致之后，轻飘飘地浮起来。

她抿了抿唇，道："我想通了自会回来。你不要来接我，以免我还在气头上，与你吵闹。"

他温柔地笑，目光了然："别等。"

她静静凝视他薄情的面容，唇角不自觉地浮起淡而涩的痴笑。这是她放在心头，深爱了三百多年的人啊。

她感激他的坦荡，将什么都说得明明白白，不给她留半点念想，这样她才放得了手。

不离籍无所谓，她这一生，也不可能再嫁旁人。

泪水涌出之前，她及时别开了头："我走了。"

"浮屠子会送你。"

她点点头，走到窗下，去拿她的蘑菇。

谢无妄掠上来，轻轻摁住她的手腕，似笑非笑道："怎么，每逢月圆夜，夫人要我前往青城山相会？"

宁青青脸色微变，收回了手。

罢了，这蘑菇也是他送给她的，何必带走。

她连他都不要了，还要蘑菇做什么？

离开天圣宫时，宁青青的心情比想象中要轻快一些。

她太久没有御剑，摇摇晃晃有些站立不稳，愁得浮屠子在她身旁飘来飘去。

浮屠子奇胖，这般小心翼翼地摊开双手，防着她摔下去的样子，就像一只巨大的、带着两条短触手的鱼鳔。

宁青青看他两眼，忍不住抿着唇轻笑了一下。

浮屠子吊起一对绿豆三角眼，声音紧张得像一条绷住的铁弦："夫、夫、夫人，你没事吧？你还好吧？你怎么样？"

别是失心疯了吧？

宁青青呼吸微滞，敛去笑容。

人在这种时候，最怕的，便是关心。

圣山的影子飞快地向身后退去，她终是忍不住回头望了一眼。

殿宇森严，等级分明，那座山，象征着至高无上的权势，统御万里江山。她的目光并没有在那些殿宇上停留半瞬，而是径直落向山崖后的那一团暖黄。

那是她的家……

曾是。

夜色下，玉梨苑看起来仍旧那么温馨，令人忍不住想要驻足停留。对她来说，那间院子早已融为生活的一部分，每一块木头都与她相熟，无论躺在哪一个角落，都是那么惬意安心。她在家里甚至可以不用睁眼走路。有时候睡得迷迷糊糊，闭着眼睛便从床榻上游荡下来，摸到侧室的灵池泡个澡，再闭眼摸回正屋，将先前弄乱的物件一样一样归复原位，熟悉得就像左手摸着右手。

走廊的长木椅，每一段她都趴过、躺过。还有她最喜欢的大木台，看着日影和云影在上面缓缓流动，时间总是变得特别快。

那是她闭着眼睛，都能在脑海中一点一点刻画出来的家。

离开之后她一定会不习惯，就是不知没了她，那座院子会不会习惯？

"右前使，"看着那一团暖光渐渐远离，她哽咽开口道，"我没有舍不得谢无妄，只是舍不得我的房子。"

浮屠子劝道："夫人切莫多思自苦，不出三五日，道君必定把人赶走，接回夫人。"

宁青青怔怔地看了他一下，喃喃问道："右前使也认为，我只是在闹脾气要挟他，等他回心转意，我便会飞奔回去，对吗？"

"不不，属下不是这个意思……"

宁青青打断了他的解释："每个人都知道，于谢无妄而言，我是一个听话的、召之即来挥之即去的宠物。他是这样想的，世人也都是这样想的。右前使，难道你不是这样想的吗？"

"夫人想岔了！"紫胖子轰隆隆挡到她的面前，一双绿豆眼吊成两个竖三角，"夫、夫人请听属下一言！道君不形于色，其实待夫人一片真心。"

宁青青轻轻一哂："不必安慰我了。"

"道君是在意夫人的。"浮屠子道，"上回夫人受伤的时候，不是给道君传过音吗？"

宁青青不禁有些恍惚。这些日子她与谢无妄种种不快，若是寻根溯源的话，的确是起于那一次传音。

为何浮屠子竟会知道这么一件微不足道的小事？

浮屠子颇为感慨地道："那日道君接到传音，当即变了脸色，扔下刚攻破的南疆魔尸城便走了，留下胖子我独自对付魔尸王，真是生生剐了我三层肉哇。我跟了道君这么多年，还是头一回看到道君流露出毛头小子的神色。"

宁青青失笑："要论自欺欺人，我一定比右前使更加擅长。如今连我都骗不了自己了，右前使也不必奋力在黄连里挑蜜糖。我只问右前使，他回复我只言片语了吗？他归来之后，看望过我一眼吗？我只知，那一日他许了章天宝江都灵山，今日便如愿迎回了个合心的美人。"

浮屠子笑容讪讪的，不知该如何替谢无妄解释。他自是知道，谢无妄那日火急火燎地返回圣山，却没有去玉梨苑守着宁青青，而是沉着冷脸在乾元殿独坐大半日，随后便召见了那个在山下候了数月的章天宝。

君心难测啊！

浮屠子叹息着，掂了掂手："夫人，常人只见道君位高权重，却不知他背负着天下苍生，那是何等重量！道君身在高位，注定无法像平常人一般轻易泄露心绪，少不得要我们多揣摩体谅啊！"

她垂下眼眸，望着薄云下方急速后退的大地，轻声道："我知道我与他云泥有别。是我痴心妄想了，跟了这样的夫君，却妄想一生一世一双人。在他眼中，我是个笑话，在世人眼中，我亦是个笑话。"

"夫人这便是想左了。"浮屠子摇头不迭，"这世间，绝对无人会笑话夫人，因为那是道君啊！道君是何人？论修为，论权势，论威望，那是天上地下独一无二的！在这世上，根本就没有能与道君比肩之人。说句不好听的，这天下所有的人，在道君眼中哪个不是废物？有什么区别？"

聊不下去了。

宁青青遥望东南，加快了御剑的速度。

从天圣宫到青城山有七千多里，她御剑能够日行八百里，不眠不休也要走上好些日子。她没让浮屠子带着她赶路。若是浮屠子带着她瞬移的话，只消半日便能到了。若是谢无妄，一刻钟足矣。

这么一想，心脏又传来些闷痛。

他那样的人，本就不该与她有什么交集。

宁青青行了九日，在午时抵达青城山。

九日，玉梨苑若要发生些什么，早已发生了。

她忽略心底淡淡的悲伤，将平静的视线投向那座翠绿的山。

青城山一看便知道是剑修喜欢的地方，整座山的形状，就像一柄直指苍穹的剑。

宁青青谢过浮屠子，与他道别，然后落到山道上，看着翠木掩映的山门，踟蹰着不敢往前踏。近乡情怯便是这样。

她望向山下老对手煌云宗所在的位置。煌云宗修得像座占地广阔的庙，从山上望去，一览无遗。

宁青青吃惊地发现，煌云宗内挂满白幡，像是在办一场重大的丧事。

难不成是宗主驾崩了？她怔怔地想着，忽然听到身后传来一道迟疑的声音："请问你是……"

宁青青回过头，看到一个十五六岁的少女站在不远处，正微偏着头打量自己。

少女生得娇俏可爱，脸庞圆润，一双杏眼微微发红，眼眶有些肿，头发盘成个丸子，怀中还抱着一柄大得很奇怪的剑。

"我……"

宁青青刚要开口回答，忽然听到山门方向传来一道熟悉的嗓音："小师妹，你还知道回来？"

声音温润隽雅，是青城剑派的大师兄，席君儒。

宁青青心头一跳，眼眶立刻湿了。她委委屈屈地回过头，望向山门，忽然一怔。

大师兄依旧是那副羽扇纶巾的儒雅剑客模样，斯文温和，但他的视线并没有落在宁青青身上，而是看着山道上这位抱着奇怪大剑的圆脸少女。

"大师兄！"少女像一阵风，刮过宁青青身边，扑到席君儒的面前，"我查到了！三狗的死……"

"毛躁。"席君儒竖起手，打断少女说话。

宁青青呆呆地看着这一高一矮两个人，嘴唇微动，心中百感交集。

这一幕仿佛旧日重现，只不过，青城山的调皮小师妹早已不是自己了。

席君儒绕过少女身边，缓缓抬眸望向二十级山道下方的宁青青，很有风度地开口道："这位道……"

山道上刮过一阵风，青衫席卷而下，席君儒一张放大的脸撞进宁青青的视野。

"小青儿？！"

席君儒难以置信地瞪圆眼睛，上上下下把宁青青打量了一圈又一圈。宁青青瘦了太多，他方才瞥见她，却没能认得出来。

宁青青扯出个笑容："大师兄，我回来了。"

谢无妄已经给她打上了难以磨灭的烙印。若是从前那个任性的宁青青，此刻一定已经委屈得哭鼻子了，而如今，她却是在笑。

席君儒沉下脸，盯着她的眼睛看了一会儿，然后认真地问道："道君驾崩了？"

不愧是大师兄。

宁青青弱弱地回了句："没有。我不要他了。"

席君儒点头，也不多问，只道："要喝酒随时找我。"

宁青青随口回道："你出酒钱。"

席君儒温润地笑了下，然后正色道："不可能。我只出人。"

大师兄果然还是那个大师兄。

"走吧，先回去。"席君儒淡淡地瞟了眼山下，"小青儿你回得可真是时候，近来不太平。"

宁青青后知后觉地想起圆脸少女的话，眉心轻轻一跳："小师妹方才说三狗的死……莫不是煌云三狗？"

煌云三狗，指的是煌云宗的宗主、宗主夫人和他们那个儿子，少宗主。

陈年冤家，彼此都有"爱称"。煌云宗的人都管宁天玺叫宁老蛇，管最爱捣乱的宁青青叫竹叶青。

宁青青犹记得，在她刚出嫁那会儿，有一次大师兄传音提到过小狗，也就是那个少宗主。说他和小狗拼了场酒，杀翻了那小狗，小狗忽然便哭起来，说他就想亲手捉一回竹叶青，把她按到树上亲，奈何竹叶青实在是过分奸猾……当时给大师兄乐坏了，趁小狗醉着，真逮了条竹叶青拔了毒牙摁在他嘴上亲，小狗酒醒之后，把隔夜饭都呕出来了。

宁青青当时听得哭笑不得，她是真没看出来那小狗居然偷偷喜欢过她，毕竟她曾骑在他的脑袋上，往他嘴里糊泥巴。

没想到，再次听到这个人的消息，竟已是阴阳两隔。

席君儒点了点头，谨慎道："意外身亡，宗主走火入魔，杀了妻儿然后自杀。几日前，淮阴山派人来谈，想逼我们迁宗，让出附近这几条灵脉。煌云宗拒绝得最是强硬，哪知一转眼主事的人全没了，就剩下一个撑不起场面的孤女，如今淮阴山的人已经成功拿下煌云宗的地。"

未免也太巧了！

淮阴山是一个主修道法的大宗门，势力一半分布在江都地带，一半盘踞在江都以南的南疆山脉。论实力，与昆仑不分伯仲。

圆脸小师妹急急地凑上前来，通红的眼眶里盛了两包泪："大师兄！我打了个地洞，钻到出事房间的床底下看了，结果在床脚里侧发现一个血字——章！"

小师妹有些压不住哭腔，少女心事一目了然，她其实偷偷喜欢着受害者"小狗"。

席君儒神色凝重："哦？血字，章？"

自道君谢无妄掌权以来，天下平定，道律森严，秩序井然，至少在明面上，绝不会出现杀人夺宝这样的恶劣事件。至于私底下或是秘境中……那便各凭本事。断案，终究看的是证据。

"淮阴山派来谈判的那个娘娘腔，不就叫章天宝吗？就是他干的！"小师妹咬紧牙，恨声道，"他害完三狗，下一个要害的不就是咱师父？"

"住口。"席君儒冷下脸，"一个血字而已，不是什么确凿的证据，千万莫在外面胡说！走，先去见师父——嗯？小青儿？"

宁青青站在山道上一动不动，面色惨白，双眼闪烁着两簇小火焰，一字一顿道："章天宝。"

章天宝……他以为给谢无妄送了美人便可以为所欲为吗？！

　　三百年前的旧事，如今回忆起来像是蒙了一层昏黄灰暗的尘土，那是时光的颜色。

　　青城剑派和煌云宗的关系绝对不能称为好，但是彼此做了多年邻居以及人形陪练剑桩，多少有些爱恨交织的情谊在，更何况这一次的事情大家都有份，煌云宗只是做了出头鸟而已。

　　兔死狐也悲。还有……章天宝。偏偏是这个章天宝。他以为成功给谢无妄送了美人，便可以为所欲为吗？

　　宁青青的指甲深深嵌进掌心，胸中翻涌着怒火。

　　刚走过第二道石牌楼，便看见一道道身影从山间飞掠下来，像下饺子一般落到了面前。

　　"小青儿！"

　　"青师妹！"

　　"青宝宝！"

　　"小蛇儿！"

一道佝偻的身影拨开人群踱了出来，腰间挂个大酒葫芦，通红的酒槽鼻上方吊着一双亮晶晶的眼睛："哎呀我看看，这是谁回来啦！"

宁天玺龇着满是缺口的黄牙，摇摇晃晃迎上来。

宁青青的心头立刻涌起一幕一幕的往事——老头用布带绑着她，教她走路；老头恬不知耻地蹲在她旁边，分走师兄师姐们从山下给她带回来的美味小食；老头教她修行，总是教到一半就打起呼噜；老头不小心弄坏了师兄师姐们的东西，骗她给他背黑锅……

"师父……"

明明是个可恶至极的糟老头，可宁青青一张口，眼泪便止不住地往下掉。

"哎哟哟。"小老头张开双臂，把她的身体搂进瘦骨嶙峋的怀里，"这孩子，怎么就长不大啊！"

宁青青终于放肆地哭出了声。泪光模糊的视野中，发现好几个师兄师姐也偷偷抹起了眼泪。

老头"哦哦"地哄着，拍了她几下，然后猛地站直身体，冲着身后一众弟子吊起眉毛，八字白须吹得一飘一飘："还看！看什么看！不赶紧去买红烧肘子、卤鸭腿、脆毛肚、爆腰花、炸豆皮、桂花酒回来，哄我们小青儿开心？"

宁青青郁闷地在老头肩膀上擦了把鼻涕眼泪："这些是你爱吃的，不是我爱吃的。"

小老头把视线瞟向侧面的天空，装作听不见。师兄师姐们偷偷地笑了起来。

宁青青也哭不出来了，含着泪，扫过一张张熟悉的面孔。

她回来了，她不是没有家。青城山也是她的家。

章天宝想要毁了她最后的家，她绝不会让他得逞。

虽然形势不太乐观，但晚饭的时候青城山众人还是多饮了些酒。圆脸小师妹将发现血字的事情原原本本说了一遍，听得众人皱起了眉头。

凶案现场发现血写的"章"字，煌云宗没了主事人又恰好如了章天宝的愿，任谁来看，都会得出同样的判断——煌云宗一家三口惨死，绝对与章天宝有关！

"这两日，又有两个小宗门答应了迁宗。"三师兄拿着一个账本，缓缓道来，"煌云宗的事情就像杀鸡儆猴，大家都怕。而且，淮阴山在这个时候给了台阶下，答应给迁走的几个宗门添上一笔安置费用，另外几个宗门已有松动。再这么下去，方圆二百里内，很快便只剩咱们一家了。"

"卑鄙！"小师妹的眼睛又红了。

都知道青城剑派与道君谢无妄是姻亲，淮阴山不敢正面相逼，便使了些迂回手段。

宁青青暗暗攥紧手，胸中怒海翻腾。如今这形势可谓一目了然，淮阴山先对青城剑派使着软招，倘若那肖似西阴神女的女子能够成功吹得谢无妄的枕旁风，那他们便可以用上强硬手段！

心火烧灼，那些酸涩和疼痛仿佛也被焚尽。宁青青压平呼吸，把小师妹揽过来咬耳朵："今夜带我潜进去，将证据偷出来。"

她要用灵力将凶案现场细细搜寻一遍。世间之事，皆有迹可循，只要做了，必定会留下蛛丝马迹。

小师妹郑重点头，低声约定了时辰。

宁青青松开她，敲开一罐酒："不提那些不高兴的事了！我敬师父，敬师兄师姐们！"

饮过一圈，她将酒泼到地上："也敬煌云三狗！他日泉下相见，再战三百回合！"

大伙都还记得当初宁青青把煌云宗弄得鸡飞狗跳的事，你一言我一语地聊起往事，笑着笑着，想起煌云再无三狗，不禁有些心酸怅然。

月起宴散。

宁青青从前的住处早已不在，师姐们给她腾出一间大竹屋，备上簇新的被褥。她呼吸着陌生的空气，笑着滚到床榻上说喜欢。

这个世界好像变得有些不真实，她就像是外来之客、无根之人，虚浮着，没有着落。回来了，但是那些伤心依旧无处诉说。她更愿意装出无所谓的样子，不想再给大家徒增烦忧。她觉得自己就像一根破土的竹笋，被青城山的风一吹，瞬间便长大了。

繁星渐渐铺满夜空，宁青青换上黑色夜行衣，跳进小师妹的窗户。她来得比约定时间稍微早了一点，小师妹换好衣裳，正坐在床头，捧着一张画像垂泪。不必说，定是煌云小狗。

只见那画中之人眉目疏朗，笑容嚣张灿烂，已是肩宽腿长的成熟男子样貌。曾经的小狗也长大了。

小师妹收起画像，默默上路。顺着树影，二人很快便掠下青城山，潜向煌云宗的方向。

煌云宗已被淮阴山的人占下，等到七日丧期一过，他们便会拆了丧幡，改建这里。

"黄家只剩一个黄小云。"小师妹的声音闷闷的，"未出事时，她便不是什么开朗性子，阴阴郁郁的，总是揣着满腹心事，如今突逢剧变，也不知撑不撑得过去。"

宁青青嫁入天圣宫时，煌云宗宗主夫妇还只有黄小狗一个独子，没想到老蚌怀珠，留下这么个弱千金惨受凄风苦雨。

宁青青抿抿唇，轻声道："找到证据，为煌云宗报仇。"

"嗯！他们淮阴山还真以为可以一手遮天吗？当道君死了？"小师妹发现失言，急急补救道，"哦，道君死了！"

宁青青叹口气："只要能找到证据，他会主持公道的。"

谢无妄，他是一个合格的君主，是斩妖除魔的绝世之刃，也是守护人间秩序的岿然基石，除了不是一个好丈夫。

小师妹那柄奇怪的巨剑，原来是个剑铲。

二人潜到煌云宗西面的一株枯树下，小师妹抡起剑铲，三下五除二地刨开掩土层，带着宁青青钻下去。

"走地下，最安全！"阴暗潮湿的泥坑中，小师妹的声音瓮瓮的，"青师姐我跟你说，自从我学会打地洞挖宝贝，都不缺钱铸剑了！"

剑修的钱，都花在剑上。

"剑进阶了，打地洞就更顺手啦！"她一边说，一边随手扬起剑铲夯实了上方土层,"这个之字形地洞是不是很漂亮?跟蚯蚓学的!"

献宝一样的口吻。

很快,二人来到地洞尽头。小师妹伸手推开几块石砖,钻到一张大床榻下。

宁青青甫一探头,便嗅到了被反复冲刷过后残留的浅淡血腥味道。月光透过窗棂淡淡洒进来,在床榻外铺了一层细碎白霜。

小师妹用手肘撑着身体行走,噌噌挪到床头,指着床柱示意宁青青看。宁青青凑上前去,只见那黑色的漆皮床柱里侧,赫然有个血写的"章"字。写字之人指头颤得厉害,蘸了血书写,字迹歪斜绵软,写到最后一竖的时候,似是被人从床下拖了出去,最后一笔歪歪地斜向床外。

宁青青压下眉眼,静静盯着那个血字看了一会儿,荡出灵力探了探——确实是四五日之前留下的字迹,并非伪造。

小师妹喜欢受害者,难免让人心存疑虑,担心她因为复仇心切而故意制造伪证来钉死章天宝的罪名。如今验过字样,宁青青心中已有九成把握,认定凶手正是章天宝,再准确一点,应该说在受害者遇害时,认定了章天宝是凶手。

她钻出床底,站在屋中缓缓环视一圈。

凶案发生之后,这间屋子被反复冲刷清洗收拾过,屋中已无什么小摆设,只有几样大件——空荡的床榻、桌椅、敞开的空箱空柜。明处看不见血迹,空气中却仍残留着淡淡的血腥味,像是死者不甘的哀号悲泣。

宁青青沉吟片刻，蹲下身子，双手扶住地面，缓缓迫出灵力。霜糖般的月光上覆了一层浅白的灵力光芒，如水一般向着四周流淌。宁青青闭上双眼，全力施为，灵力淌过之处，任何细节都逃不过她的感应。一滴汗珠顺着发尖落到地面，心神和灵力的损耗都是十分恐怖的。

地面除了血迹，什么都没有。在层层水汽的遮掩冲刷之下，残留在砖缝的血渍更加让人触目惊心。这是一场毫无人性的杀戮，每一个角落都密布着鲜血。

宁青青紧咬牙关，灵力白光攀上四壁、木柱。她的呼吸渐急，脸色惨白得厉害，身旁的小师妹不禁轻唤了一声："青师姐。"

墙壁与柱子上也都是血。三个死者，恐怕流尽了全部血液。

"青师姐！"小师妹又唤她，声音带上了些急切。

宁青青心头一跳，蓦地睁眼，掠向屋角木柱，从木质纹理中缓缓拔出半截深深嵌入柱内的断簪，一看便是在盛怒之下掰断的簪子。还未来得及细看，窗外的火光便照了进来。

"谁在那里？破门！"衣袂破风声不绝于耳，一道道身影落在屋外，眼见便要闯入。

宁青青一回眸，对上小师妹焦急的眼睛，方才她便是在提醒自己有人来了！

宁青青不假思索，切下带血字的床脚，与半截断簪一起塞到小师妹怀中："快走！不要回头，将证据送到师父那里！"

两个人一起走的话，地洞即刻就会被发现，谁都别想逃。

小师妹是个爽利人，握着证据重重点了下头："青师姐撑住，我叫人来！"

她刚钻进床下，便听"轰"的一声巨响从门口传来，木屑横飞，积尘乱漂，数名身着玄衣、腰系赤带的淮阴山修士冲了进来。

宁青青反手出剑，荡出一道剑气逼得他们停住脚步，抬脚向后一踢，踢碎床榻的同时，身形借力一掠而起，破窗而出。

动静大些，好掩护小师妹逃走。

落入院中，只觉夜凉如水。事隔三百年，她对煌云宗的地形仍烂熟于心。想来三狗也是恋旧的人，并没有动过宗内布局。

一道道剑气和术法自身后袭来，宁青青翩然游走，偶尔回击，没有感到太大的威胁。

谢无妄有兴致时，会让她在院中舞剑，他散懒地在一旁看着，出言指点一二。有时他会贴在她的身后，握着她执剑的手，带着她起舞，呼吸落在她的耳畔颈后，每每闹得她面红耳赤；有时他会手持龙曜，放慢速度舞剑给她看，多多少少也学了些，应付这些与她修为差不多的元婴修士，堪称碾压。

眼见便要冲破包围，忽然，前方一道巨浪般的威压兜头盖了下来！宁青青在屋中搜寻证据时耗去了太多心神和灵力，猝不及防之下，被这一道携了万钧威势的浩荡灵力撞个正着，胸口一闷，鲜血喷出，人像断线风筝一般直直坠下，堪堪用剑撑住身体，没有摔倒。

她背靠着一株菩提老树，抬眸一看，只见对她出手的是一个身穿蓝色缂丝长衫，面容阴柔俊秀的男人。

"哪儿来的小贼？既然来了，就不要走啦！"

尖细的嗓音，宁青青委实难忘。

追兵陆续围了上来，手执各式各样的法器，将她堵在正中。

"章天宝。"她冷冷逼视此人，右手横剑于身前防御，左手负到身后，似是撑着树。

章天宝微眯着眼，踱近两步，掌心有淡黄色微光闪烁，随时打算出手。

宁青青咽下涌上喉头的一口腥甜，调匀呼吸，冷声斥道："你想杀我灭口吗？章天宝，我已拿到你残害煌云宗三人的证据！你没得抵赖了！"

"哦？"章天宝高高挑起双眉，"什么证据哪？"

"死者临死之前写下了你的名字，还有你留下的另一样贴身物件！"宁青青的脸藏在黑色布巾下，一双明亮的眼睛微微弯起来，"章天宝，你完了！"

"啧！"章天宝摆出一副牙疼的样子，"你都这么说了，我若是凶手，还不得即刻将你灭口？啧，现在的年轻人，行事都不过脑子吗？把她拿下！"

面目狰狞的修士们围了上来，宁青青笑得身体微颤，缓缓从身后伸出左手，手中捏着传音镜。

光芒一闪，方才的对话传到了别处。

章天宝笑了出来："怎么，就你这番自说自话，也能当作证据不成？"

宁青青看着越围越近的刀剑，垂眸淡笑道："若我出了事，我、传音，加上物证，足矣。"

"不不不，年轻人的思维实在太不缜密，传音这种东西，一听即没，怎么能当证据呀？"章天宝假装烦恼地掐了掐眉心，"耳听为虚哪！"

宁青青轻笑着，将传音镜抛到脚下。

耳听为虚，那也要看听的人是谁。旁人听了传音再转述自是不行，但倘若听到传音之人是那天下共主呢？

宁青青疲惫地靠在树上，给谢无妄传音，耗尽了她最后一丝气力和心力。她不愿意在章天宝面前道破自己的身份，这让她感到屈辱。若是今日她在这里出了事，便能钉死章天宝的罪，保住青城剑派……也算是有始有终。反正，谁也没有非她不可。

她握紧剑，准备最后一搏。若能冲得出去，那当然是极好，只不过，逃出生天的机会实在是微乎其微。

宁青青心头紧绷着一根弦，在耳畔发出"嗡嗡"的锐鸣。

章天宝逼近的脚步忽然顿住，他低下头，看着亮起微光的传音镜——有人回复了。

他讥讽地弯起笑眼，恶意满满地道："回复了呢！不如听听对面会说些什么？想必十分绝望。"

宁青青不禁一怔。谢无妄，怎会这么及时地回应传音？

章天宝怪笑着，弯腰捡起传音镜，往镜心注入灵力，然后挑着眉，满眼嘲讽。

片刻静默后，一道凉薄带笑的声音从镜中飘出来——

"章天宝，好生将本君的夫人送回宗门。知你清白，无须多思。"

"道君！"章天宝勃然变色，周遭的修士下意识单膝跪了满地。

　　夜风中，谢无妄从传音镜里飘出来的声音异常凉薄。宁青青
没想到他会回复，也没想到乍然听见他的声音，她的心脏竟还会
酸痛难当。她虚弱地咳嗽起来。

　　章天宝的额头渗满冷汗，苦笑不迭："夫人您这是何苦哇？小
的有眼不识泰山，伤着夫人了，这可真是万死难赎啊！"

　　"飒——"一道清亮的剑光划破夜空，佝偻的身体轰隆一声
落在宁青青面前，巨大的酒葫芦险些甩到她的脸上。

　　宁天玺到了。

　　青城剑派众人陆续赶到，将宁青青护在正中，个个摆出准备
拼命的表情。

　　"误会！误会啊！"章天宝双手直摇，抬脚去踹身边的属下，
"舞刀弄剑做什么，还不给我收了？通通收了！宁掌门，你听我解
释！听我解释！这事，真是误会呀！"

　　两位师姐一左一右搀住宁青青，她双眼一黑，晕了过去。

　　宁青青醒来时，看见帐顶悠悠转了两圈，然后渐渐在眼前稳固下来。床边坐着一道纤细柔弱的身影，背对着她，正在轻声向另一个人询问她的身体状况。

　　宁青青难以置信地眨了眨眼睛。这道身影，怎么看都是二师姐武霞绮——嗓门最大、脾气最爆的那一位。

　　为了不扰她休息，二师姐竟能这般压着性子低声说话？宁青青不禁有些热泪盈眶。

　　"二师姐……"

　　武霞绮陡然回头，惊喜地张开嘴巴，正要说话，却不知想到了什么，猛地抿住唇，憋了一下才压着嗓门轻声细语地说："身体怎么样，小青儿？你睡了整整两日，可有不适？"

　　宁青青后背一阵酥麻，见鬼一般瞪着武霞绮。这怕不是被夺舍了？难怪这次回来总觉得少了点什么，原来是少了武霞绮的大嗓门。

　　从音波震鸟到小鸟依人，不知道二师姐究竟经历了什么。

　　木轮声响起，宁青青循声望去，双眼不自觉地一亮。

　　原来屋中还有另外一人。他坐在轮椅上，身着青衫，面色较常人苍白些，身形也瘦削些，一双浅棕色的桃花眼清澈得可以照出人影，俊秀的鼻梁和嘴唇，浑身上下道不尽斯文。

　　风度翩翩，温润如玉，说的便是这样的人。

　　武霞绮轻声细语地介绍道："这位是药王谷少谷主，音朝凤。师父重塑剑骨之后，便一直是他照看着。这两日也是他在给你治伤。多亏少谷主在这里，小青儿你才能这么快痊愈。"

药王谷修医道、药道，医者仁心，在仙门中是最受欢迎的门派。药王谷谷主与宁天玺是故交，这次宁天玺重塑剑骨，谷主亲自看诊过后，留下少谷主常住青城山助他调养，可谓诚意十足。

"多谢少谷主。"

宁青青偷瞥武霞绮一眼，看着她飞红的双颊、躲闪的视线，宁青青忽然便明白了自家二师姐嗓音失常的缘由。

二师姐喜欢上了这位少谷主。为了一个人，敛着性子，变得不像原本的自己。

宁青青心头五味杂陈。

"淮阴山的章天宝章洞主送来了不少珍稀药材。"音朝凤道，"你师兄师姐们不放心让你用章洞主的东西，全便宜了我——既然怀疑那药材有问题，自然不好意思卖给我，只能白送。"

年轻男子的声音温柔清澈，很好听，笑起来好看极了，眼睛和唇角都弯着，让人不自觉地心生好感。听他说话的语气，也是个坦荡爽快的人，着实讨人喜欢，难怪把武霞绮这朵喇叭花都变成了含羞草。

说笑之后，音朝凤正色说起了医嘱："宁道友灵力透支过度，心脉又受了震荡伤害，问题可大可小。按时服药静心调养的话，百日便能恢复如初。切记，万万不可心绪震动太大，否则有心火炽茂之危。"

心火炽茂，严重了便是走火入魔。

这位年轻的医者已看出来她心中淤积了太多的负面情愫。

"我明白。多谢少谷主。"宁青青颔首。

她既醒来，音朝凤便无须再守着。他先天体弱，这两日也熬得够呛，抬手揉了揉黑眼圈，就推着轮椅，吱呀呀地挪向外头。

到了门口，他下意识地侧了侧头，门外的阳光洒在他的青衫上，他背着光，侧颜轮廓隽秀无双。

动了动唇，似乎想说什么却没说，默了片刻，他微微垂头温雅地笑了笑，然后再不停留，滚着木轮离开了竹屋。

"是个很温柔的人呢。"武霞绮感慨万千。

宁青青点点头，愣怔片刻，忽然便笑了。从前当真是一叶障目，以为这世上除了谢无妄之外，再无好男儿。

想到谢无妄，她神色微滞，迟疑着开口道："谢无妄他……来过吗？"

"并未。"武霞绮面露同情。

宁青青不禁蹙眉。她倒是没有自作多情地以为他会来探望受伤的她，只是，他既知道她手中有章天宝行凶的证据，为何竟无动于衷？难不成，他当真无条件地信任章天宝？

"小师妹已将物证交到师父手中了吧？"宁青青问道。

武霞绮点点头："那半截断簪上的竹叶纹异常精致，并非市面上的寻常手工，应是一条很重要的线索！"

宁青青开心之余，难免有些忐忑担忧。"近日定要加强防备，注意安全。"她惴惴道。

武霞绮笑了起来："小青儿啊，你可真是白跟了道君这么多年！非但没有半点嚣张跋扈，怎么反倒小心翼翼如履薄冰的样子？我们的竹叶青哪儿去啦？"

宁青青忍不住反唇相讥："你在少谷主面前大声试试？"

武霞绮狠狠一噎，俏丽的脸蛋霎时通红。

她跑了，没回头。

这一整日，都没人再来。

宁青青本以为自己醒来之后，师父和其他师兄师姐都会轮番过来探望，没想到接下来一连几日，除了按时送药过来的闷葫芦八师兄，她竟一个人也没能见着，连武霞绮也没有再出现。

"应是忙着查那簪子的事情吧……"宁青青失神地望着帐顶。

其实，她本来也没有自己以为的那么重要。

天圣宫，玉梨苑。

女子痴痴地凝望着那道令人目眩神迷的身影。整个世间最为尊贵的男子，竟生了这么一副好皮囊。

她不明白，他分明已为了她把那个没什么存在感的道侣赶下了山，可是为何这么久过去了，他却依旧对自己不冷不热？

与他说话，他都会淡笑着简单回应，偶尔也会把目光投在她身上，黑眸深邃，似探究、似琢磨。可是每每她借故往他身上贴，他总会轻飘飘地掠开。

短短几日，她已摔了七八跤，却连他一片衣角都摸不着。

为了能来到他的身边，她听从义父的吩咐，让绣娘在自己额心刺了红梅，一针一针，多痛啊！付出那么大的代价，总不能换个两手空空吧？再这么拖下去，等到那个道侣回来，事情只会更加糟糕——一定要快点，就差那么一点，便能成为人上之人！

她银牙暗咬，目光渐渐落到窗前的男人身上。

他难得回院子，每次回来，大半时间都在看那盆蘑菇！若是……若是没有它，他的目光是不是就会一直落在自己身上呢？

念头一起，便如百爪挠心。

她缓缓抬起头，发现今日的阳光异常灿烂。蘑菇那种东西，经不得晒吧？

她敛着眸，让自己看起来更加恭顺。看着男人踏出正屋，她急急迎上前去，柔弱体贴地开口道："道君，夫人还不回来吗？要不然妾身去向夫人好生赔个不是，让夫人消消气，别再与道君闹别扭了。这般下去，不是要让天下人耻笑吗？多损道君的颜面哪。"

"莫要多事。"他温柔含笑，语气也无不妥，但不知为什么，三伏天里，竟让她莫名打了个寒战。

"是。"她温顺地垂下头，露出白皙的后颈。

他却一瞬也未驻足，径自离去。

若是旁日，她少不得要失望委屈，不过今日看着他远去，她却是兴奋地掐住掌心，压下剧烈闪烁的眸光。

倘若没了蘑菇，他放在掌心的，便该是自己……

只是，那蘑菇在正屋。

前几日，她曾试着穿上一件新衣裳，悄悄接近正屋，不想才到门口，便被他似笑非笑地拦了下来，当时他语气温和，开玩笑一般说，踏进去会死。

这个男人的心思她不敢仔细琢磨，虽然并不觉得进去就会死，但她知道忤逆他不会有什么好结果，便没敢以身试法。

今日，看着他的身影消失在白玉山道尽头，脑海中翻腾的念头越来越强烈，根本按捺不住。她的心脏怦怦乱跳，趁他不在，快速潜入正屋，伸出颤抖的手，捧住那只玉盆。

只是悄悄晒一晒，一定不会被发现的。

簌簌——

这朵蘑菇仿佛知道自己霉运当头，整个帽子瑟缩起来，几乎贴到柄上。

"总憋着，要憋坏的呀！"她轻笑着将它捧起来，娇俏地旋了个身，"小蘑菇，我带你去晒晒太阳！"

一回头，便见阴影兜头罩下——她险些撞在他的身上。

"道、道、道君……"

他温柔地笑了笑，垂眸看她，不紧不慢地道："我口出之言，便是律法。不要踏进正屋，违令当诛。怎就不放在心上？"

他的语气毫无波澜，就像是在念诵一段刻在石碑上的很无聊的字。

广袖一动，蘑菇落回他的掌心。

"道君！"她花容失色，心跳凝滞。

他转身平静地将蘑菇放回原处，簌簌——它得意地展开菌帽。

可怕的直觉攫住女子的心脏，她不假思索地娇呼一声："道君饶命！奴什么都可以做，什么都可以！"

他回眸望了她一眼，就像在看一截毫无生气的木头。下一瞬，连人带衣裳消失在了烈焰之中。有那么一会儿，玉梨苑静得像冢。

谢无妄眉目不动，传来浮屠子，令他把整个庭院仔细清理干净，不得留下半丝异味。

堂堂右前使忧郁地挪着圆滚滚的身体，开始了扫洒工作。很快，他便发现这院中少了个人。

清洁完庭院，聪明的浮屠子掂着胖手凑到谢无妄面前，把自己的脸笑成了一只圆圆的金元宝："道君，还有什么事要吩咐属下去做？"

谢无妄漠然地瞥了他一眼："莫要多事，跑到青城山说些不该说的话。"

浮屠子立刻作揖劝道："道君哪，属下觉得该是时候接夫人回来啦，少了夫人，这院子都没活气儿！再说夫人受了伤，可经不起迁宗的折腾啊。道君与夫人鹣鲽情深，为那些人与事别扭着，实不值当！"

谢无妄淡淡一哂，声音轻飘飘地浮过来，如月光般寒凉："用玉梨木养了三百年的小东西，都腌入味了，弃掉可惜，没什么情不情深。"

"是是是，那属下这便动身前往青城山啦？"

"急什么？"谢无妄眸光冷淡，顿了片刻，才缓声道，"明日再去。"

"哎！"

这是受伤后的第七日，宁青青又做噩梦了。

她看见自己走火入魔，身上长出一道道黑色魔纹，肌肤枯萎，浑身上下每一根发丝都在叫嚣着对杀戮和血腥的渴望。

她提着剑，悄无声息地靠近师父和师兄师姐们。旁人无知无觉，都没有意识到危险正在接近，还在冲她笑。

她控制不了自己在梦中的身体，急得失声尖叫，然而无论她如何撕心裂肺地大吼，却总也唤不醒梦中之人。唤不醒自己，也唤不醒别人。

她眼睁睁地看着剑尖刺向师父。

"不——"

师兄师姐们愣怔地看着她，谁也没上前阻止。

她用尽全力挣扎，然而无济于事，利剑刺破皮肉的触感清晰地传到手掌。她从未有过这么绝望的心境，整个世界都像是灌满了恶意，向着她沉沉压下，她听到耳畔的风在嗤嗤怪笑。

剑尖继续送出，糟老头子错愕的神色化开，缓缓龇起残缺的黄牙，冲着她笑。

"没关系的。"他包容慈爱地看着她，用眼神安抚她。

"不——"

眼前一花，宁天玺消失无踪，被她用剑抵住心脏的人，变成了谢无妄。他眉眼温柔，平静地看着她。

耳畔怪啸的风声渐渐汇成了一个缥缈的声音——

"趁他没有防备，杀了他！他做了对不起你的事，伤了你的心，还留他何用？负心贼就该去死！"

宁青青心神剧震，拼命摇头挣扎，风声变得扭曲诡异——

"你不杀他，他又会和别的女人在一起，你能忍？与其他负你，不如你负他！"

"人不为己，天诛地灭！自私一点，扔掉虚伪的仁义道德，肆意妄为才是人生！"

剑尖刺穿皮肉，触到一颗坚定跳动的心脏。

"下不了手？没关系，我来助你一臂之力！杀死他，杀死软弱无能的自己，从今往后，再无人能欺你！"

无论宁青青如何反抗，剑尖仍在往前推。

"不——"

她绝不会伤害师父，也绝不会杀死谢无妄。这样的恶念，与她的本心背道而驰。她清楚地知道，这是邪魔之道！

然而绝望的是，她根本无法阻止眼前这一切。

剑尖已刺破心脏，谢无妄淡笑着，动了动薄唇："没关系的。"

他与师父说了一样的话。

"啊——"

最后一刻，濒临崩溃的宁青青凝聚全力，将意念沉入胸腔，凭着一股玉石俱焚的狠厉，毅然自绝心脉！

绷到极致的细弦断去，弹向左右。剧痛袭来，伴着无尽的轻快和解脱。身上的魔纹散尽，她撒手扔开凶剑，缓缓向后倒下，剧痛、冰冷与黑暗一起席卷而来。

宁死，不堕魔道！

"啊——"

宁青青从榻上猛地坐起，捂住前胸，有一瞬间，她完全感觉不到心脏在跳动。

半晌，潮水一般的酸麻涌遍周身，指尖发颤，心脏后知后觉地开始狂跳。她如溺水般，张着口拼命喘息。

孤独、惊惧、恐慌、后怕……她再躺不住了，手脚绵软地下地，踉跄向屋外走去。每一脚，都像是踏在棉花上，四肢颤抖得厉害，后背一阵接一阵地渗着冷汗。

她扶住竹制门框，歇息片刻，手脚的酸麻总算稍有缓解，梦境带来的那股冰冷恐惧也渐渐消散。

她推开门，借力向前走去，一脚虚、一脚实，顺着小道绕过落叶林，忽然看见了大片人影。

师父与师兄师姐们都在习剑场上，众人身边摆满了大只小只的包袱箱笼，还有人陆续将更多的物什搬运过来，就像蚂蚁搬家。没人说话，气氛沉闷压抑。

宁青青心头一滞，脑海里浮出一个令她不敢相信的念头——迁宗？！

她迈开大步从林间冲出，径直扑到宁天玺面前，抓住了他的衣袖。

"师父！这是……"

宁天玺一怔，缓缓转过眼珠，看见是她，龇着黄牙笑起来："小青儿怎不好好歇着呀？跑到外面做什么？"

笑得比哭还难看。

"为什么？"她指着那些大包小包，"这是要做什么？"

宁天玺望着天空眨了眨眼睛："哎呀，这么多年，青城山的风景也看腻啦，咱搬个家，换个大场地，师父带你们大展宏图！你伤势未愈，倒是逃过一波苦力活，哼哼。"

宁青青急得直冒冷汗："为什么要走？只要查出章天宝害了煌云宗……"

宁天玺把头拧到另一边，指着近处一个师兄，说："快点干活，都别偷懒，快快快！小青儿你快回去歇着，布置好新房子再接你过去！"

"可是……"

"小师妹！"大师兄席君儒皱眉上前，将她带到一旁，"别说啦，徒惹师父难过。道君已派人取走了证据，查验之后，依旧认为章天宝无罪。"

宁青青嘴唇微颤："什么？"

"道君许了我们另一处灵山。北陇灵山，是个好地方。"席君儒抿了下嘴，"再加上师父的剑骨……我们，得知好歹。青城山，让便让了。"

宁青青一阵眩晕，空气仿佛变得稀薄，让她有些透不过气。

难怪无人来探望她，原来是这样。因为她和谢无妄的关系，这几日，大家都不知道该如何面对她。

谢无妄……他为何这样？

她颤着声，喃喃道："三狗难道就白死了？家难道就不要了？"

席君儒叹息一声，拍拍她的肩膀，沉默地离开了。

"嘿！宁掌门，这么久还没收拾妥当哪！"有人用折扇拍着手掌，从山门方向踱过来，"也不必搬得那么干净，该扔的我自己来扔就成！啧啧啧，这都什么破烂也当宝贝哪？看看这些老树，又没灵力，留着做什么？换我早就一把火烧了，地方还宽敞。"

尖细的嗓音独一无二，不必回头便能知道，章天宝来了。

一听这话，青城山众人气得头顶冒烟，不少人都被激得红了眼眶。

宁青青担忧地望向宁天玺。重塑了剑骨的老人，脸上根本没有半分意气风发。她知道师父一定很后悔，后悔不该欠了谢无妄天大的人情，以至于现在说不了一个"不"字。

章天宝摇头晃脑地走到宁天玺面前，一身宝蓝色绸缎衣裳在阳光下异常刺眼。

宁天玺从牙缝间挤出几个字："不劳章洞主费心，章洞主还是麻溜滚下山等着吧。"

"啧！"章天宝摇开折扇扇了几下，眯着眼笑道，"天干物燥，仔细上火！要像那什么……黄的红的什么宗，走火入魔了，多可惜！前车之鉴，咱要引以为戒，好好修身养性才行哪！万一有个万一，多不好，是吧？做人，要心平气和！"

这话一出，当真是炸了马蜂窝。

宁青青胸口泛起腥甜，怒火上涌，喉间像刀割般疼痛。仗着谢无妄的偏信，这章天宝当真是猖狂到无法无天！

她正要上前，忽闻轮椅"吱呀"一响，温雅如玉的药王谷少谷主音朝凤停在她的身旁，两根瘦长的指骨钳住她的手腕。

她偏头一看，只见音朝凤满脸不悦，唇角紧紧抿着，在凝神听脉。

半晌，音朝凤松开她，冷冷地道："医者不救寻死人。再这么多思多虑下去，谁也治不了你。"

宁青青咬牙垂眸："抱歉。"

她是想遵医嘱，可此情此景，叫她如何静得下来？

"不必说抱歉。"音朝凤冷声道，"你没有对不起我，你对不起的是你自己。"

语气极重。

宁青青抿抿唇，正要开口，忽见音朝凤面色一凝，那双浅棕色的清澈瞳眸中突兀地映上了一整片赤红。

周遭传来此起彼伏的抽气声，宁青青茫然地回头望去，只见西北方向，大半天空烧起来了！层层火云在空中翻腾咆哮，恐怖的音爆由远及近，携着漫天雷火破空而来！

天地末日，不过如此。入目所及，皆是火焰炼狱。

众人手足冰冷，五脏六腑不自觉地收缩抽搐，浑身僵麻一片。人在面临无可抵抗的天地之力时，总会本能地放弃挣扎，任由自然巨力震撼、涤荡身体和魂魄。

整个世界仿佛坠入火海，视野只余灼热烈焰，日月不存，周遭的一切遍染赤色，人与物的影子，都是西面照来的焰影。无论原本是什么颜色的衣裳，此刻都变成了红，区别只是褐红、深红、正红、浅红……

下一瞬，一道人影出来。

漫天狂焰拖曳在他的身后，他从火光中来，背负着整个火焰世界。广袖轻扬，身后烈焰缓缓消散，他身披漫天火海，幽邃双眸隐在阴影之中，唇角的笑容冷戾得令人心惊。

谢无妄。

他抬眸望向她，眼底似有火焰仍未散尽，漫出一片赤红。

再一瞬，人已到了她的面前，烙铁般的五指扣住她纤细柔弱的手腕，又烫又痛。

她轻吸一口气，震撼无措，一时失语。

"道君？！"震惊的人群陆续回神，个个俯身施礼。

"见过道君！"

周遭弥散着恐怖的威压，虽携了焚天焰气而来，但谢无妄此刻身上散发的却是冰冷刺骨的气息。

"方才，谁动了你？"他的声音平静得犹如一潭死水，广袖缓缓扬起，指向轮椅上的少谷主，"是他吗？"

宁青青仍有些失神，嘴唇刚一动，便见一团圆滚滚的身影从焰浪下方摔了出来。

　　浮屠子愕然望着谢无妄的背影，眼角狠狠抽了两下："道君？"

　　右前使是真的蒙了。

　　他今日起得比鸡还早，披着星光就直奔青城山而来，没想到刚刚看见青城山的轮廓，道君大人就亲自追来，从自己头上越了过去，生生用七千里肆虐当空的狂火诠释了"火急火燎"这四个字。这追妻追的……声势也忒浩大了些。

　　谢无妄侧头瞥过一眼。触到这个平淡的眼神，浮屠子神色一凛，猛地垂下脑袋，心头惊跳不止。

　　依他多年对这位的了解，此刻是盛怒之极了！

　　在谢无妄的可怕威压之下，青城山众人逐渐站立不稳，一个接一个半屈膝，弯下脊背。首当其冲的正是药王谷少谷主音朝凤。他身体本就孱弱，当即口喷鲜血委顿在轮椅中，上气不接下气地咳喘起来。

　　宁青青陡然回神，踉跄一步挡在谢无妄身前，眸中溢满怒火："谢无妄！"

　　谢无妄看了她一眼。

　　"让开。"他一字一顿道。

　　宁青青胸膛剧烈起伏，她死死掐着掌心，半步不退。

　　"啪！"身后传来清脆的破碎声，一只只酒罐在谢无妄的威压下接连爆裂，场上酒香四溢。修为较低的弟子已有些坚持不住。

　　武霞绮掠过来，挡在音朝凤的轮椅前，又惊惧又愤怒。

　　宁青青倒是没有受到丝毫伤害，谢无妄护着她。这份庇护，叫她更是急火攻心。

"谢无妄！"她怒道，"你究竟要做什么？"

他仍攥着她一只手腕，无意识般捏了几下，疼得她蹙起眉头，唇间不自觉地溢出呜咽。

他顿了片刻，长睫垂下，威压与那半边天幕上残留的余火一道散尽。

"京、罗。"他缓缓吐出两个字。

只见左边树梢与右边楼阁上各浮出一道灰衫人影，二人双双掠下，单膝跪在谢无妄面前。

"道君。"

"半炷香之前，谁碰过夫人？"谢无妄垂着长眸，语气温凉。

二人齐声开口："回道君，半炷香之前，夫人在屋中静养，无人接近。"

谢无妄挑了下眉，唇角浮起的笑容冷入骨缝："是吗？"

宁天玺迎上前来。他腰间的酒葫芦方才已被威压碾爆，酒液弄湿了半边身体，看起来有几分狼狈。

"道君是不是误会了什么？小徒从来不曾有过半分出格之举，老朽可以用性命担保！"宁天玺压抑着怒火，屈辱地为宁青青辩解道。

真是欺人太甚！

面对宁天玺，谢无妄的态度倒是和缓了许多："宁掌门无须焦急，我没有怪罪夫人之意。"

他的视线淡淡扫过一圈，落回宁青青苍白愤怒的小脸上。

"谁伤了你？"他再问。

宁青青气笑了，抬手一指："章天宝啊。"

章天宝吓得不浅："道君饶命！那日的事情实在是误会啊！我若知道是夫人，借我一百个胆子，我也不敢伤夫人一根头发哪！我已狠狠罚了自个儿，买那些药材也掏空家底啦！"

谢无妄扫过一眼，章天宝汗毛倒竖，急得有些口不择言："道、道君，我真冤枉啊！我这边刚把干女儿送到道君身旁，这种时候避嫌都来不及，哪敢伤害夫人？这不是故意找死吗？我那女儿，绝无取代夫人之意啊！她就是个恭谨柔顺的，道、道君，她没惹道君烦心吧？"

这是搬出那个女子来讨人情了。

谢无妄轻笑了下，淡声道："不烦心。"

宁青青掐住掌心，不让自己的身体颤动分毫。最不堪的处境，便这么暴露在光天化日之下。这下可好，师父和师兄师姐们都知道她在谢无妄身边什么也不是了。

谢无妄看向她："不是他，还有谁？"

他带给她的悲愤和羞辱，令她阵阵眩晕，耳畔声声嗡鸣。她压抑着颤抖："章天宝行凶的证据你视而不见，定要替他开脱，他伤我一事亦是有目共睹，你还能轻飘飘抹去不成？"

"夫人。"谢无妄声音微沉，"煌云宗三人的尸身我已令人勘验过，与凶案现场痕迹相比对，确是煌云宗宗主走火入魔杀死妻儿无误。在铁证面前，几笔随手画出的血字，实是不值一提。章天宝伤你，我会酌情罚过，我问的是还有谁？这里，还有谁伤了你？

告诉我，不要替人隐瞒。"

冷白修长的手指上环着凶煞的焰，如冰冷游动的蛇，他毫不遮掩自己的杀意。

宁青青头晕目眩。分明只有章天宝伤过她，他却非逼着她再指一个人。

"除了章天宝，再无人伤我。定要说一人，那就是我自己吧，我自伤，你要杀了我吗？"看着满地破碎的酒罐，宁青青悲哀地笑起来，"你们不就是要青城山吗？大家已经在收拾行李了，你还想怎么样？"

谢无妄眉心微蹙，广袖一拂，收掉杀焰，不动声色地揭过这一出，只道："北陇灵山灵力丰沛，地理位置亦优于此地，迁宗有利无害，我不明白你究竟有何不满？"

宁青青看着他那双全无波澜的眼睛，半响，惨笑出声："谢无妄，你毁了我一个家，又要夺走我另一个家……"

她哽咽着，再说不下去。空气愈加稀薄，两眼阵阵发黑，几近晕厥。

胸腔中泛起腥甜，她喘息着，不甘地挣扎："你查了那断簪吗？你能解释，死者为何要留下一个'章'字吗？"

谢无妄将她拉进怀中，语气说不清是温柔还是冷漠："蚁爬般的字样，你就确定是'章'？与其为旁人伤神，不如多操心自己，以免……怎么死的都不知道。"

说到"死"字，他那冷白的牙尖微微一磨，像是把那字眼放在口中仔细嘬过。他的手臂将她箍得极紧，全无挣扎余地。

他抬眸，望向宁天玺："宁掌门，夫人身体不适，我先带她回宫了。"

他并不问她的意见，将她柔软纤瘦的身体打横一抱，踏上半空。宁青青急火攻心，头晕得厉害又反抗不得，只能闭上眼睛，窝在他胸前不住轻喘。

约莫过了一刻钟，谢无妄身体一沉，踏上实地。熟悉的玉梨木香漫过来，浸润她干涩的肺腑。

回来了。

她的心脏又一阵刺痛，手指无力地攥着他的衣裳，下意识地望向东厢。

"这里只有你我。"谢无妄垂眸看她，声音柔和了许多。

她抿住唇，轻轻一哂。

是了，他以为只要把人送走，她就可以当作无事发生。

他抱着她大步走入正屋，像放置一个易碎的琉璃娃娃一般，将她放进云丝衾中。

这个曾经的家，她实在太熟悉了，闭着眼睛也能将所有摆设一一道来。她立刻就发现了不对，视线掠过他的身侧，望向窗榻。

盆中的蘑菇，已经死去。

它本有一顶翡翠般的漂亮菌帽，一根柔韧通透的柄，在看不见的黑色土层下面，还有无数缕整齐致密的、玉线一般的菌丝。

但此刻，盆中只有一摊灰黑的腐物，勉强能看出生前菌柄和菌帽的模样。

它死了。

第
十
七
章

宁青青茫然地望着死去的蘑菇。

她的蘑菇，她养了三百年的蘑菇，死了。

她从未想过它会死。它有翡翠般的色泽，健壮得有些过分，舒展着帽子的时候，一副要与天地比命长的欠揍德行。怎么会死了呢？

她动了动唇，抬起手，颤颤地指着那里。

谢无妄扬袖，将她的手压到床榻上，漫不经心地半合起狭长的双眸，替她诊脉。

他什么都会。

半晌，他取调元丹喂她服下，大手摁住她的后心，渡入浑厚灵力化去丹丸。温暖润泽的药力浸到四肢百骸，周身每一处都泛起了懒洋洋的舒适。但她胸腔正中的冰冷刺痛，却丝毫没有缓解。

"我的蘑菇，"她问，"它怎么死啦？"

每一个字，仿佛都是凝着心底的血，慢慢吐出来的。

谢无妄垂眸，将她的手放到云丝衾下，无所谓地道："死便死了，不是什么大不了的。过去了，夫人，不要向后看。"

眸中有暗光浅浅淌过，他的视线和手指一道落在她的脸颊上，轻轻一划。

"死便死了？"她一字一顿地重复。

"这是你任性的代价。"他温柔地将她的碎发拨到耳后，"下次冲动行事之前，多斟酌，三思而后行。"

宁青青张开口，怔怔地望着他。她连生气的力气都没有，整个人就像断了根的浮萍，晃晃悠悠。

他凉薄地勾了勾唇，长眸微合，淡笑道："不，不对。不会再给你乱跑的机会了。"

她的唇失控地颤抖起来："你故意的对不对？你纵容章天宝夺了青城山，就是要让我无家可归，是不是？"

战栗蔓延到周身，她心灰意冷，陡然发现自己好像已经再没有什么可以失去。她什么都没有了。

"不是。"谢无妄面沉如水，"扶持淮阴山拿下江都，为的是掣肘昆仑。"

若是从前，他是不会与她说这些事的。

江都再往北，便是昆仑地界。卧榻之侧岂容他人安睡？淮阴山将势力扩大到昆仑的眼皮下，两方势力自是要有一番明争暗斗。

"哦，为了大计啊。"她有些失神地望着他，"人命可以罔顾……"真心也可以随便践踏。

"夫人。"他淡声道，"你对章天宝有偏见，思绪狭隘了。断簪我已差人在查，不过你不必抱有期待，煌云宗宗主走火入魔杀人是事实，与章天宝无关。"

"好。"宁青青点头，不欲再与他争辩，只问道，"你替师父重塑剑骨时，为的就是挟恩图报，拿走青城山？"

谢无妄并不否认："是。"

她轻轻点点头。这一刻，心中竟没有丝毫失望，只是觉得"原来如此，这就对了"。

视线缓缓一转，落到那只玉盆上。它是他送给她的唯一一件礼物，因为它，每个月圆之夜他都必定会回来，这么多年，她已将太多温情和羁绊牵系在了这朵蘑菇上。

它死了。

"为什么养死它，是为了惩罚我吗？给我个教训让我记忆深刻？"心头空了一个大洞，透着刺骨寒风。

谢无妄看着她，目光幽暗莫测："不是。"

"那好好的蘑菇怎么会死？"她愣怔片刻，忽然醍醐灌顶，"那个女人害死了它，对吗？"

因为他带回来的女人弄死了她的蘑菇，所以他心虚了，觉得对不住她，这才把人送走？

他微垂长眸，语气淡了些："我说过，这是你任性的代价，与旁人无关。"

宁青青看着这张令她魂牵梦萦的脸，忽然感觉无比陌生。

从前，她相信他人品贵重。可是他偏袒章天宝，同样偏袒那个章天宝送来的女子。这样的谢无妄，让她感到陌生。

她低低讽笑，轻声道："我想看看它。"

谢无妄起身，华袍沉沉坠地，一步步走到窗下取来玉盆，递到她的手上。

宁青青凝视着那摊灰黑的余烬，胸口传来阵阵灼痛，好像自己的心脏被人放在烈日下暴晒，发出凄厉却无声的尖啸，但没有人救它，它在绝望之中一点点枯萎，最终死去。

"看着像是晒死的。"她平静地开口，"不过我证据不足，就像血字、断簪，你可以不认。只是，这个院子旁人进不来，这些日子，只住着你和她。"

她轻轻打了个寒战。她是他的道侣啊，为什么要平心静气地诉说他与别的女人独处的事情，并且毫无追责之意？

心脏空得更厉害了，风灌进去，由内而外将她变成一具干枯的空壳。

她微微含胸，缓解那股没有着落的痛楚，眼睛却直勾勾地盯着他。

谢无妄的目光丝毫不认同，但他没有说话。今日，他对她似乎多了几分耐心。

"若我不走，它便不会死。我会看着它。"她苦涩地笑了笑。

"不错。"谢无妄凉声道，"不走，便不会死。"他伸手抚上她的脸，温存得令人头皮发麻，"下次还敢吗？"

她动了动唇："我已经没有什么可以失去了。没有了。"

蘑菇已是最后的牵绊。

她的眼睛非常好看，眼尾微微下垂，像个永远长不大的孩子。

这一刻，孩子般的眼眸中，浮起了回光返照一样的哀伤光芒。

她笑了笑，看了看手中死去的蘑菇，又低头看了看自己。

他随手送了她这么一朵蘑菇。答应她养蘑菇，他便风雨无阻地养了三百年，说他在意这朵蘑菇吗？真不至于。不过是无伤大雅的小事，信手为之，哄着她开心罢了。

她也一样。他随意将她娶回来，放在这里好生养着，她是他的所有物，说他在意她吗？也许有那么一点儿，但也就这样了。

她和蘑菇有什么区别吗？有。蘑菇没心没肺，不会痴心妄想。他希望她变成一朵安分守己的蘑菇。

然而这么乖的蘑菇，还是死了。

煌云宗的人命、蘑菇的生命，在他眼中不值一提，她又能好到哪里去？

"在你心中，我不过是个物件。"她随口喃喃。

谢无妄蹙着眉，抚她脸蛋的动作微微一滞："浮屠子对你说了什么？"

用玉梨木养了三百年的小东西，都腌入味了，弃掉可惜，没什么情不情深——他下意识地想到了自己昨日说过的话。

宁青青听他提起浮屠子，不禁自嘲地勾了勾唇。浮屠子是个好说客，黄连里面挑着蜜糖来劝她，可惜谢无妄实在是连表面功夫都不愿做，当头一棒又一棒，打得她头晕目眩、措手不及。

看着她惨白的小脸，摇摇欲坠的纤弱身姿，他沉声一叹，将她拥到身前。

薄唇带着灼热的气息落到她的脸颊上，温存一吻，然后落到耳畔，温声安抚："在这玉梨苑待久了，我的身上亦是时刻缠着一股梨香，岂不是入了味？别多心，只是说你香，喜欢你，舍不得你。"

宁青青怔怔地望向他，有些茫然，不知道他这般放低身段是在向她解释什么，他以为浮屠子告诉了她什么？

四目相对的瞬间，她忽然明白了——他对浮屠子说了什么样的话，她猜了个八九不离十。

她明白的瞬间，他亦明白自己想岔了，浮屠子怎么可能对她说这个？

她头一次在他的黑眸中捕捉到一丝清晰的懊恼。

她看着他。眼前这个男人，她用全部身心爱了三百多年，这是唯一一次，她在极其微妙的细节之处，拿到了他的破绽。可笑的是，这一点微不足道的上风和优势，缘于他对她的轻慢不屑。

她竟一丝一毫也不难过。心被他凌迟成灰，信念被他碾成末，她还会在乎脸面尊严吗？

她冲着他，慢慢扬起唇角："谢无妄。"她弯着眉眼，问他，"你要如何才肯放过我？除非我死？"

他脸上的浅笑一点一点消失，就像撕下一张戴了很久、融入面部的假面具一样。

"或者，你要一直囚着我，一直囚着？"她仍然在笑，"没关系，便一直囚着，没关系的。我不生气了，不生气了。在哪里都一样，我已经没有什么好失去的。无所谓。"

捏在她肩膀上的大手渐渐收紧，他的眼神冷得骇人："宁青青，别闹了。"

她忽然发现，她一点也不怕他。原来所有的小心翼翼、患得患失，归根结底都是害怕失去。她已经不怕了。不怕，是因为她对他，再无半分期待。

她扬起脸，冲着他笑："没关系的。"

这一瞬，梦魇中师父的脸、谢无妄的脸、自己的脸好像重叠在一处。

她的神色平和释然。

他的呼吸滞了一瞬，眸中淌过暗芒，缓声解释道："我没有碰别人。"

她怔了一下："我不在乎了。"

两根手指钳住她的下巴，迫她抬头。她望进那双将她溺死过无数次的黑眸。

也许，在她与浮屠子行那九日路时，她还怀揣过一两分期待，盼着他追来，告诉她这句话。但此刻真的没有期待了，一丝一毫也没有。

他看着她的眼睛，心沉了一瞬。

他将她柔软的身体揽到身前："口是心非。"下巴轻轻抵着她的发顶，他放低声音，笑着安抚道，"今后再不会有旁人踏足你的院子。"

她不在的日子，庭院中的味道令人不适。玉梨木养着她，她也滋养着周遭。没有她，就很不习惯，连空气都变得厌烦。

她被他揽在身前，她的身体温柔地倚在他坚硬的胸膛上，声音也细细软软："三百多年了，谢无妄，我尽力做一个好妻子，虽然没什么功劳，但也没犯过什么大错。能给的我都给了，能做的我都做了，我没有哪里对不住你，也不欠你，不是吗？你告诉我，如何才肯放过我，与我解契离籍？"

他的手指正要抚上她的头发，闻言微微一僵，然后极缓地动了动。他盯着她，深海般的黑眸中隐有暗潮涌动。

她并没有在闹脾气，柔柔地蜷在他的怀里，呼吸很轻，轻得好像已经离开这里，去到某个缥缈的世界。

半晌，他哑声笑道："都许久未做夫妻，谈何离籍？"

"做夫妻……"她缓声重复着，怔怔地抬眸看他，"一定要那样吗？只要那样，便与我和离？"

他凝视她片刻，凉薄地勾了勾唇，眸中浮起些许恶劣："对。"

她已经许久没有让他碰过了。此时此刻，她也不可能有兴致，何况她身上还有伤。养伤的时日，他好生哄着便是了。

宁青青缓缓垂眸。

谢无妄知道她的弱点。无论如何生气，只要将她搂到床榻上，他总是能够用最愉悦的方式令她为他神魂颠倒。等到那时，再哄她，便不需要花费多少力气。

可最悲哀的是，连这么简单愉悦的方式都不是他的首选。她生气与他吵闹时，他更愿意拂袖而去，留她独自冷静。

她看着他。她已经看明白了，她与他之间的问题，实在是太多太多了。就算他没有碰过那个额上有花的女子，可是这些日子发生的事情，已让这份感情千疮百孔、鲜血淋漓，那朵蘑菇的结局，便是她这份无望之爱的结局。

这段关系，一眼便能看到尽头。

"好。"她轻声道。

谢无妄反而一怔。

"做一次夫妻，明日解契离籍。"她一寸寸抬眸，望向他那张好看得叫人透不过气的脸，"道君乃是天下共主，一言九鼎，该不会出尔反尔的。"

他腮骨微动，似是磨了磨牙，半晌，轻飘飘地道："就这般想我？不顾身上的伤了？"

"还望怜惜一二，力道轻些……不要太久。"

谢无妄垂头笑了起来："夫人的要求，还挺叫人为难。"

他盯着她，像是对猎物的探究，俊美的脸庞压低了些，温存地吻了吻她的鼻尖，然后亲吻她的脸颊。

"最后给你一个机会反悔。"

她摇了下头："只要明日离……"

他忍无可忍，熟稔地突破她的牙关，将剩下的话语吞入腹中。

半晌，他忽地轻笑出声，抚了抚她的头发，声音低沉缱绻："安心，夫君干净得很。"

诱人的尾音犹在，他再次辗转吻上她的唇。

她渐渐有种错觉——他似乎十分珍惜她，待她如珠如宝，贪恋不舍。

她及时打断妄念，如今她再不会自作多情。

"谢无妄……"她侧头避开他的唇，轻声说，"都要和离了，说句假话来哄我啊。"

那时她还没有对他死心，执拗地问他，爱不爱她。他是如何回复的——阿青想听假话了？

彼时如遭雷击，此刻倒已释然。她就想看看，谢无妄说爱，会是什么模样。

他动作微顿，低声闷笑起来："倒是记仇。"

他游刃有余，薄唇辗转，吻着她的耳垂，低声诱哄："还望夫人收回成命，我便这般恩爱一世，如何？"

她陡然睁开双眼，嗓音发冷："你要反悔？"

疏离戒备的目光，让他沉下了脸。他轻轻一嗤，漫不经心地半眯起长眸，凉声道："不是要听假话吗？"

"哦……"她闭上眼睛，抿起唇。

刹那间，她已想明白。若她应下，那他便顺水推舟揭过此事。她不应，便是如此。他稳操胜券，左右不会落了下风。

她觉得此刻的自己就像那朵蘑菇，就要枯萎死去。

要死，便死得更彻底些吧。

她缓缓睁开双眼，盯着他："我还想听一句真话，可以回答我最后一个问题吗？"

他的唇角若无其事地勾起来："问。"

"当初娶我，是因为我长得像西阴神女吗？"

他的神色迅速冷了下去。她记得，上次问他这个问题时，他让她适可而止，然后拂袖而去。

他盯着她，面无表情的样子有些骇人。她的目光执拗地在他的眼底追寻那份真意。

终于，他冷笑着开口："是。"

她既要自讨苦吃，他成全便是。

"问完了？满意了？"他倾身，抚了抚她的面颊。

"嗯。"她合上眼睛，神色温和无害，摆出一副任君采撷的模样。

他发出低沉危险的笑声，他对她实在是太熟悉。

很快，她便沉下地狱，苦痛的大地上，开出最艳靡的花。仿佛华美的丝帛上被勾出丝丝缕缕的毛糙，又像是新绽的花骨朵被无情摧折。

身体与魂魄极度割裂。她厌憎自己对他的本能爱意，心痛到极致，化成了灰，身体却在不断上浮，眼前泛起大片的黑。

看着她的眼角溢出泪水，视线迷茫几近昏厥，他亲吻她的脸颊，低哑地轻笑出声："我不喜欢西阴神女……"薄唇辗转至她的耳侧，犹豫片刻，终是没有说出下半句——只喜欢你。

她彻底昏睡过去，苍白的小脸泛起红晕，看着无辜又可怜，乖巧惹人疼。

他抚着她的头发，沉吟片刻，半披着长袍起身，放肆不羁地走到窗榻下，取来她的衣衫，执笔沾了朱砂给她留字。

他不喜欢写字，偶尔被她缠得不耐烦，随手写一两个字，都会被她当作宝贝偷偷珍藏起来。

他的视线不经意地扫过她自以为无人发现的那个小木格，薄唇勾起，轻嗤一声。

修长的手指轻轻敲着额侧，他迟疑着，写下一行字："青城山，留下便是。夫君身边，从此只你一人。"

"嘶……"他牙疼地皱了皱眉，提笔又补了几个字——"若你听话"，加在"夫君身边，从此只你一人"的前面。

若你听话，夫君身边，从此只你一人。

他左右看看，对自己的字迹还算满意，于是将笔掷回玉梨木笔筒中，大步走到床榻旁，居高临下地盯了她一会儿，然后随手把这封"信"放在枕畔。

他微绷着唇，广袖一挥，挥开院门，径直离去。

她要的他已给全，明日醒来，她必会寻个台阶，与他和好如初。他待她，还是心软了些。

她累极了。

在她的身体和魂魄严重割裂时，有东西乘虚而入，侵蚀、吞噬她鲜活的生机。此刻，她仿佛变成了一块焦裂的大地，火辣辣的刺痛遍布周身。

水……

没有水。身体和心灵一片干涸，焦黄、枯萎。

她用力睁开眼睛，视野中浮起大片的黑色，她望向自己的手臂，看见了黑色的蜿蜒魔纹。

"啊！谢无妄……"她下意识地求救，却发现他并没有留在她的身边。

她挣扎着爬起来，随手抓过枕畔的衣裳胡乱套在身上，指尖剧烈地颤抖着，她自欺欺人地不去看那些遍布全身的黑色魔纹。

喘息声越来越惊恐，她清晰地感觉到自己的意识正在跌进无底深渊，黑色的魔息纠缠着她，拉着她往下坠落。她曾放任自己被一次次伤害，不是锤炼意志，而是任由心智和精神被践踏摧残。到了此刻，她那薄弱的意志力已无法抵抗魔息的侵蚀。

后悔已然太迟，她连自绝心脉的力气都没有，很快，她就会变成一个被魔念支配的怪物。

魔纹肆意生长，她的肌肤开始枯萎，喈喈怪笑声又来了——

"谁让你爱错了人！恨吧恨吧！肆意地恨吧！"

"不！"

她只是脆弱了些，绝对没有过堕入魔道的念头，为什么她的身体里面会有魔？

她踉跄着扑下床榻，挥动的手臂碰掉了一只玉盆。清脆的破碎声攫住她的视线，她垂眸，看见她的蘑菇孤独地躺在四散的黑色土壤中。虽然已经死得不成形状，但它仍努力扬着帽子。

她的蘑菇，那么骄傲那么自满的蘑菇。

她已经没有力气了。她绵软地瘫倒在满地碎土中，灰黑枯败的伞帽恰好贴着她的脸侧，在最后的时刻，它和她相依为命。

"我不要……变成怪物……"

一滴晶莹透亮的泪水滑落，渗进枯腐的蘑菇残体。

"簌簌！"

第十九章

不知过了多久，宁青青晕乎乎地醒过来，身下是零散的黑色碎土，她又饿又渴，下意识地伸手薅了一撮土，放进嘴里。

"唔——噗！"

错了，土不是这样吃的。

她下意识地寻找自己的菌丝，那些整齐致密的、玉线一般的菌丝。它们伸进土层，就可以汲取身体需要的养分。

菌丝呢？她低头看了看自己的手。

"嘶——"她惊恐地倒吸了长长一口凉气，瞳仁震颤，难以置信地望向全身。

怎么回事？她变成了一只丑陋的人形菇！

要知道，她最引以为傲的，向来是自己那翡翠碧玉一般的色泽，以及毫无瑕疵、头大身子小的漂亮身材，就连她的菌丝也是那么与众不同，不是寻常的乳白色，而是通透的玉质。

可是现在……她盯着自己灰黑枯萎的双手，打从心底感到嫌弃。真是太丑了。毫无规则，杂乱无章的线条，完全不符合生态美学。

想想，一只蘑菇伸出致密整齐，像浪潮一般柔软的菌丝，根根同样粗细，同样长短，用相同的韵律铺向前方，那是多么美丽的画面啊。

再想象一下这只人形蘑菇上长出一堆手或足……她才不要做蜈蚣！

不对，等等，现在最大的问题不是丑！

她看了看散落满地的土壤以及翻倒一旁的碎裂玉盆。她想起来了。那种又空又痛、烈火灼心的感觉差一点杀死她，她本已变成一摊灰黑的腐物，趴在土层上面动也动不了，后来不知从哪里来了一滴甘露，把她救了回来。

虽然活过来了，但身体状况非常糟糕，身体里像是有无数把烧红的刀子在刮啊刮，尤其是咽喉，每一次呼吸，都能清晰地感觉到一股辛辣灼热的气息正在把身体里面的水分全部带走。她正在瘪下去，不断地瘪下去，就像是一根正在被烈日暴晒的海带。

再这么下去，要不了多久，她又会重新死成一摊——这么大的一摊！

她得尽快回到土里去！

她把地上的几片玉盆碎块扒拉过来，拢了拢散在身下的黑色土壤，歪着脑袋思忖片刻……用菌丝想，都知道原本的家已经住不下她了。

她的家没啦！

"唔……"

好端端忽然起了风，奇怪的风声在她耳畔呜呜嗡嗡，像是好几个声音重叠在一起，恶意浓稠地渗出来——

"痛彻心扉的滋味不好受吧？现在知道了？他不爱你！他不爱你！"

"别再挣扎了！看看你自己变成了多么丑陋的模样，没了美貌，他更不会爱你啦！"

"恨吧！怨吧！把身体交给我，我来帮你杀了那个负心人！"

宁青青左右晃了晃自己的脑袋，好像有个什么东西在和她说话。低等生物说的话，每一个字她都能听得懂，但是连在一块，听起来就特别傻。

这傻子还说得抑扬顿挫，很煽情的样子。

她是一只很懂礼貌的蘑菇，她不会笑话那些智力有残缺的生物。她斯文地抿了抿唇，从满地碎土中艰难地爬起来，往外走。

此刻她的身体非常难受，渴得钻心，浑身上下每一处都像在吱吱冒烟，火烧火燎。她明显能感觉到自己正在飞速衰竭。

原本的家没了，她必须尽快找到一处新家，将菌丝扎根下去才行。

伤心？不至于不至于，她扎根在哪里，哪里就是她的家。

她非常虚弱，但并不感到害怕。每一只蘑菇在做孢子的时候，就会知道不是谁都有运气能够长大的。能活着，就已经很好了！

她躬着背，双臂垂在身前，拖泥带土，一步一步慢吞吞地挪出屋子。她觉得自己随时都有可能化在地上，就这么再也起不来。

那个像苍蝇一样嘤嘤嗡嗡的声音又来了——

"你想死吗？你已经无法吸收灵力了，再这样下去，一刻钟之内必死无疑！别指望谢无妄，他已经抛弃你啦！他不会回来，能帮你的只有我！"

宁青青懒洋洋地晃了晃脑袋。

这个家伙还是只会表达一些繁杂无用的信息。她当然不可能去深究其中的意思，因为如果弄明白傻子说的话，那她自己岂不是也变成傻子了？

聪明又高级的蘑菇才不会做傻事。

她踏出正屋的门，缓缓游荡在长廊上。视线转过一圈，定在了庭院西南角的桂花树下。

桂花树背挨一条木廊，那里的土壤看起来十分肥沃蓬松，周围晒不到太阳，潮湿舒适，地面还铺了一层落叶和细碎的桂花瓣，一望就很香甜。

她弯起眼睛，用力摇了摇脑袋，"簌簌"！

身为一只成熟的蘑菇，肯定可以自己种自己。

宁青青挪到桂花树下，背靠着树，蹲下来开始刨坑。这下她发现身为人形菇的好处了。要是让她用玉质的漂亮菌丝来挖开土层的话，她一定会心疼不已，手就不一样了，反正那么丑，糊上泥巴也无所谓，只要不弄断就行。

这里的土质实在是肥沃疏松。捧起那些清凉湿润柔软蓬松的土，她忍不住贪婪地凑上去深深地嗅，然后把脸蛋拱进去，舒服地发出呜呜声。

煌云宗旧址。

谢无妄唇角勾着浅笑，眸光毫无感情地落在少女的脖颈上。狰狞的青紫痕迹深陷在颈间，毫无疑问是吊死的，尸身半睁的眼睛里满是痛苦和后悔。

黄小云。煌云宗宗主的孤女。

"道君，死者身上发现了此物，好生揣在心口处。"身穿暗红服饰的刑殿典刑官垂着头，奉上一只银盘。银盘上是半枚断簪，极精致，并非寻常手工。

看着谢无妄漫不经心地取走断簪，典刑官把头垂得更低，掩下眸中诧异。他实在想不明白，道君为什么会亲临此地，过问这么一件微不足道的小事。

"属下正在勘验周围环境，以确认是他杀还是……"

谢无妄手指微动，他忽然想起了宁青青纤细雪白的颈。

有时候，他很喜欢伏在她身后，绕过一只手到她身前，握住她的雪颈。一触即折的脆弱美丽，全部掌控在自己手心。他手大，她颈又太细，于是她的每一次呼吸、脉搏，尽数落于指掌。

绝对的、强势的掌控。

顾忌着她的伤，今日没这么动她。

呼吸加深，他垂下睫羽，掩掉眸中的暗沉，有些不耐烦面前的事了。

"是自杀。"谢无妄直接道出答案，"查她这几日接触过的人。"

对他来说，这样的事情太过一目了然——尸体的眼睛和表情写得很清楚，黄小云没料到上吊会这么痛，她很后悔。

"是！"

宁青青终于刨出了一个足够自己蹲下的小坑。

她挪进去，探出手，把坑边的小土包拢回来，一点一点覆住自己，只把脑袋留在外面——双手是在完工之后缩回土里的，等到疏软蓬松的土层簌簌回落之后，她抻长脖颈，借助下巴把周围一小圈松软的土层夯实。

好舒服啊。

她发出满足的喟叹，愉快地眯起眼睛，慢吞吞地左右晃动自己的脑袋。没有什么能比种在湿润软和的土壤里面更加舒适安心的了。

种好自己之后，下一步便该探出菌丝。

没有菌丝的话，周围这些美味的养分、饱满的水汽，她便只能干看着。

是找不到食物更惨，还是找到了食物却吃不着更惨？

宁青青一点都不想知道答案。她憋了好一会儿，左手食指尖终于逸出一缕细丝。

隔着土壤她也能"看"到它，它是半透明的白玉质，隐有一点玉青色，又短又小，从她指尖探出之后，慢吞吞地扎进土层里，开始汲取土壤里面的养分。

宁青青期待地眯起眼睛，感受着丝丝缕缕养分顺着菌丝被吸收进来，一点点滋养干涸不适的身体，就像是毛毛细雨，飘洒在龟裂干涸的大地上。

杯水车薪啊，她也不确定自己这朵蘑菇还救不救得活。

"这是想要引起谢无妄的注意吗？他不会回来的，别指望他救你！"

低等生物的声音又来了。它重复了好几次，成功让宁青青留意到了"指望"这个词。

她认认真真地分析琢磨了好一会儿，得出了一个结论——蘑菇遇到危机，肯定不可能指望得到外界的帮助啊！那不就是在等死吗？

果然低等生物和高等生物是不一样的，她才不会指望谁。

稍微想象一下巴巴盼着天上下雨的感觉，都让她难受得想要缩起褶皱。

与其望天，还不如把菌丝再伸长一些。她这么想着，便这么做了。

唯一一缕细细的玉质菌丝又钻深了一寸，努力将周遭土壤中甜美湿润的养分和水汽汲入身体。

这里的土质真香，还带着桂花的味道。美中不足的是，菌丝太细了，她又渴得要命，就像是趴在甘美的泉水边，却只能通过一条丝线来喝水一般。

她把所有的力量都凝聚在唯一的菌丝上，黑亮的眼睛微微向正中凑拢，闪烁着坚定的光芒。她要快快成长起来，然后喷孢子玩——这是身为蘑菇最大的乐趣。

那种感觉……怎么说呢？所有会繁殖的生物，在做能够让它们繁衍后代的事情时，体内都会分泌一些奇奇怪怪的元素，令它们获得莫大的快乐。而蘑菇，只要喷出一粒孢子，就能得到一份这样的快乐，她，是可以喷孢子云的！

她挑起眉毛，把眼睛弯成两道有些猥琐的曲线。

日影在庭院中移动，宁青青愉快地发现，自己挑的地方果然是一处死角，一丁点儿太阳都晒不到。美中不足的是，那个呜呜嗡嗡的声音吵得她十分头大。她明明在很努力地汲取水分和养分，在拼命好好活下去，它却不依不饶地尖声大叫，说她活着没意思啊、身体已经不成了啊、丑陋不堪啊、没人要啊、丢人丢到姥姥家啊……

她认定这个家伙是在无能狂怒，就像一只秃毛鸭子对着天鹅幼崽大叫："你这么丑还活着做什么？你快点去死啊！"

它其实就是怕人家长成漂亮的大天鹅。

不错，就是这样子。这个家伙知道她一旦健康起来，就会变成世界上最美丽的菇，所以才不遗余力地打击她，想要让她了无生志。

她矜持傲慢地晃了晃脑袋："请正视你丑陋的内心，你说这些话，只是出于嫉妒。"

心魔愣了。谁能告诉它，一个修为全失，脸上爬着魔纹，皮肤枯萎灰黑，声音嘶哑难听还把自己埋进泥土里的疯子，究竟有哪里值得嫉妒？之前，她虽然油盐不进，抵死不肯入魔，但至少还会排斥、会痛苦，还能瞧出一些心防破绽，如今怎么……

心魔有一点慌，放大音量，努力地履行职责："谢无妄这般羞辱你，你今后还如何做人！"

宁青青惊恐得瞳仁震颤："我为什么要自甘堕落去做人！"

心魔："嗯？"它需要缓缓。

宁青青见这个家伙没声了，不禁得意地弯起眼睛。低等生物，果然是头脑简单，一眼就看透。这种低劣的打压、贬低手段，简直不堪一看。

耳旁终于安静下来，她窸窸窣窣地耐心汲取那些清凉甘美的养分，小心地将它们一点一点巩固在自己灰黑干瘪的身体里面。溢出菌丝的右手食指指甲，已在不间断的滋养下渐渐膨胀饱满起来，恢复了莹粉润泽。只不过现在她面临一个选择，是继续这么一点一滴滋养身体的其余部位，还是将养分供给菌丝，让它变粗变长？

宁青青摇晃着脑袋，陷入沉思。

嗯，身为一只聪明的成熟的蘑菇，应该考虑长远些。先把最重要的、招牌的菌帽修好，然后专注发育菌丝！就这么愉快地决定了。

谢无妄随意地坐在一张太师椅上，手指点着额侧，等待属下将探得的消息一一报来。

煌云宗那个死掉的黄小云，有些意思。就在不久之前，她曾怀过一次身孕。无论如何逼问，她都不肯说出让她怀孕的男子究竟是何人。

没等父母拿出个章程，为了维护那男子，她竟偷偷用十分激烈的手段强行流掉腹中胎儿，弄坏了身体，从此再不可能受孕。

宗主气得够呛，盛怒之下，险些失手杀死女儿。簪子就是那时候断的。

簪子是那男的送给黄小云的定情物，断簪之后，她把自己关在屋里再也不出门。后来三位至亲惨死，黄小云也没有表现出丝毫伤心，与往日一样，阴郁沉闷，不与旁人多说话。

昨日她曾出过一趟门，回来之后就把自己吊死在了屋中。

谢无妄听完属下汇报的情况，有些走神。半晌，他将两截断簪合在一处，慢条斯理地用丝线扎起来，收进乾坤袋。简单地交代典刑官几句之后，谢无妄起身，返回圣山。

他并没有回玉梨苑。他了解宁青青，知道她的气消得没那么快，没必要早早回去看她冷脸。

昨日肆虐七千里的狂火，引来了各方紧张的视线，正好借此机会敲打一番，先办正事。

眸光淡淡划过暖融的玉梨苑，落回山巅。反正她永远好好待在那里，什么时候回去都一样。

广袖一拂，他踱向正殿，身上自然散出的威势，令左右齐齐俯首屏息，悄步跟随。

他高坐乾元殿上首，漫不经心地处理着公事，一坐便是整整三日。

忙正事时，他从来不会分神去想旁的。

各大宗门世家的使者陆续赶到，惶恐、心虚、试探，居高临下地望过去，各色心思一目了然，甚是无趣。他淡笑着，时不时温声说上一两句话，吓白一两个人的脸。

打发南疆三宗的来使之后，谢无妄眉梢微挑，望向浮屠子。他发现这胖子的目光不止一次落向案角。那里放着他的传音镜，三日来一次也没有亮过。

"右前使。"他慢条斯理地扶着桌案，倾身问道，"你很清闲？"

浮屠子的胖脸上立刻堆满讪笑："没有没有！"

绿豆眼不自觉地又瞄了一眼传音镜，背过身，偷偷撇了下嘴角——分明是道君自己总看那八角传音镜，还说别人闲？

"到东淮秘境，取炼神玉。"谢无妄眼皮微动，淡淡瞥他一眼。

浮屠子一个激灵立定："镇境的炼神玉？取了镇境之宝，东淮秘境就废了呀。"

"那又如何？"

浮屠子小心地瞥着谢无妄淡笑的唇角，胖脸上不禁挤出苦笑："是，属下遵令。"

反正，总是他来做坏人呗。东淮秘境隶属淮阴山，自己这个圣山右前使出手废了淮阴山一个大秘境，往后章天宝在淮阴山的日子恐怕难过喽！

道君这是给谁出气，自不必说。而且夫人的修为卡在元婴大圆满也好些年了，炼神玉对进阶很有益处。

浮屠子圆润地滚出乾元殿，直奔淮阴山地界办事去了。他倒是巴望着道君与夫人尽快和好——旁人平日没侍奉在道君面前，感受不及他来得深刻，这些年来他早已摸透，但凡道君与夫人闹不快，倒霉的总是自己。做人手下，真难啊！办差事，真苦啊！

这趟毁人根基有损阴德的差事做下来，不知又要被扎多少小草人。

"呜呼哀哉！"

他这么胖，一定就是被人咒的！

浮屠子一来一回，用了七日。

他圆溜溜地带着满身风尘滚回来，将装在灵匣中的炼神玉捧上谢无妄案头，偷眼瞥见这位心思难测的道君似有不满。

"谁让你这么急？我手上正事未完。"谢无妄翻动着指间的公文，轻啧一声，"炼神玉存不久，误事。"

呵呵。要真不急，怎不早说？

他把圆脸挤成一只金元宝，目送道君大人拿起灵匣，大步跨出乾元殿。到了那黑沉沉的巨门处，高挑玉立的身影蓦地一顿，背着光微侧过脸，语气淡淡："昆仑、淮阴山各打五十板而已。"

浮屠子微笑道："道君圣明。"

谢无妄顺着白玉山道一掠而下，踏入玉梨苑。

在这个庭院中，他从来不会释放神念来探她。因为他知道，她总会乖乖地待在某一处等着他。

阴天，她喜欢躺在长廊的条椅上看雨落下来。太阳好的话，她便会在屋后的大木台上晒太阳，像一只懒洋洋的猫。偶尔她会抱着玉梨木大扫帚，在走廊上扫来扫去，其实早已神游天外，脸上挂着傻乎乎的笑容。若是回来得巧，还能撞到她泡在灵池中。

要修炼的时候，她便会待在东西厢某一间冷清房屋里，她虽然没说过理由，但他早已看透了那点小心思——他不喜欢在那几处宠她，她在那里比较容易静下心来。

他淡笑着，视线漫不经心地扫向距离院门最近的廊椅。

他记起那一日，她从廊椅上蓦地起身，明明还生着气，却又按捺不住弯起眉眼迎上来的样子。她往他身后看时，他的心绪曾有过片刻波动，倒也不是后悔带了那个女人回来，只是有些可惜她脸上那抹灵动的愉悦。

眸光掠过长廊，不见她的身影。

东厢她必不会去，她介意有别的女人住过。他随意推开西厢门看了看，然后走向灵池。

她不在灵池，也不在大木台。

在正屋。他轻笑出声，唇角漫不经心地挑起。都已歇了十日，竟还是下不来榻吗？

踏过木槛，便看见了地上的碎土。他蹙眉微愕。她总会把屋子打理得干净整洁，从来不曾这般邋遢。这是还在闹脾气？未免太过任性。

他沉下眉眼，步入卧房，只见玉盆碎在地上，榻前全是散土，土层上清清楚楚地残留着一个女子用尽全力挣扎过的痕迹，从床榻边，静静地拖向室外，绝望得触目惊心。

他只扫一眼，便还原了那一幕——她从床榻上跌下来，在地上折腾。那几根纤柔手指，绵软无力地抓握着地上的土……求助无门。

有一瞬间，谢无妄身上的气息尽数消失。旋即，恐怖的低沉威压漫向四方，眸底涌起狂暴戾气之时，他已倒掠出正屋，循着地面细微的尾迹追了过去。

越过长廊，目光顿住。

她小脸惨白，双眸紧闭，花瓣般的唇微微开启，长发如海藻一般散开，只有一颗美丽至极的头颅，被端端正正地放置在桂花树后的角落里。

"轰——"

杀意冲天，庭院结界震碎成万千光粒。

结界破碎，宁青青被清脆刺耳的巨响震醒。她吓了好大一跳，生长到尺长的菌丝"嗖"的一下收回指尖，刚准备把脑袋往土里缩一缩，便听到沉重的脚步声一下一下又慢又重地擂击着地面，瞬间就到了面前。

她还没回过神，脸蛋忽地被一双大手捧住。这双手温度高得出奇，指尖微微有一点颤，力道十分可怕，像是要采蘑菇。

她赶紧睁开眼睛，撞入一双燃烧着恐怖暗焰的黑眸。

这个正在采蘑菇的男人，神色平静却有种说不出的狰狞，身上聚满凶煞的杀气，凝成实质，阴得快要滴出水来。

采个蘑菇需要这么大阵仗吗？

宁青青震惊地眨了眨眼睛，正要瑟瑟发抖以示尊敬，忽然发现眼前这个男人生得漂亮极了，就算以高等生物最挑剔的眼光来看，他的长相仍然毫无瑕疵，而且有一种说不清道不明的熟悉感，就像是看惯了一般，颇为顺眼。

她是一只爱美的蘑菇，发现好看的东西，忍不住便多看了两眼，不过她的视线立刻被他身后巨大的烟花吸引住了——只见院子上方的天空整个破碎，化成万千细细小小的琉璃碎屑，折射出无数灿烂晃眼的光芒。星星点点的光雨正在缓缓向四周洒落，像一场炫丽温柔的流星雨。蘑菇匮乏的言语实在难以形容这一幕究竟有多么好看。

"哇。"她忘记了自己的处境，发出真诚的惊叹声。

谢无妄的目光逐渐茫然。方才，他以为她被斩首，惊怒之下，忘了释放神念来探。此刻忽然见她睁眼，饶是经历过大风大浪的道君，也不禁微微一怔，脑海空白了片刻。

他盯着她，一时忘了言语，只见她那双黑白分明的清澈眼眸中映着璀璨的破碎结界光芒，神色单纯而好奇。

一幅早已忘却多年的画面忽然清晰地浮入他的脑海——他第一次看见她时，她蹲在树梢，把一个个炮仗点燃，扔到专心修炼的煌云宗修士面前，惊得他们鸡飞狗跳。

她干着坏事，笑得却比任何人都要天真烂漫。当时他忽然生起一个念头，想看看这个坏东西哭起来是什么模样。

像他这样走到世间巅峰的人是绝对不会委屈自己的，既然起心动念，便会顺意而为。于是在她翻墙逃跑时，他故意接住她，轻而易举地俘获了她的心。

后来他如愿让她哭了一次又一次。有时是愉悦的哭，有时是难过的哭。当然，她的愉悦悉数来自他的宠幸，而她的难过，尽是源于庸人自扰。再后来，她渐渐变成了温顺柔和的模样，融为他生活小小的一部分。

倒是许多年不曾见过她流露出这副天真烂漫的神情了。此刻的她，与曾经那张稍显稚嫩的脸全然重合，令他恍惚片刻。

他微微挑眉，迅速缓过神，心头后知后觉地泛过一阵热潮，奇异的酥麻感塞塞窣窣地荡至周身，像是极致的危机解除之后，那一股懒洋洋的劲。

她没事。原来她是把自己埋到土里，只留了个脑袋。

回过神之后，他蓦地发现，此刻自己竟单膝跪在地上，双手捧住她的脸蛋，手指隐隐有些发颤。

他眯起长眸，心下狠狠一沉。她在算计他，而他，中招了。

想起方才看见床榻下方那些挣扎痕迹时，他心底那股透不过气的憋闷，再想起以为她被人斩首的那一瞬间，他周身涌动的惊怒狂暴，再看看此刻，劫后余生般的庆幸喜悦充斥着他的胸腔……

呵，他竟被她算计了情绪。

一向喜怒不形于色的道君不禁被气得冷笑连连。很好，长本事了。

宁青青被笑声惊动，后知后觉地想起来，自己的脑袋还落在一个很好看的人类手里。她赶紧屏住呼吸，凝神戒备。

"算计我。"他松开她的脸蛋，蹲在她身前，微歪着脸，凉凉地道，"让我心疼？"

宁青青偷偷转了下眼珠，暗自琢磨这个人不采蘑菇了？他说疼？难道他认为她是毒蘑菇？毒蘑菇好哇，谁也不敢乱碰。

"嗯。"她认真地眨了眨眼睛，顺水推舟道，"你说得很对。"

他眯起双眼，手掌撑在膝盖上，垂头笑起来，笑得身体前后微晃。

是气的。

"承认得倒是爽快。"他凉薄地勾起唇角，"可惜我最讨厌自作聪明。十天过去了，宁青青，不是要和离吗？怎么不找我？我都等得不耐烦了。"

他一让再让，青城山还她，应下一生一世一双人，她倒好，得寸进尺地用这般手段试探他，未免太把自己当回事了。

低等生物又在说些她听不懂的话。算了，只要不招惹她就行。地方这么大，她也占不完。他爱蹲在这里便蹲在这里，爱说话便说话，只要别在附近随地大小便……唔！如果他一定要这么做，她其实也管不了。

她幽幽叹口气，转动眼珠望着天。

"起来洗干净，遂你愿，带你解契离籍。"谢无妄冷笑，"真当非你不可了？"

精致的唇角一阵接一阵地浮起温柔浅笑。若是浮屠子在这里，立刻便知道这位是动了真气，而且气得不轻。

她碰了他的逆鳞，最可恨的是，他还疼了。

"宁青青。"见她没什么反应，他低低嗤笑，很认真地教她，"你以为我为什么纵着你？你知道你与旁人相比，优势在何处？不过就是习惯与真心。习惯没什么，只要花些时日都能养得成。我看重的，是你的真心。若无真心，你与旁人还有何不同，又拿什么留住我？"

宁青青垂下视线，望着面前的土壤，摆出一副老僧入定的模样。她算是彻底看明白了，低等生物都喜欢自顾自地说一堆又一堆的废话，眼前这个人虽然长了一张漂亮的脸，但只要他开口说话，便和前一阵子在她耳边唠叨个没完的家伙没有任何区别。真是白瞎了那么好看的外观啊！

低等生物就是低等生物，再好看都没有用。一个比一个话多，还傻，让她完全没有丝毫交流的欲望。

她就盼着他赶紧走开，有东西蹲在旁边，她都不敢进食，就怕他忽然动手拔她，弄断了她最珍贵的菌丝。

谢无妄见她低着头不吵不闹，神色不由得稍稍缓了些："看看你像什么样子？"他冷着声，"反思清楚，再来与我说。"

他拂袖离去。

见他终于走了，宁青青愉快地舒了一口气。还好，低等生物都只会无能狂怒，动口不动手。这个地方安全又舒适，虽然偶尔聒噪了点，但还能凑合。

她慢吞吞地晃了晃脑袋。

谢无妄坐在窗榻下，地上的散土和玉盆碎片扎眼得很，像是在不断提醒他，方才胸腔闷痛的感觉有多么可笑。

一旁放着一只灵匣，灵匣中装着浮屠子从东淮秘境取来的炼神玉。修长的手指轻轻叩击匣壁，他微眯着眼，似在走神。

暖红色的炼神玉从玉胎中取出来，存放不了太久便会开始衰败，效力大减，得尽快给她用了。若非如此，他早已拂袖离去，留她一个人在这里慢慢折腾。

坐了许久，他终于漫不经心地将眼睛瞟向院中。

其实不必看也知道，她一定已经从土里爬出来，抱着膝盖靠在桂花树下，摆出一副柔弱无依的模样，哭得梨花带雨，用楚楚可怜、无声谴责的眼神哀哀地望着自己的方向。

三百年了，她的脾性早已被他摸透。只要没有别的女人威胁到她的地位，她就绝不可能离开他。她舍不得。

因为她的过度僭越，他盛怒之下说出了方才那一番话。也该给她个教训，让她知道动不动就拿分手来威胁他，是要付出代价的。他既说了解契离籍，便不会像她那般轻易反悔。她既然贪心不足，不满足于道侣的身份，那他将它收回便是了。叫她知晓，凡事当三思而后行。

他凉薄地笑了笑，视线落向桂花树，一怔——她依旧埋在那里，并没有出来。

谢无妄缓缓垂眸，叩击灵匣的手指顿住，半晌，微眯着长眸再度将视线投向她。

从这个角度望去，那张如花如玉的白皙小脸安静地垂在青丝之下，弧线柔美动人。她生得极好，流水一般的美感由内而外漫出来，干净清澈，总也看不腻。

没哭？

脑海中不禁晃过她方才天真稚纯的模样。如今气消了些，细细想来，她的神情倒也不太像是处心积虑的试探。她睁眼看他时，眸中绽出来的光芒是单纯愉悦的，映着漫天结界碎片，漂亮得就像纯透的星空，就连他也受到几分感染，忆起了往事。

也许她没想那么多，只是与他玩闹，只不过这个玩笑实在不合时宜，而且并不有趣。他习惯了面对种种心思算计，遇事向来下意识地将人心想到最恶。若非如此，他也走不到今日。

若她只是在笨拙地讨好他……他误会了她，还说了些狠话，定是让她伤透了心。

他轻轻扯了下唇角，嗤笑道："自讨苦吃。"

大半天一动也不动，想是真伤着了。就像那日他带人回来，她也没哭，而是傻乎乎地走来走去，像个游魂一般。

这般想着，再看她，无端看出了几分凄楚可怜。垂眸沉吟片刻，他懒散起身，顺着长廊踱到桂花树下，盯着那个颇有些可爱的小脑袋，眸光从冷漠到平静，再泛起些无奈。

反手一震，荡开泥土，径直将她从土里捉出来。

"没看到我留给你的信……"

话音未落，他看到了。

他的信，皱巴巴地穿在她的身上，糊满了黑色土壤。

还有她那满身魔纹。

宁青青正在努力壮大她的菌丝，十分专注，心神尽数投到了土层之下。

便在这时，变故陡然袭来！

周遭的土壤不翼而飞，她还没反应过来发生了什么事，便感觉身体一轻，轻飘飘被人从土里抓了出来，整个落进干燥灼热的空气里，风一吹，她下意识地缩成一团，防着水分流失。

还是那个漂亮至极的男人。他又来采蘑菇了！这个家伙出尔反尔，好生无耻！

他的声音戛然而止，狭长的眼睛微微睁大，视线划过她遍布魔纹的身体之后，瞳仁倏地缩成了针尖般大小。

她仰起脑袋，与他看了个对眼。

他的身体非常烫，热息和冷香奇怪地交织在一起，向她袭来。她眨了眨眼睛，试探着轻轻嗅了下，然后开始后知后觉地回味他刚刚说的那句话。

他说什么来着？他给她的信……信什么？

信息素？唔，一定是信息素。很强势，很有侵略性，也很诱惑的味道，没错。

原来蘑菇也可以授粉吗？她原本以为只有植物才会那样。

她再细细一嗅，发现味道闻起来似乎还不错，冷香中，隐隐还能辨识出别的信息，比如强大的力量以及广阔的领地？

她弯了弯眸，趁他愣怔不动时，凑上去深吸一口气。她比他矮很多，俯身时，鼻子碰在他的胸膛上，很坚硬结实的胸膛。他的身材健康强壮，结合他的信息素，后代一定更加容易存活下来。于是宁青青毫不客气地开始攫取他身上的冷香。

谢无妄瞳仁微缩，身体僵滞。看见魔纹的一刹那，体内的九炎极火本能地想要涌出，荡尽这胆敢在他面前现身的魑魅。

若换作旁人沾了魔息，此刻怕是早已化成一簇焰尘了。但面前的人是她。他冷静下来，敛去烈焰和杀意。此刻也顾不得与她掰扯那些情爱痴缠，正想问清楚究竟发生了何事，便见这个小小软软的人向他倾倒过来，伏在他的胸前。

有那么一瞬间，他连心跳都漏下了。

她在屋中的那些挣扎，都是真的。她快要死了，不想让自己看到她入魔的狼狈模样，于是把身体藏进土里。他误会她了。方才她强忍痛苦冲着他笑，却被他残酷地训斥了一通。

这般想着，胸口隐隐发闷。

她的身体又轻又软，但这么伏在他胸前，却像一座沉甸甸的小山，压得他有一点呼吸不畅。他这样待她，她竟还能黏上来依偎到他怀中，想来是认定自己必死无疑，忍不住最后亲近他一番。

这个念头一闪而过，冷硬的心脏上极短地划过一缕带着甜蜜的隐痛。

他瞳仁微缩，视线往下，顺着宽大的领口，一眼便能看到她脊背上蜿蜒的魔纹。原本细滑如脂、白皙似玉的肌肤，此刻枯萎灰黑，被一道道狰狞魔纹占据，藏在袖中的胳膊细了许多，整个人瘦骨嶙峋，异常可怜。

她在艰难地深呼吸。

这般小小软软地伏在身前，着实惹人怜惜。他抬起手，虚虚拢在她的后背，一时不敢惊动她，怕她疼痛。

他其实从未想过余生没有她会是什么样子。她是他的，他满意这个妻子，早已将她视为自己的所有物。他已是睥睨天下的王者，在他强势的掌控之下，如何能存在意料之外的失去？

他轻轻呼了一口气，想将胸腔正中那股难言的灼闷呼出体外。

"夫人……"他的声音低沉温存，像是害怕惊扰到她，"别怕，没事了。让我看看你。"

幸好他及时回来了。

宁青青没在听他说话。她深深吸了几口他的冷香之后，心满意足地把头转开，尝试着喷孢子。

她用力长长地吸了一口气，然后尝试着从身体深处调动古老原始的韵律……她并不知道喷吐孢子的细节，但她知道这是一种本能，而且非常愉悦。

她使出了生孩子的力气，失败了。接连试了好几次，都没有半点成功的迹象。没能喷出孢子，一点也不愉快，身体仿佛被掏空，她自然没有心情理会低等生物在说什么。

谢无妄个子高，自上往下望去，只知她微微颤抖着，将头别到了另一旁，哀凄、痛楚、不堪。细瘦的骨骼在不断战栗，显然心绪动荡得十分激烈。

他知道，他这一回把她伤得狠了。在她最痛苦绝望的时候，他却对他说了最冰冷无情的话。

他抬手握住她的双肩，高大的身躯微微俯下，想要安抚一二。

薄唇动了动，一时竟不知从何说起。他忽然发现，自己从前每次安抚她时，总是伴随着些许诱惑。他对自己了解甚深，知晓怎样充分利用自身的优势来轻易达成目的，从前也确实无往不利，但眼前的场面，连他也觉得稍微有些棘手。

他有些无法想象，此刻她究竟多么痛苦煎熬。他从未试过感同身受，从未站在旁人的立场去体会对方的心情，他只需要发出命令，旁人也只需要无条件遵从。

他蹙眉望着她娇小的身体，一时无言。

宁青青此刻倒是一点也不痛苦，没能成功喷出孢子，她心中满是失望郁闷。正是不爽时，他竟还用一双滚烫的手碰她。

蘑菇喜阴，最怕高温。他这么一碰她，漂亮的面孔和迷人的冷香带来的好感灰飞烟灭，只余嫌弃。是个中看中闻却不中用的家伙。

她猛地挣开他，躬身去找她的湿润土壤。对这个人，她一丝一毫也提不起来兴趣，完全不愿在他身上浪费时间。

谢无妄看着她决绝的背影，有些失神。她那瘦弱的身子骨包裹在脏兮兮的衣裳底下，每走一步浑身都在轻轻地颤抖着，"若你听话"四个字横在她突起的肩胛骨那里，异常刺眼。

他的小东西这回是真的伤着了，怕是没那么容易哄。不过哄人的事可以迟些再说，她身上的魔息却是必须即刻解决，再耽搁不得。

他大步上前，将她拦腰打横抱起，瞬移到正屋。

她微弱的反抗于他而言就像微风扑面，他将她小心翼翼地放到床榻上，就像在放置一张易碎的薄纸片一样。

握住她的腕脉时，他的眸光不动声色地划过她莹润的右手食指。她的身体遍布魔纹，但脸蛋、脖颈和这一根指头却是完好的。这样异常的魔态……近来只在一个人的身上出现过——黄威，那个走火入魔的煌云宗宗主。

因为煌云宗距离青城山极近，案发之后，他第一时间派出刑殿的典刑官，将现场与尸身仔细勘验过。黄威的尸身外表并无异常，唯有一颗心脏密布魔纹，枯萎灰黑。

她是在那里染的魔？

他微眯起眼睛，神念扫过。她的身体内部同样遭遇了魔息侵蚀，脏腑亦是爬满魔纹，但心脏却干干净净。

他缓缓抬眸，意味不明地看向她的眼睛。那双黑白分明的漂亮眼睛依旧清澈见底，此刻她在生气，黑亮的瞳仁中映出两簇小火苗，鲜活极了。

她盯着床榻下面的碎土，眼睛一眨不眨，像是气得牙痒，连土也想咬一口的模样，干瘪的胸膛起伏微弱，却还是能看出气呼呼地不高兴。

这倒让他有些错愕。他本以为她会一直摆着那副平静的、心如止水的表情来与他置气，没想到这么快她就能把"生气"二字明晃晃地写在脸上。他已不记得多少年没有见过这么任性又可爱的表情了，许是魔息影响她的心智，让她有了些从前的稚气。

"夫人，"他好声好气地低哄，"静心闭目，我用元火替你除魔。"

闻言，正在渴土的宁青青骇得浑身一震。

火！除蘑！来了，终于露出真面目了。

"等等！"她斩钉截铁地狡辩，"我不是蘑……"

一根手指摁住她的唇。

"知你不是魔。"他好笑地俯下来，宽大的衣袖沉沉懒懒地落在床榻上。他制住她，指尖挑起一缕元火，渡向她胸口的穴位。

宁青青吓没了小半条命，扑腾着一滚，滚到了床榻里侧，警惕万分地盯着他。火焰让她感觉到了天然的恐惧，像是要将她从骨子里焚成飞灰。

谢无妄微微蹙眉，她竟信不过他？

她拼命摇头："别烧我！"

"不会伤到你。"他有些不快，"只是替你治疗。"

不久之前她还能全然信赖地把心脉交给他，就因为章天宝的事情，她竟疑他至此？

她认真地摇了摇头："我自己能治自己，不需要你。"

他懒得与她计较，将她逼到墙边制住，随手从乾坤袋里取出那根拼接而成的簪子，示意她看。

"黄小云与人私通，簪是那男子赠她的信物，父女二人争执时弄断了簪，并非案发那日的事情。再有，煌云宗宗主黄威走火入魔，心脏上的魔纹与你身上的一般无二，若还是不信，我带你去看那颗心脏，你一望便知。不要再固执，你该信我。"

又开始说些她听不懂的话了。依着宁青青有限的经验来判断，只要她听不懂的，那就一定不是好话。

"听话。"他不容抗拒地说道。

她的力气没他大，他的样子非常强势，她认真思忖片刻，觉得自己不可能全身而退，于是她将左边胳膊伸给他，丧气地垂着眼睛说："烧吧，烧了我的手之后，就别再烧其他地方。"

谢无妄掐了掐眉心，无奈地执起那只灰黑枯萎的手："你只信我便是。"

她把眼睛转到另一边："我说不能沾火，你也不信啊。你不信我，我为什么要信你？"

他轻嗤一声，指尖渡出元火，点向她的手背。尚有一寸距离，便见那元火蠢蠢欲动，险些脱离他的掌控，与此同时，他指尖所指的枯萎肌肤上忽然泛起一片焦黑，就像用烛火放在宣纸下方炙烧一般！

谢无妄神色一凛，挥手撤去元火。她那干枯的手背上已留下一个火焰印痕。倘若真将元火放上去，她的手定会被点燃。

"信了吧？"她耷拉着眼睛问。

手背火辣辣地痛，丑上加丑。

他指尖微震，悬在她的手背上方，没敢触碰，心中翻涌的骇浪波及眸底。

"给我些水。"她说。

他抿起薄唇，沉默着起身，为她取水。

她冲着他的背影，嫌弃地悄声嘀咕："成事不足，败事有余。"

谢无妄：……

谢无妄只当没听到"成事不足，败事有余"这句话，沉默地取来水，小心地喂给她喝。

宁青青试着饮下些水，却发现它们很快就从身体里面渗了出来，流淌到身下的床榻上。

果然这样进食是不行的，蘑菇就要有蘑菇的样子。

她转了转眼珠，从他手中接过杯子，放到身后，悄悄探出菌丝吸走杯中的水。她将水分送往被烙伤的地方，很快，火辣辣的灼痛便消失了。她本能地懂得如何修补缺损。

"你怎知沾不得火？"他微垂着长眸，眸色晦暗不明。

宁青青很想翻个白眼，低等生物果然没有丝毫常识。一朵干枯的蘑菇能碰火吗？能吗？

她这副悄悄鄙视的表情被他不动声色地收在眼底。

身为一朵很懂礼貌的蘑菇，她并没有嘲笑他，而是很认真地向他解释："只要是干的东西，就很容易着火，明白了吗？"

谢无妄："明白……"

他的手放在床榻边，修长如玉的手指轻轻叩击床沿，看似没在看她，其实神念一刻也没有离开过她的身体。

他看着她偷偷用灵力吸走杯中的水，用来治疗灼伤。这个方法他再熟悉不过，她替他打理灵宝的时候，便是这样精准无比地操纵五行灵力来查漏补缺。

他熟悉她每一个微小的动作和表情。他可以确定，眼前的这个人就是他的妻子，而不是入魔的魔物，只是……她好像不记得他了。是伤心过头，以至于暂时忘却了某些不愉快的事情？

她见他半天不动，忍不住犹豫着问："我可以回家了吗？"

不知道为什么，听到她口中轻轻软软地说出一个"家"字，他的心竟诡异地悬起少许，想起她一次又一次哀求着，想要回青城山的样子。

"回哪儿？"本就低沉的声音微微发哑。

她抬手指了指桂花树下。

他手指微微一动，轻笑着吐了口气："去吧。"

他看着她挪到桂花树下，把自己埋回那个坑里，她的眼里完全没有了他。

他静静望着她，眸光微闪，喉结缓缓滚了一圈又一圈。他仿佛想了很多，又仿佛什么也没有想。是他把她逼成这样的吗？自然不是。他待她三百年如一日，没有哪里对不住她。等治好她身上的魔毒，倘若她还是这般想不开，那便……算了。他会给她安排好今后的路，绝不会让她受到任何伤害，但她也不会再与自己有任何交集。本来，他与她也不该有什么交集。如今这样，已经过了。

今日这件事就是个明晃晃的警示。

他垂下眼睫，掩下渐深的眸色。

宁青青没去关注谢无妄，也不知道他什么时候离开了庭院。

刚种下不久，她就在身边不远处的泥土里发现了一些好东西。暖红的颜色，像玉又像云，菌丝探进去，立刻便有暖融融的饱足感传回身体。

是非常非常珍贵的养料！

她大快朵颐，很快就把这一团奇珍之物吃了个精光。养分实在是非常充足，菌丝从一尺左右，激增到了一丈有余。

她开始用多余的养分来治疗自己枯萎的身体。肌肤稍微饱满了些，但那些黑色的魔纹并没有消失，仍旧盘踞在那里。她倒也不着急，反正这种事情急也没用，就当自己是一只花蘑菇，丝毫也不影响心情。

说起来，自从那个漂亮却不中用的男人出现之后，她就再没听到过自称心魔的家伙说话了。

这一日，空中飘着薄薄的、水汽充足的云层，太阳光透过纱般的云，懒洋洋地洒下来，再透过层层桂叶，零星斑驳地散在湿润的黑土层上，看着十分舒服。

宁青青忍不住想要晒晒太阳。健康的蘑菇，偶尔也是可以见光的。

她把身体从土里钻出来，躺在树影下面，只把右手食指轻轻放到土壤中，让菌丝继续摄食。

谢无妄踏进庭院时，看到的便是美人春睡的景象。她侧身躺在树下，身上零星落了些阳光和桂花瓣，还沾着细细碎碎的黑泥，像一个土里面长出来的花妖。

她依旧很瘦，本就纤细的身体更是不堪一折，这般卧在那里，道不尽的风情与可怜。

近了一看，发现她身上的魔纹并没有消退，与恢复苍白的肌肤交错在一起，更觉触目惊心。

他缓缓在她面前蹲下，眸光微闪，居高临下地凝视她的睡颜。

今日，昆仑七祖与掌门寄怀舟一齐来到圣山请罪，寄怀舟提及宁青青，说想当面向道君夫人赔个不是。

若是从前，谢无妄必定就替她推了，但今日不知为什么，他犹豫片刻，便决定遂了寄怀舟的愿，带上宁青青出席夜宴。他甚至没有留在乾元殿继续与昆仑众人虚与委蛇，而是让浮屠子、白云子等人招待着，自己甩手回到了玉梨苑。

见她睡得香甜，他不禁放缓呼吸，连眸光也软了下来。她睡得无忧无虑，仿佛什么心事也没有。

"宁青青，"他低沉絮语，"你若忘却前尘，倒也不失为一个契机，你我也算是无怨无恨，好聚好……"

蓦地，她睁开眼睛，长长倒吸一口凉气，手忙脚乱地从地上扑起来。他下意识地张开双臂，将她接了个满怀。

温香软玉入怀的刹那，说到一半的话不禁转了个弯："……好好来过。"

他缓缓低头看着她，小小软软一团，贴在身前，暖得不像话。

宁青青瞳仁剧震，魂飞天外，根本没留意自己搂了一个什么东西。

方才，她的菌丝碰到了一只蚯蚓！差一点点，只差一点点，她就会非常非常顺手地把它……吸收掉。

幸好她反应够快，非常及时地抽离菌丝，但是，菌丝已经非常忠实地记录下了蚯蚓的……手感。

说手感还轻了，菌丝几乎是五感俱全，更糟糕的是，那个软塌塌的感觉已经刻入骨髓，深深记录在她的神识里，甚至菌丝的波动里。宁青青也不知道为什么身为一只蘑菇会害怕蚯蚓，那一瞬间，真是把她的魂都吓飞了，她几乎能看到自己的魂在脑袋上方唰一下张开，撑成一朵向上翻卷的伞帽。

她的手指脚趾都在抽搐发抖，双手无意识地胡乱抓挠，一下一下，挠在谢无妄结实挺拔的后背上。

"嘶……"他险些没绷住。

这一幕，实在是太容易唤醒某些美妙的记忆。他闭了闭眼，冷下脸来，将她从自己身上扒拉开，微微挑起唇角，凉声问："想起来了？"

宁青青魂不守舍，茫然点点头，又摇摇头。她看着他那张近在咫尺的俊美脸庞，视线却仿佛穿过他，望到了别处。

他冷眼瞥了她一会儿，不动声色地挑了挑眉。一句"好聚好散"，便将她吓成这样？

他低低笑了下，道："去灵池洗一下，换身衣裳，赴夜宴。"

见她仍然懵懂着，他干脆将她抱起来，送进了池子里。

落水的瞬间，宁青青小小地吓了一跳，旋即，她发现泡在池子里的感觉非常熟悉，而且十分舒适。

她是一只随遇而安的蘑菇，很快就把自己泡得飘飘欲仙，连蚯蚓带来的阴影都忘了个七七八八。

可惜谢无妄很快就把她从灵池里捞了出来，给她套上一身厚重的衣裳，藏好魔纹，扶着她的肩膀登上白玉山道，踏进乾元殿。

浑黑的大殿，站在殿中抬头望去，殿顶遥远得就像是黑暗的深空。左右各有十余根黑石巨柱，刻着古朴沧桑的巨大图案。

殿中点满明灯，但那些黑色的筑石却像是会吸收光芒一样，明与暗异常分明，在那些看不见的阴影中，仿佛有一张张噬魂的巨口在伺机而动。

有灯光的地方，都坐着人。

一张张厚重华贵的桌案上，各自摆满精致的食物与剔透的美酒，不过此刻谁也没去动那些东西，而是齐齐起身，俯首恭敬道："见过道君，见过道君夫人。"

乍然看到密密麻麻的人类，宁青青有一点儿虚。

"无事，谁也不必理会。"他侧过小半张俊脸，用只有她一个人能听见的声音说道。

宁青青点了下头。虽然她不知道他为什么要带她到这里来，但是被蚯蚓吓着的她，很愿意四处走动一下，好忘记那个阴影。

他坐在上首，让她坐在他的身旁。

一群人嘤嘤嗡嗡地说着她听不懂的话，趁人不备，她悄悄将指尖触在那些珍馐之上，每样都偷偷吃掉一些。

过了片刻，气氛更加酣热，许多人离开自己的位置，谢无妄也随和地笑着，与几个白须老头饮酒去了。

宁青青适才便发现，一个身穿浅蓝色纱衣的女子盯着自己。在谢无妄离开之后，这个蓝衣女子很快便拧着腰凑上前来。

"妾身已许久未见夫人了，道君倒是日日都能见着。"她的声音柔得能掐出水，"妾身从前便说过，绝不敢有非分之想，只要能够伴在道君身边，便心满意足，如今终是得偿所愿。夫人您也该大度些，妾身这纯阴之体最是适合道君，对道君大有裨益。您要真心为道君好，就不该拦着！"

浮屠子已急忙赶过来，低声喝止："云水淼！"

宁青青眨了眨眼睛，眼见有不少人的视线被吸引过来，她颇有些不解，抬手遥遥指向谢无妄，问云水淼："你是想要他的信息素吗？"

众人狠狠一噎，还未回过神，便听见宁青青又心平气和地说了一句——

"可是，他不行的呀！"

　　宁青青说的是事实。她摄取了谢无妄的信息素，可是根本制造不出孢子。他不行的，她已亲身试过。

　　身为一只友善的蘑菇，当然有必要提醒后来者。这就好像孢子们飘浮在风中一起前进，飞得快的孢子发现前方有焦土，就会及时给后面的大伙发信号，能迫降的及时迫降，避免一起掉坑。一个道理嘛！这种时候，后头的孢子都会努力摇晃脑袋，感激前方的倒霉鬼。

　　宁青青歪着脑袋，等待云水淼的感谢。

　　然而云水淼看起来并不是一个懂礼貌的人，她完全没有要感谢自己的意思，并且脸色非常难看，像个阴沉的染缸似的。

　　算了，不和低等生物计较。宁青青转开眼珠，后知后觉地发现，浮在巨殿中的那一层热闹喧嚣的气氛已然彻底凝滞。有一瞬间，连微微晃动的灯影都静止下来。

　　众仙君瞳仁微颤，擎天定海的掌心里，杯中酒液荡起圈圈涟漪，不动声色的视线迅速交换——听错了吧？

"噗——"一个异常瘦高，留着两撇八字小胡须的男子喷出一口酒。

浮屠子同情地望向同僚。

这八字胡修士便是谢无妄随手提拔上来的左前使白云子，此人从脑袋到屁股都只有一根筋，向来是收不住话、藏不住情绪。

喷酒之后，白云子发现所有人都看着自己，便努力担起了替道君打哈哈、重新活跃气氛的重任。他放声大笑："噗……哈哈哈哈！笑死我了，哈哈哈哈……"

他的本意是想夸道君夫人幽默风趣，敢拿道君开玩笑，但是脑袋里词汇量不太足，压力又有一点大，于是就蹦出了这么一句。

此言一出，偌大的乾元殿更是一片死寂。

白云子讪讪地挠头。最怕气氛突然安静，更怕气氛突然安静时，只有你一个人的声音。

比这还要恐怖的是，当你的声音消失之后，气氛比原本还要安静。

白云子的八字小胡须抖一下，再抖一下，发现自己好像办了个蠢事，没敢往谢无妄的方向看，讪笑着望向宁青青，想要补救一下："请夫人恕罪，属下绝不是笑话夫人！"

不是笑话夫人，那就是笑话道君喽？

众仙君嘴角抽搐，十分同情这个傻子。

谢无妄安安静静地浅笑着，鸦羽般的眼睫投下一圈扇影，眼底看着似有些发青。他身体微斜，懒散不在意的模样，手中的杯盏一晃也不晃。

周遭的人就像是一群把触角缩回壳里的蜗牛，气都不敢喘。

宁青青看向白云子。她感觉到对方的歉意，立刻友善地安抚道："没关系的，我已经尽力了，试了好久都不行。"

夫人是对着他说话，不回都不行，憋了一会儿，白云子憋出一句："您辛苦了。"

在场诸人不禁齐齐发出灵魂之问：我为什么要长一双耳朵？我为什么要出现在这里？

一片死寂的大殿中，忽然浮起浅浅的轻笑，温柔、凉薄、不以为意。

此刻敢笑的只有一个人。

他一笑，众人赶紧呼出胸间那口浊气，尴尬无比地缓缓开始活跃气氛。

便在这时，靠近上首的位置，忽然有人捏折了银箸。

"啪。"

这一席，坐着两个人，都身着暗红色的华贵重装。目光投过去，立刻能感觉到浓重的血腥肃杀之气。

这两位，是刑殿的殿主与副殿主，也是一对兄妹。殿主名叫虞浩天，生得浓眉大眼，五大三粗，他灵力属土，却炼了一身精铁一般的腱子肉。捏断银箸的那只手大得出奇，乌黑的指甲缝异常醒目，那都是长年累月淤积下来的血渍。

他将断箸拍在桌案上，凌厉至极的威压爆出。

"放肆！"

低低的闷喝声回荡在高阔的大殿中。

坐在他身旁的副殿主虞玉颜浓妆美艳，是个风情的大美人。她伸出一只涂了深红蔻丹的玉手，压向兄长，示意他冷静。

"吾掌刑典，"虞浩天重袖一震，俯身站起，大步踏前，"正殿之上，造谣滋事，辱及君上圣威，此罪当罚七鞭！"

这一位，是谢无妄的刀。

浮屠子若是奸佞，那虞浩天便是血煞。

刑殿殿主，手上的血腥和人命不可计数。他极其严苛冷酷，铁面无私，六亲不认，一切按律法办，就连谢无妄的情面也不卖。

早在千百年前，便有无数人盯着这个殿主之位。谁都以为他胆敢忤逆道君，肯定很快就会被贬下圣山，没想到一年又一年过去，虞浩天稳坐刑殿那张铁椅，不动如山。

久而久之，谁都知道连道君也奈何不了虞浩天，犯了事的人，也就不再求到道君面前。

虞浩天极招人恨，无数双眼睛日夜盯着他，就盼着他出事。奈何此人不仅对别人狠，待自己更是严苛，活脱脱就是一本行走的律典，谁都挑不出他半点错处。

此刻，见到这个掌刑的阎王头子对上柔弱的道君夫人，旁人不禁轻轻屏息，替宁青青捏了一把冷汗。

道君夫人定是被那云水淼气糊涂了。冲动之下，祸从口出。若当真在这殿上当着众人的面挨了七鞭子，她从此还做不做人了？只是不知，道君会不会为了这个没什么存在感的夫人出手？

众人齐齐屏息，不动声色地留意着谢无妄的方向。

谢无妄依旧是一副置身事外的轻懒模样。看着虞浩天走近宁青青，他的视线掠过她的面容，在她那双天真纯澈的眼睛上停留了一瞬。

他想起来，自己曾见过宁青青与虞浩天对峙。

那是她刚嫁进来的时候，喜欢跑到殿前的广场上偷看他临朝，旁人不敢说她，虞浩天却见不得她娇娇俏俏的样子，上前驱逐她。

初出茅庐的小姑娘并没有被虞浩天那一身凶煞吓倒，她叉着腰，歪着脑袋，与他狡辩。那副狡黠灵动的模样取悦了谢无妄，后来她却渐渐不到殿前来了。

他垂眸浅笑。所有的热情都会消退，所有的喜爱都有条件，所有的真心都不长久。誓言最不可靠，永远这个词所包含的时间范围，也只是从过往到此刻为止，哪怕下一瞬，都有变卦的可能。镜花水月的虚幻，明智之人一眼便能看透。

再抬眸时，黑眸中已无丝毫异色，只余疏离、冷淡、凉薄，唇畔的浅笑倒是更加温存。

至于她说他不行……没关系，她会付出代价。

另一边，宁青青看着那个凶神恶煞的大块头朝自己走来。说实话，看到这般魁梧健壮的身躯，她的第一反应是……他的信息素也许还不错？

不过再近一些，她便皱起了鼻子。血腥味太冲了。

虽然她很想喷孢子，但是高等生物是骄傲的、挑剔的，没有找到彻底合心意的信息素那便不会凑合，这叫宁缺毋滥。

她的身体很诚实地退了两步，远离虞浩天。

云水淼倒是赶紧凑了上去："虞殿主……妾身早就听闻您执法无私，最是公正严明，但是夫人毕竟身份不同，若要一视同仁恐怕不妥，还望虞殿主网开一面……"

云水淼方才都被宁青青搞蒙了，此刻见到虞浩天这活阎王要收拾宁青青，她险些绷不住脸上乱溢的喜色。明是求情，实则落井下石，逼着虞浩天依律执刑。

其实根本不需要她来画蛇添足，虞浩天能摔箸起身，那决计不会放过宁青青。

"啪"，铁血大汉手腕一翻，一条通体乌黑的铁质棘鞭忽然扬起，以无处躲避的速度和角度，抽在了女子柔若无骨的脊背上，鲜血立刻渗出了衣裳。

"啊……"娇躯委顿于地，女子扬起清丽的脸，难以置信地问，"为什——"

为什么挨打的是她？！

"啪！啪啪！"

七鞭连出，云水淼后背血肉模糊，倒吸着凉气，手指紧紧抠进厚重繁丽的黑色地毯。

"白云子，上前领罚。"虞浩天沉声低喝。

生了一对八字胡的白云子二话不说，乖乖上前领了七鞭。

早在虞浩天发话之时，耿直的白云子便知道自己和云水淼肯定也要一起受罚——言语之失，你来我往，大家都有份，不可能只罚一人。云水淼还美滋滋地迎上去，简直是愚不可及。

挨过鞭刑之后，白云子一脸神清气爽，浑身都舒坦了。对他来说，既已受罚，事情便翻了篇。

云水淼瞳仁震颤，挣扎着起身，神色羞愤欲死。

解决了这二人之后，虞浩天沉沉踏出一步，矛头直指宁青青。

"请道君夫人受罚吧！"尾音微颤，似乎按捺着一丝激动。

在他打别人的时候，宁青青已看明白了这是怎么一回事。现在轮到她了，她偏着头，问道："我为什么要挨打？"

虞浩天当然不可能重复一遍她说的那句话。被血腥腌透的大手捏了捏刑鞭，只沉声道："诳语污蔑。"

宁青青完全不认同这个说法，认认真真地和他辩解："我亲自试过，他不行就是不行嘛，这是真话不是假话。你偏说我骗人，好没道理。你若一定认为我说谎，除非……"

虞浩天沉着脸，身上散出冰冷威压，眉眼极是不耐，但毕竟宁青青的身份摆在那儿，他不能直接动手，只能听她说完。

"除非什么？"他冷声问道。

宁青青弯起眉眼："除非你也试过！"

虞浩天僵成石雕。

捂着屁股没走多远的白云子再一次耿直地笑了出来："哈哈哈哈哈！"

虞浩天入主刑殿多年，从未吃过这种瘪。他深吸一口气，压抑着翻腾的怒火。他的身体异常魁梧，一个深呼吸，令周遭的空气都变得稀薄了许多，厚壮的胸膛高高隆起，有力的心跳迅猛震动，如棒槌在擂鼓一般。

掌心渗出一层薄汗，他盯着宁青青，丝毫不掩饰嫌恶之意。

是，从宁青青第一日嫁入圣宫，虞浩天便看她十分不顺眼。道君何等人物？说是天人也不为过。他知道妹妹虞玉颜一直偷偷心慕道君。为了道君，虞玉颜不要命地修炼，处处表现得极其出色，年纪轻轻便凭着自己的本事坐上了刑殿副殿主之位，在天下女子中，已是当之无愧的佼佼者。

连这样的女子，也得不到道君垂目一顾。宁青青这种废物，她何德何能？

虞浩天深知掌刑之人最忌个人好恶，但是每次看到宁青青，他总是控制不住自己心中的厌憎。今日，总算是实实在在地抓到了她的错处！不过……

虞浩天特意将宁青青留到最后才处理，等的，便是谢无妄的反应。

许多人都以为虞浩天铁面无私地执掌着律法，连道君都没放在眼里，总以为只要拿到他的错处，早已忍无可忍的道君必定会贬斥他。事实上，这个想法大错特错。虞浩天心中清楚得很，自己能坐稳这个位置，正是因为道君需要这么一个不卖他面子的人，来处理那些能与他攀扯上人情的案犯。

什么时候该看道君眼色行事，虞浩天是明白的。

今日对宁青青发难，其实多少有些冒险和忐忑，先处理云水森和白云子，为的便是等道君的意思。虞浩天知道，道君需要自己的铁面权威。他赌的，便是道君会不会为了他，弃掉宁青青这个无用之人。

方才逼到宁青青近前，谢无妄那边没有丝毫动静，虞浩天便知道自己赌对了，心中不禁隐隐有一两分激动。只要这刑鞭抽上宁青青的身，便能将她从道君夫人的位置上抽下来。

没想到的是，这女子竟颇为奸猾，听听她说的这是什么话！

虞浩天没法接，沉声低喝："休得胡搅蛮缠！受刑吧！"

余光瞥见浮屠子那老好人圆滚滚地走过来，想打圆场，虞浩天心知迟则生变，左手掌心涌出土灵力，封住宁青青的退路，魁梧的身躯急急逼近，扬鞭要抽。

宁青青虽然不知道这其中的弯弯道道，但她是一只直觉敏锐的蘑菇，一看这铁塔壮汉的神情，便知道他是铁了心要打自己。

低等生物，真是不讲道理。她不会打架啊！

眼见浓郁的土灵力已从虞浩天身上涌出，伴着那刑鞭袭过来，宁青青的眼珠忽地一转，瞅瞅这熟悉的泥土气息！

泥土。蚯蚓。蚯蚓就该在土里嘛。

既然这个人一定要打他，那她就赠他一份来自蚯蚓的恐惧。

宁青青微微压低眉眼，在虞浩天扬鞭靠近时，菌丝悄悄从桌案下面攀过去，尖端无声无息地靠近他，扎进那一层在体表涌动的土属性灵力潮之中。

菌丝与土灵力相触的刹那，宁青青定睛凝神，将那一份五感俱全、软塌塌的、来自蚯蚓身上的感知，饱含着浓浓的蚯蚓"韵味"，原封不动地渡给了虞浩天。

"嗖"，灵力共振，倏然传导。这种事，高等生物做起来简直是无师自通、如鱼得水。

送出礼物，宁青青忽然便身心愉悦了。她终于明白为什么都说死也要拉个垫背的，有人和自己一起分享，实在是一件令人极其舒适的事情。

她弯起眉眼，没去管正在落下的刑鞭，反正她也躲不开。方才她已经认真观察过了，蓝衣服的云水淼被打得很惨，但是白衣服的白云子就只是龇牙咧嘴了一会儿，两个人一平均，应该也痛不到哪里去。

忽有清风袭来，一只冷白的手自宽袖中扬出，握在刑鞭中段——谢无妄瞬移过来了。

"夫人稚子心性，无碍。"他温和地笑着说。

谢无妄身姿挺拔，神色漫不经心。他没有散出威压和气势，握住刑鞭的手指随意懒散，没有丝毫力道，但那铁棘刑鞭，却是再不得往前一寸。

虞浩天粗犷的面容上浮起难以置信的失落神色："道君……"

在他身旁，云水淼掩住心口，"噗"地喷出一口血。她能够强忍着屈辱和疼痛，勉强端正地站在这里，为的便是看着宁青青也受一受鞭刑。谁知道君竟会出手护她！虞浩天何许人也，说是肱骨重臣也不为过，道君居然为了宁青青这个毫无存在感的女人对他出手？真是气到呕血。

云水淼还没来得及吐出胸口那憋闷的浊气，便听虞浩天的尾音忽地变了，与此同时，那铁塔般壮硕的身躯，突然极诡异、极妖娆地在原地扭了起来。

云水淼浑身爬满了鸡皮疙瘩。这一幕，堪称史上最辣眼睛的一幕。铁血冷面的虞浩天竟单手握着刑鞭，扭动着身体向谢无妄……撒了个娇？！

　　谢无妄脸上惯常的浅笑陡然凝住，似乎还打了个旁人看不出来的冷战。他掷开刑鞭，宽袖一扬，将宁青青推到身后，带着她疾退两步，双双避离虞浩天。

　　宁青青惊奇地眨了眨眼睛。她只是想用蚯蚓吓吓他，没想把他变成蚯蚓啊？

　　虞浩天更是惊骇得魂飞魄散，一边下意识调动灵力来防御，一边脱口惊呼。

　　这一下，诡异的波动更是泛至全身，而且显著加剧，只见这魁梧大汉扬着一条胳膊，将那条刑鞭挽出了两朵鞭花，身姿一扭又一扭，扭出了做作的声音。

　　"嘶——"

　　乾元殿上，众人眼角嘴角都抽成了麻花。

第
二
十
五
章

谢无妄面无表情地看着虞浩天，眸光微微转寒。

虞浩天汗如雨下，额角绽出一道道可怕的青筋，见到谢无妄不悦，心中更是惊跳不止，奈何身体那股软绵绵的劲就是卸不下去。他当然不是故意的！只是他也控制不了自己！

虞浩天急急张口解释，吐出个破碎音节："我……"

刚说出一个字，便听到整座大殿齐齐倒吸凉气。震撼之下，许多人忘乎所以，抽搐着眉眼和唇角，开始交头接耳地小声议论。就连向来喜怒不形于色的谢无妄，脸上亦是明晃晃地显出了冷怒。

谢无妄生得极其精致，平日总是挂着浅淡的假笑，就像是一幅画或者一朵冰雕的花，极美极假，此刻薄唇微微扯开，冷白的牙尖轻轻一磨，戾色逼人。

"虞浩天！你怕不是失心疯了！"有人扯着嗓子怒叫出声。

"即便道君如何风光霁月魅力无边，也不至于这样啊。"有声音低低嘟囔。

199

"虞殿主！你怎能如此伤风败俗！辱及道君！我、我真是耻于与你这等污人为伍！"落井下石的这一位，是盯刑殿殿主之位很久的一位司刑官。

老好人浮屠子倒是掂着胖手打起了圆场："像是吃坏了东西，上回胖子我误食了南疆的毒蘑菇，也是觉得整个人有些紊乱。虞殿主素日稳重，本意绝非如此。"

虞浩天一个激灵，终于后知后觉地反应过来，方才他还只觉又惊又急，一心想要解释，此刻当真是五雷轰顶，恨不得干脆原地暴毙。这下他压根不敢再看谢无妄那张攻击性十足的俊美脸庞，脑海中嗡嗡作响，双眼翻白，几欲昏厥。

"虞殿主。"

谢无妄的声音比平日低沉了少许，一字一顿，带上些威压焰气，兜头罩下。

虞浩天一动也不敢动，恐怖的九炎极火之息荡过全身，生死只在谢无妄一念之间。虞浩天把硕大的脑袋垂得更低，别说反抗了，只恨不得谢无妄当真一把火烧了他，最好把他烧成灰，把关于他的一切记忆都从旁人的脑袋里面烧出去！

刑殿副殿主虞玉颜疾疾赶到虞浩天身侧，满目焦急忧心，重重伏跪在虞浩天身旁，也不敢替他求情，只闷头重重叩首，一下一下叩出沉闷的嘭嘭声。

满殿仙君神色各异。天圣宫十七殿，牵一发而动全身，恶寒之余，权力上层的大修士们不禁心思浮动，开始思虑长远。

此刻，始作俑者宁青青倒是丝毫顾不上旁人。她吓了好大一

跳，内脏都缩成了一小团，只因听到了一句性命攸关的话——毒
蘑菇！

那个穿紫色衣裳的胖子，说他曾吃过毒蘑菇！

他吃蘑菇！连毒的都吃！好可怕。千万、千万不能叫那胖子
发现她是一只人形菇！他肚子那么大，只吃手臂肯定是不够的，
他会把她整只都吃掉！

宁青青抱着自己瑟瑟发抖，小心翼翼地挪远了些，缩到灯柱
的阴影中。

那一边，谢无妄用九炎极火扫过虞浩天周身，并没有发现中
毒或是中招的迹象，他的土属性灵力在体内自行扭动抽搐，除了
让身体表现出令人恶寒的异状，并没有其他坏的影响，无伤，也
不损战力。此刻，那股诡异的波动之势已趋于平缓，就像往池中
扔了个石子，涟漪圈圈荡开之后，水面恢复平静无波。

九炎极火缓缓收回，谢无妄沉吟不语。

虞浩天也缓了过来，发现身上的异状已然平复，心中既是羞
愤欲死，又是感激涕零。他猛然伏下，重重叩首："多谢道君！"

谢无妄不计较，却也不想再理会他，一眼也不愿看，广袖中
扬起一只冷白的手，轻轻挥了下。

虞玉颜赶紧搀着兄长的壮臂助他起身，告罪之后双双离席。

谢无妄淡声吩咐："往后，宫中不得再食菌菇。"

这便是饶了虞浩天的无心犯上。

"遵命。"

纷乱平息，众仙君装出若无其事的样子继续饮酒谈笑，谢无

妄温存回眸，望向身后的宁青青，目光中隐隐藏着审视。

虽然没有任何证据指向她，他也想不出她是如何做到的，但直觉告诉他，这件事绝对与她有关。

这个坏东西，最是擅长捉弄人……从前，最是擅长捉弄人。

他的眸光微微一晃，心中浮起一缕说不清道不明的滋味。从何时开始，她不再狡黠，不再使坏？

他的目光一顿，她竟不在他身后。

"嗯？"谢无妄微眯起长眸一扫，发现那道纤细柔弱的身影缩在灯柱后面，背对着他，两只小手环抱在胳膊上。只一个背影，便是道不尽的萧瑟可怜。

误会她了？

脑海中忽然晃过一幅画面，他再一次想起她在殿前与虞浩天对峙的事情。

那日等他处理完公事，回到玉梨苑已是夜色时分。

原本忆起这段往事，他只会记得她激起了自己的兴致，但此刻看到她藏在灯柱下的身影，却蓦地想起了另外一幕旧景。

他那日回到院中，第一眼看到她时，她正倚着东厢外面的廊柱靠坐在那里，小小的身体整个藏在长柱的影子下面。玉梨木的暖光照亮她的轮廓，但她看起来似乎还是有些冷，两只细白的小手环抱着胳膊，缩成柔软一小团。他捉住她的肩膀将她转过来，看到她的眼底闪过两点微小的泪光。

有一瞬间，她脸上的神色是茫然的、犹豫的、思虑重重的，但他当时并没有在意，只是随口问她一句"怎么了"。她看清是他，小脸立刻鲜活起来，明亮的眼睛里涌出清凉的甜蜜，一对小梨涡把娇嫩的红唇牵出极好看的弧度。

一声"夫君"，甜丝丝地缠进心坎，仿佛看到他，便能将所有烦恼瞬间抛到九霄云外。

这份发自内心的愉悦感染了他，他无心再理会那些已经消逝的小情绪。

他从未想过，在他回来之前，她独自一人坐在那里想些什么？他原是不会关心这种无关紧要的小问题的，只不过眼下这一刻宛如旧日重现，提起了他几分好奇探究的心思——如他这般要风得风，要雨得雨的人，一旦起心动念就不会轻易罢手，他想知道的事，便一定要知道。

她在想什么？他很想知道。想知道从前，也想知道当下。

呼吸微沉，刚踏前一步，却见她的小脸悄悄从灯柱后面探了出来。

谢无妄转动这诸多念头，其实只用去了短短一瞬，此刻，众仙君"遵命"的"命"字尾音才将将落下。宁青青是听到谢无妄说"不得食菌菇"，这才壮着胆子冒头的。

他看着她，发现她的眸光隐隐有一点紧张，美丽小巧的唇轻轻抿着，本就雪白的小脸更白了些，她转动着眼珠左右看看，视线落到他的身上时，神色明显放松了一些。

这一份本能流露出的依赖和信任，极大地取悦了他。

他迎上前，站在她面前，眸光沉沉地落在她的小脸上，喉结暗暗一滚，他等待着她再一次送上酿在眸中的蜜，等待她的笑容像花朵一般绽放。

旧日与当下重叠，他的心头隐隐浮起的期待亦是双重的。

高大挺拔的身体罩在她的身前，他微微俯身，俊朗好看得独一无二。他没发现，自己的唇角亦难得地浮起了极浅淡的一丝笑容——不是平日挂出来的那种。

他看着她。

宁青青见他接近，压低声音，真诚地感慨道："他们都是坏人！"

诚实的菇，有一说一。

那些人有的要坑她，有的要打她，还有的会吃菇！而眼前这个，勉强算得上一个好人。毕竟，他不让别人打她，还不许他们吃蘑菇。

谢无妄一怔。和想象中不太一样，她的脸上并没有欣喜甜蜜，而是一本正经地向他告状。

他眯了眯长眸，缓缓扫过殿下一众仙君，神色冷了些。

在今日之前，他从来没想到竟有人胆敢当着自己的面伤害她。虞浩天对她的不屑和恶意，在他握住刑鞭的时候便感受得真真切切，只不过虞浩天当时突然出了那么个令人恶寒的状况，让他未及细想。此刻细细一思忖，便觉得不对。从前她是不是就受过什么委屈？那一日，若真的无事，她为什么会瑟缩在长廊的阴影下，神色茫然、犹豫、思虑重重，眸底带着泪光？难道那个时候虞浩天就曾欺过她？

还有云水淼。他记得不久之前，宁青青告过一状，说是云水淼在她面前搬弄是非。当时他不以为意，因为女人之间钩心斗角的龃龉他实在是不放在心上，但今日，云水淼在殿上激着她说出了"道君不行"这种话，其用心险恶可见一斑。

谢无妄眸光更冷，心中难抑杀意。他垂下头，望进她那双清澈的眼睛，声音低沉温柔："那些坏人，我都会罚。"

她抬起头来，微微弯起眼睛，用一种十分可爱的口吻夸奖这个低等生物："你是一个好人。"

她的语气异常真诚，就像一个人摸着狗的脑袋，夸它是一只好狗。

谢无妄的心尖好像被一只柔软的小手轻轻揪了一把。他的小东西，还是那么好哄。她其实只是想讨一点公道和怜惜而已。

看着宁青青天真纯澈的眼睛，饶是心肠冷硬如冰刀的谢无妄，也不禁恍惚了一瞬。

从前的她，便是这样，简单得一眼就能望到底，通透无瑕。可惜明珠抵不过时光的侵蚀，日复一日，岁月给这段感情留下了太多的裂隙，最近这一段日子，就连他也被她弄得有些心浮气躁。

不过，既然她忘了，倒也不失为一个契机。这一次他多花费些心力，好生呵护着她的简单纯稚便是了，倒也有趣。

至于其他……不急。

谢无妄抬眸望向左侧席位，声音清凉疏淡："本君治下不严，叫昆仑客人笑话了。"

昆仑七祖与寄怀舟急忙起身拱手："不敢。"

今日宴上发生的事情虽然极其劲爆，但只要谢无妄一日还在，这世间就绝无可能流传半点风言风语。

道君君临天下，没有他防不住的口。

　　他一开口，寄怀舟便领会意思。这位剑仙急急起身，解下剑放到一旁，端了酒水敬上前来。

　　"道君夫人，那日是在下行事冲动，言语莽撞，今日特来请罪，还望夫人恕罪。"寄怀舟手一晃，从乾坤袋中取出一只灵匣，放在宁青青面前的桌案上，"近日恰好得了一匣炼神玉，礼物微薄，不成敬意。"

　　道君派人取了东淮秘境的镇境之玉，废了一个大秘境，这样的消息自然是惊动了昆仑剑宗。

　　温养一个大秘境，天时地利都缺不得，还要耗费大量人力物力。毁一个秘境，可谓伤筋动骨、动摇根基，成形的秘境可以持续产出灵植、灵矿、灵兽，生生不息，也是宗门新人的绝佳历练之所。

　　寄怀舟主动献玉，便是向道君求饶讨好，盼他不要用同样的手段敲打昆仑。

　　谢无妄懒散地倾身，宽袖拂过桌案，修长似玉的手指自袖中探出，漫不经心地挑开灵匣，轻笑一声，像是赞叹，又像是不屑。

　　他微偏过头，看向宁青青。

　　前几日他将炼神玉置于她身侧的土层中，见她像幼苗取水一般，一点点将炼神玉吸收炼化，感觉倒是颇为新奇有趣，更像是在养个什么小动物。今日他知道寄怀舟要献玉，所以带她来。小东西看见炼神玉，肯定会惊喜得弯起眉眼。

　　他的视线若无其事地落到她的脸上，却发现她并没有在看炼神玉，而是在看寄怀舟。谢无妄眸光微顿，食指和中指幅度极小地动了动，唇角笑容倒是更盛了些。

桌案后，寄怀舟双手执杯，长身敬下。

他生得英俊，面庞棱角分明，气质清冷凌厉，整个人就像一柄锋锐无匹的绝世宝剑。俯身敬酒时，一股凛冽的冰霜气息便拂了过来。寄怀舟常年与剑为伴，剑仙的剑是上品灵剑，剑息如那雪中松柏，锋锐、寒冽，甚至盖过了剑主人的气息。

宁青青的眼睛微微一亮，这个穿白色剑袍的人，好看也好闻，他的气息带着一种坚强刚硬的味道，隐隐还能听见清越的铮音，让她想到了百折不挠的孢子把身体拖成椭圆状在风中努力前进的样子。

她有一个大胆的想法。她想要试试这个信息素！

不过方才有过一次教训，宁青青大约知道了，人类很介意直截了当地说这类事情。身为一只聪明的蘑菇，她要学会入乡随俗。

她抿着唇，微歪着脑袋犹豫了一会儿，有了主意。她非常委婉曲折地开口问道："请问你想要一个……女人吗？"

寄怀舟眼角狠狠一抽，下意识地望向宁青青身旁的谢无妄。

谢无妄眸光不动，轻轻地低笑出声。他的小妻子，虽然不记得他了，却还是小心眼地爱吃醋，并且记仇，还记恨着上回他与寄怀舟"争夺"云水森的事情。果真像前人所说，恨比爱深刻。

罢了，既然想要守护她的天真纯稚，那便满足她小小的心愿，没必要当众拂了她的颜面。既然她见不得云水森，让寄怀舟带回去处置便是了。

谢无妄手指一动，叩上灵匣盖子，温和笑道："寄掌门孤身多年，自是要的。回去时，顺便将人带上。"

如此，她该满意了。

果然，话一出口，便看见宁青青弯起眼睛，眼角眉梢尽是喜悦。

"太好了！"她高兴得左右晃了晃。

谢无妄心中轻嘲，面上不显。女人啊，耽于情爱，贻笑大方。将这般小心思小算计当作生活的重心，又如何奢望得到他倾心相顾？无趣。

唇畔浮着温柔的笑，实则意兴阑珊。他依旧看着她，幽黑双眸尽显凉薄。

宁青青可看不懂这些有的没的。她这下更加确定，谢无妄真的是一个好人——这种伟大的精神，就像大地母亲一样无私。设身处地想想，如果她自己无法喷孢子，而身旁的其他蘑菇却在喷吐孢子云，那她一定会有些失落的！

她把脸转向他，梨涡娇俏，眸中闪烁着两点明亮的光。她再一次夸赞他："你真好！"

谢无妄的假笑微微一凝。

三百年，他并未看腻她这张脸。每一次她由衷地、灿烂地冲他笑时，那一束小而明亮的光芒，总能短暂地照进他暗沉的心，令他也感染一点简单的愉悦欢欣。对他这样的人来说，最微小的喜悦，都是可遇不可求的。

此刻，纵然有些不耐烦她的小心思，但还是结结实实地受下了这一记褒奖。面上不显，心尖上却有温暖的微风撩拨而过。

罢了，自己的小东西，纵着些哄着些又何妨？除了奢求不可得的真心，她其实要的从来也不多，很容易便能露出满足的笑容。

谢无妄淡笑着，抬手去抚她的头发。

"不——"一声突兀的尖叫从远处传来。

是狼狈不堪的云水淼。

寄怀舟上前时，云水淼便竖着耳朵留意上面的动静，听到谢无妄毫无波澜地将她打发给寄怀舟，她崩溃地抓着桌案站起来，心中又惊又急。再看到那二人郎情妾意的模样，心中紧绷的那根弦更是一下断成了两截。

自她记事起，便不断有人告诉她，她的体质与君临天下的道君乃是天造地设的一对，将来必会成为天下最尊贵的女子。她听了太多关于他的事情——他容颜俊美、修为超绝、气质风流、权倾天下。真正见到谢无妄的那一日，她更是彻底沦陷。

谁知，自小习得的那些手段，在他身上竟一样也没能用上。二百年前，她被他随意打发下山，如今好不容易找到机会回到他身边，却再一次被他随手打发。

她叛逃离开昆仑，回去绝无好下场！既然如此，倒不如干脆破罐子破摔，反正男人最好面子。

"道君！"云水淼放声大喊，"妾身已经是你的人，你怎能将妾身推给别人？妾身跟了你，便是想要一生一世跟随你的！"

她料定谢无妄不会否认。只要谢无妄认下这笔账，就算回到昆仑，寄怀舟他们也不敢拿自己怎么样，而且……宁青青一定会气死的！

云水淼至今无法忘记，广场上，这两个屹立在世间巅峰的男子为自己而战时，那股激动到灵魂战栗的滋味。当时宁青青那张绝望惨白的脸，更是让她的每一根头发丝都散发着喜悦的气息。

"道君！妾身的人，妾身的心，都是你的呀！"她捧着心口大声喊道。

谢无妄目光不动。

换作平时，他自是不会否认。哪怕宁青青在身边又怎么样？她的情绪不该由他来操心，而是该她自行调节，左右他没动过云水淼，回头解释一句就是了。

不过今日有些不同，宁青青身上还缠着魔纹，不宜受太大刺激，况且懵懂纯真的她，也颇得他欢心。此时此刻，倒是没必要惹她不快。

这般想着，他抬眸平静无波地望向云水淼。

被他这般看着，不知为何，云水淼只觉得冰冷的恐惧攫住心脏，喉咙颤抖，再不敢说一个字。

片刻，谢无妄缓缓倾身，勾起唇角，一字一顿道："本君挑食。"

这便是明晃晃地否认了。

擅长揣摩君心的一众仙君立刻心领神会，一致发出不屑的嘲笑声。

"寄怀舟，你的人有些聒噪。"谢无妄长眸一瞥，扫向寄怀舟。

"是在下失礼了。"

没等宁青青反应过来，就见寄怀舟转身大步踱向云水淼，像拎一只小鸡一样将她拎起来，走了。

走了……走了？！

谢无妄微眯着长眸，看着寄怀舟的背影消失在乾元殿门前。

"满意了？"他漫不经心地望向宁青青，神色似笑非笑。

宁青青只来得及冲着寄怀舟的背影伸了伸手，人就没了。

就这，她能满意？叫她怎么满意？

不等宁青青回答，谢无妄唇角微勾，淡声道："东海侯野心滋长，让云水淼带着剑灵髓的消息叛出昆仑，故意投靠我。昆仑也不安分。我留着云水淼，不过是将计就计，看看她身后究竟都有哪些人——哪些蠢人，竟能用这么蠢的东西来算计我。你和这样的东西计较，实在是自降身份。"

低等生物和低等生物之间的钩心斗角，在宁青青看来都是毫无意义的菜鸡互啄。她并不关心这些，只眨着眼睛，真诚地问他："那我什么时候去昆仑找寄怀舟？"

谢无妄一怔。

谢无妄怔了片刻，忽地失笑。她这副目光灼灼、坚定勇敢的小表情，倒是叫他想起了些往事。

新婚不久，他便查到太虚门研制魔毒，私下炼制傀儡魔军的事情。他用结界将她好生护在玉梨苑，然后亲赴前线处理魔祸，这一去，便是大半年。

那一战死了个张平阳。

太虚门实力与昆仑、淮阴山相当，那样的战事，必定要死人。就算不是张平阳，也会是浮屠子、白云子，或者是主司战争的七殿殿主。只死一个得力属下，已算是意料之外的大胜。

得胜归来，他见她瘦得下巴都尖了，模样颇有些幽怨，嘀嘀咕咕地念叨他数月不回她一次传音，叫她忧心如焚。

他随便敷衍几句，在外打仗，哪有闲心与她聊那些风花雪月的儿女心事？

他没把这当回事，没想到过了几日，她打听出张平阳战死之事，脑袋里不知道琢磨了些什么，某一日，她抿着唇，两只眼睛发着光，坚定地对他说，她定会努力修炼，与他并肩而战，不会让他再次失去忠心的属下。

天真幼稚，可笑也可爱。那时的表情，与此刻如出一辙。

所以……她要去昆仑找寄怀舟，是想替他分忧？

他垂眸笑了笑。从前他曾认真指导她修行，不过并不是指望她当真能与他并肩而战，而是让她早早看清现实，少做些白日大梦。事实也证明，她的确没有修行天赋。

如今，却有些不同。

炼神玉能够撑起秘境，自然不是泛泛之物。她吸收浮屠子取回的那一匣炼神玉只用了二十四个时辰，这样的速度，恐怕寻常炼虚修士也无法达到。而她只是元婴，与炼虚之间还隔着化神，若是从前，哪怕有他出手相助，她也只能吸收个百不足一。没想到入魔之后，修为尽毁，只余指尖那一缕灵力细丝，反倒另有奇效。或许，这正是所谓的破而后立。

他可以给她全天下最好的资源，供她养她，他倒要看看，她的上限究竟在哪里。

长眉微挑，眸中划过一抹兴味，谢无妄声音温存："不着急，先养好身子。"

宁青青转了转眼珠，觉得他说得很有道理。

她的身上还沾着这些灰黑难看的纹路，喷出去的孢子恐怕也是不健康的花孢子。做蘑菇不能只顾着自己，得为下一代的长久做考虑才是。还是好人谢无妄想得周到。

她点点头，黑白分明的清澈瞳眸中浮起坚定："那我快快医治，然后再去找寄怀舟。"

谢无妄不置可否。

视线一转，她望着桌案上那匣炼神玉，弯起眉眼："这是寄怀舟送给我的对吗？"

谢无妄颔首。

她欣喜地将匣子捧过来，揭开盖子，匣中的光芒照亮了她巴掌大的脸蛋，她神色一滞，惊呆了。

暖红的颜色，像玉又像云，菌丝一探进去，立刻就会有暖融融的饱足感传回来，这不正是那种非常珍贵的养料吗？

每一只蘑菇都知道，优质的养料可遇不可求，有时候菌丝漫过几十丈甚至上百丈距离，都未必能寻到指甲尖大小的、聚在一起的密集养料。而她何其幸运，前几日，竟在身边的土壤中寻到了好大一团！

进食之后，她就再没有寻到类似的养料。虽然心中馋得要死，但她知道，那样的运气一辈子能撞到一次都已经很不错了，于是不再执着，渐渐将那股香甜馥郁的气息忘在脑后。谁知今日有人竟然给她送来了做梦都不敢奢望的宝贝养料！

宁青青觉得自己的伞盖和伞柄都被这个巨大的惊喜砸歪了，她捧着手中的灵匣，感觉到心口往外冒出快乐的泡泡，身体忍不住左右轻轻摇晃。

她和这个名叫寄怀舟的人，一定有着最神奇的缘分。

她把灵匣抱在怀里，心中不住地琢磨，去见寄怀舟的时候，该给他带些什么礼物。

谢无妄懒散地瞥着她的神色，见她眉梢都溢满喜悦，心中微微一动，抬了抬左手，浮屠子立刻躬身凑上前来。

"今年朝贡只收炼神玉，不拘多少。"谢无妄轻声道。

"哎。"浮屠子的圆脸上绽开心领神会的媚笑。

真是，一骑红尘妃子笑，无人知是荔枝来。

谢无妄瞥过一眼，见宁青青仍抱着灵匣傻乐，不禁轻轻一嗤，好笑道："出息。"

心中倒是懒洋洋地泛起了愉悦。他很喜欢看到她因为他而露出幸福笑容的模样，这样的征服感是个男人都喜欢，即便是君临天下的道君，也不能免俗。

"就这么喜欢？"他声音轻懒，不觉泛起三分哑意。

"嗯！"她很认真地重重点了下头，"喜欢寄怀舟。"

谢无妄终于发现，似乎哪里有点不太对。

右下方，昆仑七祖齐齐起身告退，谢无妄却没应，似在走神，目光漫不经心地落在那七人中间，谁也没看。他似乎在想她那句"喜欢寄怀舟"，又仿佛什么也没想。

大殿上，气氛渐渐凝滞。

"道君？"为首的那一位再度拱了拱手。

谢无妄眸光一定，淡笑着不紧不慢地说了几句场面话，然后起身相送。

一行人走出大殿，只见夜幕低垂，纯黑的广场和通往山下的巨型黑石阶更显庄严肃穆，层峦殿宇隐在黑暗中，凝固了不可撼动的森严等级和地位。放眼一望，不觉屏息惊心。在这里，无人敢随便御剑或是瞬移。昆仑七祖拜别谢无妄，一步步踏下宽逾二十丈的广阔黑阶。

不必回头也知道，谢无妄仍立在阶梯上方，漠然地望下来。七人只觉如芒在背，步履僵硬。

片刻，谢无妄收回视线，无所谓地道："不是冲你来的。"

昆仑一行虽是借着向宁青青赔礼道歉的名义而来，但这些人谁也没有将心神放在她的身上，并不是想要借机试探或发难。看来，魔毒一事昆仑并不知情。

他侧眸看她，发现她仍把那只匣子好好地捧在怀里，眉心不禁微微一拢，薄唇勾起少许，他用漫不经心的语调，轻飘飘地问："喜欢寄怀舟？"

宁青青点点头。

"喜欢他什么？"他的声音听起来更加温和，低低的，几乎算得上是诱哄。

宁青青丝毫没有察觉到危险，愉快地拍了拍怀中的灵匣："他送我好吃的。"

谢无妄一滞，气得轻笑出声。他怎么忘了，这个小东西最是容易被一口好吃的牵着鼻子走。

青城山的风气十分懒散，出门历练的弟子总是跑到凡人聚居的城池，搜罗各色美食带回山中。她和宁天玺两人便蹲在山门那里，隔三岔五就能蹲到一口吃的。得了好吃的，她从不吝啬拍马屁。

"大师兄最好了！"

"最喜欢二师姐！"

"十八师兄天下第一俊！喜欢十八师兄！"

回头坑起人家来，却是毫不心慈手软。

当初翻着关于她的那些事无巨细的情报，他难得被勾起一丝兴致，这才亲自走了一趟青城山。没想到看到她的第一眼，便对她起心动念，将她诱进怀中，一宠就宠了三百年。

喜欢寄怀舟？呵，谁给她吃的，她都喜欢。

原来是他想岔了，她是真把一切忘了个干干净净。

谢无妄垂下长睫，暗沉的眸光隐在夜色之中，淡声道："你想要的，我会千百倍赠你，用不着喜欢别人。"

宁青青目光复杂地看了他一眼，带着些怜悯。

她知道他是个好人，可是她已经试过了，他不行。

高等生物从某种意义上说，是十分冷酷无情的，绝不会在无用之处浪费时间，这也是祖辈留下来的经验教训——同一个坑，再头铁的孢子也不会跳两次。

她不想太直白地伤害谢无妄，毕竟他是一个好人。犹豫片刻，她很委婉地对他说："寄怀舟身上有股冷冷硬硬的味道，很好闻，一闻就知道很坚韧，很强大。"

谢无妄的眸色彻底隐在阴影中，缓声道："带剑息的仙剑吗？好说。"

她不懂什么剑息什么仙剑，只知道他一口答应下来了。她立刻弯起眉眼，笑出一对小梨涡。

看着她欣喜的面容，谢无妄胸中隐隐有一点发闷。从前她与他吵闹时，他也曾不耐烦地想过，若她像旁人的姬妾那般，只图些资源灵宝，那倒是省下不少烦心事。此刻她真问他要东西了，他却只觉无趣，以及一丝自己也难以察觉的烦躁。

正待送她回玉梨苑，遥远的黑阶下方，忽然传来一声刺破云霄的女子尖叫，一听便是云水森的声音。

寄怀舟带着她离开乾元殿之后，也是规规矩矩顺着石阶一步步走下圣山，此刻刚过半山腰。

旋即，另一道猥琐至极的笑声从山腰传来："嘻嘻嘻……"

再下一瞬，只见一个灰袍人拖着长长的残影，自台阶下方掠上来，眨眼便到了面前，身上最醒目之处，莫过于头顶光溜溜的秃瓢。正中谢了顶，耳朵旁边倒是有几缕长长短短的散软头发，随风胡乱地飘逸着。一对距离过近的鼠目，眼珠对向正中，是不折不扣的斗鸡眼。巨大通红的鹰钩鼻下，一笑便露出满嘴豁口的黑牙。

身上的大灰袍没有系带，也没有纽扣。双足落稳之时，灰袍左右一分，"呼"一下像翅膀般张开。乍一看，实在是猥琐又下流。

"嘻嘻，吓坏了今日第十八个小丫头，要吓第十九个喽。"他喜滋滋地看着宁青青。

宁青青看得目不转睛，仿佛看到一朵大灰蘑菇在眼前张开了伞帽。

惊吓是不可能的，大自然中的生物，也就人类非得穿衣裳。而这人的灰袍下面，其实是有衣裳的。一身贴合的肉色衣衫包裹着躯体，胸前还挂着一串细细的佛珠，不细看，就像是底下什么也没穿。

宁青青眨了眨眼。

"哟，这个小丫头倒是处变不惊哪。"一双鼠目转了转，像是刚刚看到谢无妄一样，嘿地笑出了声，"哦，原来是小谢的媳妇，果然是夫唱妇随，都很会装模作样！"

话音未落，便有一道鬼魅般的人影匆匆来报："道君，无量天、大佛刹、天音阁的大佛修联袂追杀色僧，见其闯入圣山，众人不敢擅进，在外头吵着求见道君。"

谢无妄眉目不动："与诸位佛子说，若本君拿到此獠，必会交予佛门处置。"

隐卫连余光都没往灰袍老僧那瞄一下，抱拳应是，然后返身掠下石阶。

"啧啧啧，小谢如今真是人模狗样道貌岸然，怎么？请老衲来给你媳妇看病，完事就要过河拆桥把老衲交给那些秃驴？"灰袍老僧慢条斯理地把左右两边的袍子合拢，嘴一撇，望着天。

谢无妄转身走向崖后："又犯什么事了？"

声音懒散，倒是与平日应酬旁人不同。

灰袍老僧屁颠颠地跟上，若无其事地摇摆着手："嘻，能有什么，不过摸了块木头，谁知道怎就捅了马蜂窝，这些秃驴都是一惊一乍的，甭理会他们。"

谢无妄淡淡瞥过一眼，猜他必是又在哪一家新做的雕像上留了爪印。

宁青青不懂得虚伪应酬，听这秃子一口一个秃驴，忍不住偏头盯着他的秃瓢，很认真地问道："你若是气不过他们比你秃得厉害，为什么不把耳朵旁边的须须给拔了？相信我，你一定能比别人更秃。"

谢无妄长眸微垂，薄唇勾起浅浅的弧度。

灰袍老僧狠狠一噎，瞪了宁青青一眼，把头拧到一旁嘀嘀咕咕："小谢媳妇恁讨嫌。"

他气哼哼地甩着打了补丁的衣袖，大步走到前方。

到了玉梨苑，灰袍老僧笑嘻嘻地掀开袍子跳进正屋。

"啧啧啧！"他摇头晃脑地感慨，"小谢你不行啊！媳妇生病，就不打扫屋子了？"

回头一看，发现谢无妄的脸似乎有一点发黑。他来得迟，不知道殿上发生的关于"不行"的事情，随口就扎了一记心。

踏入正屋之后，看着地上无人收拾的碎玉盆和留有残痕的散土，谢无妄的脸又沉了些。他不动声色地用余光瞥了宁青青一眼。虽然此刻她看着一切安好，但入魔的时候，绝望痛苦自不必说，都明明白白地写在地上，倘若……她没有撑过去呢？

他从来不会去想那些并未发生的、无意义的事情，但是此刻看着地上一片狼藉，他不禁下意识地想，若是她没撑住，那么这些东西恐怕永远也不会有人收拾了。这般想着，心底隐隐浮起一缕躁郁的火。

灰袍老僧撇着嘴踢了踢地上的土，从窗口跳出去，将竖在长廊下方的大扫帚拎过来，把散土和碎盆铲进畚斗里。

"不得了不得了，扫把都是玉梨木做的，这真是皇帝老儿的金扫把啊！"老僧摇晃着头，啧啧有声，"去年，就因为这么小一块玉梨木，老衲我被小娘子追出十条街！嘁，谁叫她刻个珠珠挂在身上，我就想摸摸那玉梨木而已，谁要摸她啊！"

他一边嘀咕，一边唰唰地挥着大扫帚把散土扫拢。

谢无妄长眸微垂。从前，偶尔也能看见宁青青抱着这把与她差不多高的大扫帚，慢吞吞地清扫长廊上的灰尘。她很悠闲，有一搭没一搭，扫上一段，就拄着扫帚定在原地发起愣来，时不时还会傻乎乎地笑一笑。

她用心打理着这间院子，每一寸都会收拾得非常干净。他见过她无事时细细地摩挲着每一块木头，有时还会把脸凑上去蹭。她会躺在院子任意一个角落，哪里都不会弄脏衣服。

她说，这是……家。

那一日她离开时，瘦弱的肩膀微微收拢，背影看起来就像一只失了巢、被暴雨淋湿的小动物。那样一个小小的影子，一点一点消失在他的视野中。从那时起，会冲着他痴笑的女子，就再没有回来。

谢无妄心头微微发闷。

忘记了这些，也许对她更好。如今的她，懵懂天真，无忧无虑，无怨无恨。

很快，灰袍老僧就把地面彻底打扫干净，他扔掉扫帚，用两根鸡爪般的手指拎起宁青青的衣袖，把她带到窗榻上。

衣袖一掀，望着她手上那些蜿蜒的灰黑魔纹，老者挑高了一对稀稀拉拉的黄眉毛。

"哟，都这颜色了，你还没死啊？"头一抬，和宁青青看了个对眼。

宁青青友好地冲着他眨了眨眼睛，身为高等生物，分辨别的生物对自己有无恶意，是最基础的本能。她能感觉到，这个像灰秃蘑菇一样的老头也是一个好人。

她说："有一个叫心魔的家伙说我活不过一刻钟，不过我活了一刻钟又一刻钟，它大约已经被我气死了，好几日不曾听见它的声音。"

闻言，谢无妄眸光微微一凝。

身上有魔纹，那便是被魔息沾染，中了魔毒。魔物与人不同，低级魔物只有嗜杀嗜血的本能，如魔尸王那样的高阶魔物，也只是行尸走肉而已。没有元神，没有魂魄，何来心魔？通常身染魔毒之人，只会变成行尸走肉，胡乱地扑咬啃噬旁人，受害者染上魔毒，便会变成同样的魔尸。像煌云宗宗主黄威那样，魔毒只聚于心脏，还能动用修为残杀妻儿之后自尽身亡，已是极为异常的魔态。谢无妄对外也只称是走火入魔，并未泄露更多隐秘。宁青青身上的情况则更加不同，她只是失去了记忆，神志却是清醒的。

谢无妄发现无法用元火替她除魔，第一时间便让老友到圣山来为她诊治。

是他大意了，此前，竟不知还有心魔这回事。

灰袍老僧扬起两根鸡爪似的手，像敲击鼓点一样，在宁青青的腕脉处敲来敲去。

他指甲很长，两根发黄的长指甲不时摩擦在一处，发出"呲呲"声，听得宁青青好一阵牙酸。

半晌，灰袍老僧收回手，指甲掏着牙缝，不紧不慢地开口道："像是子母魔蛊。知道这玩意儿的魔物，我也就只吃……"他转了转眼珠，贼兮兮地瞄了眼宁青青，果断改口，"我也就只杀过一只！想要无伤解蛊，怕是得找到下蛊之人，从母蛊那边着手才是。小谢媳妇既说心魔近日未说话，那便意味着撒毒的人，又对另外一个人下手啦！"

谢无妄眸光微寒。煌云宗距离青城山太近，这个受害者，说不定正是青城剑派的人。那边他早已让人盯着，近日并没有传回任何消息。

"她的身体为何不能沾我的元火？"谢无妄又问。

神游天外的宁青青心想，低等生物果然脑子不好用，上次不是才教过他，干的东西很容易着火吗？当时他说明白了，没想到转头就忘，又问别人。

灰衣老僧把指甲从嘴里拿出来，又要往她腕脉上搭。宁青青赶紧缩回手。

"哦！"老僧恍然，"用过涅槃……"

谢无妄气势陡然一冷。

老僧急急闭嘴："到外头说去！"

"不必。"谢无妄道，"原来是这个原因。"

"嗯……"老僧拖长了调子，"未稳，归位。"

谢无妄淡声道："明白了。"

宁青青幽幽叹了口气。这个人哪，嘴上说明白，其实根本不明白，他对自己就没有清晰的认知。

"不是我说你呀，"老僧伸出一根长指甲，虚虚地点着谢无妄，"少了这么一次保命机会，早晚出事，没地方哭。"

谢无妄轻轻一嗤，神色看似极其平淡，实则狂妄无边："我能出事？"

老僧撇着嘴摇头。

宁青青也摇头。真的，以她不知道从哪里来的经验来看，放这种话的人，总是最容易出事的那一个。

老僧无奈地挥了挥手："算了算了，你们小两口伉俪情深，爱得要死要活，谁也离不了谁。"

谢无妄下意识便要否认，自己的事自己很清楚，他只是把她当成不容失去的所有物而已，并无什么情爱。正要开口，却又有些顾忌她此刻的身体状况，转念一想，近日与她争执不断，便是源于他的直话直说，她难以接受。

不如不说。

谢无妄抿住薄唇，算是默认，其实心中并不认同。

没想到的是，坐在老僧对面的宁青青却一本正经地开口了，语气认真得不得了："错啦，没有什么情不情深，我只把他当作一个好人。"

宁青青话一出口，就看到那灰袍老僧把一对绿豆眼都快笑没了。他抬起一只指甲比手指还长的瘦黑手，捂在嘴上，整个身子笑得往后跌，腿都快跷上榻桌了。

谢无妄脸色越沉，他越是笑得直不起腰。半晌，他摆着手，停下来，身体猛地向前一倾，鼠目精光乍射，阴恻恻地对宁青青说道："小谢媳妇，你这就错啦！谢无妄，他才不是什么好人。"

"哦。"宁青青无所谓地低下头。

人类的弯弯绕绕对蘑菇来说毫无意义，她现在只想吃掉寄怀舟送她的养料，尽快养好身体。

谢无妄面无表情地逐客："魔蛊我自会处理，不送。"

灰袍老僧撇着嘴爬起来，一边往外走，一边嘀嘀咕咕："别怪我没提醒你，最近我去了两处好地方，那什么上古石碑啊、先祖遗言啊，都在指向同一个事——道君只能有一个。毁了一处，又有另一处，这事，后面的推手不简单，我估摸着是防不住。你自己有所准备，需要棺材的话，江都渭城长安街白寡妇家的棺材铺，报我的名字能打八折。"

倘若有外人在场，听到这样的话，定会惊得魂魄飞天，浑身冷汗。道君只有一个，和道君只能有一个，这是两码事。道君只能有一个，单这一句话，便足以掀起颠覆仙域的血雨腥风！

修真的世界永远以实力为尊，超绝的修为就意味着无边的权势。不知多少大能修为卡在合道大圆满，始终无法突破道君级。如果找到强有力的证据，证明旁人无法进阶是因为大道规则限制了世间只能有一位道君的话，那么，当今道君谢无妄立刻就会成为众矢之的，所有的野心家都会联手，甘愿铤而走险，也要把他拉下马来。就连天圣宫中的合道大修士，恐怕也难免心思浮动。

这样一件大事从灰袍老僧嘴里说出来，就像是"天气不好被子要发霉"一样平平无奇，他甚至还有闲心给寡妇家的棺材铺拉拉生意。

闻言，谢无妄只轻轻一哂，方才因为宁青青的事而略微有几分阴沉的神色倒是彻底化开——只有闲着无聊时，才会多费些心思去琢磨那些儿女情长。有正事，便会把它们逐出脑海。

他早已习惯站在最高的礁石上，以一己之力，扛住一次次迎面席卷而来的风暴海啸。他的心肠是冷的，是硬的，他的目光，永远向前。而她的柔情蜜意，不过是风暴间歇时能够暖身的一团小小光芒，有，是锦上添花，无，也没什么大不了的。

他待她，已是仁至义尽。

如今大乱将至，等解决她身上的魔毒之后，倘若她还是无法恢复记忆，那便缘尽于此。

胸中隐隐浮起一抹几不可察的涩意，他轻笑出声，眸一抬，彻底将其抹除。这一次，正好借机将这仙域清洗一遍，太久太久没死人了，倒是有些不习惯。既然有人过腻了太平日子，那便用一场杀戮盛宴让这天下知晓，这不是大道的规则，而是他谢无妄的规则。道君只能有一个？那便永远只有一个吧。

谢无妄起身离开庭院，广袖微动，背影孤绝狂傲。

宁青青捧着灵匣，回到桂花树下。

如今她已经不是很渴望把身体埋回泥土里了，而且身上的袍子又大又重，原本的小坑装不下她，如果要埋，还得挖个大坑。

她歪着脑袋思忖了一会儿，把灵匣埋进土里，然后搬了长廊上的软木躺椅过来，悠然地把自己躺成一条，眼睛望着映在桂花后面的大月亮，右手垂到地面，探出菌丝钻进土壤。

她在想夜宴上的事情。穿蓝衣的云水森和穿黑衣的虞浩天都对她有恶意。

云水森用的是奇奇怪怪的言语攻击，兴许对人类来说精神攻击比较有效，但对蘑菇来说，那样的攻击什么也不是。而挥鞭子的虞浩天，却用的是物理攻击，会把人打得趴在地上，蘑菇当然也害怕被踩扁啊。

他会伤害她，她丝毫也不怀疑。这一次运气好，有好人谢无妄帮助她拦下鞭子，但是下一次呢？她生活在人类的地盘上，以后肯定还会遇到许许多多对她有恶意的人，而且，有的人还会吃菇！她不可能指望每一次都有人保护她。比如现在，谢无妄一声不吭就走了，世界这么大，说不定他永远不会再经过这个角落。万一现在来了坏人，她怎么办？

危机笼罩着她，她知道自己必须快快发育，因为连自己的命都保不住的话，还谈什么喷孢子？

她一边琢磨，一边慢吞吞地吸收了寄怀舟送来的炼神玉。

这一回，她没有用这些养料来滋养身体，也没有继续发育那一根菌丝，而是从它的末梢抽离出无数细得几乎看不见的小菌丝。这些小菌丝像细密的绒毛一样，钻进土壤，往四面八方迅速蔓延铺展。小菌丝吸收能力很微弱，但它们又多又密，可以毫不费力地在土壤之间的微小缝隙中穿梭探测。

很快，就触到了底。

玉梨苑建在乾元殿后方的峭壁上，院中的土壤是特意运来种植那棵桂花树的灵壤，底下便是坚硬的黑岩山体。

触到岩壁之后，小菌丝如细密的潮水一般顺着岩体铺展，很快就找到了一处又一处细微的岩缝，它们像浪花一样涌动着、翻腾着，铺进岩缝，继续深入黑黢黢的山体。岩层中同样蕴藏着养分。这里倒是没有了水，养分尝起来有金、土和火元素的味道，脆脆的，不过比较稀疏，汲取起来也较为吃力。如果菌丝是嘴巴的话，那都噘成一只只小喇叭了。

宁青青操纵着万千小菌丝，一边慢吞吞地吸收着丝丝缕缕细小微弱的养分，一边漫无目的地探索着庞大的山体。很快，她就感应到东面百丈之外有东西。滚烫的、庞大的。

　　每一只蘑菇都具有十足的探险精神。宁青青精神一振，抿紧唇，微蹙着眉，聚精会神地操纵着一片绵密的小菌丝向百丈外的岩体攀爬过去。

　　在黑暗中钻探许久，她习惯性地将最多的心神倾注在视觉上，于是，当先锋菌丝忽然钻出岩壁，看到迎面扑来的灼热烈焰时，宁青青差一点就被闪瞎了眼。

　　"呜……哇哦。"

　　耀眼的火浪带来的眩晕感逐渐消退，她发现自己面对的，是一只顶天立地、由透明火焰制成的巨型囚笼。

　　她怔怔地将一根又一根菌丝探过去，缓缓凝聚起来，结成一只半透明的玉青色蘑菇脑袋……还是无法确认这个笼子的大小。

　　她凝神使劲，汇聚更多菌丝，尽力让那只蘑菇变得与自己的体型大小相当，出于习惯，蘑菇上还凝出了两只圆溜溜的眼睛，左右转动。

　　这么一看，便很容易计算了。眼前这只火焰牢笼，上下左右前后六面笼壁差不多都是十丈大小……等等！上下左右前后？

　　蘑菇的大脑袋呆呆地歪向一边，好像哪里有一点不对吧？

　　"呀！"

　　陡然反应过来时，她的蘑菇帽差一点惊得倒翻起来——她钻进笼子里面了！

　　念头刚刚闪过，便看到笼中飘散的薄雾迅速凝聚成一团阴冷的黑色浓雾，浮在自己面前。这一幕，说不出的诡异阴森，就连蘑菇也能察觉到不对劲。

好可怕。巨大的蘑菇帽弯了弯，向后方腾地一跳，与这一团浓雾拉开些距离。

浓雾中，浮出一只硕大的眼睛。冰冷的红色巨眼，正中晕着一团黑，像是瞳仁。它在缓缓聚焦，一副没睡醒的样子。

宁青青瞪圆了蘑菇脑袋上的一对大眼睛，发出无声的尖叫："这是什么怪物！"

而这只血色的大眼睛，也缓缓对上了焦距。

"嗷嗷嗷嗷——"

红色的巨眼正中，黑色瞳仁缩成一条细线，它看起来比宁青青还惊恐，整团浓雾缩在眼睛后面，眼睛瞪得更大，瞳仁却收得更紧。随着它这一声震天动地的大吼，整个山体都隐隐摇晃起来。

两个怪物，各自把对方吓了好大一跳。

但下一刻，这只包裹在浓雾中的凶兽便恢复了凶戾本性，赤红巨眼往浓雾中一缩，整团黑雾如巨浪一般，兜头砸下来！到了蘑菇上方时，浓雾之中凝出一张血盆大口，两列锋利獠牙寒光凛凛，腥味扑面而来，它要咬死她！

宁青青想要拆掉这只蘑菇，化为小菌丝逃命，但情急之下，丝丝缕缕菌丝却绞缠在一起，她拽了又拽，绝望地发现它们根本扯不开。

在这电光石火的危急时刻，她的脑袋里居然诡异地闪过一句至理名言——一根头发丝容易折断，一把头发丝就结实了。

大蘑菇一时拆不开，她只能缩起来，弹跳着，在牢笼里面蹦跶。那血盆大口甩着两列利齿，紧紧在身后追咬，尖牙撞击在一起，好几次都险些咬中她。

这个怪物身体是雾，动作如行云流水一般，横冲直撞没有任何阻碍，高速前行的过程中，也能一个急刹回旋，从另一边堵她的路。蘑菇很快就被逼到了牢笼一角。

黑雾之中，巨口越张越大，恐怖的灼热腥气呼呼扑过来，身后浓雾一甩，兜头咬下！

菌丝不是本体，被吃掉也不会伤及性命，但是每一缕菌丝上面都具备五感，自然会痛。人类常说十指连心，蘑菇的菌丝，便如人类的手足一般，要是一口被咬断成千上万条胳膊，恐怕任何一个人类都无法承受。

宁青青瑟瑟发抖，一双蘑菇眼皱成两道弯曲的线。

"我也不让你好过……"她缩着五脏六腑，狠狠探出一缕主体菌丝，将蚯蚓的触感送进怪物嘴里。蘑菇伞收缩起来，贴到柄上。

一根锋利无比的獠牙刮中她的蘑菇帽，就这么擦着她，一路从帽尖，刮到了帽檐。这种感觉，比被直接咬一口还要更加令人恐惧，她的后脖子一阵阵发凉，腮边爬满了细小的电流，就像被利齿啃到了骨头一样。

忽然，獠牙画了一道柔软的波浪线。

这张大嘴茫然地左右甩了两下，拖在嘴巴后面的黑色浓雾，妖妖娆娆地扭了个S型。

宁青青抓紧时间，迅速拆蘑菇！她从根部开始拆，抽丝剥茧一样，将一缕缕小菌丝拆离这只青色大蘑菇。

"嗖嗖嗖嗖——"

黑雾怪在半空拧了两下，然后扑一下落到地面，整个雾体隆起、放平、隆起、放平……像蚯蚓一样歪歪扭扭地四下游动。

宁青青："哈哈哈！"

还没拆完的蘑菇脑袋愉快地在地上打了个滚，两只眼睛狡黠地弯起来。

黑雾怪看起来快要气死了，它拱向她，她轻而易举就逃到了另一边，冲着它摇头晃脑，眨巴着一边眼睛大肆挑衅。

黑雾怪愤怒地原地扑腾，奈何整个雾体软绵绵的，一动就扭。

宁青青蹦跶着在火焰牢笼里蹿来蹿去，发现这个像蚯蚓一样扭动的黑雾怪果然再也追不上她。

"看不惯我，干不掉我。"她得意极了。

黑雾怪气得只能扭曲打滚。

看着敌人无能狂怒，宁青青忽然有一种奇异的熟悉感。记忆深处隐隐约约飘来一群人的怒吼："竹叶青！该死的竹叶青！"

竹叶青？她歪了歪脑袋，一双蘑菇眼滴溜溜转了两圈，看了看自己青玉一般的透明帽子。

竹叶青……唔，挺好听，挺适合她。

黑雾怪又一次锲而不舍地拱过来，宁青青好整以暇，学着它的样子一拱一拱地躲到了另一边，差点没把它气得晕过去。

她已经拆得差不多了，只剩一个蘑菇顶，下面拖着无数细若游丝的菌线，像一只透明水母。

黑雾怪扑腾了一会儿，好不容易摆脱控制，愤怒无比地把整个身体都化成巨口，兜头一口吞下来！

宁青青早有准备，"哗啦"一下散成万千菌丝，准备离开这个奇怪的牢笼，让黑雾怪自己留在这里生气，就在这时，菌丝的动作忽然一滞，本体那边出了意外状况！

她的身体像是被什么重物压住，动作节奏全然被打乱。宁青青心神大乱，顾头顾不上尾，几缕来不及抽离牢笼的菌丝被黑雾怪从雾中探出来的利爪踩在了地上。

忙乱之间，她急匆匆地收缩菌丝，还绷断了好几缕，疼得她眼冒泪花。

心神复位，她睁开泪水模糊的双眸，看到一张俊美得像假人一样的脸，悬在距离自己极近的地方。

是谢无妄，他压住了她，整个身体的重量都这么压下来。他的身体很烫，呼吸落到脸上，目光深沉莫测，和方才那只可怕的凶兽没有任何区别！

因为他，害她断了好几缕菌丝，痛得身体直抽。宁青青生气了，扁着嘴，抬起手来拍他的肩。他的身体坚硬极了，就像一块推不开的大石头。她抬膝踢他，也被他轻易制住。

他的两根手指掐住她的下巴，掐得她动弹不得，还有一点痛。

她愤怒的、泪汪汪的模样，让他一时分辨不清，她是不是已经恢复了往昔的记忆。这副可怜又可爱的神色，落入他的眼眸，让那副冷硬的心肠稍微软化了少许。

他蹙了蹙眉，薄唇微动："阿青？"

"我生气！"蘑菇不会骂人，她不能说断了菌丝的事情，便如实地表达了自己的心情，"讨厌你！你不是好人了！"

谢无妄微怔。方才见她躺在大木椅上的模样与往日一般无二，他一时恍惚，便倾身覆了上来，身体快过了脑子，习惯真是害人不浅。

她生气？她讨厌他？无所谓。他垂眸，凉薄地笑了笑："我可不是什么好人。若有必要，我可以不是人。"

他微眯起幽黑的长眸，不带感情地注视着她。

宁青青呆滞地眨了眨眼睛，他这是……什么意思？

"不是人，那是什么？"她好奇地问。

总不能也是蘑菇吧？她觉得谢无妄不像是一个会说谎的人，他既然说他可以不是人，那他就一定可以不是人。她疑惑得真情实感，两只眼睛里就像冒出了两个明晃晃的问号。

谢无妄被她问得顿了一顿，眼角轻轻一跳。她这副求知欲十足的好奇模样，实在是可爱至极。

半晌，他叹息着轻笑出声，偏头垂下，去亲她那娇嫩的、鲜花一般的唇。

宁青青猝不及防被他吻个正着，她睁大了眼睛，惊得心脏停搏。原来，他真的不是好人，他也会吃蘑菇。

这种感觉十分可怕。谢无妄有非常好闻的气息，一些酥酥麻麻的麻痹"毒素"顺着他的唇舌侵袭她的身体，让她懒洋洋地不想动，使不出力气来。她知道的，很多掠食者都拥有这样的技能，比如蜘蛛，只要向猎物的身体里面注入毒液，猎物就会被彻底定住，毫无挣扎地被它一口一口吃掉！太可怕了！

宁青青吓得魂不附体。

"想不起来吗？"辗转间，他低沉诱哄，"可是你的身体记得我呢。回来，我们像从前那样好。"

宁青青并不是一只坐以待毙的蘑菇。她悄悄抬起右手，手指攥住他的衣裳。他没有将灵力外放，她得找到他的皮肤，才下得了手。

纤细柔软的手指顺着手臂攀爬，一步一步越过结实的臂膀，攀过宽阔的肩，落向领口上方的后脖颈。

谢无妄低低闷笑，吻得更凶，像是要将她吞吃入腹。

方才，他同时得到了两个消息。

在西域第一大势力楼兰城北境，发现了上古道君白淮准留下的秘藏。楼兰城大方地邀请了两大世家、三大宗门一起进入秘藏探宝，而秘藏开启，众人进入境中的时间，正是昆仑七祖与寄怀舟上圣山请罪之时。

这件事与色僧带来的消息正好相互印证。谢无妄不难想象，曾经的道君必定会在秘藏中留下"道君只得一人"的消息，一旦这个消息同时被数大势力发现，那谁的纸也包不住这团火了。

另一个消息，便是青城山果然出事了。

平心而论，哪怕青城剑派这个小宗门全宗覆灭，与那件事相比，仍是毫无分量。他当全力以赴解决那件事情，不给敌人先下手的机会——纵然他不介意迎接全天下袭来的风霜，但也绝不会坐看敌人做好万全准备。

与这件事相比，青城山不值一提。

可是，这么一个不算选择的选择，他却迟疑了一瞬。他向来是个冷心冷性一往无前的人。这一瞬的迟疑，已令他心脏微沉，不悦至极，于是他回到了玉梨苑。

在山道上时，他已决心了断这件事情。风暴将至，他没有时间也没有心力去照顾她的懵懂心智，也抽不出空陪她寻回记忆。可以想见的是，哪怕找回记忆，她也会疏远他、逃避他，闹着要和离。既然如此，倒不如就这么结束，省去后续诸多麻烦。

可惜计划不及变化快。

踏入院中，见她躺在那张大木椅上美人春睡的模样，他竟一时恍惚，错以为曾经的她回来了，身体先于脑子一步，做出了亲密举动，收也收不回来。

这一吻，又是食髓知味。他毕竟只碰过这么一个女子，并且向来很开心，很愉悦。他熟悉她的身体，喜爱她的味道。

此刻，感觉到她身体发软，小手不自觉地攀上来，他不禁呼吸微沉，动作温存了些，心中计算着再往青城山多加派些人手，定要好生护着她，其他的事……再说吧！

就在这一刻，宁青青的手指终于碰到了他的后颈。她双目一凝，放出菌丝，悄悄扎向他的皮肤！

谢无妄第一时间便察觉到了。九炎极火自发涌动，要将她那一缕灵力细丝焚成灰烬，可他再次迟疑了，收回了暴虐的烈焰。

罢了，就算她倾尽全力，也无法给自己造成伤害，又何必损她修为？

在谢无妄的刻意放水之下，宁青青触到了他。她双眼一亮，毫不犹豫地给他注入她的独门秘药。

第
二
十
九
章

宁青青成功将蚯蚓波动渡入谢无妄的后颈。他果然停止了动作，极慢极慢地撑起身体，目光怪异地看着她。

她期待地眨了眨眼睛。此刻在她心中，谢无妄和那只被关在火焰囚牢里的黑雾怪一点区别都没有，都是想要吃她的坏家伙。他已中招，只要他扭动起来，她就可以趁机逃跑。

然而他并没有动，反倒安静得连气息都消失了。他的身体仍旧覆在她的身上，把她压得结结实实，无处逃脱。

宁青青默默等待了一会儿，转了转眼珠，再凝出菌丝，想要给他加料，手腕却被他擒住。

他的动作有些重，将她的细胳膊摁到脑袋旁边，唇角勾起一丝几不可察的狞笑。

两个人眼对着眼。宁青青忽然发现，谢无妄那冷白如瓷的眼尾渐渐泛起了淡淡的红色，浓重如墨的乌发间，滚出一粒晶莹细碎的小汗珠。

很显然，他在强行忍耐。

除了这两处微小的细节，他的面容看起来与平日一般无二，全然不像中招的样子。他生得极其精致，一动不动的时候，看起来就像一幅浓墨重彩的华贵画卷，很珍稀、很值钱的那种，一丝不苟的精致。

宁青青小小地惊叹一声，这个人虽然看着有一点文弱，却比那铁塔大块头虞浩天和岩壁中的可怕凶兽更厉害！厉害了不止一星半点。他的心，一定是石头或者铁做的。

她的左臂被他环在身侧，她犹豫片刻，悄悄抬起左手，隔着厚重的衣袍用指尖戳了戳他的腰，想让他扭起来。

可惜谢无妄的身体仍旧像一块石头，坚硬，不可撼动。不过在她的指尖戳到他时，他还是有些破功，低哑地轻嘶一声，眸光狠狠地闪了两下。

他倒掠起来，颀长挺拔的身体稳稳立在桂花树下，气息全无，就像一只缥缈的鬼。

他缓声一字一顿道："浮屠子会带着你。"

声音沙哑，隐隐有那么一点咬牙切齿、气急败坏。

不过让宁青青失望的是，他的尾音竟然一颤也没颤。她在心中暗暗下了个结论，这个人，非常凶残，非常可怕，要离他远远的。

谢无妄瞬移走了。

宁青青还没松完一口气，就看见一个身材圆滚滚的紫衣胖子闯了进来。

这不就是那个连毒蘑菇都吃的食菇魔？！

在浮屠子凑上前时，宁青青毫不犹豫地祭出自己的菌丝，将蚯蚓波动戳到他的脑门上。

一刻钟之后，浮屠子甩着大波浪一般的肚皮，一边在庭院里屁颠颠地扭来扭去，一边向宁青青介绍青城山事件的来龙去脉。

"事情就是这样的……话说夫人啊，你这个技能好像还挺减肥的。"

他端平两只滚胖的胳膊，极其妖娆地把肚子扭了几个圈。

宁青青谨慎地打量着浮屠子，见他当真没有要吃蘑菇的意思，这才小心地让他递过一件件证物来看。

合在一起的断簪、写着歪斜"章"字的床脚、煌云宗宗主黄威那颗爬满魔纹的枯萎心脏，以及非常详细的凶案现场调查报告。

宁青青边看边思忖，浮屠子说青城山是她从前的家，而且她是在那里染到的魔毒。

从前她做蘑菇的时候并没有清醒的意识，也不知道自己都去过哪些地方，不过听着浮屠子说起青城山的事情，她心中隐隐是认同的，而且也有那么一丝奇异的焦急和期待。

"现在青城山出了什么事吗？"她问。

"有两个人出事了。"浮屠子唰的一下打开另外一份情报，逐字逐句地念道，"青城剑派排行第二的女弟子武霞绮，性情大变，举止异常。排行第一的男弟子席君儒身染魔毒，在行刺掌门宁天玺时被制服收押。"

宁青青缓慢地理解着这些信息。

合上情报，浮屠子笑眯眯地躬身道："夫人，你可别再误会道君啦，你看，这不是还有旁人也出事了嘛，胖子我上回掀了淮阴山的东淮秘境，那章天宝被他们山主传回去收拾惨了，不可能再出来行凶的哇！再说，道君都已经做主，不让青城剑派迁宗了，章天宝没理由再对付他们。"

"嗯，"宁青青点点头，"听你这么一说，我也觉得凶手不太像是章天宝。"

浮屠子双眼一亮，激动得连搓胖手："是吧是吧！夫人也觉得我说得有道理吧？"

他心中乐开了花。他记得清清楚楚，谢无妄向宁青青解释的时候她压根就不信，可把道君大人气坏了。如今自己凭借三寸不烂之舌，舌灿莲花，花言巧语，语出惊人，居然成功说服了夫人，这说明什么？说明术业有专攻，自己在某些领域，是能超过道君的啊！厉害了！

浮屠子开心地掂了掂手："夫人，那咱们这就出发前往青城山吧！道君将身边的隐卫全数拨来了，夫人大可以横行无忌，保证一根头发丝也不会伤着！"

宁青青想起被谢无妄害断的那几根菌丝，眼睛里明晃晃地浮起不信任的神色。

半日之后，浮屠子带着宁青青抵达青城山，在宁天玺的屋子里看见了被捆成粽子的大师兄席君儒。

宁天玺跷着腿坐在木桌旁边，手中拎着一只崭新的酒葫芦，时不时灌上两口，目光颇有些深沉忧郁。

"小青儿回来啦。"他用手中的酒葫芦指了指绑在木柱上的席君儒，"喏，昨天夜里，这小子拎着剑闯进来，嘴里嘀嘀咕咕地念叨些什么……"他眯起眼睛，回忆着说道，"什么'滚远点，我才不要做掌门，掌门根本存不下私房钱'，一会儿又说'糟老头身上半块灵石都没有，我干吗杀他'，一会儿还说'狗屁的权势，别提了，有那工夫不如多给我亲亲小宝剑赚点钱'……"宁天玺又闷了口烧酒，"我见这小子满脸都是魔纹，当机立断就给他捆喽！原本还胡乱扑腾着，我想了个招对付他，立刻就老实了。"

宁青青半懂不懂，她学着宁天玺眯起眼睛，装出沉思的模样。

浮屠子抬眼一瞥，只见席君儒的本命剑被一根麻绳吊在他的面前，他那双眼睛便直勾勾地盯着悬在半空的剑，眼珠随着剑左晃一下、右晃一下，满脸魔纹配上这副呆傻的表情，丝毫都不显得邪气，反而有种异样的蠢萌，要多老实有多老实。

浮屠子眼角嘴角直抽，心道难怪剑修甚少走火入魔，因为他们原本就个个都是疯魔的——为剑疯魔。

宁青青凑到近处观察了一会儿，发现席君儒身上的魔纹和自己身上的一模一样。

宁天玺又把后续的调查事宜仔仔细细说了一遍。

原来，宗里好几个弟子曾在半月之前，看见席君儒与二师姐武霞绮吵架，在那之后席君儒就开始闭关，谁也没见到他。直到昨夜，席君儒再度现身，已是中了魔毒的样子。

依着这条线索一调查，便查到了武霞绮那里，一问却发现素日最为爽朗大方的武霞绮就像变了一个人，谁也不理，什么都不肯说。

宁青青微偏了脑袋问："人也会随便乱变的吗？"

这副天真懵懂的傻样子害得宁天玺猛地手抖，手中的酒葫芦重重一晃，泼出了好些酒液。

老头子心疼得吹起胡须，嘴角撇成两道下弯的线。

宁青青的目光却被地上的东西吸引住了。她发现撒在地上的酒水中，有个半透明的东西动了动。

"这是什么？"她回忆着灰衣老僧对谢无妄说过的话，问道，"这个，不会就是魔蛊吧？"

宁天玺和浮屠子齐齐吓了好大一跳，只听"嗖嗖"的破风声响起，小小的屋中顷刻挤满了灰衣隐卫，个个如临大敌，将宁青青团团围在正中。

"有人对宁掌门下手？"浮屠子拔高音调，顺着宁青青的手指望去。

待看清地上的那个东西，众人齐齐舒了一口气。

"醉花蜂嘛，"宁天玺捡起地上的透明小虫，"偷喝我那么多酒，连醉花蜂都不记得啦？"

醉花蜂是一种奇特的灵虫，形状像透明的蜜蜂，天性嗜酒。将它放到酒里养起来，它便会饮下酒液，酿出一种清香的酒蜜融入酒中，口感风味绝佳。

宁青青好奇地接过透明的小醉虫，见它全然一副醺醺然的样子，翅膀都扑棱不动。她转了转眼珠，偷偷探出一小缕菌丝，触了触手中的醉虫。

醉醺醺的感觉陡然冲上脑海，菌丝忠实地记录下了这只虫子的"体感"。

宁青青嘿嘿笑着，歪歪斜斜地将醉花蜂还给宁天玺，小手一挥："去看二师姐！"

继蚯蚓的波动之后，宁青青又学到了另一招——醉蜂的醉态。

离开宁天玺的屋子之后，一名灰衣隐卫如实将这里发生的所有事宜通过传音镜报给了前往楼兰城秘藏的谢无妄。

片刻之后，传音镜中传来凌厉的风声、平稳的脚步声以及谢无妄温凉带笑的嗓音："看好她。"

隐隐约约，仿佛还能听到有人在火焰里惨嚎的声音。

半道上，宁青青悄悄地把手中的情报背了一遍。

武霞绮原本嗓门奇大，性格豪放爽朗，脾气火爆，有什么说什么，心中藏不住任何事情。前些日子却忽然开始细声细气地说话，温温柔柔像个闺秀——哦不，她原本就是女子。

这阵子，宗里的师兄弟姐妹们几乎都没有再和她打过交道，直到大师兄席君儒出事，众人前去询问武霞绮那日争执的情形时，才发现她性情大变，整个人阴郁别扭，对人满是防备，就好像旁人都要害她似的。

从蘑菇的角度，着实无法理解这种性情方面的变化，宁青青纳闷地敲开了武霞绮的门。

见到是她，武霞绮一怔，稍微收敛了眸中的防备和敌意，侧身让开一条道，疲倦地道："进来吧。"

浮屠子想要跟进去，武霞绮却冷冷地堵住了门，眼神执拗，毫不退让。

"胖前使在外面等我吧！"宁青青探出脑袋，弯起眼睛。

浮屠子只好听命。罢了，这么多隐卫看着呢。对这些最擅长潜踪暗杀的高手来说，有没有一堵墙壁根本没有任何区别。

合上屋门，武霞绮领着宁青青进入卧房，坐在床榻边。沉默半晌，她闷闷地吐出一句话："他们都不信我，小青儿，你也怀疑我吗？"

宁青青看着武霞绮的眼睛。这双眼睛里包含的情绪实在太过复杂，她看不懂。不过出于高等生物的敏锐直觉，见到武霞绮的第一眼，宁青青就知道她对自己毫无恶意，于是宁青青认真地摇了摇头："我相信你。"

她的眼睛特别明亮真诚，里面就像有两簇火焰，烫得武霞绮微微一颤，急急垂下了头。

又沉默了一会儿，武霞绮终于开口说道："也就你能理解我了。我想，你对道君的爱，不比我对他少……"

宁青青是一只诚实的蘑菇，不喜欢说谎，于是保持沉默，只冲着武霞绮眨眼睛。

"我绝对信任他。"武霞绮蓦地抬头，眼睛里闪烁着极为执拗的光芒，"他是世间最好的男子，就像高高在上的天人跌入凡尘。他从小遇人不淑，他身边那些坏东西总是欺他辱他，都用他们恶毒的心肠去揣测他，他心里很苦的！他从前那么苦，如今好不容易得了世人的理解和尊重，我当然要好好保护他，绝对不让他再次被人误解！"

宁青青："我明白。"

她努力模仿着谢无妄说"明白"时的模样，因为她并不明白武霞绮在说什么。

武霞绮激动起来，双手猛地握住她的手："我就知道，小青儿你一定会懂我！你相信我对不对？你信我，那你也应该信他，对不对？所以，你帮帮我，帮我劝劝大师兄，让他不要再发疯了，不要再发疯了啊！什么魔毒，我看大师兄就是自己魔怔啦！他早就魔怔了！"

她的眸光猛烈地晃动着，任何人一看，都知道她的情绪极度不稳，已接近崩溃。

宁青青点点头，安慰道："大师兄没有再发疯了，他现在很乖。"

有那把剑吊在他的面前，满脸灰黑魔纹的席君儒就老实得不得了。

闻言，武霞绮渐渐舒了一口气，脸上露出浅浅的痴笑："是吗？那就好。你不知道，自从上次大师兄看到黄小云来找他之后，就像魔怔了一样，一个劲骂我，不许我再与他接近。"

宁青青绞尽脑汁回忆着今天临时抱佛脚背下来的情报。黄小云，就是煌云宗宗主家活下来的独女，结果在不久之前也自己上吊死了。那支断簪，是"奸夫"送给黄小云的定情信物，宁青青曾用菌丝描摹过簪上的纹理，是非常精致的手工。

武霞绮神色有些愤愤："不过是巧合罢了，那黄小云本来就是个怪胎，宗里谁不知道啊！父母兄长死了，她都没掉一滴眼泪，这样的怪胎，自己想不开，不活了，又有什么好奇怪的？哦，就因为她寻死前与他说过几句话，就要怀疑他？这和那些狗眼看人低的坏东西有什么区别啊！"

宁青青茫然点头。

武霞绮抿了抿唇，脸颊飞起一点红晕，低低地道："大师兄冤枉他，将他当作登徒浪子，其实根本不是。我哪里配得上他啊，我这么粗俗、庸鄙、不堪，而他却是光风霁月的如玉君子，我要是不改变自己的话，连他一根头发丝都配不上！"

宁青青眨巴着眼睛，将武霞绮上上下下看了一遍。

"不是的，你很好。"宁青青说。

武霞绮摇摇头："我只是很努力在改变自己，想要配得上他。他就是高空中的云，原本的我，就像地里的烂泥。小青儿，你说像他这样好的人，用性命呵护都来不及，大师兄怎么忍心将那些污浊的字眼往他身上扣啊！"

她又愤怒起来，越说声音越大，胸脯起伏得厉害。

等她情绪平复一些，宁青青微微歪了头，好奇地问："你改变了自己，他就会喜欢你吗？"

"是啊。"武霞绮羞赧地红了脸。

"是他告诉你的吗？"宁青青真诚地问。

武霞绮明显有了警惕，目光变得锐利一些，蓦地看向宁青青的眼睛。只不过，在对上那双黑白分明、眼尾微微下垂的天真瞳眸时，武霞绮不由自主地卸下了心防。

这只蘑菇的外观实在是太单纯了。

"他没有明着说过。"武霞绮脸上露出一抹回忆的痴笑，"但我看得出来，他很喜欢我改变过的样子。我为他变得越来越好，这不是一件好事吗？你看，他送了我这个！"

武霞绮转过身，从床头的暗木格里摸出一枚小小的插花，脸红红地递给宁青青。

宁青青接过来，随手探出菌丝，细细将那些精致的手工纹理描摹了一遍。咦？虽然花样全然不同，但是插花上的篆刻笔法，似乎和那断簪上面的花纹很是相似。

"他亲手做的，好看吧？"武霞绮期待地问。

宁青青描摹着插花，慢吞吞地点了点头。

武霞绮高兴极了，开始絮絮叨叨地继续说一些那个人如何好、如何值得被放在心上这样的话。

宁青青断断续续听进了一些关键字句，心中觉得不太对劲——那个人说话的方式特别像那个曾经在自己耳朵旁啰唆个没完的心魔，只不过他不会像心魔那样直白地说出傻话，而是潜移默化地影响武霞绮，让武霞绮不停地自己打压、贬低自己。

宁青青在想武霞绮原来的样子。原来的她，嗓门大、脾气火辣，就像一朵大红色的喇叭花。而现在，她因为那个"他"，变成了一束收拢着花苞、颜色清淡的小百合。

喇叭花和小百合，为什么非要争个高下呢？为什么一定要说哪个好、哪个不好？如果那个人喜欢百合，那他去找百合就是了，为什么非要找一朵喇叭花，然后让它变得不像自己呢？

宁青青这么想着，便说了出来："可是，如果你为了他变得不像自己，那么就算他喜欢你，喜欢的也是假的武霞绮，而不是真的武霞绮啊！"

武霞绮怔怔地看着她，嘴唇渐渐有些发白，眸光哀伤绝望："是啊，小青儿说得对啊……所以，无论我如何努力，都配不上他，对吗？这样的话，我活着还有什么意思！"

宁青青惊得睁圆了眼睛："活着怎么会没有意思啊！你会遇到更多更多的人，一定有很多人会喜欢喇叭花的！"

"不。"武霞绮摇了摇头，"像我这样糟糕的人，只有他会纡尊怜惜我，若是抓不住他，我这辈子便只能配一些真正的烂人了。"

宁青青张大嘴巴，惊呆了。她的蘑菇脑袋着实无法理解这种匪夷所思的念头。如果她遇上一只雄蘑菇，对方不喜欢她的信息素，那不是应该礼貌道别，各自寻找适合自己的蘑菇吗？

"你哪里糟糕了啊？"宁青青不认同地摇头。

"我从小就和师兄师弟们混在一起，说话没遮没拦的，在外人看来，就是个不清白不自爱不知羞耻的女子，名声烂透了。"武霞绮非常惭愧。

宁青青虽然不是人，却也有些生气。她知道这一定不是武霞绮的问题，而是那个男人的问题。

蘑菇不会骂人，但她很想骂那个男人。她抿住唇。她知道武霞绮现在很不对劲，要是骂了那个男人，她就不会再和自己说这些关于他的事情了。

"大师兄看到他和黄小云在一起，他生大师兄的气了吗？"宁青青问。

武霞绮轻轻摇头："他心胸宽广，怎么会生气啊，只是有些委屈罢了。不过他说无所谓，只要我信他就好，旁人不理解他也无妨。我不许大师兄出去乱说，以免给他带来麻烦，然后就和大师兄大吵了一架。"

宁青青点点头，心想然后大师兄就中了魔毒。

她别扭地把眼睛转到一边，虚伪地说："这样的话，一旦别人知道这件事，就要怀疑他，所以你不愿意让别人知道。"

"嗯！"武霞绮重重点头，"还是小青儿最了解我！我不会说的，就算大师兄说出来，我也绝不会承认。"

宁青青不动声色，牵住她的手，探出菌丝，用醉蜂扎了扎她的皮肤。

"不说就不说！二师姐写给我看。"宁青青摊开掌心，把自己白白嫩嫩的小手放在武霞绮的指尖下面。

"好！"武霞绮醉醺醺地点点头，手指龙飞凤舞地写起来。

写到一半，宁青青惊奇地挑高眉毛："章？"

"不是！"武霞绮醉嗔她，"没写完呢！"

她继续往下写，一炷香之后，宁青青甩着胳膊，气呼呼地离开了武霞绮的住处。

浮屠子抱着胖手正在等她。

"那个男人，一定是坏人！"宁青青凶狠地眯起了眼睛，"我确定！"

浮屠子笑眯眯地迎上前："哦？夫人这般笃定？"

"对！"她恨恨道，"害一个好好的女孩子变得不像自己，失去自信心，患得患失，没有半点安全感，这样的男人就是坏蛋！长得再好看都没有用！若换成是我，就算这世间的男人都死了，死绝了，我也不会看上这样的家伙！"

蹲在树梢的隐卫非常忠实地把宁青青的话一字不漏地传给了道君。

宁青青越想越气，身为一只蘑菇，原本不应该对人类的情绪产生共情，但是不知道为什么，看着武霞绮那副失去自我的模样，她被气得头顶生烟。

她叉着腰，在原地转了两圈，气呼呼地说："这个我有经验，若是一个自己不喜欢的家伙在耳边聒噪絮叨，想要打压贬低自己，那么，谁都会把这个家伙当傻子，脾气不好的话还会狠狠地揍他一顿！就像那个心魔，若是能把它拎出来，我一定把它揍得比胖前使你更胖！"宁青青眯起眼睛，"他还不就是仗着她喜欢他？只有喜欢他，才会把他说的话放进心里，才会开始怀疑自己！他不珍惜她的心意，还肆无忌惮地利用这份心意来伤害她，真是恶上加恶！"

浮屠子悄悄咽了咽口水，不动声色地向蹲在树梢上的隐卫摆了摆胖手，示意对方不需要逐字逐句地向道君转达。

遗憾的是，隐卫都是只会忠实执行道君命令的无情机器。看着隐卫手中泛起微光的传音镜，浮屠子忧郁地揾住了自己宽阔的脑门。

"若她不喜欢他，那他什么都不是！"宁青青斩钉截铁地说道。

"夫、夫人！"浮屠子灵机一动，摆出一副求知若渴的模样，打断了宁青青对坏男人的批判，"夫人说了这么半天，可是属下还不知道这个恶人是谁啊？"

"音朝凤啊！"宁青青低头扒拉了一会儿，将那段写了血字的床脚拿出来，"看！"她指着那个歪歪斜斜的"章"字，认真地向面前的低等生物解释，"这个其实不是'章'，而是'音'，下面那个歪歪的十字，本是要写'朝'，结果刚写了两笔，人就被拖走了。明白了吗？"

浮屠子点头："明白。"

宁青青狐疑地看着他："真明白了？"

浮屠子嘴角微抽，道："真明白了。本是想写'音朝凤'，结果刚写完'音'，'朝'字开了个头就断掉啦，好巧不巧，断在这里看着就像个'章'，恰好章天宝与煌云宗有过节，所以误导了旁人，以为受害者是想写下章天宝的名字。可是夫人，就算武霞绮喜欢的人是音朝凤，那也不能证明音朝凤就是凶手啊，毕竟无论这个血字是'章'，还是没写完的'音朝凤'，都不能算作直接证据啊。"

就像当初道君不认这个"章"字一样。

宁青青奇怪地看着他："我什么时候说他是凶手啦？我只是告诉你，他是一个坏人。"她弯起眼睛，狡黠地笑了笑，"坏人，当然会做坏事！看这个！"

她又扒拉了一会儿，将断簪和一枚复刻在小木片上的插花，以及黄小云自杀的调查记录放到浮屠子的胖手中，说："看到没有，音朝凤送给武霞绮的插花，与那个导致黄小云怀孕和自尽的奸夫送给她的簪子，出自同一人之手。所以黄小云心心念念的情郎，正是这个音朝凤。黄小云半月之前跑到青城山来见音朝凤，回去之后就自尽了，这件事席君儒和武霞绮都是人证。有疑问吗？"

浮屠子摇了摇头："没有疑问。那么入魔的事情，难道也和他有关？"

宁青青耷拉着眼角，生无可恋地叹了一口气："黄小云因为音朝凤的事，和她父亲大吵一架，随后她父亲就走火入魔，杀了妻儿之后自尽。武霞绮因为音朝凤的事，和大师兄大吵一架，然后大师兄就走火入魔，想要杀了师父。这不就是同一个事嘛！"

浮屠子摸着下巴，慢吞吞地点头。

"现在明白了吗？"宁青青用恨铁不成钢的眼神瞥了瞥浮屠子。这么简单的事情，低等生物怎就理解不了呢？

"明白，真明白了。"浮屠子被唬得一愣一愣的，"现在音朝凤就是最大嫌疑人，可是该如何进一步证实？"

宁青青对人类的智力水平感到绝望："找他的作案工具！"

她这下确定了，自己身边都是还未开智的野蛮人。虽然他们个个跑得很快、力气很大，但是在知识和脑力方面，比起蘑菇可就差得太远了。

"禀夫人、右前使。"一名灰衣隐卫鬼魅般掠到面前，"药王谷少谷主音朝凤已于数日前离开青城山，返回药王谷。"他略加思忖之后补充道，"正是道君亲赴煌云宗看过黄小云的尸身之后，音朝凤便离开了。属下以为，道君神机妙算、明察秋毫，这天下之事，没什么能瞒过道君的眼，想来音朝凤是怕的。"

隐卫操着老父亲老母亲的心，见缝插针地为君上说好话。

宁青青悄悄撇了下嘴。指望那个毫无常识的谢无妄查案？可省省吧。这件事，得靠聪明的蘑菇来帮助他们。

"留两个人搜索音朝凤经常出没的地方，其他的人跟我去药王谷。"宁青青理所当然地发号施令。

她的语气带着天然的骄傲和优越，不过模样着实娇憨可爱，并不会引人反感。

"是。"

出发之前，宁天玺带来了一个不怎么好的消息。

魔纹已经渗进大师兄席君儒的眼球了，一旦眼睛彻底被黑色魔纹取代，那便意味着魔毒攻心，他就会变成只知杀戮的怪物。

"能撑多久？"浮屠子眉心皱起一道沟。

"三日。"宁天玺摸了摸腰间的酒葫芦，"若是能找到他惦记了许久的铸剑材料，兴许还能拖延个两日。满打满算至多五日，不能再多了。"

浮屠子思忖片刻，犹犹豫豫、慢吞吞地取出一块令牌交给宁天玺。

"拿着我的令牌去借！"浮屠子的胖手拽住令牌，依依不舍，"先说好，借了要还的，胖子我可没钱填剑窟窿。"

路途中，浮屠子向宁青青大致介绍了药王谷的情况。

药王谷谷主名叫音之溯。这一位心性与常人不大一样，他是一位真正的医痴、药痴，醉心研究，不问世事。当今仙域所用的各类丹药，有九成以上出自药王谷，皆是谷主音之溯自创或是改良前人的配方炼制而成。

此人稚子心性，交友随心率性，不攀附权贵，也不看低贩夫走卒，是一位有些痴狂的性情中人。

世间受过他恩惠的人，如同过江之鲫，不可计数。但凡提到药王谷谷主音之溯，就算再桀骜不驯的小子也会恭恭敬敬道一声"神医""药王"。

宁青青若有所思，偏头问道："他没有教音朝凤做人？"

浮屠子被这个有一点诡异却又说不上哪里不对的问题问蒙了一瞬，眼角跳了跳，答道："音谷主琢磨起医道药道来，连自己都顾不上，像什么误食药物、太接近药炉点燃了衣裳都是常有的事，自然是不会带孩子教孩子。这音家父子二人生活上的事情，多是谷主夫人连雪娇在打理……"

说起这个，浮屠子的神色明显有一点闪烁，脸上呈现出欲言又止的为难模样。

宁青青不满地看着他："说话不要吞吞吐吐。"

"哎。"浮屠子瞄着她的神色，"这里头有一件陈年旧秘，世人都不知道。千余年前，咳，道君查探西阴神女的事情时，意外查到的。"

他有一点担忧地看向宁青青。她眨巴着眼睛催促他继续说。

浮屠子道："药王谷谷主音之溯，与西阴神女，曾有过一段短暂的过往。夫人知道西阴神女吗？"

他的模样颇有些小心翼翼。宁青青摇了摇头。

浮屠子松了一口气，道："西阴一族乃是上古仙神一族的遗民，修行天赋一般，但是极其精通预言占卜一道。每逢世间将有大乱，西阴神女便会转世而出，指引世人渡过劫难。世间成功历劫，西阴神女却会应劫而亡，算得是普度众生的仙菩萨。"

宁青青半懂不懂地点点头。

浮屠子继续说道："上一位出世的西阴神女，曾与药王谷谷主音之溯邂逅生情。可惜神女终究与常人不同，那镜中花、水中月，实在是抓握不住，二人短暂相伴之后，西阴神女便绝情地离开了音之溯。她走后，音之溯十分消沉，幸得身旁有如今的夫人连雪娇陪伴宽慰，这才渐渐走出情伤。"

"音之溯与连雪娇成婚多年，终于得了一子，便是音朝凤。音朝凤先天不足，身体异常孱弱，连雪娇便溺爱了些，不过这么多年来，倒是只听闻少谷主潜心学医，在医药一道上颇有造诣，并无什么坏名声。这位谷主夫人为人善良，宅心仁厚，倘若查实是音朝凤作恶，最惨的，便是这位慈母了，唉……"

宁青青默默点了点头。

浮屠子贼兮兮地用绿豆眼瞄了她一下，说道："夫人你看，这个西阴神女，并不算是什么高不可攀的人物，也会谈情说爱呢，如今那位谷主夫人连雪娇其实平平无奇，不也成功取代了神女在谷主心中的地位吗？"

宁青青有些不明白他想表达什么意思，微偏着脑袋，看着浮屠子。

"道君知道西阴神女与药王谷谷主音之溯的事情时，只道一声知道了。"浮屠子谨慎地说，"虽然咱们道君喜怒不形于色，但属下毕竟跟了道君多年，他上不上心，属下还是有几分把握的。道君既不在意西阴神女与音谷主的往事，又怎会心悦她呢？"

谢无妄不喜欢西阴神女？宁青青奇怪地歪了歪脑袋，她觉得自己好像曾经听过这句话，只是不知是何时、何地，何人所说。

浮屠子感慨道："其实夫人当真不必太在意的。"

宁青青下意识地摇了摇头："我不在意啊。"

反正与她无关。

烈焰肆虐的白玉道中，最后一名楼兰城的合道修士血泉喷涌，身体倒飞而起，重重摔击在白玉道壁尽头。他的瞳仁震颤紧缩，双目死死盯住面前的狂焰，好似里面会走出修罗恶鬼一般。

墙壁上深浅的血痕斑驳，昭示着这里发生过不止一场战斗。那些死去的人，连尸骨都没能留存下来。

"谢无妄！你不得好死！"楼兰城修士的声音嘶哑破碎，模糊的声音从口中及焦黑透风的胸腔中同时传来。他死死搂住怀中被鲜血浸透的白玉碑，碑上隐隐闪烁着几个字：道君唯一。

漫卷烈焰中传出一声极低的轻笑，温柔，凉薄。下一瞬，挺拔修长的身体从火光中浮出，谢无妄穿着黑袍，烈焰收在他身后，就像能够吞噬万物的深渊。

带着焰气的手掌扼住楼兰城修士的咽喉，濒死之际，修士听到谢无妄袖中的传音镜飘出隐卫一板一眼的声音："夫人说，她不在意。"

谢无妄长睫一动，阴影盖住眸色，手上动作顿了一瞬。

楼兰修士眸中闪过精光，不去理会一点点焚成黑烬的咽喉，而是将周身剩余的全部灵力注入怀中石碑！

"轰——"

本来应该作为证据被送出秘藏的白玉石碑，陡然化成万千细密的光线，无差别地射向白玉道的每一个角落。

谢无妄广袖轻拂，退到漫天狂焰之中。眨眼之间，道中的一切悉数化成火焰，空气被焚尽，焰浪抵住万千针芒，连光都被细细密密地点燃！

"哈哈哈哈——"烈焰后方，传来楼兰修士渐低的声音，"想不到吧？这是白道君留下的信物，在此地灭杀白淮淮道君的后人，准备迎接先灵的盛怒吧！"

谢无妄眸光沉冷，垂头一看，看到中指指尖渗出一滴血。

那一瞬间，谢无妄眼前浮起的是宁青青的样子。

隐卫将她唾骂音朝凤的话语一一报来时，谢无妄的心海平静无波，唇角始终挂着淡笑，一个接一个，将眼前这些决意与他作对的修士灭杀殆尽，一丝一毫也未受影响，直到听到"她不在意"，他想起那一天，把她从青城山接回来，他告诉她，他并没有碰过那个住在东厢的女子，她却只是平静地看着他，说她不在意了。进而又想起，她离开那天分明风和日丽，她的背影却像是一只失了巢又被风雨淋湿羽毛的小鸟。

那个会冲着他痴笑的女子再没有回来，他因此失神了一瞬，在最不该失神的时候。

极小的失误，让他被白淮淮的遗物击中，流了一滴血。这是他本不该犯的错。

这里不仅是上古道君白淮淮留下的秘藏，还是他的墓。所有大能的墓，都不会是死墓。修为到了这样的地步，多多少少已能感知天命。倘若无法破碎虚空，飞升成神，那么必定会在临死之前故意留下机缘，等待有缘之人发掘秘藏，结下善缘——当然这是骗人的，真实的心思是，将自己能够留下的精华尽量保存下来，等待转生的自己机缘巧合之下拿回属于自己的东西。

这是白淮准的墓。此刻，因为一个微小的失误，谢无妄与这座墓以及保存在墓中的残念，结下了最恶的恶缘。周遭的一切看起来并无任何变化，但一股缥缈无定、无法捕捉的杀机却已渐渐成形。

谢无妄低低地笑了起来。

"白淮准。"他一字一顿，把道君前辈的名字念得如同咏叹一般，"来战。"

宁青青望着前方清雾氤氲的山谷，忍不住惊叹出声："我喜欢这里！"

清凉滋润的药香从谷地溢出来，整个谷地密布灵植，连入口处的门楼都是纯木制成，上面攀着细密整齐的藤蔓，结出一朵朵黄色的小花，味道提神醒脑。谷内处处阴凉，极适合蘑菇生长。

在宁青青的要求下，隐卫们匿去踪迹，浮屠子也没再跟着她。

如今还欠缺着关键证据，倘若直接以天圣宫的名义上门拿人，恐怕连雪娇那个溺爱孩子的母亲会不分青红皂白地袒护音朝凤。药王谷声望太高，强硬与他们对上实在不是明智之举，不宜打草惊蛇。

宁青青打算先找出音朝凤，然后见机行事。

她自称竹叶青，用青城剑派弟子的身份顺顺利利地进入了药王谷。谷主音之溯与宁天玺是故交，见到青城剑派的弟子上门，药王谷的引路弟子表现得十分热情友善。

一路进入谷中，宁青青留神着周遭，发现药王谷无论男女弟子，个个脸色都恬静淡然，像一朵朵与世无争的蘑菇。实在难以想象，这样的地方竟会养出一个玩弄女子感情、利用魔蛊害人的坏蛋。

"药师莲华境十年一开，月前正好是开境的日子。谷主进入境中，到了归期却未见出来，夫人有些忧心，便唤少谷主回来，进入境中协助谷主。"这位弟子偏头看了宁青青一眼，脸颊微红，连耳朵也渐渐地染上一层薄红，"竹道友若无急事，不妨留在药王谷住上几日，少谷主便该出来了。"

原来音朝凤返回药王谷是因为正事，并非心虚逃跑。宁青青暗自沉吟。

引路弟子犹豫着，羞赧地笑道："其实我也略通医术，竹道友若等不及，可将症状说与我听，说不定我也能尽一份绵薄之力。"

他尽量表现得十分镇定，不想在这个长得过分好看的女子面前露出没见识的样子。

宁青青正在绞思脑汁地思忖人类该如何礼貌地拒绝别人的好意，忽见灵植丛中迤然走出一个身段纤细、面容清秀婉约的白衣女子。

"夫人。"引路弟子将手放在身前行了个礼，对白衣女子说道，"这位是青城剑派竹道友，来寻少谷主。"

"找凤儿吗？"白衣女子便是谷主夫人连雪娇，她的声音有些柔弱，眸光软软一转，望向宁青青，"凤儿他在……"

看清宁青青的模样，连雪娇的笑容凝在脸上，瞳仁微震，眸中闪过复杂的情绪。

只一瞬，她不大自然地重新笑了起来："竹道友？"

宁青青笑着眨了眨眼："谷主夫人，我叫竹叶青，着急要见少谷主！"

连雪娇怔怔地看着她，半晌，温温柔柔地笑叹："这么着急啊，莫非我们凤儿也学会讨姑娘家喜欢了？"

语气带着几分惊喜的试探。

宁青青最擅长说实话，不假思索地说道："何止是喜欢，都喜欢得要命了！谷主夫人，我很着急，能不能让我去那个药师莲华境找他？"

她答得这么爽快，倒叫连雪娇狠狠噎了一下，拿起一块白帕子掩着唇，笑着呛咳了几声，再抬眸看宁青青时，眼神便又复杂了一些。

半晌，连雪娇咬了咬唇，像是下定了决心："阿溯与凤儿都在境中……安全倒是无虞，只是阿溯醉心药道，性子有些古怪，倘若你先见到的人是他，定要及时告诉他你与凤儿的关系。"

连雪娇答应得这么爽快，倒是让那个引路弟子张大了嘴巴，露出诧异的神色。

整个药王谷上方氤氲的清雾，便是来自药师莲华境中的那朵药莲，只要好生温养着这朵药莲，它便能百倍反哺周遭，让整个谷地的药材生长得又快又好。

每过十年，秘境就会开启，药师进入境中以自身灵力温养它，同时采走极具清心宁神效用的莲子。秘境的重要性不言而喻，从来都是谷主音之溯亲自入境，近些年他有心培养音朝凤，偶尔也会带他一起进去。

除了谷主与少谷主，谷中再无第三人进入过莲华境。为何夫人竟这般轻易便答应让一个外人踏足圣地？而且，虽然药莲的莲子极具清心宁神效用，但是药本身的莲雾却会无限地放大心中的情绪和欲望。谷主与少谷主都是清心寡欲之人，所以能够安然在秘境中出入，旁人就……

弟子嘴唇翕动，有心提醒，却见平素最为温柔随和的谷主夫人定定看了自己一眼，目光坚决，不容置喙。

"竹道友，"连雪娇领着宁青青向谷地深处走去，"秘境中，一切景物都是由我夫君音之溯的执念幻化而成，他醉心药道，长年累月待在谷中，是以进去之后，你看到的景象十有八九与外头一般无二。你只要顺着这条路往里走，便能找到莲池，他们父子二人会在莲池采莲。"

宁青青默默记下。

连雪娇软声问："你见过阿溯吗？"

"没有。"

连雪娇清秀的面庞浮起一抹红晕："阿溯生得比凤儿还要好看些，到了秘境里你无须拘着，当阿溯的面也没关系，想说什么尽管与凤儿说便是了。"

宁青青是一朵诚实的蘑菇，不好答的问题，干脆就闭住嘴巴。

穿过一层层清澈的药雾结界之后，一方琉璃般碧绿通透的小池出现在眼前。连雪娇抬手指了指："那便是药师莲华境。"

周遭垂满了绿玉一般的藤蔓，微微晃动的绿帘后面必定潜进了隐卫。宁青青比较赶时间，也不懂得人类的虚伪应酬，于是笑着冲连雪娇挥挥手，拎起裙摆跳进了池中。

看着涟漪消失，连雪娇清丽的脸上浮起一丝缥缈的笑容。

"阿溯，这真是天意啊，你既忘不掉那个女人，便让凤儿与这个长得像她的女子帮你从梦中醒来吧！"她喃喃道。

连雪娇看着碧绿小池中的涟漪消失，轻轻叹息一声，转身离开了。

两名隐卫身影浮出，对视一眼，双双跃向池中。只见波纹一阵摇晃，二人像是踏在坚韧又柔软的胶体上，并没有落入池水中，而是被脚下的水轻轻弹起来，落在池边。

池水仍旧碧绿通透，泛着清波。

二人面面相觑，其中一名隐卫蹲下身，用手去探。手掌落在水面上，轻轻一压，水便弹力十足地往下凹陷，水面始终不破，手掌分毫未湿。

一池碧水，变成了胶质。

"药师莲华境有人数限制，进不去。"隐卫神色微凛，"上报道君与右前使。"

这二人，便是隐卫中实力最强的京与罗。唯有他们两个，能够紧随连雪娇穿过一重重结界，不被任何人察觉。这般出神入化的潜踪能力乃是经年累月苦练而成，为了身法和遁技舍弃了很大一部分修为，算是偏门，而非正道。

罗取出传音镜，急急送出消息。

接到消息，守在谷外的浮屠子把一对绿豆眼瞪成了斗鸡眼，捏着胖手，目光沉沉地发了会儿愣，然后缓声下令："不得轻举妄动，万不可惊动连雪娇。"

药师莲华境并非战斗型秘境，宁青青在秘境中要面对的只有音氏父子。

天下丹药有九成出自药王谷，天圣宫自然时刻留意着谷主音之溯。就情报来看，此人痴于医道，至情至性，是个明辨是非之人，绝不会包庇音朝凤作恶。

连雪娇却是一个溺爱孩子的慈母，她这一生只围着丈夫与儿子转，与音之溯仅有过几次龃龉，都是因为音朝凤幼时犯了小错，她纵容包庇，拦着不让音之溯惩罚儿子而发生的口角。所以，查音朝凤，最大的阻力当是连雪娇，若是惊动她，恐怕她会做出极不理智的事情。万一她为了保音朝凤，来个破釜沉舟，封了秘境不让那三人出来，事情才叫麻烦。为今之计，只能静心等待。

"夫人聪明机灵，身怀蚯蚓神功，对付区区一个音朝凤肯定不在话下！"浮屠子原地蹦起来，落地时，顺势扭了两下，把肚子甩成大波浪。

药王谷中。

"夫人这么做，会不会太冒险了些？"一名白发苍苍的老妪担忧地望着连雪娇，"谷主向来便是那个性子，就算是从前与那个西阴神女在一起，不也是终日魂不守舍，只惦记着他的药道吗？夫人何必耿耿于怀，今日将这个来路不明的女子送入谷中圣地，谷主怕是要生气的。"

"阿嬷，你不懂。"连雪娇的眼眶泛起红色，"音之溯他没忘，他炼药时，一定要站在曾经和玉瑶肩并肩的位置，上次我偷偷挪了挪他的药炉，结果你也知道，他险些把自己烧了。还有，他为什么总爱守着西南谷那一片碧苦藤，不就是因为他第一次见到玉瑶是在那个地方吗？阿嬷，他还在等她回来！"

连雪娇痛苦地闭上双眼。

老妪不解："可是道君谢无妄横空出世，平定八荒魔祸，还天下一个朗朗乾坤，人世安定太平，西阴神女便应劫殒身，谷主是知道的呀，玉瑶永远不可能回来了。"

连雪娇凄惶惨笑："他知道她不会回来，可他还是在等。这就是爱呀。"

老妪也不知该如何劝说。

"没事，没事的。"连雪娇摇摇头，拿起帕子擦掉眼底的泪，"这一次便是老天在帮我。算算时间他们父子就快出来了，我只能当机立断将那个女子送进去，顾不了那么多了。这个竹姓女子痴恋凤儿，受莲雾影响必会情动难耐，与他在秘境中成就好事。音之溯性子痴狂，看着心心念念的'玉瑶'从天而降，却与自己的孩子两情相悦，必定大受打击，是时候勘破情障了！"

老妪叹了口气："此女生得的确与西阴神女极为相像，夫人就不担心是她转生？"

连雪娇摇头："世间面容相似之人多了，三百年前嫁入天圣宫的那一位不也生得像她吗？听闻淮阴山的章天宝还寻到一位更像的呢。我知道她们都不是，因为西阴神女，唯有大乱才会出世，如今天下太平，哪来的乱？"

老妪点了点头，一双略显浑浊的眼睛里浮起淡淡的忧愁："老啦，容易敏感，心中总是不安哪！老身也不指望别的，就想亲眼看看少谷主娶妻生子。"

连雪娇温柔地抚上老妪的肩："阿嬷又说傻话了，还要劳累阿嬷帮我带重孙呢。凤儿也该是时候收心成家了，我会为这个女子做主，将她娶进门来，做我们药王谷的少谷主夫人。"

她望向药师莲华境的方向。让一个长得像玉瑶的女子做儿媳，便是一剂最苦也最有效的药，专医音之溯的情疾！

被寄予无数期望的宁青青，正在小心打量四周。连雪娇说得没有错，秘境中的景象正是药王谷，只不过空气中氤氲的莲香清雾呈现一种诡异的大红色，放眼望去，整个谷地就像是笼罩在毒雾瘴气之中。

从树木和木楼上面垂下来的那些藤蔓也不是碧玉色泽，一缕缕都染上了红芒，点缀在藤蔓间的小花朵与大果实，看起来都像是一张张没有五官的脸，大小不一，随风轻轻摇晃时，仿佛还会窃窃私语，发出令人头皮发麻的声音。

宁青青小心地嗅了嗅泛红的空气。还是莲香，不过其中夹了一缕说不清的靡靡气息。

信息素？

她陡然来了精神。这里不是关着一朵大药莲吗？莲和蘑菇，好像还不赖？

她弯起眼睛，勇敢地向前方走去。

到了木质门楼下方，只见左侧有一根长长的藤蔓，像是荡秋千那般，很突兀地朝着她荡过来，险些打在她的脸上。

宁青青灵巧地一弯身体向后避开，抬手一捞，正好抓住结在藤蔓正中的一枚圆溜溜的果实。

止住它的势头之后，她便想随手扔开它，却忽然感觉掌心有些痒。

宁青青把视线从远处收回来，稍微分出两分心思，草草打量了一下手中的果实。只见这枚光溜溜的果实上正在缓缓形成模糊的五官，分不清是男是女、是老是少。

还未彻底成形，这张脸便露出阴恻恻的神色，看起来又凶又邪，诡异无边。空气中的窃窃私语声更清晰了些，好似拧成一股绳。

"嘻嘻嘻嘻……死死死死……"

果实上的五官更加突出，扭曲而狰狞，一双无神的眼睛死死瞪着宁青青，龇开嘴，隐隐露出尖利的牙。

"死啊死啊……"

宁青青挠了挠头："呃……"

她非常明白，也非常理解，知道这个东西是想要吓唬她，只不过换位思考一下，若是一个人走到这样一个地方，发现手中的果实上冒出一朵蘑菇，冲着自己胡言乱语，哪里吓得到人嘛。同理，出现人脸，自然也吓不到蘑菇。

宁青青随手捏了捏手中这张脸，扬起拇指，摁扁它的鼻子，然后面无表情地把藤蔓扔了回去。

四周寂静了一瞬。

没走多远，遇到一株挡路的树。

宁青青记得这株老树，往树左边的小路走，便是大片的药圃和一间间木制丹室，她就是在那里遇到连雪娇的。

她扶着树，眯起眼睛，将后面的路线在脑海中过了一遍。

便在这时，手掌下的树皮上悄无声息地浮起一张扁平的脸，它不动声色，趁宁青青不备，缓缓把嘴巴越张越大，上下渐渐露出两列尖锐锋利、参差不齐的牙。两列尖牙从树中凸了出来，上下包抄，对准她纤细的手腕。

木制的舌头激动得隐隐颤抖，这只手已落在它的口中，下一瞬间，它就会合上巨口，将她的手从腕部咬断。

说时迟，那时快，就在两列尖牙猛然合拢时，宁青青非常顺手地抓着那根木舌头，将它从树嘴里扯了出来。

"咔嚓。"

树脸咬断了自己的舌头，整张脸都歪了。

宁青青耷拉着眼角，不咸不淡地瞥它一眼："偷袭包抄，你还不行。多向菌菇学学。"

霉菌最擅长用润物细无声的方式悄悄爬向自己的猎物，等到猎物回过神时，战场早已经完全沦陷，彻底落入霉菌之手。

宁青青随手将半截木舌扎进树脸的脑门，给它嵌了一只新鲜的角。

再往前走，便没有不长眼的藤蔓或其他植物继续凑上来了。她故意左边晃晃，右边蹭蹭，只见藤蔓窸窸窣窣地避离她，动作自然极了，就像是被风吹开的一样。

这些个欺软怕硬的东西怎么有点可爱，搞得她都不好意思再吓它们了。

略嫌瘦弱的娇俏女子，便这么施施然地走进谷地深处，渐渐接近药王谷的核心。

在真实的药王谷中，这里开始密布一层层药雾结界，倘若有人硬闯，便会触发整个谷地的警戒。秘境中倒是没有结界，那些本是水帘和药雾的地方空空荡荡，显得破败凋零。

她加快脚步，绕过几株遮天蔽日的参天大树。只要再穿过最后一处山腹甬道，便能看见那间藏有碧绿小池的密室。

她从山间踏出，眼前豁然开朗！

"哇哦……"

宁青青喜欢一切外观好看的东西，而面前这一幕，堪称震撼，比上次玉梨苑结界破碎时散落的万千星辰还要更加美丽壮观！

只见一朵巨大的莲，盛开在视野之中。每一片莲花花瓣长度都超过了十丈，要不是她此刻身处的地势较高的话，根本无法看清它的全貌。这朵巨莲如梦似幻，像是用琉璃或者美玉精心雕琢而成，一丝丝莲脉极其精致生动，流淌着鲜活的生机。巨莲上光影变幻，赤色与青色在整朵莲花上流转游走，晕开交织的光雾，美不胜收。

这朵巨莲，正在缓缓合拢花瓣，玉质流光，美而不妖。

"玉、玉瑶？！"一道飘忽的嗓音传来，落入耳中。

宁青青一个激灵，腮边浮起细细的麻意。这个声音，像极了莲。

她循声望过去，便见一朵青莲，稍微收拢着花苞，立在巨莲的左侧。

恍惚片刻，她凝神细看，发现原来是一个人。

一个穿青衫的人，周身环绕着袅袅清气，视线望过去，仿佛回到了外面那个真实的药王谷，莲香清正，驱妄除魅。他正竖着一只手掌，放在巨莲上，掌心荡开一圈圈青色光晕。

宁青青心念一动，望向巨莲右侧。

与青衫莲客相对的另一面，一个眉目清俊的年轻男人坐在轮椅上，将一缕缕红芒渡入巨莲之中，他的长相介于青年和少年之间，病弱的模样十分讨人怜惜。

这两个人在对抗，但是青衫莲客似乎根本不知情。

显然，青衫莲客便是药王谷谷主音之溯，坐轮椅的正是宁青青要找的坏人，音朝凤。

"玉瑶，你终于回来了！"音之溯眉眼之间浮起极浅的笑意。

在他失神的瞬间，巨莲之上红芒暴涨，连带着周遭的莲雾也染上了淡淡的腥气。

宁青青是一只聪明的蘑菇，她一路走来，便已将事情琢磨了个七七八八。连雪娇对她说的那些话，意图实在是十分明显，她希望宁青青可以当着音之溯的面与音朝凤在一起，这样一来，音之溯就会不再惦记西阴神女，而是专心地对待连雪娇。

连雪娇没有想到音朝凤是一个坏人，而且非常坏。她也没有料到，宁青青是来对付坏人的。

宁青青心神一定，顺着山道跑下去，来到音之溯面前。

这个男人样貌极好，除了中看不中用的谢无妄，眼前这个便是她见过的男子之中最好看的。他的身上有股清淡的莲香，而且整个人看起来也像一朵莲，十分赏心悦目。他的气质很淡，一副神游天外的模样，让人忍不住想要抓着他，把他的神志唤回来。

只可惜，他已经娶妻，不适合她。

宁青青遗憾地眨了眨眼，问他："你知道音朝凤是个坏人吗？"

音之溯微微一怔。他的眼睛不是黑色，而是琥珀琉璃一般的浅棕色，转动起来的时候，好像有一汪很值钱的水盛在那里。

"你说什么？"一开口，莲香更加浓郁。

宁青青坚定地拒绝了他的信息素，问他："你在这里做什么？"

音之溯似乎有些没弄明白此刻是什么情况，不过他的眼睛告诉宁青青，只要看着她，他便十分满足，死而无憾。

他平静地回答："药莲不知为何变得狂暴，需用灵力压制安抚它，待它恢复正常，便可以采摘莲子，然后离开。时间已不多了，若是莲瓣合拢，秘境便会永远关闭，再也出不去。我与凤儿，正在尽力而为。"

提到凤儿，他这张隽雅漂亮的脸上，清清楚楚地浮起一抹痛苦之色。他终于等来了玉瑶，可是那个和他像了七八分的孩子，却是明晃晃的、他背叛她的证据。

"狂暴？是说这些红色吗？"宁青青的思绪向来非常直接。

"对。"音之溯那色泽略淡的双唇微微抿紧，"玉瑶，我实在没想到此生还有机会再看见你，更没想到，竟让你看到我这般狼狈的样子……等等，方才你说什么？凤儿他怎么了？"

宁青青悄悄叹了一口气。这下她是彻底确定了，人类这个种族，智力水平确实都不太行。

"他是坏人。"宁青青耷拉着眼角，"你想把这朵大莲花变成青色，对吧？可是你对面的音朝凤，正在给它染上红色呢。"

"不可能。"音之溯眉眼之间立刻显出抗拒，"玉瑶，别胡说。凤儿是个好孩子，你有怨只冲着我来，莫要迁怒他。"

宁青青听不太懂，但是更确定了音之溯是个傻子。

她转了转眼珠，跑向旁边，摘了一大堆带着"脸"的藤，吭哧吭哧地拖向音朝凤。

音朝凤早已发现宁青青的到来，他用冰冷的目光死死盯着她。

聪明的蘑菇可不会轻易接近一个坏人。宁青青站得远远的，将藤条抛到音朝凤的膝盖上，以毒攻毒。

音朝凤最初不以为意，渐渐地，面孔就开始扭曲。那些"脸"都在咬他，他只能腾出一只手来对付它们，渐渐便左支右绌。

"说，你是不是欺骗了黄小云和武霞绮的感情？别想抵赖，我手上有证据！"宁青青十分耿直地开始审讯。

音朝凤目光阴鸷，向药莲灌注红芒的右手开始颤抖。

宁青青扯着藤蔓，将那些即将咬到他不可言说之处的"脸"扯远了些："说！"

他动了动嘴唇，声音极低地道："是又如何？你很快便会死在这里。"

宁青青把更多的"脸"抛到他的身上："你还做过什么坏事？快说！"

音朝凤冷笑道："我弄死的人多了去了，你是要我一个一个说给你听？"

宁青青惊讶地睁大眼睛："你这样的想法太可怕了！这会危害整个种族的繁衍，你明白吗？"

音朝凤俊秀的眉眼狠狠地抽搐了两下。他心中大约也想过事情败露时旁人会如何唾骂他，但他决计没想到会出现如此清奇的角度。

幸好宁青青转了话题："那么，煌云宗宗主一家，还有青城剑派的大师兄中了魔毒，也是你害的，对吗？"

她非常自觉地把那些藤拉远了一点。

音朝凤低低地笑起来，用气声道："是啊，那又怎么样？你能拿我怎么样啊？嗯？道君夫人。"

他的唇角浮起浅淡的嘲讽之色。

宁青青的修为远不及他，在他承认自己罪行来拖延时间的时候，巨莲上的红芒已用碾压之势盖过了青色光晕。整个秘境，处处泛着暴虐的红光。

"我不能拿你怎么样。"宁青青面无表情，"不过……"

音之溯从莲瓣后面走出来。藤蔓上的嘴咬住音之溯的袍摆，宁青青牵着藤蔓，将音之溯拽了过来。

音朝凤肆无忌惮的供词，全被自己的父亲听到了。

"凤儿……"

音之溯仍是一副有些走神的模样，不过身手倒是利落至极，一个"凤"字还未落下，他已掠到近前，一掌劈中音朝凤的胸口，将他掀下轮椅。

"爹！爹！"少年眉眼间浮起一缕慌乱，"不是的！我没有！我只是故意气这个女人！"

音之溯用一双无神的眼睛盯住他的手掌。少年细瘦白皙的手掌上，仍有红芒在不断闪烁，藏也藏不住。

"我不会教子，连雪娇也不会。"音之溯苦涩地笑了笑，"这是我和她的报应。离开秘境之后，我会好生清算此事。"

他的周身泛开清气，渡入巨莲。此刻，整个秘境中已布满红雾，纵然音之溯全力施为，也只勉强令巨莲缓缓绽开。

摔在地上的音朝凤冷冷看着自己的父亲，唇角渐渐浮起狞笑："虎毒不食子啊父亲！你为了一个不知从哪儿冒出来的女人冷落我娘，不待见我，不肯传我绝学，今日还偏信这么一个女人，而不信我？就因为她长得像你心心念念的玉瑶？好哇，你不仁，便休怪我不义！"

他手腕一翻，数枚泛着红芒的长针出现在掌心。

"这药莲，我要定了！"

一排银针射向音之溯的后心，音之溯全力维持巨莲盛开，根本无力抵抗，只见一枚枚泛着红光的长针毫不留情地刺入他的后背，令他颤抖不止。

"不要管我！"音之溯闷哼出声，偏头冲宁青青道，"采莲子，离去！"

"谁也别想走，乖乖留在这里做我的养料吧。"少年双眸变得赤红，张口一吸，周遭红雾像涌入漩涡中心一般，被他大肆吸入口中。他纤细瘦弱的身材急剧膨胀，几个呼吸之间，上半副身体便壮硕得如同猩猿一般，双臂在地上重重一擂，身体腾空而起，轰然扑向站在巨莲旁边的宁青青。

宁青青紧紧抿住双唇，指尖探出菌丝，倾尽全力将蚯蚓波动和醉花蜂波动交织在一起，尽数汇在菌丝的尖端，对准音朝凤变形的身躯。

成败在此一举！

幸好音朝凤扑的是她，而不是音之溯，否则她根本救援不及。

同一时间，身携暗焰的挺拔身影掠过药王谷重重结界，一层层药雾在他身后灰飞烟灭，当结界发出警示之时，这个可怕的入侵者已站在了那一方秘境小池的旁边。

此刻，小池已不复碧绿色泽，而是翻涌着不祥的红色，如一池血水。

隐卫京与罗从阴影中浮出，单膝跪在他的身侧。

"君上！"

发现秘境异变时，隐卫已将实情报给谢无妄，但没想到他竟来得这般快！

跟了谢无妄多年的两个隐卫，也为他此刻身上的气息而感到心惊。

罗壮着胆子抬眼瞥了一下，发现谢无妄的脸色白得异常，身上若有似无地环绕着血火之息。这是……伤到根基元火了？

只见黑袖中扬出一只冷白的手，手上环绕着焰。下一瞬，这只手干脆利落地探入池中！水面与焰息相触，恐怖焰浪即刻燃遍池面。

宁青青瞳仁紧缩，眼前的一切变得极其缓慢，音朝凤膨胀扭曲的身影落下来，她心不跳，气不喘，扬起右手食指，对准他的软肋。如果运气好的话，她可以趁着音朝凤扭动醉酒的一刹那，从他胳膊底下滚出去！

便在这千钧一发之时，巨莲旁边的音之溯忽然闭了闭目，合身扑过来，用身体挡在宁青青面前。他弯起双眸，脸上的痴笑着实令人动容。

他为了她，打算牺牲自己。

宁青青动了动唇，还未做出反应，秘境上方忽然被烈焰覆满，一只恐怖至极的火焰巨手撕破天空探了进来，一把将音之溯和音朝凤双双抓住，拖上天去。

电光石火之间，宁青青居然留意到这只覆满火焰的手非常漂亮，皮肤很白，手指很长，像玉雕的一般。

再下一瞬，黑色身影从天而降，落在她的身前，长臂揽住她的腰。她撞在坚硬结实的胸膛上，鼻尖撞得好一阵闷痛。更糟的是，她倾尽全力为怪物音朝凤准备的双重波动，一击落空，反噬回了自己身上，身体一摇，她在谢无妄身上拱过一圈。

巨莲在崩溃，红色莲雾游向谢无妄，他随意挥了挥袖，却仍有<u>丝丝缕缕</u>毒雾钻入他的袖中。他的脸色白得异常，眸中却泛起了<u>一丝猩红</u>。

"阿青，"他揽住怀中的柔弱身体，"别怕，我在。"

她又醉又软，晕乎乎地拱了拱他的胸膛。

谢无妄身体微僵，犹豫着哑声道："我们，好好在一起。"

宁青青脑子已经不转了，下意识便道："不行啊，你的信息素不行，不是试过了吗？"

谢无妄彻底僵住。半晌，他缓缓转动泛红的眼珠，盯住她，瞳仁收缩微颤，声音却是温存至极，低沉诱哄："告诉我，你是谁？"

又醉又晕的蘑菇口无遮拦："蘑菇啊，最漂亮的青玉蘑菇。"

又半晌，谢无妄深深吸了一口气，调整了情绪和声音："好，我知道了。"

他的唇畔浮起怪异的笑容。原来如此，原来如此。

"那你知道，是我用元火把你养大的吗？"他的声音更加温柔。

"啊？"

宁青青软绵绵、晕乎乎地抬头看他。那张漂亮至极的脸在她面前晃来晃去，好闻的气息罩下来，和红色莲雾混在一起，让她更是有些找不着北。

"所以，我是你的……"她唇微动，喃喃出声。

谢无妄不动声色，眸底隐隐浮起一抹期待。

宁青青忽地笑开："我是你的孢子！"

这不是孢子，是个傻狍子。

谢无妄搂着怀中这个香喷喷、软乎乎的东西，一时无言。

宁青青仰着头看他，见他那张精致的脸庞依旧冷白似玉，漫天红雾和红芒都浸不透他的冰雪色泽，唯有双眸和眼尾处，淡淡地晕开一层薄红，好看极了。

他身上的冷香比往日要更浓郁些。他的身体十分坚硬，硬得像一块坚不可摧的大礁石，倚在上面，只觉可靠又安心。

她用鼻子在他胸前拱了拱，嗅了嗅，然后仰起头来，甜丝丝地冲着他笑："所以你不会吃我，对吗？"

谢无妄眼角一跳，喉结难耐地滚动，薄唇轻扯，压抑着情绪淡声道："不吃蘑菇。"

吃你。

宁青青不懂其中玄机，弯起眼睛笑得更甜，直来直去地告诉他："那我最喜欢的就是你！以后我们要一直在一起！"

难怪她一直觉得他最好看，也特别喜欢他身上的味道，原来她是他的孢子啊，他们是这世上最亲密的关系，蘑菇是喜欢与自己的族群生活在一起的。

谢无妄神色微僵，眸光狠狠闪了两下："好，在一起。"

这一瞬间，仿佛有一只蜜糖做成的磨盘轰中胸口，滋味难言，一时竟说不清是甜是闷。

她那纤细绵软的胳膊已十分自觉地勾住他的腰，身体毫无防备地紧贴着他，与从前一样，是全然信任的姿态。她就像一片柔嫩易折的花瓣，而他就像燃着毁灭之焰的陨石，轻易便能将她摧碾成灰。

他抬起手来，轻轻碰了碰她的头发，小心得就像在触碰一滴朝露——分明心中的凶焰已按捺不住，但他知道不行，那样会吓跑她。

莲雾继续渗透他的伤处，撩拨他向来理性的神志，怀中的她一无所觉，仍在勾魂拱火。

她踮起脚来，用自己的脸颊贴他的下巴。

"上次误会你了。"宁青青有一说一，"我不知道你也是蘑菇，还以为你要把我吃掉，所以才说讨厌你。我现在不讨厌你了，你不要生气。"

她见过别的小蘑菇撒娇拱进大蘑菇的怀里，大蘑菇用帽子罩住自己的小蘑菇，十分亲昵。自己亲身一试，感觉果然好极了。

谢无妄微眯着猩红暗沉的双眸，尽量不去理会那一阵阵拂过喉结的甜香气息："不生气，我怎会与你计较。"

谢无妄抓着她小小软软的肩膀，将她推离自己的身体："先离开这里。"他的声音听起来镇定淡漠，探过一只大手，将她的小手攥在掌心。

重伤与带毒的莲雾，似乎破开了他少许心防，自负的笑容打从心底漫上来，他勾起唇角，心道这般合心的小人，怕是傻子才会舍得放手。

他微合长眸，狂暴烈焰自身侧涌起，不消多时，便会强硬霸道地将这一方秘境彻底焚毁。

秘境封闭又如何，在绝对的力量面前，一切规则荡然无存。他此刻有一点点急切，想要带她回家，回到他和她的家。

提到蘑菇他便全明白了。她在入魔之际认知错乱，把她自己当成了蘑菇。这不是什么大事，他会好好照顾她，待她恢复记忆，自然会知道他的好。

理顺心中的念头之后，他便将所有微小波动的情绪尽数平复，眸色变得冰冷，神情倒是恢复了往日的漫不经心。烈焰呼啸，即将毁天灭地。

她摇了摇他的手："不要。"

烈焰凝滞一瞬，他垂眸看她："嗯？"

"大莲花在哭。"她很认真地眨了眨眼，"我试试能不能帮它。"

她推开他的手，奔向那朵即将合拢花瓣的巨莲。

"阿青。"谢无妄眸中有焰，声音略哑。

她没回头，扬起右胳膊挥了挥，像一根柔软的藤蔓，离开了她攀附许久的磐石。

谢无妄轻轻拂袖，收去暴虐的焰。他跟在宁青青身后，看着她蹦蹦跳跳奔到巨莲旁边，从右手食指上探出一缕青玉般的灵力，末端触到莲瓣之后，灵力上溢出数不清的细小触须，迅速向着整朵巨莲蔓延攀爬，就像霉菌由点及面，如白霜般覆满一只果子。

附着在巨莲表面和脉络之中的红色莲雾，渐渐被她的小菌丝吸收，手法利落干脆。

谢无妄隐隐能看出自己的烙印——最初，是他手把手教她控灵，当时只是信手为之，没想到她用了三百年的时间，将这一技巧练到了登峰造极的地步。

他忘了从什么时候开始，她打理灵宝的手段连他也看不懂了。不过他并不在意，因为他追逐的是绝对力量，要的是强大的杀伤力和毁灭威能，不可能去追求精致技巧。

他的道，是一往无前的道。

此刻，看着被她彻底控制住的巨莲，谢无妄不禁微微眯了眯眼睛。

寻常人通常有一个误区：低估亲近的人，高估陌生的人。谢无妄阅人无数，自然不会犯这样的低级错误。他只看一眼，便知道宁青青在这三百年间聚沙成塔，磨炼出了一条最适合她的进阶之路，超凡脱俗，成就难以估量。

"真会给我惊喜啊。"他低低笑叹。

药师莲华境在摇晃，地动山摇，周遭的红雾丝丝缕缕掠向巨莲，像水蛭一般缠上去，阴风呼啸，那些树脸发出尖利的"呜呜"声，层层叠叠的阴风和哀号直袭宁青青，想要干扰她的动作。

谢无妄回眸瞥了一眼，唇角笑容温柔，却有种说不出的冷煞。

长袖微动，冷白如玉的手轻轻一翻，恐怖至极的威压荡过四野，无影无形，像有厉风透体而过，又像是冲击波将一切摧毁殆尽。

事实上，什么也没有发生。极其静谧的一瞬后，所有藤蔓都蔫蔫地垂下来，风停声歇，连山体都不再晃动。

宁青青全力施为，将红色莲雾尽数吸收，她渐渐发现了玄机。这些红色莲雾中，蕴藏了诡异的毒素。它可以放大心中的情绪，勾起原始的进食和繁衍冲动，而且可以在一定程度上控制中毒者，将心中的情绪如实地宣泄出来。

宁青青后知后觉地反应过来，为什么谢无妄一问，她就傻乎乎地告诉他自己是蘑菇了，也难怪音朝凤这么容易就供认了犯罪事实。

毒雾迅速被吸收，巨莲渐渐恢复了青碧的颜色。它的质地像丝又像玉，莲脉之中流光丝丝缕缕地来回输送，十分赏心悦目。莲瓣缓缓向四周展开，清香的莲子气息与纯澈的清心莲雾一起袅袅飘散开来。

宁青青收回菌丝，小心翼翼地伸出指尖，戳了戳面前巨大的莲瓣。

"哗——"它冲着她轻轻摆动。

四周的幻象渐渐崩溃，只余一朵碧莲静静悬在池中。

谢无妄靠近宁青青，正要揽过她小巧的肩膀，便听到她在一本正经地对这朵药莲说话。

"我帮了你的大忙，你很喜欢我对不对？"

"嘿嘿，我也喜欢你呀！你又香又漂亮！是我见过的最美的莲花！"

"嗯……不用你夸我都知道，我也是最漂亮的蘑菇！"

谢无妄垂眸淡笑，手指蜷回，饶有兴致地看着她的身影。她喜欢和动植物说话，还会对着石头、灵宝絮叨，甚至向玉梨苑倾诉心事。

思绪蓦地一滞，他下意识地再一次想起她萧瑟的背影，她离开的时候，会不会对那座院子说什么？会说什么呢？

脑海中忽然浮起她伤心的声音——

"离开家，我一定不习惯。没了我，你会习惯吗？"

他非常了解她，念头一起，他便清晰地感觉到，这是她会说的话，而且有极大的可能，这便是她当时说过的话。

心脏像是被针尖刺了一下，他微蹙长眉，抬手覆向她的肩，准备打断她和药莲说话，也阻止自己继续深想。

指尖刚触到她的衣裳，便听到她一本正经地对药莲说："既然我们相互喜欢，那便来试试吧！"

只见这朵极不长眼的青碧巨莲愉快地摇晃着花瓣，哪怕不懂植物的谢无妄，也能看出它的意思——乐意之至。

看着宁青青张开双臂扑向莲瓣，谢无妄身体快过脑子，一把拎住她的衣领，将她揪了回来。

"你要做什么？"他的声音隐隐有一丝不稳。

下意识地把人拎回来之后，他忽然意识到，就算真让她扑上去，她也做不了什么。

宁青青不解地看着他："繁……"

硬硬的手指摁住她的唇。虽然知道她做不了什么，但意识到她想做什么，他仍是有些气息不稳，气笑了。

"不可以。"他咬牙切齿。

她的黑眸中清晰地浮起两个问号。

谢无妄闭了闭眼睛。他知道她此刻认知错乱，无法正常地向她解释，于是尽量心平气和地说道："你已经有道侣了，不可以朝三暮四。"

"哦……"宁青青茫然地点点头，偏着头，认真思索。

谢无妄长眸垂下："阿青想要孩子？"

"嗯！"她不假思索地弯起眼睛。同为蘑菇，他自然明白喷孢子的快乐。

谢无妄的眸色彻底掩进阴影之中。

从前，她随口向他抱怨过，说他总是在外面忙正事，她自己在家中十分无聊，若是有个孩子陪伴便好了。他只笑着抚她的头发，不置可否。

他是不会要孩子的。他不会让自己留下这样的破绽和软肋。况且，修真之人性命悠长，等到小儿羽翼丰满、进无可进之时，自然会将目光投向他身下的至尊之位。人性，总是如此。外敌尚且杀之不尽，又何必自找麻烦？

她当时看不懂他的心思，以为他默认了提议，娇俏的面庞又羞又喜。他深知永远不可能满足她的要求，出于补偿，他将自己的涅槃骨融在蘑菇中，送给了她。

此刻，看着她单纯清澈、充满向往的眼睛，他不禁恍惚片刻，又一次想起那一日他带人回来，她眼睛里陡然熄灭的光。

那束回光返照一般的光芒，短暂地灼入他的眼眸，如昙花一现，在那之后，再也没有重新点燃过。

倘若此刻拒绝她……一向强硬不可撼动的理念，略微动摇分毫，他迟疑一瞬，低低地道："再说吧。"

于他而言，这已是可怕的让步。

她却有些不高兴，委屈得眼角都垂了下去，扁着嘴道："你自己快活过了，就不管我！我不管，我就要试试大莲花！"

谢无妄实在忍无可忍，揽着她掠入莲中，采下三枚泛着青光的莲子，离开了药师莲华境。

踏上实地时，谢无妄唇角那一丝狞笑几乎压抑不住。

池子恢复了碧绿的颜色，淡淡的清气从池水中氤氲出来，缓缓飘向四周。密室之外传来吵嚷的声音，乱哄哄的，有哭有叫。

此刻不乱才怪。道君连破药王谷十八重结界，直闯药师莲华境，将谷主和魔化的少谷主扔了出来，不用想也知道外头该如何天翻地覆。

宁青青此刻很不高兴，因为谢无妄不许她尝试大莲花的信息素。她闷闷地走出密室，便看到连雪娇将狼狈不堪的音朝凤护在身后，左右围满了药王谷的弟子，个个皆用不赞同的眼神盯着茕茕孑立的音之溯。

音之溯身旁一个人都没有，他眼尾通红，又急又气，面对嘤嘤嘤嗡嗡的众人，却一句话也说不出来，只用微微颤抖的手指着音朝凤。

音朝凤已不复秘境中魔化的模样，他的身体孱弱无依，清秀的面庞略显稚嫩，神色坚毅，眸底却隐隐有泪光晃动。轮椅毁在了药师莲华境中，他的双腿垂在地上，像两条断掉的藤蔓，更显可怜。

"母亲，别怪父亲。"音朝凤的声音温润斯文，带着化不去的苦涩，"父亲只是把道君夫人错认成了旁人，受莲雾的影响，有些神志不清罢了，待他冷静下来便会清醒。父亲怎么会杀我呢？"

连雪娇急怒交加，高亢的哭腔破了音："凤儿别怕！娘就算拼上这条命，也绝不会让他伤你一根头发！音之溯！要杀要剐你冲着我来！不就是玉瑶走了，你迁怒于我吗？你杀了我便是，为什么连自己的亲生孩儿都不放过！"

众人议论纷纷，都偏向连雪娇母子，将音之溯死死拦下。

药师莲华境中发生的事情外头并不知晓。音之溯性子痴狂，不问世事，这些年来谷中事务都是连雪娇在打理，少谷主音朝凤从旁协助，尽职尽责，早已得到众人认可。再加上争执之间爆出了那桩陈年旧事，众人都知道音之溯惦记着旧情人，让夫人连雪娇受了许多委屈，她隐忍多年，却始终换不回丈夫的心。而今日，只因在秘境中看到一个长相与旧情人相似的女子，音之溯便癫狂地想要手刃亲儿，与那女子双宿双栖。

正义感爆棚的药王谷长老弟子们，都自发地站在连雪娇母子身边，愤怒而鄙夷地拦住音之溯。

人品低劣之辈，医术再高明，那又如何？

音之溯百口莫辩，本就不善言辞的他，此刻一句话都说不出来，憋得双耳通红，手脚颤抖。

"你这个坏人还敢狡辩！"宁青青看着这一幕，着实惊奇不已，"难道你以为我已经死掉了吗？"

音朝凤俊秀的脸上丝毫慌乱也没有，只浮起浅浅的苦笑："道君夫人有所不知，因为药莲狂暴，是以秘境之中幻境重重，所见的一切，皆作不得数。难道你不曾听见我父亲叫你玉瑶——你是玉瑶吗？"

"我当然不是玉瑶。"宁青青摇摇头，"可是你已经招认了自己的罪行，还变成了一个怪物。"

"那是幻象。"音朝凤丝毫不怵，"道君夫人既然出来了，应当看到了秘境中幻象破灭，那都是假的。请不要被我父亲误导，他生性痴狂，只是一时偏执。"

宁青青睁大了眼睛："你好生狡猾！"

音朝凤只一味苦笑："事实如此罢了。"

音之溯怒极："我今日定杀了你这个逆子！逆子！"

他想要扑杀上前，却被无数谷中弟子搂腰的搂腰，摁胳膊的摁胳膊，困在原地动弹不得。

连雪娇放声号哭："我的命好苦哇……"

场面着实是一团乱麻。

宁青青偏头看了看谢无妄，见他唇畔浮着浅淡的笑，一副浑不在意的模样。此刻没有什么证据，他若说话，便有袒护宁青青、以势压人的嫌疑。

宁青青一件一件掏出乾坤袋中的证据："且不说旁的，你欺骗女子感情这一样，总没得抵赖！"

音朝凤苦笑道："煌云宗的黄小云，性情孤僻执拗，对我一见钟情。我见她动不动寻死觅活，心中也是害怕，为了稳住她的情绪，便好言相劝，送了她一件不值钱的小饰物。后来她求而不得，醉酒之后与下人私通，怀上身孕想要赖我，我恼怒不过，斥了她几句，谁知她竟想不开……道君夫人若一定认为是我的错，我也无话可说。至于武霞绮……"音朝凤眨了下眼睛，"我并未许过她什么，不是吗？"

宁青青被他的无耻惊呆了。

音朝凤又抛来一记撒手锏："在秘境之中，父亲将你错认成旧情人玉瑶，你已为人妇，却不否认，也不拒绝他的深情……这又是什么道理？"

宁青青错愕："我们忙着揭穿你、对付你！"

音朝凤随和地笑了笑："所以我说，你们被幻象所迷啊！"

众人交头接耳，连连称是。

一名白须白发的老者第一个站了出来："道君，道君夫人，老朽万死，说句公道话。既然道君夫人与我们谷主不可能有什么私情，那么所谓少谷主入魔一事，同样只是境中幻象，当不得真！"

"是啊是啊。"众人齐齐道是。

嘤嘤嗡嗡的声音，像极了秘境中的魔物私语。

宁青青气愤地叉住自己的小腰："你敢对着死者黄小云的遗物

发誓吗？发誓你没害过她的爹娘兄长！"

音朝凤笑得斯文："有何不敢？"

宁青青捏着断簪上前，将断簪递到音朝凤那只苍白瘦削的手里时，菌丝探出，向他指尖刺入两分醉花蜂、八分毒莲雾。

"你不是说，你想要药莲吗？"宁青青若无其事地随口问道。

音朝凤的思绪尽数放在了煌云宗的事情上，听她这么问，不禁茫然片刻，莲香直袭脑海，他下意识便开口道："是！"旋即反应过来说道，"药莲本就是我们药王谷的东西！"

他的神色出现了明显的挣扎。

宁青青撇了撇嘴："我与音之溯才不会让你得逞！你看看，周围是不是已经没有红雾啦？我们成功地净化了莲花哦！"

"什么？"音朝凤茫然地抬眸望了一下头顶上方，看到清雾氤氲，不禁狠狠一怔。

"你以为区区银针就能伤得到你父亲吗？"宁青青嚣张地冲着他的耳朵大喊。

音朝凤下意识便回道："如何不能？那是魔域特制的……"他急急住口，却已太迟。

音之溯默不作声地脱下衣裳，露出数枚深陷骨肉之中的魔针。

宁青青得意地弯起了眼睛，抱起拳，学着人类的模样，对周遭众人摆出骄傲且谦虚的神态："大伙都看到啦，真相大白，真相大白！"

"不——不可能！你这个坏女人，你害我儿！你害我儿！"连雪娇声嘶力竭，赤红着眼睛扑上来。

无须隐卫动手，药王谷便有执法长老挡下了连雪娇："夫人勿要冲动，此事疑点重重，还需细细查来！"

宁青青得意地弯起眼角，余光扫到谢无妄，见他目光灼灼，紧盯着她。她偷偷撇了撇嘴，他棒打鸳鸯拆散她和大莲花的事，她还记着仇呢！

音朝凤那边犹是一片混乱，便在这时，空中忽然传来清越剑鸣。只见一道道清光急速掠来，数位仙气飘飘的白袍剑仙顷刻便到了眼前。

为首之人，正是昆仑掌门寄怀舟。

"道君！"寄怀舟一声暴喝，正气凛然，"道君残杀楼兰城、西波道、剑鸳宗、方氏、白氏合道修士共计二十一人，低阶门人不可计数，又闯药王谷重地，毁去药王谷根基秘境，是否该给天下一个交代！"

场间登时一片寂静。

药王谷众人纷纷不自觉地倒退数步，生怕被卷进这滔天的灾祸之中。

谢无妄凉凉轻笑："来得倒是快。"

意料之中。与白淮准残念、遗墓一战，他必是伤筋动骨，如此良机倘若错失，那倒要低看寄怀舟身后的势力一眼。

寄怀舟仙剑在手，战意澎湃，一触即发！

宁青青愣怔片刻，被那股兜头袭来的剑香熏了一熏，忽然醍醐灌顶！

她明白了谢无妄的苦心！难怪他阻止她去找那朵大莲花，因为她已经有寄怀舟了呀。

宁青青热泪盈眶，拎起裙摆便奔了过去。

"道侣，我来了！"

寄怀舟是一个很简单的人。

他天赋绝佳，少年时拜入昆仑，不到百年便一剑成名，之后行走四方，越阶挑战当世有名的剑道大宗师，将他们一一击败，成为当之无愧的剑道第一人。

修为上来了，仙剑自然得跟上主人的脚步。

都说人类的悲欢并不相通，这一点在剑修身上绝不适用。一个剑修的喜或忧，另一个剑修全然可以感同身受。说来说去，不过两句话：要么有钱给剑花，要么没钱给剑花。

寄怀舟身为剑仙，自然不能免俗。为了赚灵石养仙剑，他什么都肯干，教导新入门的弟子、协调各峰长老们的爱恨情仇、替宗门出面应酬、主持合籍仪式、打铁、洗剑、修房子……渐渐地，他身上背负了越来越多的责任，忙成一只脚不沾地的八爪鱼，等到回过神来，师尊及一众师叔伯已经笑吟吟地拱着手唤他掌门了。

这个掌门当得稀里糊涂，与未做掌门的时候相比，唯一的区别只是月供灵石多了三成。有灵石总好过没灵石，于是寄怀舟认真地当起了掌门，一当便是数百年。

他很忙，但他从未放弃自己的梦想。他，想和谢无妄比剑！

世人只知道道君谢无妄道法通天，但像寄怀舟这样的剑痴，一眼便能看出谢无妄其实也是一位剑道大家，而且谢无妄的龙曜从来不对人族出鞘。这叫什么？这叫高不可攀的冰山绝顶，这叫从来不曾有人踏足过的神圣领域！

若能让谢无妄拔剑一战……真是让人激动得魂魄冒烟啊。

寄怀舟想知道谢无妄的大宝剑是什么滋味，想得百爪挠心。上次好不容易寻到一个机会，借着云水淼的事情直闯天圣宫，欲与谢无妄放手一战，结果竟意外从宁青青口中得知龙曜有灵。

剑灵可比剑仙疯多了。它们的终极理想就是弄断全天下的剑。这种无情残害同类的思想若是出现在一个人的身上，那妥妥就是灭绝人性的大魔头。

战斗狂人寄怀舟并不怕死，但他怕断剑，更怕剑没了人还在。于是圣山那一战，终究是心存忌惮，没敢全力以赴。后来他才知道自己上当了，那个看似哀绝凄婉的道君夫人其实是个大骗子！龙曜根本就没有剑灵！

在天圣宫夜宴上，寄怀舟更是看了个清楚明白，宁青青分明就是个外表单纯、内心狡诈的坏女人。他再不会上她的当了。

今日意外收到消息，得知谢无妄在楼兰北境残杀同道，又闯药王谷毁人秘境，寄怀舟立刻兴冲冲地拎着剑就杀了过来。没想到的是，甫一落地，便见那个阴险的女子拎着裙摆，弯着一双月牙眼奔向自己。

不是，等等，这又是什么阴谋诡计！

寄怀舟瞳仁紧缩，握剑的手微微颤抖。

两位巅峰强者之间凝聚的气再一次被搅了个七零八落。

看着这一幕，寄怀舟不禁回忆起了上次圣山的事，此女眸中盛满伤心，那股悲恸之意，就连铁石心肠的自己都难免有些不忍。这一次，看着她的小脸如花朵一般绽开甜蜜的笑容，清泉般的笑意从黑白分明的双眸中流淌出来，甜甜蜜蜜地喊着"道侣"，寄怀舟心头登时警铃大作，连声在心头高呼"她是骗子"。

然而，她的笑容实在是太纯真了，由内而外散发的喜悦为她蒙上了一层柔和的光晕，那双眼睛便像光晕之中最耀眼的星辰。

即便明知是计，寄怀舟却还是被她天真无邪、灿烂至极的笑容感染，不自觉地微微扬起了唇角。回过神来，只觉心如鼓擂，惊怕不已。

这是什么魅惑之术？可怕可怕！着实可怕！

寄怀舟横剑身前，连退数步，一开口便是警惕愤怒的声音："休要过来！"

宁青青怔住，眼角微微下垂的大眼睛里清晰地浮起了不解和委屈，花瓣般娇嫩鲜艳的红唇抿了起来，一瞬间，仿佛一只欣喜万分的开心果凋零在眼前，变成了招人心疼的小可怜。蔫蔫的，委屈巴巴。

寄怀舟眼角一通乱跳，按捺住狂跳的心脏，惊恐地抬眸去看谢无妄，发现谢无妄的脸色也没比自己好多少，唇角虚伪的假笑凝固下来，眸光冰冷，白得瘆人的额角突起一缕跳动的青筋。连他这个大老粗都能看得出来，喜怒不形于色的道君正在极力压抑情绪。

"夫人，回来。"谢无妄动了动薄唇，声音如往日一般温凉。

这一幕，仿佛往日重现。

寄怀舟嘴角抽了抽，道："道君夫人，这是男人的事情，请你不要插手。"

这个女子，上次便是智计百出，用极为精湛的演技骗过了自己，让自己当真以为她伤心、失落、崩溃，进而听了她的谎言，以为龙曜有灵。

这一次，绝对不会再上她的当！无论她说什么，都绝对不要理会！

寄怀舟抿紧双唇，握剑的手背上迸出青筋。

宁青青的肩膀耷拉下去，整个人就像一片被雨水打蔫的小树叶，她眨了眨眼睛："你是不是以为我不愿接受你的心意，所以生气了？你误会了，你送我的礼物我很喜欢，我没有及时去找你，是因为我生病了。"

不是，这个女人到底在说什么啊？！最可怕的是，她的表情与云水淼的那种虚与委蛇不同，根本看不出半点故意勾引或者骗人的痕迹，她分明说着大谎话，却像是字字真心，令人不禁动容。

看着她这一副模样，连他都要误以为自己是不是招惹了这个女子。

周遭众人面面相觑，交换着惊恐的目光——昆、昆仑掌门勾引道君夫人？！

寄怀舟喉结狠狠滚动，嗓音干涩紧绷："休要胡说！我哪有送过你什么东西？"

"炼神玉啊。"宁青青想起那丰美的养分滋味，不禁弯起眼睛，声音轻快了几分，"我很喜欢！你不用不好意思。"

寄怀舟愣了一会儿，手足无措地解释道："不，不是，那个不是我送你，不对，是我送你的，但那不是……"

周遭嘤嘤嗡嗡的议论声把寄怀舟弄得脑袋发蒙。他其实不善言辞，这些年做掌门勉强练出了几分花架子，但突然遇到这么刺激的意外，老实的剑仙立刻就现出原形，棱角分明的俊脸涨得通红，急乱之下，心跳更是失去了控制。更诡异的是，分明心中把这女子骂了一百遍"蛇蝎"，眼睛却越看她越觉得美丽。

寄怀舟眼角跳得更厉害，握住剑柄的掌心沁出薄薄一层细汗。

"掌门！"身后同僚低声提醒他，"此刻可不是纠结儿女情长的时候！天圣宫的高手正在赶来！"

谢无妄连夫人都推出来了，可想而知他此刻究竟有多虚弱！如此良机千载难逢，倘若再拖延，难免生出变故。

寄怀舟神色一震。

对，他是来找谢无妄比剑的！剑痴心中只有剑，楼兰城的事只是个由头罢了，除非谢无妄动了昆仑的人，否则寄怀舟是不会当真生气的。

"让开！"寄怀舟将手中长剑震出清越的声音，沉下眉眼，不看宁青青，只对谢无妄说道，"今日之事，道君必须给个交代。

人间自有公道，即便天下至尊，也不该为所欲为！道君，可愿与我一战？"

剑指谢无妄。四目相对，一个是战意澎湃，一个是杀机暗藏。

谢无妄动了杀心，杀心如炽火，点燃了寄怀舟这根干柴，他的长袍无风而动，剑意冲天而起。这一战，势不可挡！

宁青青恍然大悟："我明白了！"她错愕地瞪着寄怀舟，"你以为是谢无妄拦着我，不让我接受你吗？你误会他了，用你们的话来说，这叫以小人之心，度君子之腹！你都不知道他付出了什么，他明明一心为你我好，你为什么那么小心眼，一定要伤害他？"

要不是谢无妄拦着她，她都已经试过大莲花的信息素了。这个寄怀舟，上来便喊打喊杀，她是真心为谢无妄感到委屈。

此言一出，众人不禁哗然。

没想到，内情竟是如此！道君当真是心胸宽广，这个纠葛的三角爱情故事，实在是感人肺腑。真爱，当真是成全！

谢无妄的笑容更假了三分，一双幽黑的眸看不出任何情绪，修长挺拔的身体轻微摇晃，像是随时要化在天地之间。

众人默默回头，看了看清雾氤氲的药师莲华境。

一位药王谷长老忍不住站出来说了句公道话："寄掌门怕是误会了。道君亲临药王谷，并非毁我药王谷的秘境，而是出手相助哪！寄掌门所说的楼兰一事，会不会也是误会？"

"是啊是啊，道君心胸广阔，大爱无疆……"有人果断拍了个奇歪的马屁。

话说到一半，忽然感觉到谢无妄淡淡瞥来一眼，登时浑身汗毛直立，不敢继续说下去。

寄怀舟身后的人急急提醒他："掌门，休要继续纠缠不清！此女心思歹毒，这是在毁你名誉声望啊！先打，打完速速澄清！"

闻言，备战状态的寄怀舟瞳仁紧缩，白多黑少的双眼缓缓一转，落到宁青青的脸上。

只见她的脸上满是怒容，红润的唇抿成一道柔软饱满的弧线，眼底泛着激动的小泪花，更显清澈动人。

寄怀舟自然知晓自己与她并无私情。这个女子，这么坏，却让人丝毫恨不起来，反倒在心中留下了浓墨重彩的一笔，只叫人牙痒这般天真无邪，这般坏入骨髓。

寄怀舟知道自己栽在了美人计上，但以他的为人，实在是无法对着这样一个女子说出什么重话来。

"呵呵。"谢无妄低低地笑道，"觊觎本君的夫人，寄掌门好大胆子。"

谢无妄长身一掠，带着残影的黑色身姿出现在宁青青身旁，大手扣紧她纤细的腕，坚硬若铁的指节不轻不重地蹭过她的腕骨与腕脉，如软玉，如蜜水。

谢无妄那讳莫如深的黑眸中隐隐翻起暗潮，唇畔的假笑化开，他凉声道："不过此刻魔患未清，正道为先，本君与寄掌门的私事，慢慢计较。"

浮屠子早已拉过三个隐卫，将自己胖胖的身体藏到了后面。依着他丰富的经验来看，道君大人此刻已是怒不可遏，谁往前凑谁倒霉。

一只胖手小心翼翼地从最左边的隐卫身边探出来，将一角紫袍拖回去藏好。

"魔？"寄怀舟蹙眉。

非我族类，其心必异。与妖魔相比，修士之间的争权夺利的确只能靠后。同族相残不过为名为利，妖魔兴盛那可是灭绝之灾。

谢无妄的声音更加温和，丝毫没有嘲讽之意："寄掌门不见眼皮下的魔患，倒是关心万里之遥的西域，当真是高瞻远瞩。"

只听语气，寄怀舟还以为谢无妄在夸奖自己呢。他总算是后知后觉发现，药王谷那边好像不太对劲。

两名长老已将钉入音之溯后背的泛红魔针一一取出，放在一只银质托盘上。

此针十分邪恶歹毒，嵌入体内便开始吞噬音之溯的血肉，此刻一根根都隆了起来，就像是吸过血的血蛭一般，一眼望去，恶心又可怖。

"掌门！"寄怀舟身后之人再度低声地提醒，"莫要中了旁人诡计！"

寄怀舟再是迟钝，此刻也意识到哪里有点不对。他缓缓收剑，偏过头，看着这位平时闷不吭声的长老："葛长老，你与道君莫非有仇？为何一味挑唆？"

此人瞳孔明晃晃地一缩。寄怀舟了然点头，转过头，不再多说。

他的目光不自觉地往谢无妄那里一瞥，只见宁青青站在谢无妄身旁，脸上并无半丝阴谋得逞的模样，而是微抿着唇，垂眸看着脚下，神色颇有几分失落。

他急急转开视线。这么聪慧的女子，怎会三百年间默默无闻？想来，是被金屋藏娇了。

也是，这样的坏东西放到外面，实在是个祸害啊。

寄怀舟眸光微闪，望向谢无妄。只见谢无妄依旧是那副漫不经心的从容模样，他从黑色广袖中扬出一只冷白的手，修长如玉的手指微微一动。很快，便看到数名身穿暗红服饰的刑殿刑官护送着二十余人顺着山道蜿蜒而来。

远远望去，有男有女，有老有幼。

还未走到近前，便听药王谷谷主夫人连雪娇长吸一口凉气，清秀的面庞微微扭曲，眸光乱晃，一望便知心虚。

"不，不是的，不是的。"连雪娇抱住身边的音朝凤，"不要，不要听他们胡说，我儿什么也没有做错，那些事情和他没有关系，没有关系的！为什么要把这些人找来啊？他们的事情早已经算清楚了！"

这位慈母慌得快要昏厥过去，翻了几次白眼，生生强行撑住，她知道，这里能帮助儿子的人，只有自己一个了。

很快，以虞玉颜为首的刑殿诸人来到面前。

虞玉颜今日仍是浓妆覆面，容颜极艳，神色却是冰冷如霜："禀道君，属下已查过所有意外身亡以及无故离开药王谷的女弟子，亲人尚在世且知晓内情的，已悉数在此。"

连雪娇捧着胸口，快要透不过气来。音朝凤倒是不再装出温润的模样，他知道自己已是穷途末路，不等那些人指证，便垂着头，低低地笑了起来。

斯文俊秀的人毫不掩饰地展露恶意，更是有种难言的阴邪。

"不必麻烦了。"他慢吞吞地说，"是，那些死的、疯的蠢女人，都是出自我的手笔。那时我还小，不懂得兔子不吃窝边草的道理，害得母亲替我劳累，处理那些善后事宜。"

此言一出，药王谷众人俱是倒抽凉气，惊愕不已。

"后来我便不会再留这样的祸患，只是略施小计，让她们守口如瓶。"音朝凤微挑着眉，"人嘛，总是要经历无数不完美的失败，才会一点点地进步，我倒是没想到，道君能把这些陈年旧账都翻出来，算是我小瞧天下共主啦！道君技高一筹，在下愿赌服输！"

他抬眸用挑衅的目光望向谢无妄，却发现谢无妄根本没看他，精致冷峻的男人似在琢磨着什么大事，神色有些不耐。

音朝凤嘴角微抽，莫名受挫。

"凤儿！别胡说，别再胡说了！"连雪娇已慌乱得语无伦次，"不关你的事啊，她们明明是自己求而不得，你只是不喜欢她们而已，不是你的错，不是！你，你只有一个，哪能分给这么多人，是她们不自量力妄想做少谷主夫人，是她们自己该死啊！你没有错，若是被很多女人痴恋就是错的话，那道君，对，像道君这样的男子，岂不是罪不可赦？"

"母亲，不用帮我说话了。"音朝凤笑着拍了拍连雪娇的手背，"你不记得了吗？我从小就和别人不一样，我没有人类该有的那些情感，从小我就知道。我想想，第一次是什么事情……你养的那只金雀被我捏死，我并不觉得这有什么不对，结果父亲便要打我，是你护着我，说我只是不懂事。"

连雪娇嘴唇颤抖，不停地摇头。

身穿青色长袍的音之溯站在一旁，静静地看着自己的妻儿，神色近乎悲悯。

音朝凤笑道："从你们的反应里，我知道这样是不对的。于是我开始隐藏自己，装出和别人一模一样的反应来，而且我很清楚，在什么情形下做出什么表现，可以给别人最好的观感，当然，这也是经过很多年的试错才成功的。呵呵，反正我从小到大一年一年试过来，看在别人眼睛里，只会以为我渐渐长大，懂事了，越来越温润体贴，是个值得托付的良人。至于那些女孩子……这么多年我仔细琢磨人该有的种种情绪和心理，自然可以轻而易举地让她们哭，让她们笑，给她们希望又让她们失望和绝望，甚至只要我有心，完全可以让她们为我去死，并且任何人都不会觉得这种事情与我有关……瞧瞧，这是多么棒的体验啊！不过最初的时候我做得不怎么好，给母亲惹麻烦了。"

连雪娇除了拼命摇头，已无法做出任何反应。

向来不问世事、游走于人世之外的音之溯，倒是叹息着上前，轻轻揽住连雪娇的肩膀，垂眸道："不必如此自责，我也有错，我们一起承担。"

"阿溯，救凤儿，救救凤儿，求你了！"连雪娇像是攥住了一根救命稻草。

"谁也救不了我了，母亲，父亲，"音朝凤笑道，"算你们倒霉，生了个怪物。今日我是难逃一死了，不过有那么多人给我陪葬，我死得也不亏！我要带着母蛊去死啦，中了魔蛊的诸位，很快，便能再次见面——别太想念。"

话音未落，只见他的身体再一次疯狂地膨胀起来，不过眨眼之间，俊秀的面容便已肿得如同猪头一般，胸膛像个吹大的鱼鳔般鼓胀起来，皮肤撑得极薄，破碎的衣裳散向四周。一缕缕仿若有生命的黑色魔息从绷得透明的皮肤底下显露出来，只待他的身体爆开，这些魔息便会无差别地污染周遭所有人！

"哦，对了，"音朝凤变了形的声音从撑成波浪形的巨口中飘出来，"道君啊道君，你以为你有什么资格审判我？在我给宁青青种下魔蛊之时，她的状态，可没比那些被我祸害的女子好到哪里去啊！也许我该道一声恭喜？恭喜昆仑寄掌门，帮着一个可怜的女人走出了阴霾，哈哈哈，那我就祝愿道君夫人与寄掌门百年好合啦……"

宁青青感觉到钳在自己手腕上的那只大手略微紧了一瞬。

谢无妄竖起另一只手，九炎极火席卷而上，狰狞魔物化成一道冲天火柱，顷刻间灰飞烟灭。

便在这时，只见连雪娇忽然撑脱音之溯的怀抱，神色如疯魔一般，直直扑向那一片仍在燃烧的极焰，纤瘦的身影投入粗壮的烈焰中，如飞蛾扑火，只传出半声凄厉惨号。

闻者无不耳根发软，腮帮浮满鸡皮疙瘩。这位溺爱弱子的慈母，终究难以承受丧子之痛，竟选择随他而去。

音之溯怔怔站在原地，眸色和唇色变得更加黯淡，像一朵合拢了全部花瓣的青莲。

第
三
十
五
章

不过眨眼工夫，音朝凤与连雪娇母子二人便化成略带腥臭的黑烟，向上盘旋了三五丈之后，彻底消失在天地之间。慈母那半声凄厉的哀号却仍旧回荡在众人心口，叫人脊背丝丝发冷。

青莲一般的药王谷谷主音之溯并无太大的反应，怔怔站在原地，唇色惨淡，眼珠一动也不动。

旁人不自觉地屏了息，心中也不知道是怜悯，是悲哀，还是憎恶。

谢无妄揽过宁青青，手指微微挑开她颈侧的衣领。魔纹并未消退，颜色反倒更深了些。

"魔蛊未解。"谢无妄的声音与平日没有任何区别。

音朝凤临死前癫狂的声音犹在耳畔。他带着母蛊死去，要那些中了子蛊的人陪葬。

"我来。"一道独特的声音幽幽传来，"我来试试。"

宁青青听到这个青莲般的声音，目光不自觉地被吸引过去——药王谷谷主，音之溯。

音之溯给她的感觉，与那朵大莲花极为相似，又淡又香。

此刻没有莲雾的影响，音之溯那双无神的眼睛里并无丝毫痴迷，他不再把宁青青错认成玉瑶。

看着他走到近前，宁青青认真地解释了一下："在大莲花那里时，我只顾着对付坏男人，没有及时告诉你我不是玉瑶，这是我的不对。我不是想要骗你。"

音之溯微微一怔，淡白好看的唇勾起柔和的弧度："无妨。失礼的是我。"

四目相对，音之溯的双眸中浮起星星点点的神采。

闻言，皱眉抱剑立在一旁的寄怀舟不禁心跳一滞，这个坏女人就是个骗子！所有的骗子都说自己不是骗子，她明明就是！骗了自己，又去骗音之溯！看看，音之溯都被她骗得眼睛冒光了！可怕可怕！着实可怕！

那一边，音之溯抬起右手，似乎想抚一下宁青青的头发，手伸到中途蓦然醒悟，急急蜷回手指，脸上浮起一丝苦笑。

手臂颤了颤之后，他极为果断地结了个奇特的手印，沉下声，对宁青青说道："把手给我。"

宁青青依言向他伸出手，却被谢无妄捏住腕脉摁下。

药王谷的人群中陆续爆发出声声惊呼——

"不可！"

"谷主不可！"

"谷主三思啊！"

谢无妄垂眸淡笑，扬袖拦住音之溯："逼死药王谷谷主的恶名，本君实不敢当。况且，音谷主这遍尝百草的神农体质，虽可舍命解万毒，却奈何不了魔蛊。休做无用之功。"

音之溯这是想以命换命，用他自己的命，去救宁青青的命！

旁人或惊或急，皆不如寄怀舟感受深刻。寄怀舟瞳仁震颤，抱住仙剑瑟瑟发抖。这也太可怕了。音之溯被她三句两句一骗，竟连命都给她！

要命！要命！音之溯就是明明白白的前车之鉴啊，若再不警醒的话，音之溯的今天，便是自己的明天。

不，不，一定不会的，自己有剑傍身。寄怀舟心惊胆战地吐了口气，幸好自己是一个有理想、有寄托的人，绝对不可能变成耽于情爱的傻子。

他欣慰而感激地抱住自己的剑，喃喃有声："放心，我永远不会背叛你！我寄怀舟就算是死，跳进魔渊去，也绝不会喜欢一个坏女人！"

长剑轻轻嗡鸣，剑柄微歪，像是撇了撇嘴。

那一边，药王谷众人一拥而上，单膝跪了一地。

"谷主万万不可！"

"谷主，那不是你的错啊谷主！"

旁人并不会像寄怀舟那样想象到奇怪的地方，在正常人看来，音之溯是因为痛失妻儿，追悔莫及之下，想要以命换命，一了百了。

"谷主无须这般自责。"一位须发皆白，脑袋形状肖似蟠桃的老者走上前来，拍了拍音之溯的肩，沉声道，"谷主醉心药道，自小便是这样的性子，其实并未刻意冷落过夫人与少谷主，此事虽然令人唏嘘，但平心而论，错不全在谷主啊！连嬷嬷，可否请你出来说句公道话？"

众人齐齐望向连雪娇的贴身嬷嬷。

只见那老妪满脸泪水，精气神全无，周身缭绕着死气，略显浑浊的眼睛里晃动着两丝火苗，像回光返照一般。她长叹一口气，哑声开口："其实我劝过夫人。我与夫人都见过谷主当初与玉瑶在一起时的模样，谷主的性子，本就是这样。当初，因为谷主总是心不在焉，神游天外，玉瑶也没少与他争执吵闹。这件事上，的确是夫人自己钻了牛角尖，倒是没必要苛责谷主冷待夫人。而且，夫人在教导少谷主的时候，确实带着些怨气，误导了不少。"

闻言，药王谷众人不禁面面相觑，望向音之溯的目光更加同情。音之溯在医道、药道上的造诣无人能及，不知挽救过多少性命。谷中弟子有问题向他请教时，他总是不厌其烦，一遍一遍地教到彻底明白为止。他没有半点架子，待人一视同仁，谷中之人无不尊重爱戴这位谷主，谁也不希望这样一位恩师人品有瑕疵。

这般想来，其实谷主也没什么大错，醉心医道药道，为的是救苍生，并非为了什么白月光而苛待妻儿。在成亲之前，连雪娇明明已经知道他是这样的性子，却还是嫁给了他。既已接受他是这样的一个人，为何又要斤斤计较呢？

音之溯动了动嘴唇，半晌，只叹息一声："是我的错。是我对不起玉瑶，是我耽误了夫人，也没教好孩子。怪我。"

连嬷嬷定定地看着他，神色隐有挣扎，片刻之后，似是下定决心，说道："罢了！罢了！罢了！人都没啦，也没什么好瞒的。"老妪朝着天空眨了眨眼睛，叹息道，"谷主啊，你实在是太过单纯！当初玉瑶之所以离开你，其实……原因都在夫人哪！"

闻言，音之溯迷茫地眨了眨眼，解释道："不是的，我与玉瑶在一起时，一心一意待她，与旁人绝无半点瓜葛。"

老妪摇着头，苦笑不止："是啊！在你眼中，夫人不过是一个普通病人而已，你待她并无丝毫不同。可是，夫人喜欢你啊，她总是待在你身边，处处留下自己的痕迹，在玉瑶面前说些误导的话，让玉瑶以为你和夫人私下做过不清白的事情，玉瑶自然要生气与你吵闹，可你却只顾着你的药道，没有好生向玉瑶解释，还说她无理取闹。"

音之溯摇头："那时我与连雪娇属实什么都没有，我问心无愧。若是玉瑶不走，我绝不会和连雪娇在一起。"

老妪轻笑出声。

周遭众人也齐齐恨铁不成钢地叹息起来。

宁青青耷拉着眼角，悄声嘀咕："不走才是傻子吧！说得这么好听，他终究还不是与连雪娇在一起了？"

"不是每个人都像他。"谢无妄淡声道。

宁青青摇头，摆出从容的模样："这你就不懂人类了。倘若一个人把希望寄托在别人的良心或是道德之上，那么这个人必定全盘皆输。玉瑶还算是聪明，知道有坑便及时逃走，音之溯容一个觊觎他的女子在身边，那么他必定要犯错，早晚而已！"

谢无妄不由得垂眸认真看了她一眼。她从前便是这样说的，但他向来不以为意。

她眯着眼睛思忖片刻，又道："所以，问题不在连雪娇，而在音之溯，因为哪怕没有连雪娇，也定会有别人。世间好男人那么多，又何必守着一个不好的音之溯？玉瑶肯定能找到更好的男人！"

旁观者清，聪明过人的蘑菇三下五除二便理清了脉络。

那一边，老妪轻声一叹："玉瑶离开之后，谷主你迷迷糊糊误食多情花，将夫人错认成玉瑶，与夫人成就了好事，因为责任，你娶了夫人。"

音之溯脸颊泛红，低低地道："那是一个意外。"

"意外？不是意外！"老妪笑了，"谷主你琢磨药道的时候向来神游天外，那多情花的花汁，是夫人特意涂在你常用的药勺上的，你哪里会有防范呢？"

音之溯怔怔张开口，脸色一寸寸变得雪白："什……什么？"

老妪摇头，悲哀地看着他："就算玉瑶没有离开，夫人还是会这么算计你。谷主啊，你太单纯了。你有没有想过，倘若在玉瑶未走时你便犯了这样的错，玉瑶该如何自处？她该有多么痛苦，要我说，玉瑶走得好啊，至少在她离开之时，你还是清白的。"

音之溯有些无措，神色茫然，就像一朵被暴风雨无情摧残的青色莲花。

老妪道："你愧对玉瑶，一直想等她回来亲口向她道歉，可是她再也没有回来。世间太平，谷主其实也知道，玉瑶再不会回来了。夫人陪着你、守着你，合籍几百年终于守得云开见月明，你总算接受了她，生下凤儿，我以为一切都过去了，往后只会是好日子，没想到终究还是逃不过报应哪！"

后头的事不必她说，旁人心中已经十分清楚。

连雪娇痴于情爱，自然会贪心不足，想要得到夫君的全部爱意，发现未能如愿，便心怀怨怼，不经意之间将心头的毒汁灌输给了自己的孩子，最终造成今日局面。

老妪摇着头，缓缓顺着山道往外走："老身本以为能将这些秘密带进棺材，不料白发人送黑发人……也是报应啊！说与诸位，只盼有则改之，无则加勉，莫到大错铸成之日再追悔莫及哪。谷主，你是个好人，好好活下去吧，那一切，不是你的错……"

众人唏嘘不已。连雪娇这个谷主夫人多年尽心尽力，付出良多。她比较看重权势，会刻意打压拙尖冒头的弟子，但药王谷的人大部分都与世无争，与她也算是相处十分融洽。她的辛苦与痴情，众人都看在眼中。如今听到真相，也无法简单地评判一句对错，只叹息着上前，稍微安慰音之溯几句。谁都知道，一旦世间风波平定，西阴神女便会应劫而逝。当初，他没能好好陪着她走过最后一程，还令她那么伤心，如今知道真相，音之溯心中不知该有多么痛悔。再多劝慰也只是隔靴搔痒，只盼他能自己想通。

音之溯站在原地，走着神，目光渐渐痴了。

当年的真相已然大白，但事情还没有结束。

谷道上，一个铁塔般的身影疾速掠到近前，蒲扇大手在身前一抱，厚唇微微向下垂，沉声禀道："道君，属下无能，未能查出音朝凤沾染魔物的线索。"

刑殿殿主，虞浩天。

看到这位出现，浮屠子忍不住将拦在身前的三个隐卫扒拉开，松开缩紧许久的肚皮，掂着手迎上前，准备与他交流一下蚯蚓减肥术的心得。

很快，一道又一道身影落下来，将搜集的线索报给谢无妄。

音朝凤往日出没的所有地方都被搜了个底朝天，却并未发现任何可疑之处，唯一一样稍微异常的，是在青城山的住处找到了一件煌云宗的弟子服饰，应当是音朝凤匆忙返回药王谷时不慎落下的。

另外，便是许多与音朝凤接触过的女子都有些神思恍惚，一副慕艾怀春的模样，可怕的是，不管好说歹说，这些女子个个都像武霞绮和黄小云那般，抵死也不肯说出"奸夫"的名字。

除此之外，再无其他发现。

音朝凤是何时何地沾染魔道，如何学得那些手段，魔蛊从何而来……都已随着他的身死长埋地下，成了不解之谜。

音朝凤带着母蛊化成灰烬，宁青青身上的子蛊却并未解。如他临死前所说，中了魔蛊的受害者，很快便能与他在泉下相见。

众人的脸色都不太好看。

"还有一事，"探查线索的刑官想起"事无巨细"四个字，垂首禀道，"前些日子，青城山有闹鬼的传闻，三名弟子声称看到死去的黄小泉出现在树林里，消失和出现都十分忽然。"

听到这个名字，宁青青恍惚想起了什么，下意识地开口问道："小狗？"

上一回迷迷糊糊想起一群人气急败坏地骂自己"竹叶青"，带头的人就叫黄小狗。

黄小泉，黄小犬，黄小狗。煌云三狗的"爱称"便是这么来的。

黄小泉死得很惨，他与母亲都死在煌云宗宗主的剑下，若真是闹鬼，怎么闹到青城山去了？

谢无妄眉目不动，淡声道："装神弄鬼。"

众人立刻想起了在音朝凤的住处找到的那套煌云宗的弟子服饰。音朝凤扮鬼？这个人到底把多少秘密带下了黄泉？

沉默片刻之后，药王谷一位须发皆白的长老缓声开口："世间之物相生克，毒蛇的巢穴附近，往往会生长着能够克其毒性的药草。老朽年轻时曾听过一个传闻，魔渊之下，大道孕育一物，名叫魔灵胎，此物能够消解一切魔毒。"

魔渊？

上古时期世间妖魔横行，仙门正道付出极其惨烈的代价，将魔物封印进魔渊，将妖族驱赶到毒瘴沼泽密布的万妖林。

魔渊之下的魔物多如星河瀚海，在那样的地方，的确很有可能自然长出克制魔毒的解药，只不过……下魔渊这种事情，古往今来从未有人挑战过。

魔物被封印在魔渊十数万年，那底下说是修罗炼狱也不为过，寻常人胆敢下去，恐怕还未站稳脚跟便会被众魔撕得渣都不剩。况且魔渊之下极为广袤，地势不明，有得进未必有得出。

寄怀舟怀中的仙剑"嗡"地一颤，带着他的心脏怦地一跳，脑海中自然而然地浮起了不久之前斩钉截铁的自语——"我寄怀舟就算是死，跳进魔渊去，也绝不会喜欢一个坏女人！"

惊恐的寄掌门下意识地摁剑后退，忙乱之下，不知怎的将仙剑拔出了剑鞘。

"铮——"冲天而起的剑意，就如一往无前的号角声。

众人齐齐看向寄怀舟。

"昆仑不愧是剑道之首！"药王谷长老感慨万千，"下魔渊，旁人闻之色变，寄掌门却是当仁不让，真是剑骨铮铮哪！除邪荡魔，治病救人，与我药王谷的理念一样，皆是一片仁者丹心！"

夸别人的时候，也要顺便夸一嘴自己。

寄怀舟一怔。不是，等等，我没有，是我的剑它在自作主张。

神游天外的音之溯也被剑鸣震得回了神："既如此，将谷中最上乘的净魔清心丹药以及疗伤圣药都取来，赠予寄掌门。祝愿寄掌门旗开得胜。"

众人连声称赞，嘤嘤嗡嗡聚成了一片繁花锦簇，想要出言阻止的葛长老噎得连打了七八个嗝。

寄怀舟眼角乱跳，解释的话被迎面扑来的声浪生生憋回了喉咙，只余喉结干涩地滚动不止。

谢无妄轻轻一笑。他的声音总有一种奇异的力量，再轻的一笑，都能让周遭的人声瞬间中止。

谷中静谧下来，谢无妄缓声开口："如此，青城剑派大弟子席君儒的性命，便交托给寄掌门了。"

言下之意，便是他的夫人，他自己会负责。

在谢无妄沉声向部下交代正事时，宁青青悄悄把自己的手从他那烙铁一般的手掌中抽了出来。

寄怀舟出剑的一刹那，她已闻到了惦记多日的信息素的清香，如那雪中松柏，锋锐、寒冽，带着一种坚强刚硬的味道，还能听见清越的声音，她想到了百折不挠的孢子把身体拖成椭圆、在风中努力前进的样子。

她激动得弯起眼睛，蹭上前去。

　　凑近之后，宁青青立刻就发现这股气息并非来自寄怀舟，而是源自他的剑。对蘑菇来说，人类和剑，并没有什么区别。她及时调整了方向。

　　在她接近时，寄怀舟的剑也像她一样激动，铮铮地低鸣着，剑刃上泛起道道寒光，像一只雄孔雀在努力开屏。

　　"你要去魔渊啊？"她问。

　　寄怀舟猛然回神，便见雪亮的剑芒之中，一张小脸熠熠生辉。她的声音像山泉一般清澈，又像蜜糖一般甜美。

　　寄怀舟身形更加僵硬，下意识地想要开口解释，说自己并不是为了她，可不知道为什么，话到了嘴边却怎么也说不出口。他艰难地转动着眼珠，看着她抬起一只手，抚上他的剑。

　　她的声音天真单纯，诚意十足，像情人间的私密耳语："哇哦，终于碰到你了，我好喜欢你，你也喜欢我，对不对？"

　　寄怀舟喉结狠狠一动，在心中惊声嘶吼：不，我根本不喜欢你！我只喜欢我的雪星剑！

　　他听到自己干哑的声音："你和离了吗？"

　　宁青青并没有任何反应，她正在一心一意地和她看中的剑"交谈"。她的眼睛弯得更加好看，明亮清澈的双眼中映着这柄雄姿英发的雪剑，菌丝柔软地探出来，和剑息碰触在一起，她非常自然地帮它修补了几处陈年顽疴。

　　"你一定要平安回来啊！"她郑重地交代。

　　寄怀舟胸中涌动着阵阵热流，正要点头，却听到她继续说："就算寄怀舟死了，你也不要放弃自己，一定在原地等我，等我变得厉害了，我会去找你。”

什么？她在说什么？谁死了？谁等谁？什么叫"就算寄怀舟死了"？他忽然觉得自己好像不认识"寄怀舟"这三个字了，谁是寄怀舟？寄怀舟不就是自己吗？

"铮——"剑鸣清越，郑重其事。

寄怀舟惊恐地望向自己的本命仙剑，只见这个不听使唤的家伙把剑息都拱到了她的脸上。

不是啊！他那么努力抗拒妖女的诱惑，谁知道妖女竟是在勾搭他的剑！不是！雪星！寄某这厢还发誓要为你守身如玉，你怎能如此无情？

寄怀舟浑身都凌乱了。

谢无妄交代完正事，一回头，发现宁青青正依依不舍地挥手，寄怀舟的背影失魂落魄。他的眸色渐暗，气息和情绪消失无踪。

他知道这个女子的杀伤力有多大，被她那双眼睛定定地看着，总能勾起心底最狂浪的火气，恨不得将她像花瓣一样揉碎，纳入骨血。

他从未想过她会看着别人，胸中有炽火渐烈，他一时分不清，这是奔腾的炎火，还是暴虐的杀心。他要将她抓回怀里，掐住她的下巴，逼迫她只能看着自己一个人。

正待动手时，忽然接到白云子略带惊惶的传音："道君！后山封印破了！"

上古凶兽。

谢无妄眸中翻涌着黑暗的情绪，冷声交代："带夫人回。"

修长挺拔的身影随风一晃，消失在天地之间。有正事时，他绝不会计较半点儿女情长。

浩浩荡荡一行人离开药王谷。

浮屠子皱紧两道飞蛾一般的眉毛，忧郁地掐着手指："哎呀，我掐指一算，今日诸事不宜哪！不祥不祥，十分不祥！"

宁青青眨了眨眼："诸事不宜……那也不宜出事、不宜死，还好还好。"

浮屠子被成功说服，无言以对。

虞氏兄妹二人冷着脸走在前方，这二人自带很不好惹的气场，即便虞浩天当众闹过那么大一个乌龙，旁人还是不敢在私底下议论半句。

离开谷地，众人纷纷御剑而起。

浮屠子的本命法器是一个巨大的算盘，宁青青身子小，可以整个窝在算盘上面。她刚坐稳，忽然看到前方两道灰色人影从半空落下来，口中鲜血狂喷。

"敌袭！"

光天化日之下，竟有人胆敢伏击天圣宫门人！对方显然是有备而来，既已动手，今日显然是不得善了。

虞浩天祭出一柄铁塔般的九棱大剑，迎到最前方，偏头沉声低喝："道君缉拿凶兽，凶险万端，不得传讯令道君分神！"

虞玉颜、浮屠子等人暗暗点头。

这几位都是合道高阶的能人，与谢无妄一接触，便知他在白淮淮墓中伤到了根基元火。旁人出事事小，道君无恙，这天下方能安稳！

虚空之中，波纹微微摇晃，身影一道接一道浮出。为首的几个人身披连体大黄袍，头上裹着厚重的黄色布巾，一望便知是西域楼兰城的高手。紧随这几个人身后，陆续踏出几批着装不一的修士。

领头那个裹着黄色厚巾的人视线冷冷扫过，用怪异别扭的腔调怒声喝道："谁把谢无妄放跑了！"

"哟！"一听这话，浮屠子可就不答应了，他挺圆肚皮，两道眉毛挑到太阳穴附近，嘲讽满满，"是怕爷爷让你死得不够痛快？就凭你们这些个东西，也值得道君亲自动手？"

虞浩天的脸色倒是郑重了许多："楼兰城主、西波道首领、剑鸳宗宗主、方氏家主、白氏家主，西北境这是倾巢而出？"

一个小个子的白袍修士踏上前来："道君谢无妄滥杀无辜，将我西域千里地域变成流沙赤土，此仇不报，誓不为人！"

"不要废话了！杀光他们再找谢无妄算账！"黄厚巾的首领手中掐诀，直袭上前。

天圣宫门人纷纷祭出兵器直迎而上，双方立刻战成一团。

对方只有十余人，但个个都是合道强者，不过十几息之后，就有天圣宫的门人惨被斩杀，血雨泼洒，惨叫连连。

一名眼尖的修士高声喊道："和浮屠子一起的那个是谢无妄的夫人，抓住她！"

虞浩天塔剑一劈，将那黄巾首领逼退后，沉声低喝："虞玉颜听令！"

虞玉颜正与另外两人缠斗，闻言立刻抗拒地喊道："兄长，我不走！"

"令——协助右前使，护送夫人回宫。"虞浩天身形暴涨，杀气直冲云霄。

一枚铁血令箭射向虞玉颜，她当空接过，蓦地咬破下唇——兄长这是将殿主令交给了她。

浮屠子早已在虞浩天开腔的那一瞬间掉转算盘，向着北面飞掠而去。

"嘿，我记住这几个逆贼了！等着，等我叫人来，扒了他们的皮！"

西域修士分人来追，被天圣宫门人用命死死拖住。

虞玉颜掠到近前。

"右前使。"虞玉颜冷声道，"能跑多快跑多快，只有我们逃走了，后面才能多活几个。"她冰冷的目光扫过坐在算盘上的宁青青，忍不住讽刺道，"若不是为了护你，兄长他们大可以且战且退！害死那么多人，你就丝毫也不愧疚？"

宁青青抬眸看她，迎着虞玉颜愤怒的目光，平静认真地说："不是的。如果没有遇到你们，我只会好端端地种……住在家里，守着我那小小一块地方。我不想出来，也没有图你们的东西，更没有害人，只是我和你们一起遇到了不好的事情而已，相互责怪就很傻。"

虞玉颜俏脸白一阵红一阵，分明不忿，却说不出话来。

"嘿，夫人说得极是！"浮屠子顺嘴拍了个马屁，被虞玉颜狠狠剜了一记白眼。

三个人穿过一大片厚重湿冷的云层，看见左前方的平原上耸立着一座四方城池。白日里，街道上密密麻麻挤着不少人。

虞玉颜眸光一沉："不对。此地位于天音阁与淮阴山的交界地带，怎不见一个御剑之人？"

话音未落，便听身后传来重剑破空的飒飒声。

回头一看，虞玉颜惊愕地张大了口："兄长？"

来者正是虞浩天。他身上伤痕密布，额头也流着血，喘声十分粗重。

虞玉颜与浮屠子停下来，对视一眼，面露担忧。

"快……"虞浩天吐着血，伸了伸手臂。

二人急急搀住他，不料变故陡生！

只见虞浩天阴声一笑，双手疾点而出，瞬间击碎虞玉颜与浮屠子的丹田，封锁二人灵力。

"兄长？"虞玉颜震惊之极，被回涌的鲜血呛得咳嗽不止。

这世间虽有易容之术，但绝不可能骗过至亲之人，而且此人身上的气息正是虞浩天无误。

浮屠子的肚皮狠狠回弹，一行鲜血顺着嘴角缓缓流下，整个人都傻了。

"好好在这座魔尸城里等着谢无妄来救援吧。"

虞浩天双手一震，一胖二瘦、一剑一算盘直直坠向下方诡异的危城！

风声在耳旁呼啸，浮屠子的胖手下意识地抓着宁青青的衣领，声音被罡风吹得断断续续的："夫人可以拿我当肉……肉垫！摔、摔不坏！"

虞玉颜震惊之下心神失守，开始在空中打转："兄……长……"

虞浩天并没有追击这三人，他似乎对自己的手段非常自信，出手之后径自转身离去，不需要验收战果。

宁青青冷静地看着这个铁塔般的身影消失，然后探出菌丝，细密的菌丝像一张玉青色大网，在半空迅速铺开。她捞住剑、算盘及虞玉颜，像一张蛛网网住了几只小虫子。无数碧玉般的小菌丝绞缠在一起，不断向着上方延伸，菌丝越聚越多，肆意生长。终于，就像蘑菇破土而出一样，"哗啦"一声，在头顶上方撑起一只漂亮的玉青色大伞帽。它看起来极为通透润泽，阳光穿过半透明的玉伞，在三个人的身上映下一道道流转的翡翠光泽。

虞玉颜和浮屠子的眼睛里浮起惊艳震撼。

　　下坠之势减缓了许多，可惜浮屠子实在是太胖，沉沉吊在伞帽下方，继续坠向那座城。

　　"扔了胖子。"虞玉颜缓过来，冷声道，"为道君夫人牺牲，是我们做属下的本分。"

　　浮屠子嗷嗷怪叫着，努力拧腰折肚，将降落伞往城外扯："姓虞的，你狠心狗肺啊！早知道你是这么个忘恩负义的东西，当初我就不帮你给道君送情书了！"

　　就算死也要拉一个垫背的，浮屠子果断在夫人面前出卖了虞玉颜。

　　"扔了他！"虞玉颜凤目含煞，"再拖延就来不及了！四面城门都关着，只要落到城外就安全了，魔尸出不来！"

　　宁青青无语地看着这两个智力明显不够用的人类："没听到铁塔蚯蚓说什么吗？"她恹恹地垂下眼角，"他要用我们把谢无妄骗过来，所以，这座城外肯定有陷阱，掉到外面会死得更惨！"

　　虞玉颜抿住发白的双唇，恨声道："丹田破碎，灵力被封锁，哪怕不受任何干扰，至少也需要七个时辰来调息修复才能稍微恢复一些实力，在此之前就是废人！这七个时辰怎么办？下面都是魔尸，进去只有死路一条！"

　　"哼！"浮屠子阴阳怪气地说，"那还不是拜你的好哥哥所赐。"

　　虞玉颜怒道："那是贼人假冒！"

　　"哦……"浮屠子拉长了腔调，"连自己亲哥都认不出来，你真是蠢得无药可医。"

　　虞玉颜被说得一噎。

宁青青忧郁地耷拉下眼角和嘴角，带着这么两个咣啷响的人形拖油瓶，真是愁死她了。

说话间，四方城池近在眼前。隔着百余丈便能闻到冲天的血腥气息，定睛望去，只见墙壁、地面上到处都是斑斑血迹，血色发黑，而那些游荡在城中的人，个个姿势怪异，缺胳膊少腿，身上满是血渍脏污，露在外面的皮肤呈现出一种死气的灰黑。

"要是没有魔尸王的话，还能稍微撑一阵子。"虞玉颜道。

"呵呵，"浮屠子毫不留情地说，"就你现在这个姿势砸下去，能砸扁三只。"

虞玉颜完全不想再和他说话。她知道这胖子在气她。魔尸王实力大约相当于九重天的炼虚修士，因为不怕痛不怕死，并且全身都是魔毒，所以即便是合道修士，在对付它们的时候也是十分头痛。要是她这么一摔能砸到三只，那以胖子的身材起码可以砸到九只，小小一块地皮便有十二只魔尸王，修士还活不活了？

虞玉颜并没有意识到自己居然被这死胖子带偏了思路。

宁青青无视斗嘴的两个幼稚人类，小心地操纵着伞帽调整方向。灵活的菌丝们分分合合，借着风力，成功让这一团奇怪的东西向着魔尸较少的西南角飘落过去。

眼见快要抵达地面，宁青青忽然发现虞玉颜的动作有些奇怪，似乎正在从乾坤袋里往外掏东西。所有灵宝都需要注入灵力才能使用，此刻虞玉颜灵力被锁，她要拿什么？

不对劲。

经历了虞浩天偷袭事件之后，身为一只聪明又谨慎的蘑菇，宁青青立刻提起十二万分的警惕，装作没注意到虞玉颜的小动作，一边调整方向，一边悄悄用菌丝从她身后包抄过去，准备阻止她行凶。

只见虞玉颜摸出一面银镜，左右照了照，然后摸出一张红彤彤油亮亮的厚纸片，放在双唇之间抿了又抿，发白的嘴唇迅速恢复了艳丽色泽。

宁青青："咦？"人类真是莫名其妙的生物。"要着地啦！"她提醒道。

虽然灵力被封锁，但这二人身手还在。虞玉颜收起梳妆匣，摊开双臂，身体微蹲，准备迎接落地的冲击。她别别扭扭地对宁青青说了一句："喂，要不然我背着你啊，这胖子靠不住。"

"喊，用你假好心？"浮屠子双臂一环，护住宁青青，然后把短腿缩上来，整个人蜷成一只圆滚滚的球。

宁青青收掉菌丝。她的菌丝非常脆弱，如果用它们来承受冲击的话，肯定会断掉许多。

"轰！"

"咚咚咚！"

虞玉颜和浮屠子同时落地。听声音就知道，这两边画风差距甚大。

宁青青觉得自己摔在了一只大水球上，有点好玩，落地之后还连弹好几下，才缓缓稳在原地。

浮屠子摊开四肢，放出宁青青。

灰尘弥漫，一丈之外人畜不分。脚下的青石板砖碎得乱七八糟，虞玉颜左腿微瘸，从自己砸出的坑里爬上来——合道修士的肉身是强悍的。

"快走，动静太大，整座城的魔尸很快就会被吸引过来。"虞玉颜脸色有些臭，"你我用不了灵力，总不能指望她吧？"

"嘿，这话可有意思了！"浮屠子把腰身扭出一圈波浪，"端起碗吃饭，放下筷子骂娘？方才谁救的你？谁救的你？"

虞玉颜立马急了："死胖子你这是什么意思？我又没说她是弱鸡，你冲我发什么脾气？"

"曜，这不是说了吗？你就是这么想的，白眼狼！"

"你！"

宁青青耷拉下肩膀，生无可恋地往坑外走。

这里本有零星几只游荡的魔尸，此刻已经被砸成几摊散开的墨花，就像被拍碎在墙上的蚊虫。巨大的动静吸引了四面八方的魔尸，隔着浓雾一样的灰尘，已能看到无数魔尸像赤黑脏污的潮水，从各条街道和巷子里涌过来，它们密密麻麻，望一眼便叫人头皮发麻。

漫卷的扬尘倒是暂时阻隔了近处的魔尸，它们睁着一双双没有眼白只有一片死寂的深黑眼睛，正在周围嗅来嗅去。

浮屠子与虞玉颜一左一右站定在宁青青身边，一人执着剑，一人抱着大算盘。

"只要被咬到一口，就不成了。"浮屠子悄声说，"我掐指一算，这灰尘再有十来息就要散，要完要完！"

"少废话，缩后边去！"虞玉颜冷笑道，"区区几只魔尸，把你吓的！"

她扬起剑，跃出尘漫区域，一剑一个将近处四只魔尸劈翻在地，身形利落，英姿飒爽。

她成功吸引了潮水般涌来的魔尸们的注意，只闻嘶哑怪吼声伴着轰隆隆的奔跑声直袭而来，藏身在扬尘里的浮屠子不禁吊高眉毛，怒骂道："成事不足，败事有余！"

宁青青一听便乐了，因为她也这么嘀咕过谢无妄。谢无妄这么笨的蘑菇真是拉低了高等生物的平均智力水平啊！

虞玉颜倒跳回来。她穿着刑殿专属的暗红服饰，剑上沾了黑血，艳丽的眉眼凝着杀气寒霜，看起来冷酷极了。

她利落地把头一偏："走！"身影毫不停顿，像一阵香浓的风，从宁青青和浮屠子身旁刮过。

虞玉颜边走边道："西南方向有个谷仓，魔尸被我引诱，此刻都在往北扑，趁着灰尘没散，我们速速杀进谷仓去。我先行，浮屠子断后！"

"哇哦。"宁青青双眼一亮。

这一瞬间的虞玉颜，身上好像会发光，聪明又飒爽，还香！

三个人迅速穿过扬尘区域，从西南方向悄悄潜逃出来，只见潮水般的魔尸果然直往尘区北边扑去。不过前方的道路也不太平，距离谷仓还有百来丈距离，这一路上大大小小的魔尸有近百只。

三个人一现身，魔尸们立刻冲了过来。

这些东西嗜杀嗜血，没有意识。腥风扑面，灰黑丑陋的肢体狰狞可怖，一串串黑污的腐血黏稠地拖在身后，此情此景当真是炼狱来到了人间。

"杀！"虞玉颜举剑迎上。

身后的扬尘要不了几息时间就会消散，回头一望，只见尘中魔影幢幢，仿佛席天卷地的海啸已至身后，就要兜头砸下。

浮屠子挥舞着巨大的算盘，把侧后方袭来的魔尸一只接一只砸倒在地。

冲出二十余丈后，三个人便像是陷在泥沼之中，前行速度越来越慢。虞玉颜和浮屠子都被虞浩天击伤，无法动用灵力，再加上体力剧烈消耗，喘气声渐渐便重得如同水牛。

好几次，虞玉颜险些被飞扑过来的魔尸咬到腿脚。

身后，扬尘渐落，那一群铺天盖地的魔尸只要涌上来，这三个人便只剩死路一条。

"嘿！"满头大汗的浮屠子忍不住张口奚落，"假扮虞浩天这人，倒也不必扮得这么惟妙惟肖哇，连四肢发达头脑简单都要学了去吗？就这情形，我们仨怎么可能撑到道君来救援的时候？"

反正要死了，能刺虞氏一句是一句。

虞玉颜百忙之中回头剜他一眼："他是想要用我们来拖累宁青青，谁又能想得到元婴大圆满的修士能有这么……"

一个"废"字憋回喉咙口，因为虞玉颜看到，宁青青正弯着眼睛和唇角，用一种非常诡异的眼神看着自己。倘若换个人、换个场景，虞玉颜定会觉得眼前这人发自内心地喜欢自己，诚意足得让人不好意思拒绝。

"你真漂亮，真厉害！我很喜欢你啊！"宁青青由衷地赞叹，黑白分明的眼睛里波光晃动，像是落进了明亮的星辰。

虞玉颜冷不丁打个寒战，急急转开头，砍魔尸的动作更加利落了几分。

怎……怎么回事啊这个女人！受不了，完全受不了！虞玉颜的耳朵根悄悄泛起了一点红色。

不，不对，被她虚情假意地夸两句，脸红个屁啊！也不看看现在是个什么情况！敌人的意图其实很明显，就是想要把他们三人拖在这里，以他们作饵，设计谢无妄。

"但愿道君不要来。"虞玉颜的声音黯淡下去，"倘若拖累道君，那当真是万死难赎。"

浮屠子的眸色也暗了暗。

事情一桩接一桩，显然都是冲着道君而来。就算西域那五家联手也不该有这么大能耐，这一次的幕后黑手，着实是隐藏得极深，手段极高明啊。

"虞玉颜，"浮屠子有些走不动了，喘着粗气，"我这一身膘，够它们啃上半天的，你给我好好护着夫人走，否则我每天每夜都来找你玩！"

虞玉颜笑了："胖子啊胖子，这当口卖什么好，虚伪不虚伪啊你？分明是在劫难逃，你倒说得跟舍生取义似的。"

嘴上揭着他的老底，手中的剑倒是毫不含糊，一剑斩掉了咬住浮屠子衣摆的那只魔尸。

末路豪情冲淡了心头的憋屈，两个虎落平阳的合道大能继续抱起本命仙器，冲着涌上来的魔尸一通打砸。身后尘雾散尽，不计其数的魔尸如潮水一般奔涌而来！刺耳的嘶号声中，虞玉颜与浮屠子的喘声重得就像在拉风箱，唇角有鲜血沁出来，更激得身边的魔尸狂暴不已，情势愈加危急！

宁青青一直沉默地观察着周遭的一切，地形、魔尸、浮屠子和虞玉颜。眼看着身后追来的魔尸大潮即将与前方的尸流合二为一，她依旧不为所动。

"完了。"虞玉颜抵住剑，奋力推开一只咬过来的魔尸。更多的魔尸围上来，她已来不及将其斩杀，只能凭借蛮力暂时推开。

包围圈越来越小，越来越小……就像人被巨蟒紧紧绞住，每呼一口气，胸腔腾出的那一点空间立刻就会被它挤压占据，直到最后，再吸不进任何空气。

虞玉颜与浮屠子横着灵宝，堪堪抵住魔尸的扑咬。魔尸就要彻底合围，礁石上的小小蝼蚁，即将被汹涌的海潮吞没。二人面露绝望，连踢带踹，拖得一息是一息。

渐渐便顾头不顾尾，一只身材矮小的魔尸歪头咬向虞玉颜的手腕，另一只断腿的魔尸飞扑向浮屠子的侧臀。二人虽然有所察觉，但此刻已经顾不上了，眼见便要丧生尸口，宁青青神色一定，终于有了动作，菌丝悄悄探出，蚯蚓波动注入魔躯！

只见这两只即将成功的魔尸妖妖娆娆地拧了个身，连嘴巴都歪成了波浪。

菌丝蜿蜒游走，正前方的魔尸毫无抵抗之力，一只接一只倒在地上，像蚯蚓一样拱来拱去。

气喘吁吁的浮屠子红着眼眶及时拍上马屁："夫人威武！"

虞玉颜将脖子梗到一旁，嘴硬道："早干吗去了！"

宁青青倒是坦诚直言道："我得防着你们两个，万一还藏着虞浩天那样的坏人呢？等到你们真不行了我再出手，这样比较稳妥一些。"

虞玉颜转回头来，深深地看了她一眼。天真单纯却又不蠢的家伙，还真是有些不那么讨厌啊——仅仅是不讨厌而已。

歪倒的魔尸绊住后头涌上来的同伴，就像海潮撞上堤坝，倒卷回一层细碎的浪花。

三个人得到了短暂的喘息空间。趁着这片刻间歇，虞玉颜以剑开道，成功闯到了谷仓门前。街道上的房屋都装有大扇大扇的木窗，起不到防御作用，只有谷仓不同，眼前这扇门便是唯一的出入口。

抬手狠狠一推，没能推开，虞玉颜沉声道："里面反锁了。"

十余丈外，铺天盖地的魔尸越堆越高，扑撞到前方的先锋军摇摇晃晃爬起来，冲向这三个鲜美的猎物。摔在一起的魔尸也陆续翻身起来，再有七八息工夫便会涌到近前。

"撞！"她侧身让开。

浮屠子后退几步，挥着两条短胖的胳膊，挥起巨大的算盘，轰隆隆冲向门闩。

宁青青其实不太喜欢谷仓，任何一粒孢子，都不会选择狭窄逼仄的地方扎根。她继续打量着周遭。

"砰！"厚实的谷仓木门被撞开，里头居然藏满了人。

借着照进去的天光，宁青青三人都看清了一双又一双纯黑的眼睛。

谷仓之中，全是魔尸！

魔祸发生之时，许多人的想法和虞玉颜一致，躲进谷仓。谁知混进了一个感染魔毒的人，在一片深沉的黑暗之中，藏身谷仓的人全军覆没，想也知道那是何等腥风血雨、惨绝人寰。

魔尸号叫着从窄门挤出来，浮屠子扯着嗓子，吼得撕心裂肺："跑啊——"

三个人奔向西南，谷仓中的魔尸与街道上的魔尸大潮会聚，跟在身后飞扑追袭。

宁青青抬手指向城池西南角的瞭望木台："去那里！"

虞玉颜下意识蹙眉道："城楼至木台的铁板桥可以并行七八只魔尸，拦不住的！一旦被冲破，便再无路可退！"

从木台摔下去，那当真是掉进尸山尸海了！

宁青青道："你们两个不是需要七个时辰休息吗？我来守。"

"这样的话，岂不是……"虞玉颜美艳的狐狸眼中浮起浓浓的迟疑。这样岂不是把命交到这个自己向来看不起的娇弱女子手里了？

宁青青弯起眼睛："没得选择啦！你们只能信我。"

虞玉颜把脸转到一边。

浮屠子倒是立刻拍起了马屁："在属下心里，夫人和道君都是一样可靠的存在！"

虞玉颜心道这胖子身上最肥厚之处，恐怕就是脸皮吧？

三人匆匆杀上城墙。城墙上的魔尸都穿着铠甲，他们原是守城的将士，惨被魔毒感染。

铁架桥有三丈长。浮屠子踏上铁皮桥，蹬蹬一跑，桥体颤得人心惶惶。

"你给我轻点！"虞玉颜回眸怒斥。她的身体都被弹起来一尺高。

浮屠子难得心虚一回，把双手蜷在胳肢窝下，踮着脚，噌噌跑向瞭望木台，扶着半人高的铁皮围栏一跳，跳了进去。

"夫人？"二人趴在围栏上，探出上半身。

宁青青并没有过桥，她守在桥头，背着身挥了挥手："七个时辰，计时开始！"

浮屠子双眉快挑到了太阳穴外："不是，来这边，我们仨一起守啊！"

虞玉颜抿了抿唇，咽下满口血腥，沉着道："别废话了，速速恢复！"

至少在道君也进入这个陷阱时，这里的三个人千万不要成为累赘。

她定定望了宁青青一眼："我记住你了。"

一句示好的话，叫她说得要多别扭有多别扭。

二人盘膝坐下。

透过窄缝，隐约能看到那道纤细柔弱的身影端立桥头，像一根柔韧不屈的嫩竹。虞玉颜嘴唇微动，重重合上眼。

宁青青是有一点紧张的。

西南角动静太大，这会儿整座城中的魔尸都向这边涌来，她可不想被这种又脏又腥的东西咬上几口。

很快，跑得最快的魔尸到了面前。有胖子险些毁桥的前车之鉴，宁青青不敢把太多魔尸放到铁桥上。她留出三尺距离，在魔尸接近时，挨个儿渡入蚯蚓波动，然后抬起脚来，顺势把这些软塌塌的家伙踢到城墙下面去，很快就累得直喘气。

她体力不行，这么下去，肯定坚持不到七个时辰，铁桥就会被魔尸挤满。

思忖片刻，忽然灵光闪过，她想起蘑菇的菌杆。

宁青青微笑着点点头。她是一只非常擅长学习的蘑菇！她分出一部分菌丝，在铁桥边凝出一只合拢伞帽的蘑菇。它灵巧地弯曲着强健的菌杆，弹力十足，像拍苍蝇蚊虫那样，将变得绵软扭曲的魔尸一只只拍下城墙。

落到十余丈高的城墙之下，魔尸一只接一只摔得稀烂，层层叠叠，吸引了一群不明所以的同伴围在周遭。

很快，宁青青发现这些魔尸中，有许多是修士。他们体内仍有灵力，只不过那些灵力变得破碎混乱，狂暴不堪。菌丝在灌注蚯蚓波动的同时，顺势吸走了这些灵力，而这些灵力则尽数化为菌丝的养分。

怎么回事？原以为是一场艰苦卓绝的战役，没想到非但不用花费什么力气，反倒收获颇丰。

宁青青的菌丝以肉眼可见的速度变得更加强壮，搞得她都有些不好意思了，感觉就像占了虞玉颜和浮屠子好大便宜似的。

夜色渐渐降临，一轮巨大而明亮的圆月悬在侧边的天幕上，银白的光晕挥洒在这座城池中，粉饰了那些难看的血污，魔尸不再面目可憎，摇摇晃晃前来送死的样子反倒显得有那么一点蠢得可爱。

宁青青悄悄打了个哈欠。她忽然发现自己很傻，为什么要站着呢？她盘膝坐到干干净净的铁桥上，半晌，连坐着都嫌累，干脆身体一歪，侧身躺下，懒洋洋地挑着食指，云淡风轻地对付这连绵不绝的魔尸大军。

隔着三丈铁桥，调息至一个小阶段的虞玉颜缓缓睁开眼睛，下意识地透过铁围栏的窄小缝隙望向宁青青。

虞玉颜心头蓦地一跳！那道笔直柔软的身体已经倒在铁桥上，俨然是耗尽了所有。虽然她已经倒下，却还在顽强地坚持战斗，尽力为自己和浮屠子拖延时间！

春蚕到死丝方尽，蜡炬成灰泪始干。两句旧诗自虞玉颜心头浮起，到眼窝处，化作热泪滚滚而下。她忍不住想要起身去救宁青青，但是一想到对方的付出和牺牲是为了什么，虞玉颜立刻心酸地按捺住自己冲动的念头。

"夫人，请再稍微坚持一会儿……一定活着等我！我……我不讨厌你了！"

一股激荡的力量席卷虞玉颜的胸怀，是信念，是感动，她身上的气息开始翻腾涌动，被封锁的灵力震颤不休，疯狂冲击桎梏！这一刻，热泪冲头的虞玉颜忽然意识到从前的自己究竟有多么狭隘。谁说修为低微便是弱者？看看眼前这位，纵然已经不支倒下，却依然坚持战斗，这才是真正顶天立地的英雄啊！

宁青青并不知道虞玉颜想象了什么奇奇怪怪的东西，她懒洋洋地打个哈欠，换了个更加舒服的姿势躺平。

就在这时，城墙上下的魔尸忽然有了异动，攻击之势骤然变缓，宁青青诧异地抬眸张望，只见城墙上下的魔尸纷纷顿在原地，将歪歪斜斜的头颅狠狠低垂至胸口，左右退开，让出一条通道来。

通道尽头并未出现什么东西，却有一股阴沉幽森的诡异气氛，逐渐笼罩城墙上下。

起雾了。

灰黑色的薄雾蒸腾氤氲，带着魔尸特有的腥味，但是味道极浅极淡，淡得几乎让人产生错觉，以为是夜来香那种似香似臭的味道。

魔尸城，寂静无声，一具具魔尸如僵死一般，将头颅垂得更低。

宁青青心脏怦地一跳，脑海中下意识地浮起了虞玉颜与浮屠子提到过的东西——魔尸王。

谢无妄置身火海。

上古凶兽的冲击比以往任何一次都要激烈百倍，不过封印并未被彻底破坏，有一个异常精致的小火环，堪堪维系住整个碎裂得如同蛛网一般的封印主体。若无这最后一根稻草，凶兽早已破印而出。

谢无妄身上燃着极焰，火光之下，苍白俊美的脸上显出几分冷戾，广袖挥动间，狂火毫不留情地穿过破碎封印轰砸在那团雾兽身上。

　　杀意已按捺不住，但终究还是摁下了，谢无妄冷笑着，卷回一扇一扇海啸巨墙一般的焰浪，将它们一一封印回洞窟之中！

　　凄厉不甘的惨号声震荡着传遍整座圣山，凶兽的赤红血眸中阴森地淌下黑色的雾泪。

　　"当"的一声，封印再次落锁。

　　世人皆以为这头凶兽连道君也无法击杀，只能封印，其实不然。此兽乃是万妖之王，源自上古的血脉，天然压制世间一切妖兽，只有将其牢牢控制在手上，万妖林中的妖兽才会安安分分蛰伏在那片荒芜恶劣的泥沼。它若死了，妖兽便再无忌惮，定会倾巢而出，令这世间生灵涂炭。

　　谢无妄向来厌恶失控，习惯用极致森严的秩序，让一切牢牢操纵在自己的绝对权威之下。

　　冷沉的眸光动了动，再一次落向那个精致小巧的火环。它在他的意料之外，它立了大功。这是……她的手笔。

　　上次她为了加固封印而受伤，便是为了完成这一处火环扣吧。谁说她无用呢？她在控灵方面的造诣，无人能及。

　　冷白修长的手指轻轻抚过那个环扣，火焰中仿佛浮出了她的脸，温柔美丽，一双眼睛笑得天真甜蜜。她用那双小手找到了这个恐怖封印的破绽，那双小手，在他出行之前曾软软地扣着他的手指，拉着他躺在大木台上晒太阳。

　　她其实……美好之极。

解决了火焰封印，谢无妄回眸望向玉梨苑，苍白俊美的面庞上，一对水墨长眉微微蹙起。

保护玉梨苑的结界在这场灾祸中破损了一角，火焰舔进去，将宁青青最喜欢的大木台燎毁了一半。

谢无妄落到残缺的木台上。

这是她最喜欢的地方。她会伏在栏上看云海，会躺在木台上晒太阳。此刻，可怜的大木台已不复往昔光鲜亮丽的模样，它缺了一半，边缘焦黑卷曲，参差不齐，木质之间隐隐还能看到暗沉的火星，她抓握倚靠过的木栏也被毁去大半，并没有残缺的美感，只觉凌乱。半边木台化成灰烬，连带着她留在那些地方的姣好身影也在他的记忆中一点点灰飞烟灭。

他下意识地缓缓抬起手，一把握空，心脏仿佛也向着某个不知名的深渊失控地坠了一瞬。

他瞳仁收缩，紧盯住自己微颤的指尖，感受着陡然乱了节奏的心跳。他厌恶失控。

谢无妄垂眸，眸光森寒，本就苍白的脸色更是阴鸷得像鬼。半晌，伴随一声轻而低的笑，整个大木台脱离玉梨苑，呼啸着沉沉坠入万丈深渊。

俊朗挺拔的身影已掠回圣山顶，广袖一拂，道君轻飘飘地坐回巨大的銮座，掌控那无边的权势。他坐拥天下，区区一个木台，毁便毁了，再建就是。

他微眯着长眸，漫不经心地取出传音镜，随手抛在御案上。它剧烈地闪烁，像是坏了一样。

全无血色的手指轻轻搭在额侧，他小憩片刻，直到再无半丝情绪与气息波动，这才拿过传音镜，注入灵力。

虞浩天的声音闷且急："楼兰城、西波道、剑鸷宗、方氏、白氏联手偷袭，刑殿副殿主虞玉颜、右前使浮屠子护送道君夫人返回圣宫，中途失去联系，音讯全无！"

好一会儿，谢无妄唇角的浅笑一变也不变。半晌，他终于笑出声音，笑得身体前后微微摆动，他开口了，低沉悦耳的声音回荡在高阔的乾元殿中，一时无法分辨是阴森还是愉悦——

"找死。"

宁青青意识到，自己要独自面对一只实力相当于炼虚九重天的魔尸王。

和浮屠子在一起的时候，她很有求知精神地向他打听过人类修士的实力划分。她这样的，是元婴。元婴之上是化神，化神之上是炼虚，炼虚九重天，那就意味着再进一步便是合道。简单一句话——没得打，魔尸王扔出一根头发丝她都打不过。

"至少不能再躺着了。"宁青青摇摇晃晃地爬起来，躺太久了，腿有些麻，身体颤巍巍的。

此刻，打了鸡血的虞玉颜已在冲击最关键的瓶颈，再给她三十息，她便能冲破虞浩天留下的灵力封印。虽然丹田破碎、境界跌落，但瘦死的骆驼比马大，带着宁青青逃走肯定没什么问题。

"再给我一点点时间……"空气中已密布着那股似香非香的尸王气味，虞玉颜浑身冷汗，紧张得瞳仁剧颤。她看见精疲力竭的宁青青拼尽全力站起来，柔弱的身体已然不支，微微踉跄，就像秋风中一片簌簌发抖的落叶。

虞玉颜险些被心酸、悲恸的狂潮淹没，她眸色通红，发狠冲击桎梏："你给我再坚持一会儿！不许死听见了没有！"

因为侧卧姿势不对，导致腿脚和手臂齐齐发麻的宁青青并没有听到虞玉颜的心声。宁青青甩着酸麻的四肢，谨慎地把半边身体藏到竖在铁桥边的大蘑菇后面。

空气中的夜来香气味越来越浓，也不知是不是眼花，魔尸让出的通道间，仿佛有个黑影一晃一晃，时而凝聚，时而消失。

魔尸一只接一只站立不稳，扑通扑通跪了一地。它们的跪与人类不同，因为没有意识而是出于本能畏惧，所以跪的方式千奇百怪。有直接拗断腿的，有小腿撇向左右跪得奇异妖娆的，还有把脚扭到脖子上的，好好的恐怖气氛一下子变得非常好笑。

笃笃——右边肩膀被一个硬硬的东西连敲两下，毫不设防的单纯蘑菇猛地回头。

"啊啊啊——"内心发出尖叫的人是虞玉颜。她眼睁睁地看着魔尸王闪逝几下，然后落向桥头的大蘑菇，从背后包抄宁青青，向她伸出漆黑的魔爪，可怜的宁青青一无所觉。

"二十息！我还需要二十息……"虞玉颜忧心如焚，几乎咬碎银牙，小溪般的热汗顺着额头流下来，落进眼睛里，她大睁着眼，拼命用视线阻止魔尸王。

"住手啊——十五、十四……"

此刻她若动了，便会功亏一篑，三个废人将毫无挣扎之力地死在这里。虞玉颜不能动，只能眼睁睁地看着。

魔尸王高大的身影挡住宁青青，虞玉颜不知道她正在遭遇什么，只知道这个柔弱的女子再一次顽强地拖住了魔尸王，为瞭望台中的两个人继续争取时间。

虞玉颜的热泪涌出眼睛，混着汗液汩汩而下。

宁青青转过头，看见一张干枯漆黑的脸。

为了照顾她的身高，魔尸王稍微驼着背，把脸凑到她的眼前。它的黑手掐住她的肩膀，皮包着骨，就像一只风干的乌鸡爪。它缓缓张开黑洞般的大嘴巴，一阵腥臭扑面而来，差点把宁青青熏晕过去。

黑红交织的半腐烂口腔中，漆黑的獠牙在月色下反射着锋锐的光。它的喉咙里发出低低的吼叫，打算一口咬断她的脖子！

宁青青立刻凝聚足量的蚯蚓波动和醉花蜂功能，狠狠扎向魔尸王后颈。

扎不动。这个东西的皮肤像是一层薄金属，根本无隙可钻。它的身上也没有灵力波动，无法引发灵力共振。完蛋了！

"等等，我不是人，我是蘑……"

魔尸王显然不打算听她把话说完，巨口已逼近到她的颈项间，尖牙几乎碰到她纤细的颈。

她急忙抬起手臂来挡，心中委屈巴巴地想着，把手给它吃一口，它就知道自己不是人而是蘑菇了，这样的话它就会去吃后面那两个。

宽袖滑落，露出满是魔纹的手臂，魔尸王的尖牙触到魔纹，停住。它缓缓后退少许，一双纯黑的眼睛慢慢地转动着打量宁青青。她委屈巴巴，可怜兮兮，神色间倒是没有恐惧。

魔尸王垂下死灰色的眼睑，极慢极慢地眨了一下眼睛，没有表情的脸上居然隐隐浮起一丝欣喜。旋即，它捉住宁青青，像一阵狂风，呼的一声卷过城墙，从高处直直跃下。

宁青青的心脏一下子就提到喉咙口了，刺激！十分刺激！

"轰——"

魔尸王踩碎一栋木楼，落地时再度弹起，画着巨大的抛物线，迅速弹向城池中心魔尸最为密集处。

不会是要和同伴们一起聚餐分享她这只蘑菇吧？风声刮过耳畔，宁青青没有听到虞玉颜悲痛欲绝的嘶吼："夫人！"

宁青青正在天马行空地发散思绪，若要问她此刻有没有什么心愿，那自然是希望在魔尸们开始盛宴前，她能找到一个机会，把孢子撒满大地。

她缓缓偏过头，盯住这只瘦铁一样的黑色魔尸王。反正她现在也浑身魔纹，不然……凑合试试它的信息素？

她这副纠结又有一点色眯眯的神情落进魔尸王纯黑的眼眸中，魔尸王忽然迎风打了个小小的摆子，把她抓远了一点。

如果宁青青没有看错的话，魔尸王是在嫌弃？

它加快速度，掠进一座原本金碧辉煌，此刻血污密布的大宅邸。高且阔的镶金乌木巨门上，悬着一块巨大的牌匾，上书"城主府"三个大字，几行黑血溅在上面，像是给三个字画上了大叉。

奇怪的是，府中竟看不见魔尸。

魔尸王松开她，尖硬的手指戳着她的脊背，示意她往前走。

再往前，场景就更加诡异了。

悬在廊侧的两列宫灯竟是亮的，因为每一盏灯的灯罩上都溅着乌黑的血，所以那灯光变得阴恻恻的，透过污血间的缝隙撒下来，像暗沉的血光。盆栽被点燃，幽绿的火，缓缓地烧。

宁青青东张西望，倒是并不觉得害怕。这种黄泉系的配色也许可以激起人类心底的恐惧，但是对蘑菇来说，阴暗潮湿的幽森环境正适合居住。

不过这里的气味实在不好，血腥冲鼻。无论是鹅卵石铺就的花园小道，还是左右两侧的木质回廊，处处都能看到大段大段的拖曳血痕，还有些破碎残缺的肢体，能看得出来制造这些痕迹的家伙满怀恶意，十分恶劣。

虽然蘑菇不是人，但设身处地想想，倘若有人不吃蘑菇而是故意糟蹋它们，把蘑菇踩得遍地流汁，那可真是非常令人讨厌的幼稚行为啊!

踏上十级高阶,进入一间巨大的厅堂之后,前方便不再有露天的场地了。通道两侧的宫灯上都被抹上了血,保持着一贯的阴森风格,回廊和厅堂都位于室内,所有的木窗都密封着,整座建筑就像一个憋闷难闻的巨墓。

不知走了多久,视野忽地明亮开阔。

在这座奇怪的、被魔尸占据的城主府深处,竟然藏着一个大戏台。台上横拉着一块巨大的白色丝帛,宁青青看惯了脏污血腥,乍然看见这一块干干净净的白色丝帛,一时之间居然有一点眼晕,就像是自己的眼睛坏了,视野被抹除了一部分似的。

台上台下,灯火通明。

大约二十丈的厅堂中,零零散散地站着三十来人。魔尸王有十三四只,另外的那些,有的是吓破了胆的普通人,有的是被魔尸咬过、正在痉挛变异的感染者。

宁青青暗暗感慨,胖子说得没有错!如果降落的时候精准地砸穿这个大屋子的话,真的可以一下子砸中十来只魔尸王啊!她用菌伞改变方向,但最终兜兜转转还是回到了这里,这个就叫命中注定。命运既然让她到这里扎根,说不定就有繁衍的机会。

蘑菇这种生物是非常高级并且骄傲的,哪怕周遭环境再险恶,也无法阻止它们思考深层次的哲学问题。孢子在飞行的时候,可能会喜欢一朵花、一株树、一条鱼或者一个人,但这个随风旅行的种族非常懂得随遇而安、得失随缘的道理。它们不会纠结于任何一处路过的风景,因为最终的扎根之处,才是它们真正的归宿。

简单地说，如果真遇到适合的信息素，她就满意了。高等生物，无情如斯。不过，一旦她成功，那便永远不会再接受其他的信息素。高等生物，是有绝对洁癖的！

前方的动静打断了宁青青的思绪。

一只魔尸王扬起胳膊，将身边扭动不停的感染者抛上戏台，落到那块白色大丝帛前方。感染者身中魔毒，正在向着魔尸转变，临死之前的抽搐挣扎怪异而狰狞，脖颈向后拗出正常人类绝对无法做到的弧度，双手像麻花，又像鸡爪，悬在身体两侧抖动痉挛。

宁青青环视左右，发现魔尸王们的表情都十分严肃，场下一片寂静，偶尔传出牙齿磕碰、腿脚发抖触到衣裤的声音。

片刻之后，戏台的白色大丝帛上忽然映出一个巨大的影子。这个影子开始跟随着台上抽搐的变异者扭动，模仿得惟妙惟肖。若不是它的动作始终比变异者慢一拍的话，谁都会下意识地以为那是他的影子。

虽然一举一动都在模仿台前戏子，但可以清晰地看出来，它是轻慢的、不屑的、居高临下的，动作之间带着嘲弄，就像是看一只蝼蚁在掌心里挣扎。

台下更加安静，一个被魔尸咬过的感染者号了一声，立刻被身边的魔尸王扭了脖子扔到墙角。

宁青青赶紧抿住唇，悄悄缩起脑袋。这么可怕的皮影戏，就连蘑菇都有些遭不住。

她小心翼翼地转动着视线，没有找到影子的主人——看来是藏在幕布后面。身为一只蘑菇，她终于切身体会到浮屠子和虞玉颜口中所说的"幕后主使"的可怕了。

她……她这是找到幕后主使啦？

很快，被扔上戏台的感染者彻底变成魔尸，他不再抽搐，而是和外面的魔尸一样，迷茫地转动着眼睛，伸长脖颈嗅来嗅去。巨影消失在白色丝帛上。

一只魔尸王跳上戏台，拎起新鲜出炉的魔尸一巴掌拍死，然后大步离开这间半圆厅堂，台下的魔尸王们齐齐抬起双手，开始鼓掌。

"吾……皇……陛……下……神……威……"

喉咙中滚出有些含糊的声音，交织成一片恐怖的低嗡声。

宁青青震惊了，情报错误！谁说魔尸不会说话的？而且，它们似乎还有个魔皇。看那个影子，可真是好大一只啊！

她忍不住转头和身边的魔尸王悄声嘀咕："原来你们会说话啊？是故意隐藏吗？"

魔尸王瞥了她一眼，干枯的嘴唇动了动，脸上露出不屑："谁理……低等……生物。"

宁青青暗暗撇嘴。在最高贵的蘑菇眼中，这些魔物同样也是低等生物。低等生物之间还搞起鄙视链来了？真是笑死个人。

场间很快恢复寂静，一个又一个变异者被扔上戏台，供白幕后面的魔皇模仿取乐。

吓瘫在地的人，会被魔尸王咬上一口再扔到台上。另外几个人壮着胆子，装出生龙活虎的样子，上了戏台便在白幕前打拳跳舞，倒是提起了魔皇的兴致，让他们多活了好一阵子。

可惜体力终究有限，一旦动作放慢，魔皇的影子便会恹恹地消失在幕布上。魔影消失，前台戏子便只有死路一条。

宁青青很快就摸清了其中的门道，得一直蹦跶，并且变着花样地蹦跶，不能让幕后那个家伙感到一丝厌烦。

只爱种在土里的蘑菇幽幽叹了一口气。她能理解魔尸王们的难处，有这么能折腾的魔皇，它们想必活得也非常辛苦。鼓掌要整齐划一，马屁要拍得激情昂扬，明明无聊得悄悄打哈欠还得装出目不转睛的样子。当然，魔尸王们也轮不到她来同情，因为，此刻该轮到她上台表演了。

宁青青忧郁地耷拉着眼角。

不等魔尸王扔她，她就很自觉地抓着戏台边缘翻了上去，姿势行云流水。她晃了晃双腿，吊儿郎当地坐在戏台边，慢吞吞环视一圈，并不动作。

将她捉来的那只魔尸王威胁地龇了龇牙，作势要扑咬。很明显，如果她的表现让魔皇不满的话，这只魔尸王也要受牵连。

宁青青抬起手，菌丝落到戏台正中，潮水一般的小菌丝迅速蔓延铺展，很快便凝出躯干、四肢，以及一个圆圆的脑袋。影子落在幕布上，看起来就像一个平平无奇的人类。

台下的魔尸王们面面相觑。这个……好像也不是不行？先等等，看看陛下是什么意思。

那个巨大的黑影并没有出现——站在台上不动的人，是无法勾起魔皇兴致的。

沉默蔓延，众尸王转动眼睛，盯住那个捉了宁青青的家伙。

就在气氛越来越紧绷时，宁青青动了动手指，只见那个"菌人"的身体忽然向后仰倒，脑袋自后往前，从膝盖之间穿出来。

"哦？"魔尸王们瞪圆了眼睛，上来就这么刺激这么高难度？

巨大的黑影漫上白布，魔皇十分认真地模仿了这个动作。

宁青青完全不客气，操纵着菌人手脚一绕，自己把自己打成一个死结。

魔皇的影子不复之前的轻慢，它似乎犹豫了一会儿，这才慢吞吞地一步步照做。

看着它艰难地打完结，宁青青指挥这一团奇奇怪怪的东西，围着戏台开始弹跳，咚咚咚，越蹦越高。

形象？不存在的。

台下一片沉默，幕后那个东西也诡异地沉默了。

半晌，一个非常年轻的声音飘了出来："不要动来动去。"

宁青青耸耸肩，不动就不动。她把菌丝聚到戏台正中，酝酿片刻，左边胳膊扑通掉在地上，只连着一根微不可见的菌丝。

宁青青笑吟吟地道："不行只管说，不要不好意思，换一个就是，我会的可多了！"

闷闷的笑声传来，旋即，只听滋啦一声怪响，巨影扯掉了自己的胳膊。

原来这幕后主使是个傻子！

年轻的声音有一点飘："来而不往非礼也，你对我做的，待会儿都还你，很好玩的哦。"

宁青青丝毫不怵："哦。"

她操纵菌丝，捡起左边胳膊装了回去。

影子沉默着，也把胳膊强行装上，只不过怎么看都有一点歪。

聪明的宁青青不再继续招惹这个魔皇，她分出一部分菌丝，在这个菌人身边结成另一个人形，开始一通胖揍。

魔皇沉默片刻，把一只魔尸王召到幕后。很快，宁青青成功制造了第一起可怕的凶案。

杀了座下的魔尸王之后，魔皇的影子看起来还挺傻乐。

她不动声色，引导着魔皇把台下瑟瑟发抖的魔尸王一只接一只召到台后，挨个儿拆成了碎片。

魔皇显然并不在意手下的死活，它只顾着自己取乐。很快，十几只魔尸王都死了个干干净净。宁青青得意极了。聪明的蘑菇，不费一兵一卒就解决了这么多魔尸王！这么多！

"有意思。"那个年轻的声音呵呵笑道，"有人掉进陷阱啦！待我去杀了他，再来和你好好玩。"

巨大的白色丝帛缓缓飘落下来，宁青青紧张地退到戏台边缘——这个庞然大物恐怕一脚就能踩扁她。

"咦？"丝帛后面并没有脑袋碰着天花板的巨魔。

幕布继续降下，降到一人高，仍然什么都没有。

"走掉了吗？"她纳闷地偏着头。

白布继续落下，降到宁青青胸口这么高的时候，终于缓缓露出了一张五官精致的脸。

魔皇居然生得十分漂亮！只不过……它是个小矮子。

它踏着遍地魔尸王的残肢，冲着她眨了下右眼。

宁青青看着眼前的小个子魔皇。它披着一块大黑布，从肩膀罩到脚踝，光着足，披散的头发很乖顺地挂在耳后。这块大黑布看起来连袖子都没有，这让宁青青不禁怀疑它藏在幕后模仿别人的时候身上是不是什么也没穿，直到出来见人才随便披了块布。

它五官精致，脸庞看起来像一个十七八岁的漂亮少年，身量比脸蛋年轻了五岁左右。宁青青悄悄把心里"最好看的男人排名"变更了一下名次——谢无妄、矮魔皇、音之溯。多了个魔皇插队之后，可怜的音之溯从榜眼降至探花。

旋即，她后知后觉地反应过来，谢无妄不是人类而是蘑菇，于是她又把音之溯的排名挪回了第二。

魔皇、音之溯。

再一想，魔皇好像也不是人类，划掉，于是突然之间，音之溯莫名其妙就捡了个大便宜，喜做状元。

宁青青微挑着眉毛，感慨万千地笑了——生物际遇正是如此，柳暗花明，塞翁失马。

极其自我的高等生物在思考问题的时候，向来是不会理会周遭情况的。哪怕面前的小个子是比十三只魔尸王加起来还要更恐怖的魔皇，也无法让她打断自己金贵的思绪。

气氛陷入奇怪的沉默，魔皇眨了下右眼之后，见到宁青青对着自己摆出一副若有所思的模样，时而蹙眉，时而轻笑，表情既单纯得像个白痴，却又怎么看也看不懂。她好像有些遗憾，又好像十分高兴，片刻之后，她的眼睛里闪烁起"大愚若智"的光芒，好像赐赠了某人一份命运的馈赠。

魔皇默默把自己生长到尺把长的黑指甲藏回黑布里面。它说待会儿回来陪她玩，是骗她的。身为魔，最喜欢的就是折磨猎物，怎么残忍怎么来，猎物濒死时的恐惧、崩溃、后悔、绝望，那是点缀在杀戮之上的美味奖励。

魔皇原定的计划是，在宁青青以为她能够逃出生天时，将她的身体一部分一部分地撕扯下来，像撕碎一只破布娃娃那样，并且它已经为自己的暴行找好了借口——"看不起我矮？折了你的腿你就比我更矮啦，嘻嘻嘻。我本来都要走了，你不该这样看我，真是遗憾啊，意外不意外？后悔不后悔？"

然而事实和想象有些出入。她的脸上丝毫没有嫌弃，甚至连惊奇都没有，更不存在什么看得起看不起的意思。原本的杀戮理由不成立。它沉下脸。身为尊贵的魔皇，它不屑于做完全不合逻辑的事情，于是它打算重新找个借口来杀她。

几乎占满整个眼睛的纯黑眼珠缓缓一转，对魔族来说，最恐怖、最不敢想象的事情，便是背叛比自己更强大的魔。

魔皇有了主意——它要逼她辱骂人族至尊。她若不依，它就可以用残忍的手段来伤害她、逼迫她，直到她妥协为止。一旦她妥协，它就会阴恻恻地笑着对她说："我这一生，最厌恶的就是背叛主子的轻骨头！真遗憾啊，只要你再多坚持一下，哪怕一息，我就会放过你了哦。"

总之，她死定了！

它把眼睛弯成两条弧线，嘴角翘成月牙。

宁青青看着小矮子走到面前，笑容满面，看起来就像戴了一张喜庆的鬼娃面具。她眨了眨眼睛，很平和地微垂视线看着它，轻轻嗅了嗅。

也许人类在择偶的时候会在意身高，但蘑菇肯定不会——蘑菇杆太长了还容易折咧！

魔皇身上有股异香，与魔尸王那种半香不臭的味道不同，魔皇的味道是很纯正的，正是那种腐烂靡败到了极致之后，负负得正，酝酿出来的异香。一闻这信息素，脑海里就全是尸山血海。

这个口味就有点太重。

她礼貌地点点头。

魔皇开口了，露出非常尖利的小虎牙："你知道我要去杀谁吗？我杀谢无妄！你知道吗？谢无妄就是败类、禽兽、烂白菜！"

它把身体前倾，骂得义愤填膺。骂毕，等着她的反应。

宁青青对低等生物的智力水平感到绝望，她忧郁地告诉它一个常识："飞禽和走兽都是动物，白菜却是植物，谢无妄怎么可能既是动物又是植物呢？"

完美无缺的计划仿佛正在向着悬崖策马奔腾，魔皇暴躁地在原地打了一个圈，背对着她，凶狠地吸了两口气，把眼睛里爬出来的黑色虫藤和嘴角溢出来的蛇舌收回体内，然后转身，恶劣地看着她："我说，谢无妄他不是人！你说呢？"

宁青青吓了一跳："你怎么知道他不是人？是他告诉你的？"

魔皇被这个不按常理出牌的家伙搞得烦躁不已，抬手揪住自己的头发："你在说什么鬼话！谢无妄不是人是什么！是什么！难不成他还能是魔？"

它咽回了后续的暴躁嘲讽，因为它清清楚楚地看到，宁青青的眼神从惊奇变成了感叹。不必她开口，"魔"字一出，它就从她那双黑白分明的大眼睛里读到"你说对了"这四个大字。

沉默片刻，魔皇阴沉地打了个响指。一只身高是他的两倍，穿着斯文白袍的魔尸王从侧面推门进入厅堂，躬身上前。

"这个女人是什么身份？"魔皇嚣张地指着宁青青。

手一抬，身上整块黑布都扬了起来，像一只黑色大蝙蝠。

魔尸王小心地回道："吾皇，她正是陷阱中的饵，道君夫人宁青青。属下无能，刚刚才得知此事。"

"啊？"魔皇一下歪了嘴。

它挥退这个文雅的魔尸师爷，凑近了些，一双黑得乖戾的眼睛里微微闪着一点天真的光芒："所以，谢无妄真是魔……"

宁青青见瞒不过，便耸了耸肩膀："你不要随便告诉那些低等生物啊。我们高等生物不喜欢张扬，只想低调一些。"

她说的"我们",指的是自己和谢无妄这两朵蘑菇。不过听在自作多情的魔皇耳中,就以为包括了它。

"哦……"魔皇黑暗的眼睛一闪一闪。

她的语气过于骄傲,过于理所当然,刻骨的自负和睥睨,实在是颇有魔类皇族之风!魔皇抿着唇,扯起宁青青的衣袖,仔细看了看她手臂上的魔纹。

"原来如此!"魔皇忽然笑了,笑得没了眼睛,"难怪那些老家伙不惜求着我这个邪魔与他们合作,敢情是想骗我们魔类相残呀!我和谢无妄无论哪个死了,都能高兴死他们!"

宁青青虽然对人族之间的钩心斗角没有任何兴趣,但是她也知道有人在背后算计谢无妄,而且已经牵连到了自己。

她问:"那些老家伙是谁?"

魔皇压根就没有保密意识,它抬起长长的黑指甲挥了挥:"就那几个老东西,寄如雪什么的。"

寄如雪。宁青青记下了,心中更加得意——看吧,高等生物出马就是不一样。她可是记得清清楚楚,浮屠子和虞玉颜曾说过幕后主使厉害得很,一群修士查来查去都没查出线索。修士们束手无策的事情,在她这里却是手到擒来。

蘑菇和人类住在一起,当真是扶贫啊。她有些得意,有一说一:"早晚有一天,他们会叫我'蘑神'。"

连它都不敢自称魔神!这小妞,心真大,路子真野,真敢想啊!魔皇真是越看她越喜欢。好玩,有趣。它从没杀过这么有趣的家伙!

"那这样，"魔皇说，"我先按兵不动，等到他们和谢无妄拼个两败俱伤时，我再杀出去灭了他们！哼哼，那些老东西以为我不知道他们暗中做了什么手脚！他们设了个灭魔阵，想等我给了谢无妄致命一击之后，开启大阵再灭了我，他们想不到的是，我早已在地下挖了个魔池，一旦启阵，阵眼就会被魔息污染，反倒变成一个诛仙阵！他们，一个都别想跑！"

这个本来就是它的计划。只杀谢无妄怎么会够？人类既然与虎谋皮，那必然要承担被虎反噬的后果。它本就要把这些主动送上门来的仙门中人一网打尽，此刻既然看上了谢无妄的夫人，那更是要把陷阱里面厮杀的双方全部干掉！它愉快地龇起尖牙，笑得乖戾邪性。

极远处传来轰隆隆的声音，像是地动，又像是滚雷。脚下的大地隐隐震颤，震感奇异，像是空中的冲击波轰击在地上，荡出圈圈涟漪。

"打起来了。"魔皇歪着身子，眯起眼睛，"听——有人的身体被撕碎了，啊，真是悦耳动听的声音！我真是迫不及待想要吸干他们的血了。你，留在这里。"

宁青青觉得自己不是很安全，眨了眨眼，问："你有没有那种很厉害的令牌？能保住我在魔尸里面七进七出的那种？"

魔皇仰高脑袋，发出不屑的嗤笑声："我不需要什么令牌。"

宁青青随口道："没有吗？没有就算了，没关系的。我就是觉得认识魔皇很有面子。"

魔皇睁了睁眼，心里有一点暗爽是怎么回事？它歪着脑袋犹豫了一会儿，慢吞吞地从黑布下面探出一只手来。只见它左手的小指十分奇特，非金非玉，雾霾灰的颜色，却因为材质而显得贵重高级。它"啪"的一声掰下这截指骨递给她。

"喏，拿着这个出去试试，上面有我的魔息！"它把下颌扬得很高，"这是我身上最硬的地方！"

"唔……"宁青青接过指骨，和魔皇一起离开了这间失陷的城主府。

西边的天空电闪雷鸣，火光熊熊，天雷勾动地火也不过如此。宁青青见识过谢无妄的火，远远看上一眼，就知道果然是谢无妄来了。那火，红得像血。

"连浮屠子和虞玉颜都知道这是陷阱，他还往里跳，哪有这么笨的蘑菇！"她忧虑地叹了一口气。

此刻天空已隐隐泛白，城池西南方向传来打斗摔砸的声音，幸好城外的动静太大，城中的小战斗并没有惊动魔皇。

宁青青握住手中的魔皇骨，向着西南面飞奔而去。她很有自知之明，知道凭自己一个的力量根本不可能阻止谢无妄那边的战斗，此刻能做的便是尽快与浮屠子、虞玉颜会合，与他们分享自己新鲜到手的情报，然后借助他们的蛮力一起行动。

借力，向来是聪明才智的一部分。

街道上堵满魔尸。宁青青一露面，它们立刻号叫着扑过来。

说不紧张是假的，哪只蘑菇也不希望自己被吃，尤其食客还是这种狰狞恐怖的家伙。如果一定要选的话，两害相权取其轻，宁青青更愿意被一个长得非常漂亮的家伙有风度地、有条不紊地吃掉，牡丹花下死嘛。

宁青青心脏怦怦地跳，眯着眼睛，举起手中的魔皇骨！

"砰砰砰！"

在她亮出这截断骨的瞬间，尸潮仿佛撞上了一堵无形无影的墙，一只只魔尸噼里啪啦地摔在原地，势头最猛的竟然当场拧断了自己的脖子。

恐惧继续向四周蔓延，就像有风刮过麦田，一茬茬麦浪整整齐齐地倒伏下去。整条街道上的魔尸眨眼间全趴在地上，远处的尸群也未能幸免，不过十几息的工夫，视野里再没有第二个直立行走的东西。

她放出菌丝，凝出一根结实的大菌杆，将挡住她去路的魔尸一一拍飞。穿过三条街之后，宁青青发现前方的魔尸分布明显有些不对。

脑海中念头刚刚一闪，只见左侧三楼实木酒肆忽然轰隆倒塌，向着自己兜头砸下来！

还没来得及惊愕，便见这座扭曲坍塌的木楼上方，跃出一个非常奇怪的东西。它下半部分身姿非常窈窕，上半部却是一个巨大的圆滚滚的球形。

"给我去睡！"凌厉的女声伴着一道凶残的剑气兜头罩下。

看着这个遮住朝阳的东西，宁青青微微露出一丝茫然。

"住手啊！这是夫人！虞玉颜你要谋逆吗！"熟悉的怪叫声响彻耳际。

剑气猛地拐了个弯，像割麦一样荡平了半边街道的魔尸。

"轰!"怪物落在宁青青身前,眨了眨眼。

原来,是虞玉颜背着浮屠子。她扒了浮屠子那件巨大的紫色外袍,拆成一条条布带,就像用襁褓背着婴儿一样,把这个庞然巨物背在背上,好似扛着一座山。

宁青青敬佩地看着这个被生活的重担压垮脊梁的女子。

虞玉颜微弓着背,脸色十分难看,她把脸拧到一边,冷声说道:"我先去找过你,找不到才回去救胖子。你放心,就算你死了,我也永远不会再追求道君,你不用怀疑我居心叵测。你居然没死,倒是比我想象中厉害一点——也就一点。"

宁青青听不懂那些九曲十八弯的心思,不过被夸奖她还是很高兴的。她一挥魔皇骨,魔尸更是窸窸窣窣如退潮一般避向远处。

"嘿嘿,"她弯起眼睛,神采飞扬,"我比你想象中的厉害多啦!看到这些魔尸没有?我让它们跪,没一只敢站着!"

虞玉颜明显呼吸一滞,耳根诡异地开始发红,这……这女人怎么回事啊?竟然该死的有魅力!

浮屠子就直接多了:"夫人神威盖世!我早就知道夫人必定安然无恙,在我执意坚持之下,好说歹说,虞玉颜才勉强同意前往城主府接驾,这个女人坏得很!哦,还有,这个埋伏也是虞玉颜设的!要不是我及时提醒她的话,她都伤害到夫人了!"

虞玉颜气得凤目竖立:"胡说!不是你说魔尸全跪了前面肯定有魔尸王的吗?再说,要不是为了救你这个废物,老娘早就在城主府七进七出了好吗?"

"呵,"浮屠子悠然道,"还不是因为你破不掉城外的结界才回来找我？要是能走，你早就远走高飞了好吗？你们兄妹俩，无利不起早，市侩！"

"那我有没有救你啊？你说！老娘就该看着魔尸啃了你这一身肥膘，肥肉啪啪作响，正好给你自己鼓掌喝彩！"

宁青青头疼地垂下眼角。谢无妄的人，可真不靠谱啊。她叹了口气，幽幽道："别吵啦，再吵，可以准备给谢无妄收尸啦。听我说。"

那两个尖叫鸭子一样的家伙立刻就噤了声。

宁青青努力提了一口气，但声音依旧懒洋洋的："一个名叫寄如雪的人，和魔皇联手设下了这个陷阱，外面有灭魔阵、诛仙阵，反正大概就是大家同归于尽的意思。"

高等生物，一针见血。不管谁设计谁，谁反设计谁，总之在这个局里的人，谁也讨不到好处。

虞玉颜和浮屠子的表情变得无比精彩。

"寄如雪？魔皇？！"

就连马屁精浮屠子的脸上也充满了质疑："夫人你怕不是做了个噩梦？魔皇要是从魔渊出来，那不得天下大乱啊？寄如雪，那是归墟千年的老前辈，早就不在人世啦！"

宁青青恨铁不成钢地看着这只趴在蚂蚁背上的大象："所以你什么都查不到啊！"

虞玉颜倒是秉承"凡是敌人支持的自己就要反对"的原则，冷笑一声，说："夫人说得没错！正因为浮屠子故步自封，这才辜负道君的信任，多年一事无成，连屁都没查到一个！"

眼看这两个冤家又要吵起来，宁青青忧郁地把脑袋垂到胸口："我说，有两伙人正在联手对付谢无妄。"

"就是！"浮屠子双眼一吊，"虞玉颜你还瞎耽误什么工夫！你居心叵测！"

不等虞玉颜反驳，他理直气壮、义正词严地喷出唾沫："脚长在你身上，你要走，我能拦得住？还不走？！"

被人背在身上的倒是挺有恃无恐？

两个人吵嘴归吵嘴，倒是很快就来到了西面的城门下。

厚重的城门虚掩着，看上去一推就能开，但只要接近它，虚空中便会浮出封印来，将人挡回原地。

宁青青试着触碰城门结界，连续几次都被弹回原地，忽然之间，心跳漏了一拍，心底莫名涌上一阵极其酸涩难耐的滋味，就像在最心酸、伤感、痛苦、失望的时候，被人囚在某地。想要冲破桎梏，却又无能为力，身体仿佛陷在泥沼里面，没有前路，只有无尽的绝望。

她怔怔站在那里，听着浮屠子絮絮叨叨："结界我最是擅长，虞玉颜你就别在那里鼠目寸光心胸狭隘了，赶紧的，帮胖爷我疏通经脉，只要胖爷能动动灵力，破这小小结界简直易如反掌！"

虞玉颜嘴上骂骂咧咧，动作倒是利落得很，反手把浮屠子扔在地上，手掌抵住他的后心，助他破除体内的灵力封印。

外头轰鸣阵阵，宁青青隐约听到魔皇放肆的笑声。她把视线聚拢到自己脚下，微抿着唇，静静地思索为什么会有那么难过的情绪呢？

一瞬间，她设想了无数种可能——落到无法生存的焦土、美好的家园被水火毁灭、看中的雄性喜欢其他雌性、所有的生物都嫌弃自己丑……她一定不会开心，但也不至于那么难过。

最坏的结果，不就是无法生存吗？只要还活着，那就没有什么大不了。其他的，真不重要。因为她很清楚，自己就是最漂亮最聪明的蘑菇。

沾沾自喜的宁青青弯起眼睛和唇角，遥远的记忆深处，隐约飘来年轻的声音："竹叶青，你难看死了，讨厌死了！"

"那你别冲着我流口水啊……哎呀！你还真擦嘴巴啦？露馅了小狗！你露馅啦！"

不错，只要自己自信骄傲，那么尴尬的，永远只能是别人！

她的思绪回到当下。等等，结界？灵力凝成的东西，说不定能找到破绽。

她没伸手去碰城门，而是探出菌丝，菌丝触到那一层流光溢彩的灵力墙，如潮水一般漫开，顿了顿之后，它们像是饿了八百年的饿死鬼一样，开始疯狂攫取结界中的灵力。

宁青青一愣，不是，她发誓，她真的没想过这玩意儿能吃啊？搞得好像她很馋似的，什么都要啃一口。

等到虞玉颜和浮屠子满身大汗气喘吁吁地从地上爬起来时，宁青青已经用她细白的双手，把城门拉开了一道尺宽的缝。

城门之外，仿佛是另一个世界。

天地，正与火海为敌。燃烧着血火的谢无妄，遍身是伤，脸色惨白如纸，俨然已到了穷途末路！

蘑菇很难用人类的语言描述自己此刻看到的景象。

城外一片赤红，天地正与火海为敌。被点燃的天空压得极低，好像一抬手，就能够碰到通红滚烫的天。高温蒸腾之下，视线有些错乱扭曲，大地仿佛也弯曲着浮了起来，与低矮的天空结成一道圆弧，将那威势骇人的火海包裹在内。天与地，正在绞杀那片灭绝之焰！

浮屠子与虞玉颜一左一右推开厚重的城门，宁青青从正中踱出，感觉就像是站在人世间，面对一方火焰炼狱。

"怒乾坤！"浮屠子扬起一对胖胳膊，环了环前方那个庞大的天地火球，"这是早已失传的上古奇阵哇！啧啧，用这么大手笔来设计啊！咱道君值得！"

虞玉颜急得声音变了调："废话少说，这个阵怎么破？道君要败了！"

宁青青看着眼前那个用天空和大地来制造的绝杀之阵，默默缩好自己的菌丝，恨不得把菌帽也闭起来。在这样的力量下，她就像一只小小的蝼蚁，菌丝探过去的瞬间便会被彻底碾碎，没得打，没得打。

宁青青下意识地回头看了一眼城门上的匾额——谢城。

此刻，谢无妄浑身浴血，那些血被他自身的高温点燃，一簇一簇洒在半空，化成绚烂的血火。身处那片扭曲的高温火海之中，他的脸色更是惨白得惊人，乍一看，极像是幽冥炼狱里面爬出来的鬼。

天地在绞杀他，周遭像蚊蝇一样围着二十余名合道修士，各式法宝、招数不断地往他身上招呼，身形矮小的魔皇化作一道黑色残影，时不时出手偷袭。

纵然已是一副英雄末路的景象，但谢无妄的动作分毫不乱，精致冷酷的唇角依旧浮着一抹伪笑，他一眼都没去看身上新添的伤，就好像那些可怕的血火不是从他身上洒出去的一般。

他不避不让，由着众人攻击他。他必须全力操纵漫天火焰，抵抗怒乾坤大阵中的天地威能，他以人身，在与一方天地抗衡！

谢无妄的身影消失了一瞬，一柄带有无数锯齿的青色宝刀呼啸着从他原本立身之处斩过。若他没有避开，这一刀说不定能将他拦腰斩断！

高大挺拔的身影无声无息地出现在持刀修士身后，同伴的惊呼声还未成形，一只燃着火焰的手已温柔地抚上修士粗壮的后颈。

"咔嚓"，颈骨粉碎，修士的脑袋怪异地歪向右侧，茫然的元神正要离窍，便被烈焰焚成一道青烟。

陡然出手灭杀一名合道修士，重伤的谢无妄唇色更白了三分，口中低低吐出的气息在焰海中异常分明。

魔皇看到破绽，一根黑色长指甲趁机穿透谢无妄左肩！谢无妄连眉梢都不曾动一下，仿佛受伤的不是自己的身体一般。他反手握住透体而过的黑甲，元火焚炙，长甲寸寸进毁。

魔皇急急断甲，纵身飞掠倒退。

此情此景，颇像一群鬣狗在围袭草原之王。它们不断地在强大的王者身上制造伤口，让对方失血过多、力竭而亡。

"卑鄙无耻！"浮屠子眼眶泛红，气得胖肉乱抖。

上古巨阵非同小可，就算精通阵法结界的浮屠子也寻不到半点突破之法。

虞玉颜神色冰冷，牙根咬得咯吱作响。这个陷阱，着实非常恶心。借天地之力来牵制住谢无妄，多人轮番偷袭，在他身上一道一道地制造伤口来消耗磋磨，实在算不上什么堂堂正正的手段。

仙门终归是正道，就算以多打少，也该是正大光明地拼杀，而不是使这般恶毒的宵小手段，更遑论这些卑鄙之徒为了达成目的，竟与邪魔外道联手！

看看身后那座城池，上至耄耋老者，下至学步弱童，魔物放过了哪一个？人心之恶，已与邪魔无异！

谢无妄身上的伤口越来越多，直到看不出哪里是伤，哪里完好。他仿佛随时都会倒下，却始终未倒，他像一个感知不到痛苦的怪物，脸上的假笑纹丝不动，陆续抓到机会又灭杀了三名敌人。

占尽上风的围杀者们面色越来越凝重，漫天烈焰之中，寒意却漫进每一个人的心底。有人急急用了传音镜。

"他们还有后招！"虞玉颜双眸猩红，"我好恨！"

浮屠子低着头，闷声道："你带夫人走。"

虞玉颜不假思索地说："我不走！"

"那我带夫人走。"浮屠子抬起一双笑眯眯的眼睛，"虞玉颜，别说我不让着你，我先问过你了，是你自己不要活命的机会，怨不得胖子我。"

虞玉颜难得地没有出言相讥，只扯了扯唇。

共事这么多年，真笑假笑哪能分不出来？情势如此，留下来殉道倒是一了百了，走的那个才是苦痛灼心。

二人望向宁青青，她竟然在发愣。

宁青青已经悄悄呆了好一会儿，看着谢无妄被人轮番偷袭，燃着火的鲜血顺着衣袍洒满长空，她忽然发现这一幕仿佛在梦中见过。

她还记得梦中自己的感受，情绪接近崩溃，痛得撕心裂肺，那样激烈的情绪让她感觉陌生又熟悉。

她不希望他死。哪怕自己并不像梦中那样心急如焚，但她是一只明辨是非的蘑菇，她知道那些偷袭者和魔皇都不是好东西，而谢无妄虽然自大、狂妄、脑子不太好，但和这些围攻他的家伙相比，他俨然散发着正道的光。

"夫人，"浮屠子沉声道，"属下带你回圣山，这里不安全。"

"不急。"宁青青眨了眨眼睛，"魔皇说过，除了这个陷阱，地下还藏着灭魔阵。它没有脑子，连它都能发现计中有计，那一定是对方故意让它发现的——对方为什么要故意泄露这样一个秘密给魔皇呢？必定是为了掩盖真实的意图。"

浮屠子和虞玉颜不自觉地屏住呼吸："愿闻其详。"

宁青青进行了蘑菇式的简单直白推理："这个陷阱中的陷阱，首先不是防谢无妄，因为只要他知道这里有第一个陷阱怒乾坤，那他就不会踩进去，所以没必要再把第二个陷阱搞得那么麻烦。然后，既然故意放了灭魔阵的风声给魔皇，那自然也不是防魔皇，这个就不需要我解释了吧？"

浮屠子挑高一对飞蛾眉，适时捧哏："那便是……"

虞玉颜皱眉："便是？"

宁青青以为他们能说出答案，便眨着眼，鼓励地看着这两个人类。

半晌，浮屠子挠头："是？"

虞玉颜偏头："是谁？"

好吧，怪她低估了生物之间的智力差异。

她恹恹地垂下眼睛，抬手一指那方扭曲的天地："故意将消息泄露给魔皇，用魔皇的动静来掩饰自己的动作，当然是为了设计那些被关在里面的炮灰啊！"

她抬起眼皮扫了一下，见浮屠子摸着下巴若有所思，虞玉颜皱着柳眉满面不解，不禁有种老夫子面对不开窍的学子的无力感。

"魔皇是不可控的变数。"宁青青认真地用人类的语言解释道，"它和人类没有共同利益，随时可能倒戈，并且很明显，它的目的是把在场的人类一网打尽，所以幕后主使不可能将计划的成败押在它的身上。"

浮屠子二人终于了然地点头："明白了。魔皇未必会遵守承诺进入阵中对付道君，而且就算它入阵，也不能保证这魔物会不会发疯，无差别地攻击所有人。"

如今谢无妄虽然伤重，但阵中的局势却维持着微妙的平衡——他实力渐衰，但对手也在不停陨落。万一魔皇真出了岔子，那么胜利的天平立刻就会倒向谢无妄。谢无妄很强，比想象中可怕太多。

"所以，幕后主使必须准备一个后手，并且这个后手极可能会牺牲进入阵中的那些人，所以他才需要故意泄露一个灭魔阵的消息给魔皇，引魔皇来动手脚，以掩盖自己的真实动作。"宁青青斩钉截铁地道。

浮屠子与虞玉颜的目光变得无比敬佩："太厉害了！夫人你是如何想到的？"

宁青青无奈地摊了摊手。这还需要想吗？摆在面前的三方，一个是谢无妄，一个是魔皇，再一个就是围攻谢无妄的修士们。排除法，一目了然。去掉不可能的谢无妄和魔皇，剩下的不就是炮灰们？

"那我们该如何做？"浮屠子二人充满期待地看着宁青青。

宁青青眼角垂得更低："动动脑子，别什么都指望我。"

高等生物，绝对不会承认自己暂时没想出办法。

说话的工夫，谢无妄再度灭杀五人，他的伤势也更加骇人，右半边身躯几乎已经流不出血了。

浮屠子和虞玉颜的眼底都泛起泪光。都是生死战场上打过滚的人，何尝看不出这已是凭借铁血毅力在战斗。

自家人看着热血悲壮，于敌人而言，却是胆寒。

"宗门有事，我先走一步！"一名衣衫华贵的白袍修士率先打了退堂鼓。他向着怒乾坤大阵的边缘瞬移而去。

有人牵头，剩下的十余位合道修士立刻心思浮动。

要是早知道谢无妄这么可怕，谁又会巴巴地凑上前来？今日不顾性命参与狙杀，其实只是奔着一个玄乎的信念——杀死道君的人，很可能会立刻飞升成为下一任道君。谁都想捡这个便宜。

怒乾坤之阵，也恰好迎合了众人的心理——谁也不愿与谢无妄正面拼杀，而这般消耗捅刀的围杀方式，说不定最终的绝杀一击就能落在自己头上。

不过战至此刻，看着自始至终面色未变过一瞬的谢无妄，在场诸人已是齐齐胆寒。富贵险中求，不是富贵死中求啊。

退意萌生，虽然知道今日事败必定要遭遇天圣宫的恐怖报复，但死字当头，一时也顾不上将来。

"嘭——"

第一个试图瞬移逃离战场的白袍修士撞上了一堵无形气浪，身体倒栽而回，饶是合道大能强悍的肉身，顷刻间也碰了个头破血流。

"怎、怎么回事？！"众修士心神大乱，纷纷逃离谢无妄身边，散向大阵四方。

出不去。气浪在涌动，整座天地巨阵向着正中收缩，虽然速度并不快，但那股强势碾压之力却根本无可抵挡！

"我们被算计了！"

惊慌、不信、怒骂，一时之间，众修士脸上像是开了染坊一般，神色精彩之极。

魔皇也阴沉着脸，悬在巨阵一角。

场间，唯有谢无妄的神情一丝不变。

天地之威仍在向他施加赶尽杀绝的力量，他的身影一晃不晃，幽黑的长眸毫无波动，慌乱的修士在他面前变成了待宰的羔羊。

不过他并未大开杀戮，只是不疾不徐地消失、出现，波澜不惊地灭杀一个修士，片刻之后，再杀一人。

忽然有人失声大叫："他……他杀人有规律的！从高到低！"

方才热血冲头，打斗激烈，众人只以为谢无妄是抓着破绽杀人。此刻无人攻击他，放眼一望，无不遍体生寒。场间，只剩矮个子了。击杀顺序从高到矮，简单粗暴。

闻言，自始至终一言未发的谢无妄，终于轻轻一笑，温和的声音像春风拂面，叫人毛骨悚然："识破了啊。"

一片死寂。

"道君！"头破血流的白袍修士往虚空里果断一跪，"在下罪该万死！在下诚心悔过！求道君给个机会，我愿供认幕后指使的姓名，我愿将功赎过！"

聪明的人已看明白了，被困在这炼蛊炉一样的地方，只有死路一条。

谢无妄慢条斯理道："本君为何要知道一具尸体的姓名？"

看似疑问，其实傲慢笃定。

他的声音哑得可怕，胸腹喉管处都嘶嘶地漏着风。游刃有余是真的，受了重伤也是真的，狂妄无边更是真的。

"上！杀了他，说不定还有一线生机！"矮子里拔高个儿的那一位按捺不住了。

一个人都没敢动。无形的气浪在四周涌动，瑟缩在巨阵边缘的腿软修士被不停地推向长身玉立的谢无妄。

便在这时，修士们的传音镜齐齐亮起来。

众人面面相觑，陆续向传音镜注入灵力。同一个声音自不同的传音镜中飘出来，参差重叠，在半空荡出重重回响："诸位辛苦，大计已成，可以安心去了。"

一种说不清的诡谲恐怖攫住了修士们的心脏。

密切关注战局的浮屠子忽然狠狠拍了一下腿："我知道了！是神器——须弥芥子！巨阵之下设了个二重聚灵阵，将战场上所有力量都引向须弥芥子，连接双方，等到时机成熟……"他的胖腮浮起无数鸡皮疙瘩，"整个阵，会被收进须弥芥子！"

虞玉颜一把揪住他的衣领："那道君会如何？"

浮屠子额头上渗出密密的汗珠："活活挤压到蚕豆大小，你说会如何……"

他连打了数个寒战。

宁青青弯起眼睛笑了："小事。找出须弥芥子，弄坏它。"

"对！"浮屠子立刻抓住这根柔弱的主心骨，把胖脸笑成一只元宝，"那去哪里找须弥芥子？"

虞玉颜非常机智地抢答道："蠢货！顺着气浪墙去摸，不就摸到了？"

宁青青拍了拍虞玉颜的肩："聪明。"

虞玉颜唰一下又红了脸，耳根通红，别别扭扭地转开脸，说："这、这有什么，是个人就能想得到！"

这边浮屠子二人带着宁青青顺藤摸瓜，那厢谢无妄悠然再杀一名修士，满是血火的修长手指如拈花一般，从修士焦黑的断手中取过传音镜。

此刻幸存的修士还有十四人，神志仍然清醒的已不足一半。

凡人以为摸到大道的修士个个超凡脱俗，其实不然。就如人间总是帝王最怕死一样，越是活到这分上的大修士，越是惜命。

看到谢无妄夺了一面传音镜，暂时没有要继续杀人的意思，众人无不松了一口气，脸上显出劫后余生的轻快。

谢无妄的姿态颇有些矜慢懒散，他斜斜拎着传音镜，无所谓地道："你可知，试探皆是双向的。想要摸我的底，必定暴露你自身的虚实。你最好祈祷，迟些被我抓到。"

对面一片死寂，并没有回复，仿佛在方才留下最后一句话之后，传音镜后的人便已经离去。

谢无妄的神色没有任何变化，依旧不以为意。半晌，他看着天地巨阵缩到二十丈方圆，悠然再杀一人，漫不经心地道："寄道君，你以为你的极限便是我的极限，未免看轻谢某。"

这一次他并未使用传音镜，但不知经过了哪个幸存修士的口，传到了遥远的幕后。

谢无妄手中的传音镜主动亮了起来。没有经过无数传音镜重叠加持，这个声音听起来泯然众人，毫无出彩之处："谢无妄，我知你道骨非凡，只不过，你若强行破阵，必定道体不稳，极火暴动，届时我再出手，胜率七成。"顿了顿，又道，"你本家谢氏并未死绝于魔祸，此刻就藏在谢城地下，你若用极火道骨强破须弥芥子，谢氏血脉即刻灭绝，千里之内，连蝼蚁也剩不下一只。还有青城山，距离此地太近，也难幸免于难。"

谢无妄淡笑，丝毫不放在心上："我给过机会。生死有命，怨不得人。"

对方仿佛被噎了一下，半晌，笑声传出："知你冷心冷性，不过，你既能那般费心迁移青城剑派，想必对尊夫人多少还是有些情分。"

谢无妄眸色微冷，薄唇略向下抿："她在你手中？"

"自然不。"对方再一次笑了，"到了咱们这个层面，有所为，有所不为。我若真拿了尊夫人，想必谢道君此刻已二话不说灭绝千里了吧。缘分，妙不可言，谢道君，须弥芥子与怒乾坤大阵即将相融，有缘之人自能相见，看着极火吞噬自己的女人，其实也别有意趣，你便尝尝我曾经历过的滋味。"

众人手中的传音镜齐齐碎去。奇阵的收缩之势越来越快，就像一只吹足了气的泡泡在漏气，泄至最后，距离湮灭只有须臾。

就在这时，凝缩成球状的扭曲天空中，忽然显出一张镜花水月般的美人面。她美极了，缥缈的虚空为她遮罩上一层朦胧的面纱，更是好看得惊心动魄。她摸着下巴，微微噘着花瓣般的唇，美得活灵活现，就连自始至终未动过声色的谢无妄，瞳仁亦是一松，又一紧。

须弥芥子距离此地极近。宁青青就在须弥芥子旁边。若强行破阵，这张脸便会在眼前一点点灰飞烟灭。

空间疯狂挤压，满脸恐惧的幸存修士们听见谢无妄不解自语："犹豫什么？"

宁青青三人抵达目的地，它就藏在巨阵下方，由一层简单的结界保护。她仔细观察面前的神器须弥芥子，它看起来就像一只透明的蚕豆。

浮屠子和虞玉颜一顿打砸之后，无奈地放弃。

"只能从内部破坏。"浮屠子苦笑，"就看道君的了。"

虞玉颜默默走近一步，两个合道修士非常默契地用身体护住宁青青。倘若道君破阵而出，想必赤地千里都是轻的。

"咦，这是什么？"宁青青好奇地盯住须弥芥子上方的一个小黑点。

"魔息！"虞玉颜凤眸微睁，"魔息怎么跑到神器里面了？"

"魔息？那就是魔皇干的。"宁青青眨了眨眼，"幕后主使利用魔皇来掩饰自己设置双重陷阱的事，结果神器被魔息污染了。"

她摸着下巴，微微噘起花瓣般的唇，半晌，眼睛弯成了一对月牙，愉快地拍了下手："试试这个！它说这个是它身上最硬的部位！倘若没有骗我的话，破开魔息应该不是什么问题。"

　　浮屠子和虞玉颜诡异地对视一眼，双方下意识地想歪了什么，然后齐齐鄙视对方的想法。

　　宁青青祭出魔皇的指骨。

　　"我戳了啊。"

　　指骨的尖端正对着神器上的小黑点，宁青青聚精会神，一双漂亮的大眼睛微微瞪成斗鸡眼，像钻木取火那样，往下钻戳。

　　"刺——"

　　破了！

　　"夫人威武！"浮屠子胖脸通红，震声大喊，"快！钻进去，从里面破坏它！快快快——"

　　依他对道君大人的了解，这方圆千里，即将迎来一场史无前例的极焰大爆炸。能活，谁想死啊？

　　宁青青手中的指骨再无法前进，它也就尖端可以扎破须弥芥子，指骨根本不可能钻进去。

　　不过这可难不倒宁青青。她的指尖凝出菌丝，顺着微不可见的破洞钻进去，微微一晃，凝成用惯的菌杆，左右甩动，疯狂撞击神器内壁。

　　与须弥芥子视觉共通的巨阵之中，谢无妄与幸存的修士们一道深刻感受到了被菌杆支配的恐惧。

十几息之前，肆虐当空的狂火卷成恐怖漩涡，谢无妄立于漩涡中心。汇聚到他身上的极焰越多，他的气息便越冰冷。他没再抬眸去看映在天幕上的绝美容颜，幽黑的瞳仁深邃暗沉，唇畔笑容消失，神色既像慈悲，又像淡漠。

"他绝对不可能为了一个女人而选择坐以待毙！"一名修士绝望地喊，"他要用九炎极火冲破这个阵！我们离他这么近，一定会死吧？会吧会吧！"

"有什么区别？"另一名马脸修士阴沉沉地道，"无论他破不破阵，我们都死定了！"

区别只在于，是被阵势挤压而死，还是被极火烧死。

"我就不知他还在等什么。"一名无眉修士操着怪异的口音，说，"越拖下去损耗越大，难道还真舍不得一个女人？谢无妄！你要是死了，你的女人肯定会被别人抢走！你犹豫什么，还不快点炸了这个阵！再不炸，你要死了！"

众人定睛细看，果然看见谢无妄那一身纵横的伤势在天地威能之下——迸裂，火光在碎瓷一般的苍白皮肤下闪耀，此刻的谢无妄看起来就像一座正在被烈焰从内部煅烧的破碎神像。

无眉修士身边的同伴啐了他一声："你是纯火灵根，谢无妄要是爆了极火，说不定你还有一线生机，可以元神逃脱，你当然盼着他赶紧爆炸！谢无妄！牡丹花下死，做鬼也风流，这么美的女人跟了你一场，你舍得伤她一根汗毛？想想你谢氏族人，还有这千里苍生，我要是你，我甘愿牺牲自己成全别人！"

纯火灵根的无眉修士怒斥同伴："你就怕我活着回去是不是？死也要拉着我垫背？谢无妄，你倒是爆啊！"

焰气陡然消失，天地寂静一瞬。谢无妄双眸化成通透的焰，额心隐约浮出火焰印记。恐怖气势像无声的涨潮，不动声色地淹没这方天地，将一切嘈杂抹去。

广袖之中扬起一只手，五指之间隐约有焰在晃动，流水般的焰，蓝白冷焰瑰丽得令人窒息，好像一颗星辰坠入凡间，没有人会怀疑它的威能。

"道……道骨。这就是极火道骨吗？太强了。"有人喃喃道。

从谢无妄的身上已看不出任何人类该有的情感，与此刻的他相比，往日惯用的假笑实在是人情味十足。

他漠然抬手，在最后一霎却停下动作，时间仿佛凝固。

等什么呢？他自己也不知道。

他没有舍不得，也没有想着她。他习惯了独自站在最高的礁石上，傲然睥睨全天下的风霜。一身伤冰冰冷冷，怀中却好像有一小团暖暖的光芒，散发出微弱的热量。那是她赠他的柔情蜜意，三百年如一日地给他小小的温暖。

有，是锦上添花；无，也没什么……没什么大不了。

没什么大不了，为何还不动手？

陡然间天地变色，一个可怕的巨物从天而降！有那么一瞬间，所有人忘却了生死，齐齐瞠目结舌。

秃眉修士倒抽一口凉气："老天爷哟！"

谢无妄五指微抽，轻轻震颤的焰瞳中，映出一只硕大无比的蘑菇。

它拥有一根极其强壮有力的菌杆，蘑菇头收拢起来，像一只无坚不摧的铁拳。只见那根十人合抱的巨型菌杆狠狠一甩，轰然呼啸着砸在这座天地乾坤阵的内壁上！

"轰——"

震颤的是所有人的瞳仁。

哪怕深知这是一只蘑菇，但……它看起来依旧非常可疑。强韧的菌杆挥动蘑菇头，砰砰撞向左右，扭曲的空间在强力的击打之下，渐渐出现细碎的裂纹。

身处阵中的修士们，脸上并无丝毫获救的喜悦，每一个人都为眼前这一幕深深震撼，每一个人的眼神，都是崩溃而碎裂的。我是谁？我在哪儿？我要干吗？生死仇杀？不存在的。

谢无妄默默收回焰，像一具惨白的尸体，缥缈地悬在当空。

更可怕的是，随着神器开始破碎，须弥芥子附近的声音也传了过来，立体、回旋，仿佛天地在说话。

"夫人威武！夫人用力！它就要碎啦！夫人加把劲！戳穿它！"这是浮屠子的声音。

"咳，咳。"虞玉颜用手指戳了戳浮屠子的胖肉，戳出清晰的回弹声音，"闭嘴，看天。"

"看什么天？啊！这、这……不是不是，老虞你满脑子装的什么废料，那只是一只平平无奇的蘑菇！你要是自己瞎想，可别拖上我。"

宁青青的声音娇俏中带笑，给出致命一击："厉害吧？我从谢无妄那里偷学的！"

从谢无妄那里偷学的……

正在坍塌碎裂的乾坤阵中一片死寂，众修士瑟瑟发抖，偷眼去望谢无妄。知、知道了这么可怕的秘密，一定会被灭口的吧？会吧会吧？

谢无妄倒是完全没有要暴起杀人的样子。他的状态十分诡异，脸上依旧没有表情，那双狭长的眼睛里静静流淌着一点四大皆空的光芒，有一点生无可恋，也有一点破罐子破摔，整个人看起来懒洋洋地轻快，心情倒像是还不错。

终于，他幽幽睨了众人一眼："看够了？"嗓音沙哑温柔。

清脆的破碎声从头顶传来，须弥芥子破了！

修士们立刻作鸟兽散，疯了一般地掠出道道残影，散向四面八方。

谢无妄并没有追击，他微垂着长眸，静静立在空中。

同一时间，须弥芥子那里发生了意料之外的状况。

"道君！"

浮屠子甩着两条圆滚滚的胳膊，眼睛里闪动着两包圆润的泪，轰隆隆掠到近前。

谢无妄淡淡瞥过一眼。

十分擅长揣摩君心的浮屠子一接到这个眼神，便知道此刻道君只想静静，并不想见到自己，可是事情紧急，不说不行："道君！夫人出事了！"

谢无妄缓缓转过那张惨白的脸。他的脸上有伤，伤口流干了血，像个被摔裂的白瓷盘。

"什么？"薄唇微动，他像是听不清。

浮屠子那两条粗短的飞蛾眉紧紧拧在一处，一边引路一边匆匆解释道："须弥芥子毁掉之时，化成一道光击中了夫人，夫人昏了过去，怎么也叫不醒！"

谢无妄的气息消失了片刻，缓声开口道："器灵。"

神器必定有器灵。宁青青毁了神器，遭遇了器灵的反扑报复。

几息之后，谢无妄看到了她。

她静静地躺在虞玉颜的怀中，看起来像是睡着了。她的神色无忧无虑，眉毛舒展，肤色通透莹润，微微下垂的眼角被密而长的睫毛盖得严严实实，殷红的唇毫不设防地微微开启。

谢无妄冷淡地望向虞玉颜，虞玉颜的神色倒是与他想象中全然不同。他这些眼高于顶的手下，向来不怎么待见宁青青。不过此刻，虞玉颜却表现得像个护崽的亲娘。

在谢无妄伸手接过宁青青时，虞玉颜的眼神竟是明晃晃的不信任。浮屠子也有一点欲言又止。

　　谢无妄忽然有种自己抢走了这两个属下全部家当的错觉。他缓缓垂下眼眸，探出一根手指，落向她的脸颊。距离寸许，他发现指尖有个狰狞的伤口，便只虚着抚了抚她。

　　神念落入她的额心，长眉缓缓蹙起，他的神色渐渐冰冷。

　　"夺灵。"

　　器灵在神器湮灭之时，利用最后的残余力量强行进入她的识府，夺取她的神魂力量。对神魂损耗最大的，莫过于苦痛。它会窃取她最痛苦的记忆片段制造逼真的妄境，来骗取她发自内心的苦痛之泪。一旦中计，她的魂力便会越来越弱，最终被器灵夺舍。

　　谢无妄的解释，让浮屠子和虞玉颜缓缓睁大了眼睛。

　　胖子率先猛地耷拉下肩膀，两条胖胳膊像断了一样，无力地垂在身前："完了。夫人过得苦哇，怎么可能熬得过器灵？"

　　虞玉颜的凤眼也变得直勾勾的："是啊。虽然我以前不太瞧得上她，但她也是真的可怜。看着她一天天憔悴，我就一直觉得……心里还挺平衡的。"

　　两个冤家难得地达成共识，交换了同情的视线，然后一起叹息着望向昏迷不醒的宁青青。

　　谢无妄惨白的眼角狠狠跳了两下，漏风的声音幽幽从干燥发白的薄唇间飘出来："我待她不好吗？"

　　浮屠子望天叹气。

　　虞玉颜沉默转头。

　　谢无妄真诚地不解道："我从未动过旁念，她的要求也尽数满足，还要如何？"

也许是因为伤重的缘故，此刻的谢无妄看起来随和了些，浮屠子便壮了壮胆，勇敢地说了句大实话："道君，您不懂爱。"

说的时候很勇，话一出口浮屠子立马就怕了，尽量把自己的身体藏到虞玉颜身后，不过再怎么缩肚子，还是露出了五分之四。

一怔之后，谢无妄轻笑出声："浮屠子。"他沙哑地缓声说道，"那种无用的东西，我永远不需要懂。"

浮屠子和虞玉颜对视一眼，双双摇头。

谢无妄思忖片刻，挥了挥手，令二人在周围护法。

不可窥视的结界封住了他与宁青青的身影，外人无从得知他只是在身旁守护着她，还是冒了极大的风险进入她的识府，助她对抗器灵。

俊朗挺拔的身影扭曲着，渐渐消失在视野之中。

"老屠，"虞玉颜一边揽镜自顾，一边担忧地道，"道君不会去救夫人吧？那幕后之人想必还潜伏在近处，就等道君强行破阵、露出破绽时动手，这当口，倘若道君神魂离体襄助夫人……实属不智，太危险了。"她又急急补充道，"我没有想要夫人死的意思！我只是觉得，道君就算进入夫人识府也未必能帮得上忙，反倒平白将软肋暴露给藏在暗处的敌人。而且，就算宁青青真死了，我也不会对道君有任何非分之想！"

浮屠子幽幽打量她一会儿，双眉一撇，嘿嘿地笑了："老虞，道君办事，轮不到咱们想七想八，守好本分就是。"

多的他倒是半句不说，如今风雨飘摇，有些事，必须得烂进肚子里。虞浩天那件事还不知结果呢，虞玉颜毕竟是虞浩天的亲妹妹，得防。

浮屠子眨了眨眼睛，拍着肚皮，望向谢无妄亲自设下的结界。

这些年来，道君的嘴硬心软，他一一看在眼里。要他说，他倒觉得道君有八成的可能会冒这个险。道君哪，根本离不了夫人。

被器灵袭击的时候，宁青青听到了一个阔别许久的惨叫声，再然后她晕晕乎乎感觉到有两个家伙在她的身体里打起来了——器灵和心魔。

高等生物随便用菌丝一想，便猜到心魔其实并没有死，这段时间它一直低调隐忍蛰伏，其实是想要搞个大事情。不料世事难料，忽然来了一个器灵，不打招呼就闯进她的识府，两个不明真相的家伙都把对方当成敌人，就这么打起来了。

宁青青真没想到，隔了这么久，竟然又听到心魔的声音了，真是"他乡遇故知"啊！

她有那么一点点忧郁地耷拉着眼角，心想你们不要再打了，要打换个地方打啊，实在是吵死人了。她也不愁。因为愁也没用，没必要白白浪费那个力气。

不知过了多久，心魔和器灵这两个奄奄一息的家伙终于达成共识——内斗毫无意义，它们决定联手对付她。

低等生物真是智力堪忧啊！它们就这么明晃晃地，在她的脑袋里面商量对付她的办法？身为一只十分正直的蘑菇，宁青青都忍不住想要提醒对方，自己一字不漏地听到了它们的全盘计划。

可惜她没学会用神魂说话，于是只能忧郁地、被动地旁观两个智力降了维度的东西用异常拙劣的手法设计自己……很快，心魔和器灵这两个相互提防、相互算计的家伙开始扒拉她的记忆，然后商议着，要耗费它们两个巨大的力量制造妄境，把她投放到记忆的某一处——宁青青的第一次离家出走。她一定会伤心痛苦，伤及神魂。

宁青青激动不已："好好玩哦！"

一阵天旋地转之后，眼前的画面慢慢稳固下来。宁青青发现自己回到了一个熟悉的地方，乾元殿外。她感觉到胸口正中传来一阵又一阵的抽痛，双脚发软，几乎站立不稳。

周遭的场景非常逼真，她按捺着心痛的感觉，睁大眼睛仔细观察眼前的一切。

默立在殿阶两侧的禁卫们面目冷肃，一个比一个不近人情。正中的甬道上，一个头戴红色高冠，身材魁梧的方脸男人正得意非凡。

身后的人正在拍马屁："侯爷这礼送得可在点子上了！道君既允了侯爷夺取南海落霞仙岛，想必百年之内，东、南二海便都是侯爷的囊中之物啦！若是云水淼争气一点，早早给道君生个小太子……啧啧！那侯爷可不就是这天下最尊贵的舅爷啦！"

方脸男人分明得意，嘴上却要谦虚："休要多舌。云水淼算什么东西！道君这是看得起我，相信我能治理好落霞海域，这才将八百里海地划给我东海侯。"

宁青青上上下下把这个东海侯打量一遭。心魔和器灵为她安排的幻境非常精致，不用动脑子，她便知道此刻是什么情形——她与谢无妄成婚百年，她非常期待地亲手制作了新婚百年的礼物，想要送到他的面前，谁知刚来到乾元殿外，就听到谢无妄收下云水淼的消息。她心痛、悲伤，却怀揣着一丝希冀，想要听到谢无妄亲口向自己解释。

真是太好玩了啊！连心痛的感觉都这么逼真！

宁青青目送着东海侯一行走过广场，顺着黑色石阶离开圣山。她真是……迫不及待想要见到谢无妄了。

在她神游天外的时候，身体已经自作主张地像游魂一般飘回了玉梨苑。

走到白玉山道上，手一滑，精心准备了数月的木刻小人失手落下山崖。

宁青青："啊哦。"

心魔和器灵也是十分贴心。知道她懒，所以在她走神的时候，这具身体会很自觉地自己动。宁青青觉得，这两位把事情做成的实际效果，与它们在她脑海里商议的那些阴险狠毒的计谋实在是非常不符，简直南辕北辙。它们真的不是送她到这里愉快玩耍的？据说还耗费了很多力量呢！

宁青青快感动哭了。她非常珍惜地体验着自己这个身体心痛的感觉。没有体验过爱恨情仇的蘑菇，一定不是一只完整的蘑菇。她十分感激心魔和器灵的付出，她不会辜负它们对她的厚爱，一定好好地玩，全情投入地玩！

她冲着跌下云端的礼物伸了伸手，因为心乱如麻，她并没有去找它，而是扶着山道旁的白玉栏挪回了玉梨苑。

她可以清晰地感觉到心中所有细微的情绪。她爱谢无妄，甚至可以称为迷恋。一想到他，她的心中便会泛起圈圈激荡的涟漪，又是甜、又是痛、又是苦、又是涩。宁青青十分感慨，心魔和器灵实在是过于尽忠职守了！

她坐在廊下想着他，痴痴地看着太阳落山、月亮升起。

今日……月圆？月圆之夜，他要回来喂蘑菇！

宁青青眨了眨眼，扶着身侧的玉梨木圆柱，拖着一双坐麻的腿站起来，歪歪斜斜地挪向主屋。

刚走到主屋前的木廊上，一阵炽热冷香便从身后袭来，修长有力的大手摁上她的肩。

"夫人。"身后传来谢无妄的声音。

她转过身，因为腿脚酸麻未愈，不小心跟跄了一下。

他俯身挽住她的双肘，低低地笑道："多大的人了，走路还会摔吗？"

他的右臂十分自然地绕过她的身体，揽住她的腰，将她拥入怀中。

她抬起手，抵住他的胸膛。

"我去乾元殿找你，正巧看到东海侯，他说的事情是真的吗？你真要留下那个云水淼吗？"她顺着此刻的心情，问出了自己该说的话。

她仰起脸蛋，眨着眼看他。他生得真是好极，纵然高等生物无比挑剔，也无法在这张俊美的脸上找到一丝瑕疵。

她不禁暗暗地想：谢无妄在夜宴上曾对自己说过，他留着云水淼，是想看看究竟是谁那么笨，居然用这种智力低下的女子来算计他。

这么好看的谢无妄，倘若好生向自己解释，自己一定可以原谅他。她弯起眼睛，冲着他笑。

不料他却漫不经心地开口："那不是你该管的事。"

啊？

宁青青胸腔情愫翻腾，动了动眼珠，决定静观其变，让这个身体自己动。

她听到自己有些失控地提高了音量："你是我的夫君！你收什么不好？怎么能收下一个女子？"

谢无妄失笑："那又如何？"他抬手抚了抚她的发，语气颇有些敷衍，"不必担心，无人能够取代你。"

宁青青被他的无耻惊呆了。

一只大手揿住她的后颈，他俯身侧头，薄唇凑到近前，沉沉吐出诱人的气息。

"我不会让她烦到你。"

好听的嗓音微带一点哑意，说罢，他吻上她的唇。

震惊的蘑菇还没反应过来该如何应对这样的状况，身体已经自发地劈出一掌，将谢无妄揉到庭院中。

他只是顺着她而已，二人实力悬殊，她根本伤不到他分毫。

"你滚！"她指着院门。

"阿青，"他虽然笑着，眸光却显而易见地冷了下去，"不要恃宠而骄。"

他转身便走。

宁青青很想跳上去，一脚踢在他的腔上，让他摔个大马趴。

恰在此刻，脑海中非常及时地传出了器灵和心魔激动交谈的声音——

"来了来了来了！谢无妄要去找云水淼了，该轮到宁青青一边痛苦流泪一边离家出走啦！"

"好激动！说好了第一份魂力归我！"

"吾乃上古神器，岂会言而无信？"

"嘻嘻，器灵宝贝来碰碰头。"

宁青青实在是不想扫了这二位的兴！毕竟，出来讨生活，大家都不容易，是吧？宁青青十分艰难地挤出两滴眼泪，演得像模像样。

心魔："哭了哭了哭了！我的魂力——咦？器灵你个小王八你敢骗我？说好的魂力呢？怎么没有！"

器灵："怎么可能没有？"

心魔："你要我？不是说痛苦的眼泪流下来，就能吸到一大口魂力吗？"

器灵："你不是东西！吃了还说没吃！那么痛苦的泪，我放在这里，这么大的一坨魂力，它怎么不见啦？不是你吃的，又是谁吃的？"

心魔："你胡说！我要是吃过半口魂力，我叫你爹！"

器灵："我没你这样的儿子。"

宁青青好像不小心变成了一个挑拨离间的坏女人。

不过，此刻这个庭院中最暴躁的，却不是心魔，也不是器灵。谢无妄带着一身重伤，不惜冒险闯入妄境，却发现自己根本无法控制这具不听话的身体，它在照着宁青青的记忆，一丝不苟地前行着。

比如此刻，无论他心中做何感想，身体却绝情得稳如泰山，扔下身后悲痛欲绝的她，冷笑着离开了玉梨苑。

宁青青有些忧郁。在她的识府中，器灵和心魔因为辈分问题又打了一架。两败俱伤之后，它们达成了一个诡异的共识——双双叫对方"儿子"。

器灵："儿子你莫挨我。"

心魔："我和你母亲睡觉啊儿子！"

气氛居然莫名地和谐起来。宁青青歪着脑袋琢磨了一会儿，忽然想到，人类其实也是这样的。他们称自己为"我"，称对方为"你"，这不就和器灵、心魔的称呼体系是一个道理吗？啧，低等生物的逻辑，真是太容易看透。

达成一致之后，两位新鲜出炉的老父亲继续在她的脑海中大声密谋。

器灵："反正下一次，轮到我吃魂力了。"

心魔："好哇，身为你爹，让你一回又何妨？待会儿他们还要大吵一架，到时候宁青青那才叫作伤心欲绝，痛彻心扉，魂飞天外，撑不死你个小王八蛋！冷笑。"

器灵："冷笑有必要用嘴说？"

心魔："怕你听不懂啊傻儿子！"

出于礼貌，宁青青知道不该笑，但是它们再这样聊下去，她怕真会忍不住笑场啊。

在她走神的时候，这具身体便一丝不苟地按着记忆行动。

谢无妄拂袖而去之后，宁青青茫然地在走廊徘徊，环顾熟悉的一桌一椅一草一木，她有些难以置信，不停地怀疑方才的一切究竟是不是真的，胸腔丝丝抽搐的感觉着实新奇。

身为一只向来没心没肺无忧无虑的蘑菇，宁青青并不排斥这样奇妙的身体感受，就还挺酸爽的。

她玩得不亦乐乎，听到器灵和心魔说待会儿她还要和谢无妄大吵一架，宁青青简直快要控制不住上扬的嘴角。像谢无妄那种人，中了蚯蚓波动能一动不动，挨了千八百刀也不皱一下眉头，杀起人来跟拍灰似的，他居然也会吵架吗？还是大吵一架。

她迫不及待地想要看到他因为失控而发红的眼尾，听到他因为激荡而沙哑的声音，嘶——澎湃，非常澎湃。

失神地游荡几圈之后，宁青青有些不耐烦了，她毫无形象地瘫在一根玉梨木柱下面，颓丧地望天抱怨道："他怎么还不回来？"

器灵："儿子，快看看谢无妄几时才回，别说她，就连我也等得不耐烦了！咕。"

心魔："你咕个什么咕？肚子饿有必要拿嘴叫？"

器灵："怕你听不懂啊傻儿子！"

以其人之道，还治其人之身。

这对冤家吵归吵，却还是兢兢业业地耗费力量查看了准确的记忆，得知谢无妄会在月上中天时想起今日该喂蘑菇，便会回来吵架。

月上中天……怕是还要再等一个时辰。

宁青青决定偷偷摸到乾元殿去，看看谢无妄在做什么。

她刚踏出院子，脑海里的心魔立刻就慌了神——

心魔："她不是应该像被抽空了浑身力气一样瘫在院子里吗？怎么还有精力到处乱窜？她的记忆里可没有外边的东西啊！"

器灵："哼哼，儿子不懂了吧？上古神器制造的妄境，会自行修复因果，有前因，知后果，中间缺失的部分神力自会完美补足。说了你也不懂，蛮荒来的野魔！"

心魔没吱声，不过宁青青知道睚眦必报的它一定在暗暗准备报复。

宁青青顺着白玉山道，摸进乾元殿后殿。

这里和前殿只隔着半座屏风墙和帐幔，前殿的一切动静清晰可闻。

面前的黑木屏风墙异常光滑，月光从身后照进来，自己的面容隐约映照在屏风墙上。

宁青青下意识地左右照了照自己的面容，照完才发现，这副见缝插针揽镜自顾的姿态和虞玉颜简直如出一辙。

学好一辈子，学坏一瞬间。宁青青忧郁地眨眨眼，摸到帐幔中。

厚重的布匹华贵非凡，底色是比夜空更加暗沉的纯黑，左右镶边用的是暗金的丝线，每一个纹样都绣得极致完美，沉沉坠手。

宁青青扒拉几下，探出一张白生生的小脸，明亮的光线扑面而来。

这是銮座右侧阶下方，面前竖着一架枝繁叶茂的树形灯柱。它有一丈来高，通体用明澈通透的上等琉璃打造，主枝中燃着灵焰，枝条上镶嵌着一粒粒透明的宝珠，将那焰光折射得明亮斑斓。

借着这满殿华光，宁青青清晰地看到一个蓝衣美人正在殿前翩然起舞。

果然是熟人，云水淼。

腰扭得跟蛇似的，简直深得蚯蚓波动的精髓。一双眼睛眨啊眨，一旋身，一拧腰，都在冲着銮座之上的谢无妄大抛媚眼，勾引得非常直白。

谢无妄高坐上首，面前的御案上摆了精致的食碟，还有喷香的美酒。

宁青青气乐了："把我扔在那里啃木头，他自己倒是逍遥快活。我也要出去喝酒！"

器灵和心魔像是忽然被夫子点到名的学生一样，双双一震。

器灵："糟糕，这酒该是什么味道？我没喝过啊。味道不对的话，妄境会叫她识破的！"

心魔："酒都不知道啊？好一个没见识的乡巴佬器灵。"成功报复。

器灵："上古神器岂会沾这等低劣的凡俗之物！你要是知道的话，速速告诉我，莫要坏了大计！"

心魔："你看你爹长嘴了吗？像是能喝酒的样子吗？动动脑子吧蠢儿子！"

宁青青摸了摸下巴，若无其事道："算了，没必要折腾自己，那酒就是一股子浓郁纯正的马尿味，我才不要喝。"

器灵和心魔："原来如此！"

安排安排，立刻安排。

谢无妄这一生，从未有过这般暴躁得近乎失控的时刻。他知道诈死多年的寄如雪就潜伏在近处，随时可能伺机而动。他知道无论怎样算，此刻神魂离窍都不是明智的抉择。可是就在不久之前，他因为她而心生不舍，在破阵时下意识地迟疑心软了，当时，他以为她必死无疑，没想到最后关头，她竟然动手破了须弥芥子，挽救了自己的小命，着实给了他好大一个惊喜。哪怕她的破阵手法着实有损他的威严，他也全不计较，失而复得的喜悦令他心头懒散暖融，只想待她更好些。

他行事向来随心所欲。这般心绪下，知道她被器灵袭击，陷入妄境，他不可能放任不理，自然要帮她。

原以为只是举手之劳，谁知这妄境诡谲，他竟被困在她记忆中的"谢无妄"的身体内，只能依着从前的经历冷落她、伤害她。她一旦苦痛伤神，便会被器灵攫取魂力。那个柔软的小女子，就像一朵娇嫩至极的花，易伤、易折。

器灵这一出攻心计，恰好施在点子上。

此刻，她定是垂泪不止、黯然神伤。

他记得白日里她就来到殿外，手中还偷偷攥着一对精心雕刻的小木人。他知道那是她精心准备了许久的新婚百年礼物，不过因为云水淼的事情，导致他最终没有收到这份礼物，大约是离家出走的时候被她毁掉了。

曾经他并不在意。她心性不定，想一出是一出，零零碎碎也送过他不少东西。一对木人而已，毁便毁了，也无甚要紧，反正她总会再做新的。但此刻，他已知道未来两百年中，自己再没收到过木人。

想起她珍惜地攥着一对木人，欢喜羞涩地寻到殿前的模样，谢无妄心间一滞，层层厚重阴云聚到他的胸口，憋闷难言。

事情本不至此，他们本该好好的，倘若当初多向她解释一句，她定会信他，弯起眼睛，笑吟吟地递过礼物。

她心灵手巧，精心准备多日的小木人定是雕得栩栩如生的吧？一对小木人，当是他与她，就这么没了。

念头转到此处，胸间积压的黑云开始落雨，阴雨连绵，浇得心绪潮湿暗沉，一丝一缕，如细针在扎。

此刻若是能够控制身体，他定已拥她入怀，耐下最大的性子来安抚她，然后带她离开这处妄境。区区一个云水淼，算什么东西，也值得她苦痛伤神，弄丢性命？

然而他只能眼睁睁地看着自己将她孤零零扔在院中独自垂泪，他却被迫坐在这宝光明净的殿堂上，饮酒作乐。此刻想想，自己也是极其不快，喝的是闷酒罢了！

分明该是一个柔情万端的夜晚，拥软玉温香在怀，身侧放着她送他的小木人。她不必伤心，他也无须烦闷，也不会被区区一个器灵钻了空子设计！

谢无妄的心绪缓缓平静下来，是那种暴风雨前最可怕的平静。他不会坐以待毙，不会眼睁睁看着她被器灵吞噬。他这一生，从不知"放弃"二字怎么写，也永远不会去学。他会掌控这一切，将那只虫子摁成屑末，带她回家。

神魂冰冷，身体却是不羁地笑着，扬起修长冷白的手漫不经心地鼓了鼓掌，拿起酒盏来，居高临下地敬一敬卖力狂舞的云水淼以示嘉奖，然后举到唇边满饮一盏。

喉结一滚，谢无妄愣住，谁能告诉他，妄境里面的酒，怎么是一股酸辣异臭的怪味？腥气扑鼻而来，入口时那股冲气，直熏得人神魂震颤。偏偏这具身体一无所觉，机械地自斟自饮，一杯接一杯，像是要饮到地老天荒。

谢无妄生无可恋，只能默默承受。

宁青青悄悄放下手中的帐幔，恹恹地垂下眼睛。

没劲。她本以为变成马尿味的美酒，能让谢无妄当场喷云水淼一头一脸呢，谁知道他居然饮得那么开怀，一杯接一杯，连停顿都没有，口味甚重！

她心存敬畏，默默回到玉梨苑。

看看圆月的位置，谢无妄也差不多该来找她吵架了，想想还有一点小激动。

方才途经山道，凛冽的夜风刮得她浑身冰冷，她正打算要不要进屋躲一躲，便看见一道挺拔修长的身影挡住去路，一抬头，对上一双幽深冷沉的眼。

观察力细致入微的蘑菇，立刻就发现谢无妄的瞳仁在极轻微地震颤，打个不那么恰当的比方，就好像他的脑袋里面也有个心魔和器灵在天人交战似的。

器灵："他来了他来了！他带着酒气与怒火走来了！"

心魔："儿子，稳重一点。别待会儿什么都没捞着，又来找你爹哭。"

器灵："呵，这是在提醒我，你要使阴招抢我魂力？我可谢谢你全家！"

心魔："我的全家就只有你这个不孝子啊！"

不是，两位，你们这个样子，让我怎么专心沉浸在谢无妄的吵架剧情里面嘛！过分了。

宁青青生无可恋地让身体动了动。

"道君不是刚收了云水淼吗，还来这里做什么？"她讥诮地挑起唇，神色映在谢无妄的黑眸中，笑得比哭还难看。

谢无妄静静地凝视着她，半晌，浑不在意地勾了勾唇："不至于那么急。"他没有驱逐酒意，气质颇有一点懒散不羁，领口微敞，能够看清精致的锁骨和小半部分结实漂亮的胸膛。

他大概不知道他身上的酒气有多么冲，简直就像掉进了陈年马厩。

宁青青的嗓音有点颤抖："谢无妄，你怎么可以这样对我？"

看着她黑白分明的眼睛被泪水晕得一片模糊，谢无妄刚刚冷静下来的心绪再度暗潮汹涌。

"不要哭。阿青，再哭会死。别犯傻，云水淼什么也不是。"

遗憾的是，他无法左右这具身体，只能任凭记忆中的自己继续对她造成无可挽回的伤害。

"阿青，"他放缓声音，眸色转寒，"不要贪心不足。"

宁青青都快被他气乐了。他自己做的事情让别人误会了，反倒还怪人家贪心？她很想开口教一教他做人的道理，但是考虑到那两个尽心竭力、翘首以待的"老父亲"的心情，宁青青默默缩回了试探的黑手。

吵架吵架，老实按照它们的安排，认真和谢无妄吵架。

"贪心不足？"她难以置信地看着他，"我要我的夫君一心一意，这有什么错？谢无妄，你若是厌了我，腻了我，只管直说，我绝不会赖着你！我绝对不会与旁人共侍一夫，你若要找别人，可以，我们解契离籍！"

他并不说话，只居高临下地睨着她，黑眸全无波澜，她的伤心对他来说，什么也不是。除了隐隐震颤的瞳仁，以及瞳仁边缘迸出的那一缕几不可察的血丝，他的脸上并无任何波动。

"说啊谢无妄！是不是要和离！"她的眼睛里涌出泪水，"你说啊！"

"别闹了阿青。"他眉眼不耐，"很难看。"

她的身体轻轻一颤，像落叶般抖动起来，一双惨白的小手不自觉地环抱着肩。她看起来极冷、极疼，源源不断涌出的泪水，带走了她的温度和魂魄。

　　谢无妄幽黑的瞳仁震颤得更加厉害，神魂难耐地沉沉喘息，他想要抬起手拭去她脸上的泪，想要拥她入怀，轻吻她通红的眼角，想要许下他曾给过她的诺言，哄她开怀。

　　可惜，他什么也做不了。

　　心脏沉沉下坠，他向她许过承诺的，在她丢了一次性命之后，他已退让一步，承诺"夫君身边，只你一人"。倘若早些知道自己终究会让这一步的话，不如早早便遂了她的愿，也不至于沦落到今时今日。不过就是守着她一人而已，这有何难？他本也不是重欲之人，唯独对她例外。

　　她的眼泪还在流，一滴一滴，像是整个世界，砸在他的身上。他却知道，这还不是终结。此刻他已经无法想象，他放任她独自离开之后，她还会掉多少眼泪，尤其是当她扔掉或是毁掉那对小木人的时候，会如何心如刀绞？

　　她撑不过去的。她会死。

　　她属于他。连自己的女人都保不住？他绝对无法容忍。

　　谢无妄再一次尝试夺取身体的控制权，直到耳畔响起"嘤"声，仍然只是在瞳仁边缘多添了一道血丝而已。

　　宁青青此刻十分失望。是她天真了，听信心魔和器灵的话，还以为谢无妄会像凡夫俗子那样和她吵架。这算什么？他连眼角都没红一下，她期待的声嘶力竭，恐怕这辈子是看不到了。

　　不过此刻最失望的倒不是她。看着她的眼泪不要钱地流，嗷嗷待哺的器灵和心魔却什么也没捞着。

　　"我难看吗？"她用泪眼蒙眬的视线凝视着他，喃喃道，"我不难看，负心的人才难看。谢无妄，我不想再看见你了。"

他并没有受她威胁，只是极慵懒地轻笑一声。

她缓缓转过身，柔软曼妙的背影顺着走廊踏向院门。她能感觉到谢无妄的视线沉沉地落在她的后背上，但他自始至终，一言未发。

她其实想要一句解释，可他却放任她一步步走向冰冷漆黑的夜幕中。

踏出院门，宁青青御剑而去。

"阿青，"谢无妄温和的声音带着笑意，"走了就别回来啊。"

倘若谢无妄此刻可以动一动，他定会一把火将这具不听话的身体焚成飞灰。他的心肠向来极为冷硬，他的理智向来不可撼动，他的脑子里从未有过任何失去理性的念头。但在这一刻，他将自己与这具身体剥离，真心实意地，想要灭杀它。

他习惯高高在上、强势地绝对掌控一切。他厌憎任何脱离掌控的事物，哪怕这个事物，是曾经的自己。

宁青青骑着剑飘离圣山的时候，其实是有那么一点不好意思的。因为心魔和器灵再一次打起来了。

它们都以为对方偷吃了她的魂力，毕竟她看起来那么伤心，那么绝望，怎么可能一口吃的都供应不上？两方都知道，倘若再叫对方这么偷吃下去，要不了多久，对方就会变得比自己强大许多，到时候只有死路一条！

这般想着，心魔和器灵再不顾"父子"之情，拼尽全力厮杀在一处。

害得"父子"相残，这可真是……红颜祸水啊！这事做得，
恁不地道。

他记得，她走了整整六日。

到了第四日，他懒洋洋地暗示浮屠子去找她，良言相劝。而他，
又冷了她两日之后，亲自将她接回。

他见到她的时候，她已不再冷着脸闹别扭，虽然仍有一点委
屈，却掩不住失而复得的喜悦。她根本离不开他。

往昔的一切，与他的预期分毫不差。然而此刻却不是那么一
回事。他不知道她还能撑多久，也许几日，也许几个时辰，也许
几息。她流下的每一滴苦痛的泪水，都是流逝的魂力。她在枯萎，
在死去，他却只能这般看着，看着这具身体，走向属于他的至高
之位，走向他并不需要的喧嚣繁华。

他记得，她离开之后，他每日都要饮下许多酒……那个滋味
永生难忘的酒。

宁青青开启自动寻路，在晨光熹微时，飘然落进一片紫竹林。竹上一片一片渗着浅色的圆点，像是串串泪痕，悲凄伤情，十分应景。

心魔和器灵还在她的识府里打架。

她不喜欢它们打架，那种感觉就像是脑海里面关了两只乱飞的苍蝇，嘤嘤嗡嗡，又吵闹，又把自己撞得很不舒服。

得想个办法劝架才行。

宁青青眼珠转了转，找个落叶松软的地方盘膝坐下，托着腮，自言自语："好奇怪啊！天圣宫的酿酒师，为什么会酿出味道那么像马尿的酒？莫不是酿酒师自己饮过马尿？"

战斗激烈的双方忽然像是被施了定身法一样，齐齐呆住，打斗戛然而止。

心魔："哈哈哈哈哈哈！儿子，我这是听到了什么了不得的秘密哇！"

器灵："……"

心魔："啧啧，都怪为父无能，让孩儿你流落在外，沦落到饮马尿为生，所以这么了解马尿的滋味！"

器灵："胡……胡说！我才没碰过凡马，那是独角妖兽的味。"

心魔："随口诈一诈，你还真就自己交代饮过兽尿啦？啧，真是知子莫若父！"

器灵："别和你爹说话！"

这一回合，器灵完败。

宁青青眨巴着一双无辜的眼睛，东看看，西望望。她什么也没听到，什么也不知道，她只是一个伤心失落、魂不守舍的伤情女子，平平无奇，深藏功与名。

这一架，心魔和器灵倒是打出了一个结论——似乎谁也没有撒谎，因为若是对方当真偷吃了魂力的话，不可能还和原来一样弱。所以，唯一的解释就是，在这次妄境中，宁青青遭受的打击还不够大，没能真正伤到魂魄。

发现真相之后，两个事后诸葛开始了毫无节操的马后炮对轰。

心魔："呵，是你信誓旦旦说女人最看重第一次，所以第一次离家出走肯定痛彻心扉，现在好了？知道自己是个废物了？"

器灵："现在怪我？我有没有告诉你，这一次吵架他们和好得太快，恐怕虐不进骨子里？"

心魔："马后炮。行了，下次别再犯蠢，你爹我心胸宽广，原谅你一回。"

器灵："如果有一天这世上没了蠢货，一定是我大义灭亲！"

两个"相爱相杀"的家伙花费了足足三个时辰，终于在磕磕绊绊的吵闹声中敲定了下一步计划，随后它们双双休战，养精蓄锐去了。

宁青青无聊地发起了呆，让这个身体自己动。

她其实有点想不明白，心魔和器灵说这些是她的记忆，可是她并没有这样的记忆。这个身体的所有感受她都能感同身受，她并不讨厌这个傻乎乎伤心的女子，因为全身心地喜欢一个人、对他好，这件事本身并无任何过错。错的，是那些随便对别人施加伤害的人。

善良友好的高等生物默默关注着这具自己会动的身体，只见她抬起手来，轻轻抚着一株泪斑紫竹，柔声对竹子们说话——

"你们也是因为伤心，才弄得满身都是泪水，对吗？我本来心中很难过，但是看到你们之后，忽然觉得自己的事情也没什么大不了的。"

"我和他在一起整整一百年了，他很忙，也不喜欢我多管他的事，我早就觉得我和他并不在一个世界，但我舍不得他，从来没想过要离开他那个与我格格不入的世界。"

"和他在一起，我改变了许多许多，变得都不像我自己了。我也觉得这样不太好，可是我真的很喜欢他，很喜欢很喜欢，说个秘密，你们别笑话我啊！我见到他穿过的衣袍，用过的茶盏，他的法宝，他写的字……所有和他有关的东西，心脏都像是装满了热水一样，暖得冒泡泡，就是这么喜欢他啊！"

"别人都以为我贪图他的权势财富，其实不是，我就图他这个人。我从来没有问他要过什么东西，我就是喜欢他，想要好好陪他一辈子。不过……算了，负心之人一文不值。没什么大不了，从此刻开始，我要一点一点把他从心里面扔出去，等我伤好了，我便不陪你们了，我要开始我的新生活，你们不要太羡慕我哦！"

声音软软的，疼痛悲伤的心田上，好像正钻出一株坚强的小幼苗。

竹海随风发出沙沙声，沁来阵阵清香。宁青青忍不住接过身体的控制权，开口对她说："你很好，很坚强，我喜欢你，我会陪着你渡过难关，我们一定可以的！"

虽然明知道她听不到，但宁青青仍是投入了全部的真情实感，心弦一震，眼睛里缓缓洇出泪水。宁青青敏锐地发现，这两滴泪水有些不一样，它们不再浮于表面，而像是从心底淌出来的热泪。像是她的泪，又像是"她"的泪。

这是一种很陌生的情绪，胸口涌动着激烈的感情，虽然在流泪，但并不伤心，就像孢子迎着狂风，坚定前行。哪怕身体被吹得扁扁的，它仍然一往无前，勇敢、坚定、无畏，它不会指望着谁，也不必依赖着谁，它肆意飞翔，竭尽全力冲锋，生死无憾！

其实，世间每一个生命，都是这样的啊！

心中的小小幼苗在抽枝发芽，孢子寻到它的沃土，勇敢地扎根，努力地活！宁青青站在原地，感动得泪流满面。

心魔："嘶！怎么回事？器灵你偷袭我？"

器灵："你还恶魔先告状了！明明是你偷吸我的力量！王八蛋不孝子，你想弑父？"

心魔："我若是王八，那你又是个什么东西！"

器灵："蠢儿子，你是王八，那你的祖宗十八代当然也都是王八了！"

好像哪里有点怪怪的？

宁青青成功被它们打断思绪，不过，她已经发现了两个了不得的秘密！

一个是，只要自己为不屈的生命而感动，那么器灵和心魔就会变得虚弱。另一个是，神器须弥芥子，居然知道独角凶兽的尿是什么味道……真是细思极恐。

一通大吵之后，"两父子"继续养精蓄锐准备下一个妄境去了。它们已经放弃了这个妄境，因为几日之后，谢无妄便会找到宁青青，二人冰释前嫌，重归于好，在竹林甜蜜相拥亲吻。这段剧情，它们不想看。

宁青青心道：二位请务必抓紧时间，她一点都不想和饮酒的谢无妄亲密接触。她打不过他啊！

唯我独尊的人往往偏执。

旧日重回，谢无妄意识到自己失去的不仅仅是一对小木人，因为在将来的日子里，她再没有做过任何木刻。他失去的，是她一笔一画，精心把木头雕琢成两个人的那份心思。

看着宁青青御剑而去，除了忧心她的性命，令他无比躁郁，最为意难平的便是那对小木人，几乎成了纠结的执念。

然而他什么也做不了，只能眼睁睁看着自己错失那份心意。

他的身体漠然地令人跟着她，然后回到正屋，随手执起窗榻下的蘑菇。

眼前的木地板分明一尘不染，他却仿佛看到了满地碎土、死去的蘑菇，以及那些痛苦挣扎的痕迹。她在生死之间挣扎的时候，他在哪里？

道君谢无妄，生平头一次不愿回顾过往。

神魂渐渐沉静蛰伏，此刻，这已不单是她一个人的事情。倘若她被器灵夺舍，那么身处她识府的自己，也将要迎接一场酷烈的恶战。她若真没了，他会让这个器灵，以及一切与它有关的东西为她殉葬。

接下来连续几日，谢无妄坐在灯火辉煌的乾元殿上，一杯接一杯地痛饮美酒，几乎没换过姿势。

修仙之人不知疲倦，连歇都不必歇。云水森卖力极了，谢无妄没喊停，她便在殿中舞得妖娆多姿，端得一个翩若惊鸿，婉若游龙。到最后，一见这道身影，那股令人神清气爽的"美酒"滋味便自发涌进脑海，形成牢不可破的通感。

这般饮"美酒"、观"佳人"的滋味，实在是蚀魂销骨！

挨到第四日，向来冷静到近乎冷漠的谢无妄也不禁心绪烦乱——怎么还不让浮屠子动身？似乎差了个契机，但他并不记得是什么了。

这几日，这具身体一直在考量算计落霞仙岛的事情。东南西北四大海域宁静了太久，过惯了安逸日子，人心便会不自觉地浮动。他早已收到消息，四大海域隐有联合向天圣宫施压之意，想要削减朝贡，拿到更多控海权。

难得这个时候东海侯起心动念，送来个云水淼，谢无妄自然顺水推舟、慷他人之慨，将南海一大块肥肉抛进东海侯的口中，引东、南二海内斗。这一斗，四海的水便浑了。

很显然，东海侯送的礼是什么东西，根本不重要。别说是水属性的云水淼，哪怕送来个纯阳大丹炉，谢无妄同样也会笑纳。

宁青青不懂这些，他也无意向她解释。她走便走了，闹这么一出戏，也恰好安了东海侯的心，放放心心去和南海侯斗。反正她爱他，离不了他。只要他愿意，轻易便能哄她回来——曾经，他就是这么想的。他并不觉得自己有错，但心中实在有些烦闷，否则也不会坐在这里饮了六日酒。

当初饮的酒，都是此刻刺鼻的泪。

终于，到了第四日傍晚时分，云水淼按捺不住了。只见她纤腰一扭，迈着猫般的步子，轻盈大胆地迈上了殿阶。

谢无妄瞥着她，似笑非笑。

"道君，"她哆着嗓子，声音嫩得能掐出水来，"人家舞得好生辛苦，腰都快要断掉了，能向您讨杯酒吃吗？"

她的目光带着黏糊糊的钩子，落到他手中的杯盏上，意图明显。她想要坐在他的腿上，想要饮他的唇触碰过的杯盏，一旦迈过这条暧昧的线，接下来的事情便顺理成章。

四日时间，东海侯已经对落霞岛出手了。

谢无妄缓缓执起手中的杯，在云水淼娇笑着伸手来接时，指尖一动，将杯盏掷下殿阶。

"真辛苦。"他轻笑一声,"本君最是怜香惜玉,既累着了,便下山好生歇息,无须再来。"

云水森愕然睁大眼睛:"道、道君?!"

她不甘地向他倚过去,却被殿中禁侍嬷住胳膊,像拎鸡崽一样拎出了乾元殿。

谢无妄目光不动,换了只杯盏,又饮下许多酒,这才不疾不急地望向右前使:"浮屠子。"他淡声道,"去看看夫人在做什么。她若问起殿上的事,直说即可,不要添油加醋自作主张。"

"哎!"浮屠子笑成了一只元宝。

宁青青栖身的那片紫竹林距离圣山并不远,傍晚时,浮屠子便带回了消息。听到她平安欢喜,谢无妄身心舒畅,又饮了许多酒。

接下来两日,大约是麻木习惯了,他竟有些品不出酒的滋味,只觉得时间过得比任何一日都要慢。

竹林相见的那一幕他始终未忘。

她憔悴了一些,见到他时,既委屈又欣喜,他向她伸出手,她用那双会说话的大眼睛挣扎了一会儿,终是难以抗拒诱惑,被他拥入怀中。她很香,是一种暖融融的温暖气味,让人舒适到骨子里。

他似乎已经很久没有拥抱过那一腔柔情蜜意了。瞳仁上再度迸出细细血丝,他呼吸微沉,拂袖起身,驱散酒意,直直掠向那片紫竹林。

他想她,非常想。

今夜借着浓情蜜意之时，他会尝试将自己的魂力渡给她，拉她脱离苦海，赠她无边欢喜。

"阿青，我来了。"

月下，紫竹林。谢无妄一身白衣，踏着月色出现在记忆中的地点。竹影映在他的身后，挺拔俊朗的男人，好看得独一无二。他的黑眸边缘，大约有五分之一的地方覆着赤红的血丝，像是某种脆弱又锐利的琉璃丝线，要将他的瞳仁剜出来一般。

他知道，他即将拥她入怀。他的神色温柔自负，他将向她伸出手，用低沉醉人的嗓音哄她回家。他的黑眸泛起懒洋洋的笑意，唇角微微勾起的弧度好看极了。

然而……宁青青并不在。直到东方发白，她的身影仍未出现。

他站在原地，看日升日落。他，从未这样等待过一个人。

他什么也做不了，这是记忆中不存在的空白片段，他无法去寻她，只能站在原地等。

她在哪里？她怎么了？她是不是出事了？她死了……吗？

他的瞳仁边缘，迸出一道又一道血线。

原来等待的滋味，还有个别称，叫作煎熬。

她从前，等了他多少岁月？

这几日，宁青青认真地听了这具身体的每一句絮语，她和高等生物蘑菇一样，很喜欢和身边的一切生物、非生物说话。她陪伴着"她"，偶尔对"她"说话。她能清晰地感觉到，"她"在一点一点好起来。

这个世间的能量总是守恒的，她好了，心魔和器灵就不好了。

心魔："器灵，你这个傻儿子！舍不得多花力量赶紧换一个妄境，害得我也越来越虚弱，你到底知不知道什么叫舍不得孩子套不着狼？"

器灵："我就你一个儿子啊，我倒是巴不得剁了你去喂狗！"

心魔："万幸宁青青比你还蠢！这么小一块地方，她都能跟谢无妄错过两回。遇到猪敌人，真是躺着都能赢。儿子，你虽然一无是处，但运气是真的不赖！"

真是不识好歹，她拖延时间不跟谢无妄见面，为的是谁？是谁？！这两个低等生物居然敢质疑她的智力水平。

她果断掉头，向着谢无妄发呆的方向走去。

心魔、器灵："啊——要死了要死了，快快快，有多少力使多少力，冲！给我换！"

宁青青从竹林中踏出的刹那，谢无妄就像一座活过来的玉雕，黑眸瞬间迸出的神光炽烈如火，映着半壁血丝，像是从心底燃出来的焰。他的眸中映出她纤细的身姿，血丝崩断，一粒细小的赤色珠泪染红了他的眼眸。

他刚一动，天崩地裂，她的身影如镜花水月般消逝在眼前。

"阿青！"

乍然明亮的光线刺入瞳仁。看清眼前的一切，谢无妄的心微微下沉。

他的面前，站着寄怀舟。

器灵变更了妄境，这是上古凶兽暴动的第二日，有人利用寄怀舟这个剑疯子，来探自己的底。

神魂低低喟叹。他知道，这一回，她伤得更狠。

她身上有伤，在她绝望地替他披上法衣的时候，她的指尖颤得像是在击鼓一般。

白衣剑仙的声音清越如剑鸣："云水淼是我昆仑的人，寄某今日不惜一切代价也要带走她，还望道君成全。"

谢无妄只想冷笑。这么拙劣而蹩脚的借口，也就寄怀舟这种脑子一根筋的人会用，他还真敢用！

等……等等！云水淼。

谢无妄神魂一僵，一只无骨蛇般的手趁机缠向他的袖口。

云水淼那个极特殊的、像是捏着鼻子和喉管发出的矫揉声音从身后传了过来："我不走，道君，我不走。他会杀了我，你要保护我……"

他好不容易才摆脱了那个酒的阴影。触到云水淼的气息，瞥见她的身影，强大的通感立刻直袭脑海，他仿佛回到了灯火辉煌的乾元殿，一杯接一杯地饮下风味独特的"美酒"。

此间滋味，实在难以述说。

想到自己即将为了这个马尿味的女人伤透宁青青的心，谢无妄不禁怒极而笑，这算什么事？

宁青青坐在殿顶，感受着胸腔传出的痛楚。

从心魔和器灵得意扬扬的吹嘘中，她知道距离竹林一夜，已过去了两百年。这两百年里，这具身体变得更加敏感多思，胸口除了疼痛，还添了从前没有的无力绝望。

宁青青垂下眼角。她是非常聪明的高等生物，她并不觉得这个身体像心魔和器灵所说的那样愚蠢。"她"只是全身心地爱着一个人，给他全部痴心和爱意，问心无愧地爱着他。付出纯真的善良和爱意，却收获了伤害。这不是她的错。如果整个世界都在用恶意回报那些善良的人，那么这个世界一定病了，并且病入膏肓。

宁青青恹恹地换了个姿势，蹲在屋脊。她喜欢这个身体，舍不得让它送上去受欺负，还不如躺在殿顶看戏。

等等！

一声清越剑鸣传来，寄怀舟长剑微挑，铿锵有声。

啊！雪星！宁青青转了转眼珠。虽然这是妄境，但雪星是她看中的剑，她不会让它受欺负的，至少，不能让别的剑欺负到它的头上！

她计上心头，唇角勾起坏笑。

此刻，谢无妄正被身侧那块马尿味的牛皮糖黏得魂魄冒烟，瞳仁之上血丝一道接一道迸裂。

这一日的场景他记忆犹新，宁青青面色异常惨白，连唇色也是浅淡的，一双眼睛分明没有含泪，却能看出波光颤动。这是伤心入了眼眸。她的声音是颤抖的，字字泣血，离开时的背影却异常决绝，柔弱的脊背立得笔直，肩膀一晃也不晃。

这一日之后，她就再没有欢喜过。她变得平静、哀伤、憔悴，直到他把一个女人带回玉梨苑那日，她才回光返照了一瞬，然后，她的眸中永远失去了光。

谢无妄的神魂轻轻地笑着，心脏不断往下沉，余光瞥见她的身影从殿顶掠下来，他笑了笑，琉璃血丝不断迸裂，占满半个眼眸。

他会带她回去，从此悉心呵护。他有好多话，要细细与她说。

"阿青，等我。"

他盯着她。

在他的记忆中，根本没有云水淼什么事。到了今日他才发现，原来云水淼的存在感十足。她一次次抓向他的衣袖，不断搔首弄姿，装作不小心地对着他呵气，令他一次又一次回忆起了那恐怖的酒味。

而宁青青……她的举动与记忆中一般无二，声声控诉，像是柔软的针，一下一下，细细密密地扎进谢无妄的心。

在真真切切地失去过她之后，他已不再有半点不耐烦，而是将她的每一个字都听进了耳中。他着实是伤透了她的心。悬在她眸中的泪，就像是悬在他头上的锋刃。

那两汪清泉，摇摇欲坠。

不过，一切与记忆中仍是有些区别——到了该为他披上战袍、递上宝剑的时候，她却径自转身走到寄怀舟面前，将属于谢无妄的法衣披到寄怀舟的身上，再用手中的龙曜换走了寄怀舟手上的雪星剑。

这是她的记忆催生的妄境，寄怀舟像块木头一样，老老实实地任她倒饬。

比斗如约进行。

一招一式，皆与记忆中一般无二。谢无妄手中无剑，却照旧施着剑招，怪诞别扭自不必说。寄怀舟修为已至合道大圆满，谢无妄虽不至于落败，却无法再像记忆中那样轻描淡写地接下剑招，并且随手挥开牛皮糖般不断黏上来的云水淼。

只见她一次又一次尖声惊叫着，扭着她的水蛇腰，不断往他面前凑过来、凑过来……每一次，都成功在他魂魄中掀起血雨腥风，叫他一番又一番地不断回忆起，在那整整四日里，被饮不尽的"美酒"支配的恐惧。

"啊——道君！"

"道君救命！"

"妾身好害怕呀！"

乾元殿前的广场上。

宁青青说完伤心话，欺骗寄怀舟说龙曜有灵之后，却义无反顾地把谢无妄的法衣和龙曜都塞给了寄怀舟。

两位绝世强者开始了属于他们的战斗。谢无妄手中无剑，身边又有云水淼这个拖油瓶，虽不至于落败，但难免负伤。

他将右手横于身前。他原是反手握着龙曜，用剑鞘轻而易举地击退寄怀舟的进攻，然而此刻，龙曜在寄怀舟手里，自己却只能虚虚握着右手，以肩和臂来承受那些本该落在剑鞘上的攻击。

龙曜无刃，是一柄古朴沧桑的重剑，一剑一剑钝钝地斩在身上，疼极了。

龙曜是他的本命剑，身体的自发防御不防龙曜，一记记重击，堪称被至亲捅刀。

事实上，也正是如此。他的法衣披在寄怀舟的身上，在阳光下微微泛着暗黑的流光，刺目之极。圣山顶一战，是她最后一次为他披上战袍，后来残墓一战、谢城一战，比起眼下更加凶险百倍，他的身上却失去了那一层带着温暖柔情的防御。不仅如此，此刻她还亲手将唯一能伤到他的龙曜递到寄怀舟手中，一记一记，筋骨震裂，痛入神魂。

谢无妄倒是不怨她，反而觉得有些痛快。一击又一击，身体寸寸破裂，剧痛连绵不绝，口中鲜血狂涌，战斗愈加酣畅。

他的心肠是冷硬的，待人狠，待自己更狠。疼痛于他而言，什么也不是。

他的眸中浮起轻飘飘的笑意——倘若这样便能令她解恨，区区疼痛，又有何妨？

重剑击落，倒是替他短暂驱散了笼罩在心头的阴云，让他无暇去细想那双盛满哀伤的眼睛。

这一身伤，是痛，也是痛快。他倒是宁愿她鲜活地报复，也不愿她行尸走肉般凋零。

"再来。"他淡淡开口。

原是云淡风轻，但此刻身体已经遭受重创，一开口，便鲜血狂涌，喘息沉沉，颇有一点英雄末路的苍凉。

寄怀舟举剑迎上，冷声道："寄某堂堂正正与你一战，不需要你让！道君莫不是舍不得离开云水淼片刻？"

原本的战斗中，谢无妄身边带着人却游刃有余，寄怀舟落在下风，深觉屈辱，于是含恨说出这句话。此刻听来，却是无比嘲讽。

谢无妄轻笑："是又如何。"

反倒纵着云水淼又靠近了些。

此举简直是雪上加霜，真正的谢无妄气得魂魄生烟。睥睨苍穹的道君，人生头一回体验到了"后悔"的滋味——他一向认为，这种情绪是世间最无用、最令人不齿的。此刻，他却真真切切地悔了，真是得益于这个处处是乌龙的妄境。

瞳眸猩红的谢无妄继续迎上，与寄怀舟轰隆对撞。渐渐地，谢无妄的眸色彻底冷了下去，他清楚地记得自己断寄怀舟右臂的那一击。

寄怀舟战至最后，舍弃防御，破罐子破摔地举剑刺向他的心脏。他竖起剑鞘挡下寄怀舟的剑尖，然后扬起垂在身侧全程未动的左手，冷酷地折断寄怀舟的剑臂。

但此刻，自己手中无鞘。本该挡住剑尖之处，空无一物。龙曜无视自己的防御，这一剑，将会直直贯心！在妄境中死了，会怎样？有那么一瞬间，谢无妄下意识地怀疑这是一个局，一个处心积虑针对自己设计的绝杀之局。

倘若当真如此，那么宁青青，便是这个局中最重要的一环。

魂魄冷了一瞬，然后他告诉自己——她不是故意的。

"阿青，你最好不要辜负我的信任。"

时间所剩不多，谢无妄眸中的血丝一道接一道迸裂。等到血染赤瞳，便像常人入魔一般，他将用降临夺舍的方式拿到这具身体的控制权。

砰，一记记沉重剑击摧毁他的筋骨，受制造妄境的器灵能力所缚，这具身体并没有他本身的实力，而更像是一个提线木偶。这个木偶，寸寸破碎。换作常人，此刻心智大约已是崩溃癫狂。

谢无妄却是死般寂静，就像真实的魂魄已然离开了这具身体。他的瞳仁上，有条不紊地一缕一缕炸出血丝，极规律，有种冰冷无情的森严秩序感。

赤色攀爬，覆满五分之四。

然而已经来不及了。龙曜轻响，直指心房！

骤缩的瞳仁之中，血线平稳蔓延。时间流速仿佛忽然变慢，世界画面变成了一帧帧定格。精致冷漠的黑眸上，血火蜿蜒，即将吞没这一整片沦陷的黑色大地，而一柄古朴黑剑却来势更疾，仿若行星撞向大地。

大地满是熔岩，只剩最后一小处黑色孤岛。赤色熔岩掀起滔天巨浪，想要主宰这个世界，然而却迟了一步——在他掌控身体的同时，剑尖已没入胸怀！

谢无妄怔怔垂眸。就这样了？

即将刺入他的心室要害时，本命仙剑龙曜却忽然一寸一寸碎成齑粉。

与此同时，谢无妄扬起左手，断了寄怀舟的肩臂。

"龙……曜。"

它彻底粉碎，消失在风中。

谢无妄不知道，是这柄已有灵性的剑在妄境中仍记得护主，还是宁青青在剑上做了手脚——龙曜，本是她最好的朋友，她与它极为亲密，远远胜过那什么雪星。

是灵剑为护主自戕，还是她对曾经的好友下了狠手？他不知道。他只知道，左右皆是刺心之痛。

双眸被赤色彻底覆盖，谢无妄站在空旷的殿前广场上，唇角缓缓勾起笑。他与断了臂的寄怀舟擦身而过，一步一步，走向殿后玉梨苑。

谢无妄归来时，宁青青正坐在窗下愣神。

心魔："儿……子，你老实告诉爹，是不是你……做了手脚？为何她在广场哭诉伤感，虚弱的却是我？"

器灵："垂死病中惊坐起，暗风吹雨入寒窗。儿子你看，我们边上多了个什么怪物？"

心魔："识府中怎么会长蘑菇？儿子你发霉了？"

器灵："蠢儿子，是她化神了！倒霉倒霉，着实倒霉！怎么早不化神晚不化神，偏偏这个时候化神，这不是坑爹吗？"

心魔："一起上！吃掉它！"

宁青青看着一黑一白两团光雾落到她识府中新生出来的小蘑菇上，吭哧吭哧地啃了起来。

在竹林时，她便感觉到一粒坚强的孢子落入识府，扎根下去，没想到它真的长成了一只蘑菇！她胆战心惊，小心翼翼地探出细得看不见的菌丝，悄悄扎进这两团看起来很像蝌蚪的光团尾巴里。

她顾着识府里面的食客大作战，自然顾不上控制这具身体，只能让它循着记忆动。于是谢无妄回到玉梨苑时，看到的就是与记忆中一般无二的宁青青。

她看起来哀伤极了，容颜绝美破碎，任谁看见都不禁要心软。

他凝视着她，赤红瞳仁中，目光复杂微闪。

"夫人，"他盯着她，"我的夫人，将我的法衣与灵剑给了别的男人，置我于何地啊？"

这是记忆中没有的片段，她只用那双盛满哀伤的眼睛望着他，花瓣般的唇微微颤抖着。

这个时候的她，还没有凋零下去，颜色有一点点发白，像是被雨打过的梨花，还能救得回。

他失神片刻，到了该说话的时候，身体自动张口道："呵。"他低低冷笑出声，"需要在意旁人？"

怔忪之间，自问自答。

话语一出口，心底涌起的冰冷竟比一身伤痛更加刺骨。当初他便是这么对她说的。她问他，她的夫君与旁的男子争夺另一个女子，置她于何地？他便是这么回她的。

倘若，此刻是她这般冷冷看着自己，说出这样的话……没有亲身经历，又怎会感同身受？

脑海里传出极轻的嗡鸣，他沉沉一喘，想要上前拥住她，却后知后觉地发现身体绵软破碎，只余左臂完好。一口口鲜血喷涌而出，他知道这不仅是妄境中这具身体的伤，还有他身上那些真实的、严重百倍的伤势，它们一齐发作了。

他可以无视疼痛，却无法阻止身体的痉挛抽搐，他能感觉到，自己的体力和精神都在疯狂流逝。再沉稳的他，也不禁心头微灼。

他沉沉喘息着，跟在她的身后，低低地迭声唤她。

"阿青，醒醒，这是妄境。"

"我就在你身旁，没有离开你，不会离开你。"

她置之不理。

"好一个……竹叶青啊。"

明明是她坑了他，此刻她却摆着这般无辜的脸，哀伤地谴责他这个坏人。

他的唇无力地擦过她的脸颊。她没有理他，依着记忆里的轨迹，游魂一般在他面前走来走去，哀伤的小脸一点一点绝望下去。

他把她关在院子里，足足半月。他挡在她身前，她只会麻木地继续向前走，他若不让开，她会把自己弄伤。

他的喘声越来越重，吐到最后已吐不出什么血来，胸喉之间只余一片苦涩。神魂离体太久，真身的伤势迟迟得不到料理，已愈加恶化，时不时便令他一阵恍惚。

眼睛刺痛得厉害，他一次次沙哑地唤她，却怎么也唤不醒，眼睁睁看着她一点一点憔悴凋零。

终于，她缓缓爬上床榻，陷入沉睡。梦中有他，苍白的小脸上渐渐浮起清浅甜蜜的笑容，带着几分青涩。

他不禁轻轻挑起眉，倚到她的身边，用完好的左臂将她揽进怀中。

短短几日，她便把自己折腾得瘦骨嶙峋，不过她的身体仍是软的、暖的。她和他不一样，他是硬到了骨血里，她却拥有一身软玉般的骨，像是最清澈的泉水，又像是最润泽的暖玉。小小一团，乖顺地偎在胸口，好似什么灵丹妙药，顷刻间便让他忘却了一身伤痛，只觉又暖又懒。

谢无妄沉声一叹，长眸缓缓合紧。明知不该，但这一刻，太值得贪恋珍惜。

谢无妄不知自己睡了多久，迷糊间感觉到身侧有些陌生的异动，他的气息迅速转冷，下意识地将手搭向腰间的剑柄——探了个空。

他心底一沉，记起龙曜已经没了。他屏息睁眼，刺目的阳光险些叫他沁出生理泪水。这是……到了哪一幕？

"妾身的一切，但凭道君做主。"身后飘来一个甜腻的声音。

女子的声音。

谢无妄下意识地眉心一跳，脊背蹿上寒流。

偏头一看，率先映入眼帘的是一抹刺目的红。额心有红梅的女子，双手轻轻交叠在身前，肩端得极平，微微向后压，下颔微含，神色柔顺。

不是云水淼啊……谢无妄心头先是一松，再又一紧。

在他的神魂沉睡的时候，妄境中已过去数日，到了他将一名酷似西阴神女的女子带回玉梨苑，致使宁青青心灰意冷地离去的那一日。

他赤色的瞳仁骤然收缩，微震的视线转向身前，只见距离院门最近的廊椅上，苍白脆弱的女子拎着裙摆急急迎上来，一双眼角微垂的漂亮大眼睛里蕴含着委屈，却是情难自禁地弯成小小月牙，闪烁着期待的光。她以为，他带了青城山的人回来。

谢无妄齿间发冷，胸口仿佛坠了千钧寒石，坠得血液也冻结成冰。

这是她身上最后的一束光。那个时候他不以为意，他知道她很好哄，只要他不碰别的女人，她总会乖乖地收起爪牙，重新依偎到他的身边。毕竟他知道她的底线。他深谙谈判之道，太早亮出底牌的人，总会一败涂地。

就像她，易于掌控的她。他从来没想过，自己会失去她。

此刻，他已来不及阻止。他眼睁睁看着她望向他的身后，看见那个女子，然后那两簇漂亮的小火苗在她的眼睛里熄灭、破碎，一寸一寸，心死成灰。

一切在他的眼前放慢，他敏锐地感觉到她的每一缕情绪变化，那些痛像是交错的线刃，丝丝缕缕切割到他的身上。他已经知道，这次黯然出走，会要了她的命。

"阿青……"早已干涸的胸腔陡然涌起一口血。

他下意识上前搀她，却被她狠狠挥开。她很虚弱，脸上浮起破碎的笑容，凄美得惊心动魄。

他沉沉喘着，眼前阵阵发黑。神魂，离体太久了。

"阿青，别走。"

忽明忽暗的视野中，她的身影如游魂一般，飘进东厢。

他曾让她为那个女子安排住处。她循着记忆，一件一件地做着令她自己伤心欲绝的事情。

她笑着问他："不如住正屋如何？"

这是她的家。这是她的家……她要把她的家，让给别人。她，不要这个家了。她不要他了。

一片赤色模糊了视野，他的耳畔像是有凶兽在哧哧喘气。

她的身影就像一个小小水印，缓缓氤氲开。他怎么会放她走？

他不该放她走。这一走，她再没有回来啊……此刻若是留不住她，越往后，妄境的境况只会越来越坏。

不能让她走。

他会告诉她，这个院子永远都是她的家，永远只有她一个女主人。

谢无妄的眸中浮起暗焰，如陷泥沼的身体一步一步，极沉、极缓，踏向那间有她的、温暖的屋。

她在饮茶，一杯接一杯。茶水从口中进去，从她的眼睛里流出来。

他摁下周身烧灼割裂的剧痛，缓步走到她的身边，抬起完好的左手，落上她瘦削的肩。

"阿青，"他吐出破碎气音，"看清楚，这是妄境，你在做什么？"

"喝茶啊。"她冲着他笑，美丽的小脸就像一只失去了灵魂的木偶。

脆弱绝美的面容在他模糊的视野中轻轻晃动，她仍旧与记忆中一般无二。他闭了闭眼："别难过，别乱想，醒来，我再不会伤你。"

"我什么也没想。"她冲他露出笑容，"真没。"

她依旧在说着曾经说过的话。他定定看着她，她没有魂魄，无论是记忆中的此刻，还是眼下。

他的气息一点一滴消失。这样下去，毫无意义。

他记得，记忆中的今日，她这副失了魂的样子令他烦躁，于是他强行将她的心神唤了回来，然后把一支支冷箭扎进她的心窝，最终，让她像一只失了巢、淋了雨的小动物，蜷缩着身体离去。

而眼下，他只有一个选择——灭杀她这具虚假的身体，强行吞噬器灵，将她的神魂带回去！

他需要积蓄一些力量。谢无妄的眸色渐渐转冷，长眸微合，神魂封闭感知，陷入沉眠。

"阿青，最后伤你一次。"

一番拆东墙补西墙的斗智斗勇之后，宁青青识府中的蘑菇、器灵和心魔，达到了一种非常微妙诡异的平衡状态。蘑菇顶上长出两只芽，一黑一白，三者都是非常纯粹的敌对关系以及……父子关系。

忧郁的宁青青入乡随俗，既然没能拆散它们这个家，也就只能无奈地加入这个家。

蘑菇："虽然我是你们两个的父亲，但是恕我直言，你们这样的低等生物是没有资格做蘑菇的，到了外面，别说是我儿子。"

安抚好两个不孝子之后，宁青青耷拉着眼角，接过身体的控制权，想要看看外面的世界已经发展到哪一步了。如今，谁也没有能力主导或是停止这个妄境，只能任其自生自灭。

热。

还未睁眼，她便感觉到了铺天盖地的热浪，好像置身于熔岩之中。熟悉的气息无孔不入，她感觉到疼痛，一时之间，竟无法分清是身痛还是心痛。

这一次回到这具身体中，感受又与上回大不相同。

她清楚地记得，在紫竹林时胸腔中那颗疼痛的心脏是完好的，到了谢无妄与寄怀舟决战圣山巅的时候，心间已经出现了道道难以修复的裂痕，再到今日，这具身体中的心脏已经化成了灰。它在一片死灰之中停止挣扎。它还跳动着，但它已经死掉了。

宁青青心神微震，下意识地望了一眼床榻旁边的玉梨木台。一只玉盆中趴着一只死掉的蘑菇。

她轻轻吸气，瞳仁颤动，五脏紧缩。这……这是什么惊悚的场景？

她是一只非常单纯的蘑菇，若是换成人类的话，差不多就是个不谙世事的小姑娘。这样一个单纯的小姑娘，一睁眼，便看到距离自己极近的地方躺着一具同类的尸体……

凶案现场！

宁青青骇得不浅，刚想大喘气，就发现自己被压得喘不过气。

她缓缓转动视线，望向自己身上，只见谢无妄压着她。

她略微回忆了一下心魔和器灵的话，便知道此刻身处哪一个情境——谢无妄带了个女人回来，令她心灰意冷，发生了一系列不愉快的龃龉。今日，二人说好了，最后做一次夫妻，然后便解契和离，他放她走。这是……和离前的最后一夜。

这段感情，终于走到了尽头。

俊美的脸庞压低了些，温存地吻了吻她的鼻尖，然后亲吻她的脸颊，冷香气息侵蚀着她，声音模糊暧昧。

"最后给你一个机会反悔。"

她听到自己的胸腔中传出怦怦的心跳声，他的信息素极其诱惑，他似乎伤得不轻，右半边躯体整个是凹陷的，原本结实漂亮的右边手臂已经无法撑住身躯，所以沉沉地压着她。

她身上也有伤，被他压得有些喘不过气来。

他的身体像是流干了血，精致的薄唇毫无血色，高挺的鼻尖触着她的鼻尖，一双赤红如血的眼眸中郁积着深沉暗涌，像会吞噬神魂的深渊。

她盯着他，张了张口，不知该说什么。她感受着此刻这具身体的心情，麻木苦涩，连带着身躯也紧绷蜷缩。

半晌，他稍微撑起身体，离她远了些，眯着眼觑她的脸色，片刻之后，忽地轻笑出声。他抚了抚她的头发，声音低沉缱绻："安心，夫君干净得很。"

她不知该如何是好，愣神之时，身体已喃喃地自行开口："谢无妄，都要和离了，说句假话来哄我啊。"

宁青青知道这具身体想听什么。她耗尽所有的心血和情意，爱着这个男人。到了最后，她什么也不要，只想听一句假话，来圆满毕生痴念，也算是有始有终。

"倒是记仇。"他慢条斯理地说着话。

妄境中的身体受器灵和心魔的能力制约，并无谢无妄的真实实力，若不是他意志力过于坚定，伤成这般，早该瘫在地上碎成一个瓷娃娃。

宁青青紧张地盯着他，直觉和本能告诉她，现在应该发生些什么。

便在这时，谢无妄那双暗沉的眼眸中，缓缓有精芒凝聚起来。他于沉睡中清醒，神魂冰冷漠然，准备出手灭杀她这具妄境中的身体，捏碎器灵，然后带她的神魂回家。

绝杀之念让他的眸光冷得惊心动魄，但视线落在她身上的刹那，他却陡然屏住呼吸。怎么会……是这一幕？

娇小柔弱的身躯很乖顺地躺在云丝衾中，花瓣般的双唇微微翕动，清澈的眼眸中并无死气，只是有些愕然。她的神情无辜可怜，就这么凝望着他，黑白分明的眼眸中映出他的模样。

谢无妄瞳仁震颤，虽然明知此刻不是应该怜香惜玉的时候，心头却涌起浓浓的不舍。

眸光微闪，他瞬间斩断情丝。

不是时候。

他抬起完好的左手，温柔至极地抚上她纤细白皙的颈项。正要动手，只见她唇一分，真诚感慨——

"谢无妄，你是真的不行啊！"

世界忽然静止。她抬起手来，摸向他的眼睛。

眼帘合下，他长眉微蹙："阿青？"

"你也到妄境里面来了。"宁青青微微歪了脑袋，看着他，语气有那么一点遗憾，"器灵和心魔说，这一次谢无妄和宁青青会轰轰烈烈，乐极生悲，我还想好好感受一下呢。"

被她触碰的左边眼皮狠狠跳动，谢无妄睁着猩红的右目，一眨不眨地看着她。

宁青青天真无邪地叹了一口气，失望地道："没想到你来了。你不行，连累这个妄境里面的谢无妄也不行。方才我等来等去，根本没有他们说的那样，我就猜到是你来了。"

谢无妄的薄唇全无血色，皮肤白到死气沉沉，他这具妄境中的身体就快要碎裂。

她耷拉着眼角看他："你来做什么啊？太扫兴了。"

"我带你离开妄境。"他气乐了，破碎的嗓音染上狞笑，"会亲自告诉你，我行还是不行。"

手指微微用力，钳住她颈侧的命脉。他会先让她昏迷，不会带给她任何痛苦。

她被他掐得很不舒服，噘起嘴，快速摇了摇头："不要！这个宁青青好可怜，她就要孤零零地死掉了，我要陪着她到最后，不让她一个人走！"

她攥住他的手指，将这只滚烫的铁钳般的大手从她的脖子上扒拉下去。

他瞳仁微震，顺着她的力道松开手。他的嗓音彻底哑了："你说……什么？"

宁青青被他压得很不舒服，把他推到一边躺平，然后吃力地爬起来，躬腰盘坐着，把云丝衾抱在膝盖上，饶有兴致地偏头打量他。

谢无妄不习惯被人俯视。他无视错位碎裂的骨骼，将身体撑起来，与她对坐。一条断掉的肋骨刺到脏腑，他将闷哼憋回腹中，只沉沉吐出一口血气。

她看了他一会儿，抬手戳了戳他的胸骨，眨巴着眼，说："器灵和心魔，它们真的很厉害啊，居然把妄境做得这么逼真、这么缠绵悱恻，我玩得好投入好感动。你呢？怎么样，你感觉如何？"

谢无妄薄唇微动，低低应了一声："嗯。"

她的眸光仿佛灼到了他，他微微偏开视线，哑着嗓皱眉道："阿青，从前是我没有照顾你的感受，日后我再不会伤你。信我。"

像他这样的人，说出这句话已是退让了十万步。

宁青青见他满脸认真，差点忍不住笑场。幸好她是一只非常懂礼貌的蘑菇，只会在心里取笑别人，绝对不会表现出来。

她清了清嗓子，探过右手，轻轻推了推他置于膝盖上的左手手背。

"醒醒，谢无妄，你不是知道这是妄境吗？都是假的。"她脆生生地道。

他缓缓抬眸看她，只见她的神色单纯而愉悦，唇色虽然苍白，但唇角挑起的弧度却十分狡黠，像一只又懒又坏、饿着肚子还要玩游戏的小奶猫。

"不是假的。"他反手攥住她的手，力道时松时紧，像捏着易碎的、失而复得的珍宝，"阿青，不是假的。"

宁青青忧郁地垂下眼角和肩膀，耐心地向这个虽然也是高等生物但是智力水平却和低等生物有得一拼的家伙解释道："是妄境中的谢无妄害死了妄境中的宁青青，不是你害死了我，我们只是看客，来这里玩的，明白吗？"

他的眸光狠狠闪了两下，本就没什么血色的唇更加惨白，肤色白到透明，像个一碰就要碎掉的琉璃雕像。

他动了动薄唇，语气莫可名状，声音低不可闻："害死了……她吗？"

是，她的身死心死，皆与他有关。

宁青青心中不禁轻轻感慨，谢无妄可真是太好看了啊！凶的时候好看，脆弱的时候也好看。哪怕伤成这样，吐着血，信息素也还是蘑菇最喜欢的味道。

　　她这下不仅有了耐心，更添了许多温柔："明日中午，妄境就会结束，我们一起陪着这个身体走到最后，她就不会那么孤独。她能感受到我在陪着她，她很喜欢。谢无妄，你很好，她也会喜欢你，也会愿意有你陪伴的。"

　　她笑吟吟地看向他的眼睛，却见他陡然别开了脸，眸中似有赤色一闪，攥住她的那只大手隐隐有一点颤抖。

　　片刻之后，他面无表情地转过脸来，紧紧盯着她，像是要用目光把她吞掉，与他融为一体。

　　"我会陪着你。"他低哑着声音保证，"一直陪着。阿青，让我陪着你。"

　　早已干涸的身体中再次咳出血。激溅的心头血染红他的唇，一个大男人，却艳得惊心动魄。

　　剧烈的咳嗽平息之后，他漫不经心地扬袖擦掉唇角残血，再抬眸，便又是往日那副若无其事、波澜不惊的样子。

　　"有什么遗憾吗？"他冲她抬了抬线条完美的下颌，补充道，"她。"

　　宁青青见他这么上道，立刻把双眼弯成月牙，摸着下巴沉吟道："她想听一句假话，算吗？"

　　他定定看着她，看了许久，哑声失笑："我不说假话。"他缓声，一字一顿道，"还望夫人收回成命，你我便这般恩爱一世，如何——这一句，不是假话。"

　　那日，他是真心想要哄她回来。他根本没想过自己会放走她，与她和离。他以为自己与往日一般，再次轻易地诱惑、征服了最乖顺最柔软的她。

宁青青本是笑吟吟地看着他，听他这么说，胸口忽然闷闷一痛，眼底蕴起泪光，模糊了部分视线。她抚了抚心口，忧伤地垂下眼角："她伤心了。"

谢无妄沉沉一叹，忍不住倾身上前，将她揽进怀里。

一身碎骨带来的刺痛不住地往心口扎，又是疼痛，又是畅快。

他竟不知，这个柔软的女子何时把枝条生长到了他的肉里，一动，竟是扎心的疼。

"她最喜欢外面的大木台。"她叹息着说，"等到天亮出太阳，我们就去那里，等待妄境结束。"

"好。"

她这具身体的虚弱程度其实与他不相上下，这么倚着他，她连一根手指都不想动，嘴里却仍在絮絮叨叨地嘀咕："她说，那一天的天气实在太好了，阳光把人晒得懒洋洋的，她扣着他的手指躺在大木台上，在他身上滚来滚去他也不恼，眼睛里都是愉悦宠溺，她太开心了，以为他也和她一样，也非常非常喜欢她，所以她才恃宠而骄，在受伤之后立刻给他传音，想让他快点回来，她好扑到他的怀里，向他讨些心疼和安慰，没想到他回来之后却一眼都没有看她，而是大摆筵席，还让章天宝替他搜罗美人。"

谢无妄心口一窒，绵密的刺痛再度袭来。

她长长叹息："她真的很喜欢他啊！他穿过的衣袍，用过的茶盏，他的法宝，他写的字……只要是和他有关的东西，她都喜欢得不得了。她把他写的字都悄悄藏在了床榻旁边的小木格里，你一定不知道吧？"

谢无妄略显恍惚的视线微微一顿："知道的。"闭了闭目之后，他哑着嗓开口，"与他有关的都喜欢吗……那龙曜呢，你舍得叫它断剑？不是最喜欢它吗？"

宁青青抬眸看他，目光颇有些无语："谢无妄，你是不是又迷糊啦？这是妄境，我不是她，我不认识龙曜，我只认识雪星。"

谢无妄口中发苦。

宁青青没和这个入戏太深的家伙计较，径自说道："她本来不会死的。在紫竹林的时候她已经想开了，要是他不再招惹她的话，她会一直好好的。不是她赖着他，而是他不放过她，将她困在身边却又不珍惜。她是一点一点，被他活活养死的。"

谢无妄扯了扯唇，听到手上传来"咔"一声，竟是自己捏碎了指骨，眼角模糊刺痛，抬指一抹，抹下淡色血痕。

她幽幽叹了一声："其实我也不太明白，为什么一个人会喜欢另外一个人到这个地步。如果她早早知道付出全部真心只会换来伤心，不知道她会不会后悔呢？"

她并不需要他的答案。

"应该不会吧。"她径自道，"她就快要死掉了，可是我现在还能感觉到她非常爱他。她的心很疼，化成了灰，还是那么疼。他为什么要那样对她呢？我想，他永远也不会再遇到像她这么爱他的人了。"

谢无妄咬破舌尖，尖锐的刺痛提醒他，她还在，就在他的怀里，一切，还来得及挽回。她却抬起那双黑白分明的眼睛，凝视着他：

"她死了，就算他后悔，她也不会再活过来。"

他的呼吸彻底消失。他有种错觉，此刻只要有半点风吹草动，她就会化在他的怀里，再也捞不回来。

不知过了多久，终于有一缕朝阳进入窗台。

他动了动唇，哑声开口："该晒太阳了。"

她弯起眼睛，笑得天真甜蜜："嗯！"

他把她抱起来。她的身体轻得就像一张丝帛，哪怕他伤重到这个地步，仍然不觉得她是负担。

只是伤势实在太重，每一脚踏下去，他都能清晰地感觉到一部分东西从身上剥落，他就像是一根正在融化的烛，一路留下斑斑残痕。痛吗？痛，但不及身体深处那种没有着落的隐痛更难挨。

他用自己的胸膛和臂膀挡住她的视线，禁止她向后回望。

走到大木台时，朝阳把金红洒了个遍，山崖下的云雾泛起深深浅浅的光，像是一圈圈细细的丝带环住云海。云雾一晃，金红的碎芒更是美得目眩。

他单膝及地，珍而重之地揽着她，轻轻放下，然后重重仰倒在她的身旁。

宁青青看着晨光中的谢无妄。他的脸色白得骇人，朝阳金红的光芒染上脸颊，他的气色也并无好转。他轻轻地喘着，每一次呼吸都在带走生机，令他的身体肉眼可见地沉下去，好似要陷进木地板里面一样。

"阿青，"他低低地道，"回来，我再不伤你。"

他的眸光已有一点涣散，哪怕意志力再如何坚韧，但这具妄境中的身体终究是不行了。

　　此刻的他正耐着性子，任凭自己游走在濒死状态，只为了陪

伴她。

　　他倒在她的身边，左手紧牵着她的手。

　　"陪你死。"他发出低低的气音，带着笑，"抓你回来。"

　　没让她听见。

朝阳一点点驱散晨雾，阳光洒在身上并不暖，宁青青发现远处的景象渐渐变得有一点模糊，她知道，妄境开始崩溃了。

她的目光扫过云海。翻涌的云层上，光线像是有生命一样，四处蜿蜒游走，色泽变幻，深深浅浅。偶遇云海的间隙，万丈光芒垂落如瀑，漫卷蒸腾。

目光回转，身侧的谢无妄正凝望着她，赤色的眸中映出两个朝阳，像是最炙热的火。

她知道，这一刻属于"宁青青"，妄境中这个用自己的生命来爱着谢无妄的宁青青。

"我听说，人死之前，这一生中经历的事情会像走马灯一般，从眼前一幕幕晃过。"她喃喃道，"临死之前，不要再去回忆那些痛苦和不开心，就当作时间永远停在了大木台上最开心、最欢愉的这一刻。就这样，结束吧。"

她对妄境中的自己说。

谢无妄清晰地听到身体深处传来破碎的声音。

她的笑容比任何时刻更加甜美，她的神色有些恍惚，她反手扣紧他的五指，身体一滚，滚到了他的身上。柔软温暖的身躯，像一捧清泉，纯澈、甘美。一切，与最美好的那些记忆一般无二。

他薄唇微动，抬起手来，摁住她的背。他的手很大，几乎将她整个罩住。这一团比朝阳更加夺目温暖的光，再一次落入他的怀抱。他的手轻轻覆着她的背，却像是捧着自己的心脏，一碰就痛。

她笑得清甜，最真挚、最纯澈的柔情蜜意，独一无二。

他动了动唇，似乎说了几个字，却完全听不清。

他的眼睛里彻底失去光芒。这具身体，死去了。

"阿青，等我。"

世界渐渐定格，真实与虚妄交界之时，忽然爆发出刺耳的尖啸，席卷整个天地，只见那漫天金红的云海之上，浮起星星点点的墨黑污渍，一块又一块，像霉斑，迅速蔓延。

不过恍神片刻，悬在东方的朝阳就像是浸在墨汁中一般，沉沉地透出不祥的灰红色，天地都变了颜色，阴风呼啸，团团卷卷的风声在耳畔嘤嘤嗡嗡地交织成怪笑。

"等这一刻太久了！愚蠢的器灵，愚蠢的宁青青，在你们身陷妄境之时，我早已将魔纹都聚了过来，等的就是破妄还真这一刻！怎么样，是不是动弹不得，只能任我宰割？哈哈哈哈，愚蠢的东西！"

"宁青青啊宁青青，你这个没用的家伙，这种时刻居然还有心思谈情说爱？真是不死找死啊！现在可好，陷在这里啦，想跑都没机会喽！"

"器灵儿子，看在父子一场的分上，就让你化作你爹身体的一部分吧！哈哈哈哈！"

聪明的心魔并不是那种摁死别人之前要絮叨不停、给人反杀机会的傻子。它正在疯狂侵吞这个妄境世界，这么大动静反正也不可能瞒着别人，便干脆顺应本心，得意地发表胜利宣言，顺便击垮敌人的斗志。

一块块黑斑汇聚在一起，就像丝帛被火苗燎出一处处缺口，迅速扩大的黑斑接连成更大的黑洞，世界疯狂崩毁。

宁青青看到高耸入云的圣山山体断裂坍塌，发出沉闷的呼啸声，极缓地向着下方的深渊坠落，就像一个庞大的天体擦肩而来，轰然撞入地表。小小的玉梨苑就像狂风暴雨中的一叶扁舟，它不断倾斜，透过坚固的玉梨木栏，已能看到脚下的无尽深渊。

宁青青依偎在谢无妄的身上，他的这具身体已经冰冷碎裂，右边肩臂、胸膛、腰和腿，就像是摔碎的陶俑一样，散落在木台上。

她已感应不到识府中的蘑菇，也再听不到器灵的声音，还真是走不了了。

比起她和器灵，心魔多了一分外力，那就是遍布她全身的魔纹。在她和器灵最无防备的时候，心魔操纵着她身上的那些魔纹，入侵识府。

宁青青慢吞吞地从谢无妄身上爬起来，恹恹地坐在木台上。暖融融的木台已被黑气入侵，变得冰冷潮湿。

"喂，儿子，"宁青青毫不客气，"真是小看你了啊。你怎么就确定我会等到妄境结束才走呢？"

面前的虚空之中，黑斑迅速聚合，凝成一只细细长长的眼睛。

"蠢东西，居然自己和自己惺惺相惜！像你这种感情至上没有脑子的东西，肯定会想送自己最后一程啊！妇人之仁，意气用事，正好方便了我，就让我来给你们送葬吧！"

宁青青奇怪极了："你就这么把本体送进妄境来，焉知我没有后手？"

心魔笑道："你能有什么后手？你有几斤几两，我还不比你清楚？实话告诉你吧，要不是我故意压制你的修为，你早在谢城吞噬魔尸上的灵力时，就该进阶化神啦！刚才我是故意放你进阶的，目的就是困住器灵，免得它发现我在做手脚！"

"哇哦。"宁青青感慨，"你可真是老谋深算啊！好生了得！"

黑云翻腾，圣山彻底倾塌，大大小小的落石滚入山崖，山巅的乾元殿四分五裂，先一步呼啸着砸下深渊。

玉梨苑结界破碎，宁青青的身体和谢无妄的尸体开始沿着大木台东侧滑落。

"不必再说废话，拖延时间也没用！"心魔嘻嘻地笑，"念在父女一场的情分上，说吧，有什么遗愿？要是你爹我心情好，兴许会帮你完成哟。"

宁青青耷拉下眼角："你不是也被关在妄境里面了吗？在妄境彻底崩溃之前，要是有人对你动手的话，你也没地方跑啊！"

黑斑漫卷，凝成一张顶天立地的巨嘴。巨嘴一张，发出令整个崩塌山体都在震颤的声音："哈哈哈哈——就凭你？去死吧！"

铺天盖地的黑潮兜头卷起，砸向玉梨苑。那些细细碎碎的霉斑就像过境蚁群一样，所经之处，一切都被吞噬腐蚀。

眼见宁青青便要葬身心魔之腹，只见谢无妄的尸身上燃起火，蓝白色的隐焰，幽幽流淌，如水一般，破碎的尸身变成一根燃着的烛。卷上大木台的那些阴暗潮湿的霉斑立刻像是接近了熔岩的冰块一样，迅速融化。

心魔的尾音憋进胸腔里，细细的呼啸声在半空回旋，就像是抽了一口凉气。

"傻儿子。"宁青青弯起眼睛，"要不是谢无妄来了，你以为我会待到此刻吗？你不动手也就罢了，既然自投罗网，那就不要怪我大义灭亲啦。"

"不可能——"心魔愕然怪叫，"他的身躯已经死了，他怎么可能还在！留在这具身体里，岂不是要活活死上一回吗？身体都死了，他怎么可能还在？"

无论它觉得可能不可能，事实上，谢无妄的确还在。

燃烧的身体站起来，挺拔修长，就像一支烛，破碎的身体就像拖曳在身后的烛泪，说不清是烈还是美，总之惊心动魄。

破碎的广袖中，扬出一只冷白的手。缥缈修长的五指，蕴藏着毁天灭地的威能。

"死。"

最简单的一个字，仿若世界规则。

纯焰如水，淌向天地之间。黑斑全无半分抵抗之力，一触之下，即刻灰飞烟灭。层层叠叠的黑云就像撞上海岸的巨浪一般，疯狂向后退去。

"啊——不，我不信！你怎么还敢信任谢无妄！我不信！"

宁青青毫无形象地盘坐在大木台上，弯起眼睛："这有什么信不信的？你不懂，高等生物只要做出承诺，那就一定会做到。他答应陪我到最后，那就一定会到最后。"

漫天狂焰忽然一滞，旋即掀起滔天焰浪。整个天地，蓦地一震，如同心跳，大片大片黑斑被炽焰吞噬，朗朗乾坤已然恢复。

"蠢货！"心魔的声音迅速衰弱下去，"没用的东西！有本事你别靠你男人啊！"

低等生物，真是智力堪忧。反正现在没她什么事，只要等死……等心魔死就行，于是宁青青仰起小脸，认认真真地教它："任何一个生物来到世上，都不可能单打独斗，要借着风飞翔，要从大地中汲取养分，要饮天降的雨水，更要与自己的同伴生活在一起。遇到危难的时候，大家一致对外，这才是一个族群生存繁荣之道啊！"

小蘑菇在大蘑菇的帽子底下躲风避雨再正常不过了，高等生物，大腿抱得理直气壮。

肆虐的狂焰不疾不徐地继续追杀心魔，它就像烈日下的一个小冰块，迅速缩小、融化。烈焰遍布整个世界，既狂浪，又稳重，很诡异地维持着某种一丝不苟的形象。

心魔的惨叫声越来越弱，在最后一刻，它听见宁青青用愉快的声音说道："不过你说错了最重要的一样——谢无妄不是我男人，我是他的孢子呀！"

妄境破灭，心魔消散。

宁青青保持着弯眼的表情，一睁眼，便对上了谢无妄狭长幽深的黑眸。

他的身体状况看起来并不比妄境中好多少，浑身是伤，脸上也有，伤口流干了血，像个被摔裂的白瓷盘，更显诡谲俊美。

他盯着她，好像要用眼睛把她吃掉，黑眸中翻涌着暗潮，狂悲狂喜。

薄唇动了动，他疾疾偏头，用衣袖擦去唇角的血渍，再若无其事地转回来："阿青，"他温柔地笑道，"带你回家，躺木台，晒太阳。"

四目相接。她抬起一只小手，触到他的脸颊。谢无妄屏息，心跳微滞。

啪啪！

她毫不客气地快速拍了他两下，用一种看傻子的眼神看着他："醒醒啊！爱着谢无妄的那个宁青青，已经死啦！"

她的神色天真无邪，用最温暖的声音，说出最冷酷的话。

谢无妄只觉五脏六腑被一只冰冷的手狠狠攥紧，呼吸不稳，骤然吐出一口带着血腥味的短促气息。他忽然想起那一日，她弯着眉眼，问他："你要如何才肯放过我？除非我死？"

那样的笑容，心如死灰。

一个他不愿深想的念头浮起来，倘若那时他当真放过她，她是不是会想通，会解脱？在魔毒发作时，她是不是会有抵抗之力？

"阿青……"瞳仁不自觉地震颤，他很用力，定定地看着怀中的人，"心魔已除，你不会死。"

她美极了。一双清澈的眼睛弯成明亮的月牙，莹白的肤色泛着润泽美好的微光，唇色如春晓之花。视线往下，瘦削的锁骨上，再不见那些灰黑蜿蜒的魔纹。

他下意识地抬起手来，轻轻将她的衣裳挑下肩膀，眸光落过去。她依旧瘦得吓人，恢复了白皙色泽的肌肤紧贴着玉骨，娇小的身躯就像透明一般，呼吸的时候全身都在轻轻地颤动，像朵一碰就碎的琉璃花。

一道魔纹都没有了，身体消瘦脆弱，和记忆中两个人最后一次亲密时，一般无二。

那一次，她合着双眸，神色柔顺。那时她的心的确是死了，她的眼睛里没有了光，眼神空洞麻木，连疼痛也像是装在空空的木头里，没什么表情，像个碰一下动一下的空心人偶。

在他离开时，昏睡的她可爱又可怜，脸颊晕着薄红，唇似娇嗔，美好脆弱的身体瘫在云丝衾中，像一捧酥雪、一摊花泥，令人忍不住想要捧在手心仔细怜惜。

他自负地给她留下几个字，他以为那样便是哄好了她，以为能将近日种种一笔揭过。谁知，那不是哄好，而是推她坠入深渊。

就在那日，她带着一身魔纹跌下床榻，可怜地挣扎，求助无门。那个深爱着谢无妄的宁青青，就这么死了，孤独绝望地死了。孤零零一个人，死在了被结界封锁的玉梨苑中。

那时他在做什么呢？他坐在乾元殿，等她主动软下身段，给他传音。

前尘往事随着呼吸深入肺腑，如冰冷的锋刃，一下一下刺肺扎心。她当真仁慈，没有让他在妄境中看见最后那一出诛心的悲剧，而是带着他重温美好旧梦，躺在大木台上等待妄境结束，给了他一个虚假美好的结局。个中遗憾，更是销魂蚀骨。

"阿青。"他将她柔软的手置于掌心，一根一根，扣紧她的手指。

若论伤势，此刻这一身伤倒是比妄境中那具身体的伤势要严重得多。封印凶兽、圣山巅对决、残墓一战再到怒乾坤之阵，几乎没有喘息的时间，只凭借绝世修为与冷硬的意志在撑。这一战弊大于利，明知不是踩这个陷阱的好时机，但他还是来了。

事实上，这次前往谢城的中途，他曾冷静地想过，倘若他到时，宁青青已经没了，会如何。

当时他的心绪很平静。他想，若她没了，他便再无任何破绽。他就是这样冷心冷性的一个人。事情未发生时，他也没有料到，自己竟然会为了她冒险进入妄境，还把自己折腾得这般凄苦，当真是不可思议。

事到如今，再不愿承认也不得不承认——

"阿青，我心中有你。"

她的手被他攥在掌心，他唇畔的笑容风华绝代，他低下高傲的头，垂眸凝视着她，眸光炽烈。他想要死死拥紧她，想要吻她花瓣般的唇，更想让她好好重新说一遍，他究竟行是不行。

"回来，我再不让你伤心，你我再不分离。"他沉声诱哄，"我们回家。"

宁青青眨了眨眼睛。拍脸已经拍不醒这个入戏太深的家伙了，她用温暖柔软的掌心轻轻蹭了蹭他的掌心，笑吟吟地对他说："妄境已经结束啦，快点醒来，别再难过了。我知道你想要好好安慰她，想要替她弥补遗憾，对不对？"

他抿唇不语，用目光示意她继续说下去。

她说道："你真好。不过不用遗憾，她已经什么都不需要了。她喜欢那个院子，喜欢躺在大木台上晒太阳，那都是因为她喜欢他啊。若是喜欢他变成一件痛苦的事情，那么她待在院子里、躺在木台上，只会让她更加难过，明白吗？"

他的眸光重重一晃，仿佛心头的巨浪拍上眼眸。

"谢无妄，"她的声音清清甜甜，"自从他把一个女子带回去，住在那里，玉梨苑就已经不是她的家了，我们永远无法带她回家，因为她已经没有家了啊。伤害无可挽回，那样结束，对她来说就是最好的结局。她的故事已经结束了！醒来，别难过啦！"

字字句句，像是钝刀子割在谢无妄的心口，疼痛如阴雨般绵密，无休无止。

她笑得那么甜，眸中一丝阴霾也没有。这团柔软的光芒，曾在无数个日夜温暖着他那颗冷硬杀伐的心。他不会放手。他怎么可能放手？他为什么要放手？

双臂一点一点收紧，像无声的藤蔓，将她死死禁锢在自己的胸口。

宁青青被他搂得很不舒服。他的身体过于坚硬结实，还烫，就像一块烧红的大烙铁，袍子上染了许多血，有些板结——他杀人不见血，这些血都是他自己的。这么抱着她，就像把她嵌进他的血肉中去一般。就算他不嫌疼，她也十分难受。

"阿青，是我伤了你。"攥住她肩膀的大手微微颤抖。

看在他那么好看的分上，她给足了最大的耐心，认认真真地安抚他："我们已经离开妄境了，你没有伤害我，你很好，你和妄境中的那个谢无妄不一样。你尽管放心，我永远也不会像她那样傻乎乎地把真心捧出来让别人践踏的，谁也伤不了我。"

然而谢无妄并不领情，他依旧用那种有些偏执的目光盯着她，眸色暗沉，嗓音沙哑，似是钝痛难耐："阿青，我心中从未有过别人，我也没有碰过别人。玉梨苑是你的家，别不要它。"

别不要我。他将她拥得更紧。

"我说，"宁青青忧郁地垂下眼角，"谢无妄和宁青青的故事已经结束啦！"

他哑声笑道："阿青，没有结束，你和我，永远不会结束。"

宁青青："谢无妄你还好吧？哪有这么傻的蘑菇啊！"

她瞪着这个脑袋不清醒的家伙。近朱者赤，近墨者黑，和脑袋有问题的家伙待在一起久了，说不定会被传染。

见她露出明晃晃的抗拒神色，深谙谈判之道的谢无妄狠狠定了定神，一咬舌尖，压下心头翻涌的暗潮。不能急于一时。他有大把的时间，陪着她哄着她，弥补曾经的伤害。操之过急，会吓跑她。

他深吸一口气，迅速压下所有情绪，缓下声，平静地诱骗单纯的蘑菇："我的意思是，这世上，会说话的蘑菇只有你和我，所以，你只有待在我身边才安全。"

宁青青转了转眼珠："哦？"她带着一点点狐疑，小心地观察着他。

他看起来似乎已经摆脱了妄境的影响，恢复正常了，他的目光又变得像平日那样慵懒淡漠，他轻轻把她从怀里推出去，扶她站稳。

忽然离开粘了许久的怀抱，半边身子有一点空，也有一点凉。

她无辜地看着他。

"你不是我的孢子。"他轻笑，一字一顿地及时撇清关系，"我没有孩子。"

她恍然大悟："对哦！你……"她及时憋回了"不行"二字。

他这么坦率，这么真诚，宁青青倒是有些不好意思了。其实，她向来都很善良、很懂礼貌，就是不知道为什么，在这件事上老是揭谢无妄的短，以后不要再说他不行了，自己心中清楚就行。

她弯起眼睛冲他笑："嗯！谢谢你帮我解决了心魔！"

仿佛有阳光照进一片阴郁潮湿的心底，谢无妄周身泛起暖暖的懒意，下意识地勾唇笑道："小事。"

恍惚的瞬间，他不禁自欺欺人地以为回到了从前，她的笑容那么甜，心无芥蒂，全然地信任着他。

周身一轻，遍身伤痛仿佛不复存在。他知道，自己这是在饮鸩止渴。没有关系，他有信心，将这砒霜一点点化作蜜糖。

"走吧。"他偏了偏头，语气泰然自若。

广袖一拂，结界散去，排山倒海的声浪迎面冲撞而来，掀得宁青青倒退半步，满目都是猩红，刺鼻的血腥味浓得像是空气中爬满了铁锈一般。耳旁一阵嘤嚌，她定了定神，看清眼前的景象，不禁微微张开口，震撼难言。

谢城内外，都是战场。从地面到半空，处处是混战的景象。身后高耸的城墙倾塌了大半，面前的平原已变成血湖，数不尽的魔尸如潮水一般从四面八方涌来，却被固若金汤的堤坝牢牢阻在百丈之外。

阻住魔尸的，是天圣宫的门人。

半空的战斗更加激烈，高阶修士的法术杀伤力极强，大片大片的灵力炫光在各处爆开，龙吟虎啸，视野一片纷乱，双耳很快就被震到麻木。

"道君！夫人！二位平安归来真是大吉大利，大吉大利呀！"守在结界外的浮屠子看到二人出来，顿时把胖脸笑成了一只元宝。

虞玉颜凤目一亮，唇角勾起之前急急被她压平，拱手冷声道："属下冒死直谏，道君背负天下安危，千金贵体，万万不该以身涉险，天下共主，当以苍生为重！"

谢无妄面色如常，淡淡应下，长眸一转，问："杀殿殿主何在？"

一名宁青青从来没有见过的修士瞬移而来，垂首禀道："金崎见过道君。禀道君，此次参与反叛的宗门世家，共计十三家，眼下已破釜沉舟，尽数倾巢而出。属下依令部署完毕，随时可以围剿，请道君示下。"

他身着玄袍，领上绣有金色云边，看制式正是一殿之主。

此人生着一张异常阴鸷的脸，细长的眉眼斜斜飞入鬓中，鼻梁高而窄，唇极薄，唇色是病态的青灰，脸上全是纵横交错的黑色蜈蚣疤。他没有手指，五指指骨之处是一整排深深嵌入掌骨的寒刃，刃长过膝，此刻这十道锋刃上全是血，有黑色的魔尸之血，也有鲜红的人血。

杀殿殿主金崎，一身杀气，不似活人，看一眼便觉遍体生寒。像这样的人，肯定是不会出现在宫宴上的，否则谁都没有胃口吃菜饮酒了。

谢无妄声音温凉："一个不留。"

"得令。"金崎阴阴一笑，倒掠而去。

僵持的局势很快便呈现出一边倒的趋势，魔尸潮与半空的叛逆修士迅速被收割。

谢无妄示意宁青青跟着他往前走。他经过之处，鏖战的天圣宫门人非常自觉地腾出道路，杀戮疆场如同分海一般避向左右，让出一条干干净净的通道。

他偏头，黑眸和冷白的容颜印上杀场血色，平静，却煞得触目惊心。

腥风血雨，死亡无处不在，入目所及，处处是血，有敌人的血，也有己方的血。纵然已经掌握全局，但这般规模的战争，哪怕是以碾压之势取胜的一方，伤亡亦会十分惊人。

左前方便有一个天圣宫的门人被魔尸咬住肩膀，为了不染魔毒，他的同伴一刀劈去他的肩膀。在这样的战场上，根本没有包扎疗伤的机会，他只能拖着残躯继续拼杀，至死方休。

谢无妄温声问宁青青："受得了吗？"

语气疑问，眸光却是十分笃定——他笃定她已撑不住了。

这就是他的世界，他一直将她护在羽翼之下，不愿让她接触的那个世界。她不懂外面究竟有多么残酷。在她的世界里，与煌云宗那玩闹一般的打打杀杀就已经是最激烈的冲突。

他准备扬起宽袖，将她护在怀里，带回那个安全温暖的家。只见她垂下小小的脑袋，肩膀和胳膊轻轻地晃动，像是在颤抖。

"阿青。"他的声音不自觉地变得更加怜惜温柔，环过手臂，揽向她的肩头，"不用怕，有我。"

她动作一顿，瘦削的双肩摊开，抬起头来。

"找到了——看我的！"她扬起掌中之物，清澈的眼睛里闪动着明亮的光芒，她微微抿着唇，脸有一点发白，神色却是十分坚韧。

她拿在手中的，是一根灰黑色的指骨，非金非玉，材质非凡。

魔皇的指骨。

她方才在乱糟糟的乾坤袋中一通扒拉，便是在找这个玩意儿。

蘑菇这种生物……有个很特别的习性。自己的菌丝倒是一定会打理得致密均匀，丝丝分明，像顺滑的流水。她一眼看得见的那些地方，也必定都要收拾得整整齐齐，但是，但凡看不见的角落，就会被她塞满各种不太用得上的东西，比如地面的落叶总会被她埋到菌丝探不到的角落，比如乾坤袋这种外表看不出混乱的地方，早已被她扔满了各种有的没的。

当然，谁也不能说她是一只邋遢的蘑菇，因为她的外表非常干净整洁，头发一丝不乱，就像菌伞下面的褶皱，总是丝丝分明。

所以她找指骨稍微花费了那么一点点时间。她并不是在颤抖，而是在翻箱倒柜。

魔皇指骨一出，魔物立刻感受到了那股恐怖的威压，方圆百丈之内，魔尸和魔尸王再顾不上修士的刀剑，一只接一只跪倒在地，引颈待戮，噤若寒蝉，声息全无。

宁青青得意地冲谢无妄挑了挑眉，探出菌丝卷住指骨，像放风筝一样，顺着菌丝将它远远抛甩出去。

"呼——"

一道道扇面在战场上铺展开，魔指过境之处，犹如狂风吹过麦田，麦浪一茬茬倒下。魔尸尽数僵化，再无人族伤亡。

谢无妄默默收回揽向她肩膀的手。她看起来，并不需要安慰。

她弯起眼睛对他说："小娃儿便是这么捉蜻蜓的。他们捉一只雌蜻蜓，用丝线捆着它，甩着它在半空绕圈，很快就会有雄蜻蜓被吸引过来，被捉住时连翅膀都舍不得分开。就这么一只接一只，很快就能捉到很多很多雄蜻蜓，炒成一大盘菜。"

谢无妄默默抬头看了看被她甩成大圆圈的魔皇指骨，又看了看底下密密麻麻倒伏的魔尸，眼角不禁狠狠一跳。她已跑出几丈远，身姿轻盈，笑容灿烂。在这血腥的战场上，她的周身仿佛散发着清澈暖融的光。她，哪里会是一个怨妇呢？

"她本不会死，是他不放过她，一天一天把她养死了。"

天真娇俏的声音回荡在耳畔，难以言说的躁郁闷痛绞住他的胸腔，谢无妄沉沉吐一口气，一寸一寸，凝神看她。

这便是他当初决意娶回家中的那个明媚美好的女子，她回来了。因为忘记了他，所以死而复生。倘若他放手，她是不是就会这样，永远活在阳光里？

谢无妄笑起来，笑得身体前后晃动，笑裂了脸上和身上的伤。

正失神间，忽有一名隐卫首领匆匆来报。

"报——道君神机妙算。设于阵外的水幕结界成功捕捉到了传音镜灵力波动的源头，与那些叛贼传音之人，藏身于南面沧澜界。请道君示下。"

　　谢无妄单身赴陷阱之时，已令人在百里之外布下结界，为的
就是等寄如雪与阵中之人联络。如今顺藤摸瓜，便摸到了寄如雪
的藏身位置。

　　"好。"谢无妄敛去眸色，唇角浮起淡笑，"封住沧澜界，本君
亲自取他性命。"

　　"是。"

　　宁青青正愉快地放着她的指骨风筝，肩上忽然沉沉地落下一
只手。

　　"带你去个好玩的地方。"谢无妄轻描淡写地说。

　　"那这里怎么办？"

　　他眉目不动："无事，小小叛逆和魔物，我的人自会处理。"

　　宁青青思忖片刻，收回菌丝，掂了掂手中的魔皇指骨，然后
将它抛给虞玉颜："这里交给你和浮屠子啦！"

　　他们三人身陷魔尸城时，曾经同生共死、并肩作战，她信得
过他们。

　　接到这么个惊天动地的玩意儿，虞玉颜连捧了好几下才捧稳，
吓得急急补了个妆。

　　谢无妄并没有着急瞬移，而是与宁青青漫步在尸山血海之中。

　　"阿青，"他淡声开口道，"你知道寄如雪为什么不捉了你来威
胁我？"

　　周遭惨号声声，半空时不时还有双方修士同归于尽，炸成一
朵朵大烟花……确实是谈这种事情的好时机啊。

宁青青老实地摇了摇头。她倒是觉得谢无妄对她挺好的，毕竟在妄境中，他可是陪她死过一回，来助她除去心魔。

拿她来威胁他，听起来像一个非常好的主意。当时那个假扮虞浩天的家伙的确可以轻易把她抓走，但他并没有这么做。

谢无妄告诉她："因为站在这个位置，首要的原则和底线便是绝不受任何威胁。"

让她受困于魔尸城，他会救。若她落在寄如雪手中，那便不同了。

宁青青偏头看了他一眼，心中隐隐有一点怪异的感觉。她不记得自己在哪里听过一句话，一旦把底线告诉别人，那便意味着谈判要一败涂地。

他垂眸看她，淡淡地笑："不懂没关系。君子丑话说在前，倘若有一日，有人用你的性命来威胁我，那么杀你的人，必定是我。"

从前他自是不会和她说这样的话，但这一回，他想要试着将自己的世界一点一滴摊开给她看，一个真实残酷的世界。

宁青青悄悄撇了撇嘴，垂着眼角，拖长声音："明白啦！你是想要告诉我，万一有人抓住你来威胁我的话，让我不要管你的死活，对不对？好，我记住啦！"

真是那个不吃亏的竹叶青啊。谢无妄笑了笑，不动声色地揽住她的肩，大步踱向前。

"你已查清青城山、煌云宗入魔一案，现在知道我没有偏袒章天宝了？"他轻啧一声，"这么点小事，竟不信我。"

宁青青知道他说的是妄境中的事情。她偏着脑袋想了想："因为妄境中的宁青青太过伤心，所以想事情钻了牛角尖。其实若是再给她些时间，她就会发现不对的。"

他抚了下她的脑袋，说："倘若知道阿青这么聪明，开始就该将证据交给你，由你去查。"

谦虚的蘑菇被他夸得有些不好意思了："其实我也就是一般般聪明。"

"嗯，"他顺势接过话头，漫不经心地说道，"聪明的阿青应当会相信，我对云水森之流，并无任何兴趣。彼时，四海渐生异心，有意联手脱离圣宫掌控。海上风云诡谲，真乱起来，有些麻烦。恰好东海侯送上门来，想用一个炉鼎换南海的落霞岛，我自是允了他。至于这个炉鼎，呵，哪怕是个浮屠子，我也同样笑纳。阿青你想想，为了一个与浮屠子没分别的东西与我闹成那般，值是不值？"

宁青青有一点吃力地在脑海中想象浮屠子披着薄纱拧着胖腰在殿上跳舞的模样，眼睛缓缓一眨。

他继续轻笑着说道："你以为我留着那个东西，是想要在极火暴动、道体不稳时与之双修，真是看轻我了。"

他站定，扳着她的肩，将她转向他。

宁青青抬头一看，小小地受了一惊，只见他脸上的伤口中，隐隐约约能看到流动的蓝白光焰。

"看，"绚烂的焰光让他看起来更像一座正在破碎的琉璃雕像，俊美到令人窒息，他微笑道，"此刻我便道体不稳，你且看我如何对付。"

他狂妄地轻笑着，揽住她，一步踏入风中。

半个时辰之后，他将她带到一座雪山下。雪下冰窟蜿蜒曲折，谢无妄一路开山向下，宁青青发现左右冰壁越来越坚硬，有些地方一缕一缕地泛着幽莹的蓝色。

他的身体状况越来越差，呼吸带出恐怖的焰气，好像随时有可能炸成一只大火球。

再往下，宁青青发现了不少栩栩如生的冰雕，动植物都有，冰蓝晶莹，十分漂亮。

"别碰。"谢无妄声音沙哑，"这不是水冰，而是液息。触到液息之物，自身亦会被冻成液息。"

宁青青惊叹道："所以这些是真正的动植物吗？"

"嗯。"

她见过冻在冰中的东西，却从没见过被彻底变成冰雕的东西。这些液息，恐怕比寻常的冰霜更加严酷千百倍。宁青青本来没觉得冷，但看着这些冰雕，她不禁把头发丝都蜷缩起来。好奇心害死蘑菇，她可不会到处乱碰。

在液息冰层中穿梭了大约两刻钟，总算是抵达目的地——一个深蓝色的池子。还未靠近，宁青青便感觉到了恐怖的严寒。这是一个液息池。

他用结界护住她，然后走向池中。

高瘦挺拔的背影看起来有些寂寥，踏下恐怖的液息池之前，他微侧了下脸，低低地道："阿青，从前没告诉你我如何稳固道体，是不想你心疼。如今你已不会心疼了吧。"

不待她做出反应，他已轻笑着掠入池中。那一瞬，犹如天崩地裂。平静的液息池轰然炸开，水火不容，暴虐至极的极热与极寒疯狂轰撞，幽蓝的寒、蓝白的炽湮灭纠缠，每一处伤口都钻进液息，沸腾翻涌的池中，分不清哪些是液息，哪些是他的元火，惊心动魄，极美，极艳，极残酷。

宁青青睁大眼睛，不自觉地屏住了呼吸。他用这样的方式压制极炎，与自残无异。

他的脸上却没有丝毫异色，溅落的冰与焰时分时合，偶尔露出那张俊美至极、温和冷漠的脸。他看上去没什么表情，但额角疯狂起伏的青筋以及失控颤抖的皮肤，却清晰地告诉她，此刻他有多痛。就算宁青青不知道双修是什么感觉，她也可以猜到，那一定比他此刻在做的事情舒适千百倍。

她的心脏轻轻揪起来，有一点难过，却不知道为什么难过。

终于，沸腾的液息池渐渐平静下来，颜色从深蓝变成浅蓝，最后褪去蓝色，变成一方清澈的、微微冒着一点热气的普通温池。

谢无妄身上的焰息也消失了，他体质超绝，道体稳定下来之后，伤口迅速愈合。他的脸色白得恐怖，宁青青一眼便能看出来，这是他生命中最虚弱的时刻。

一向冷漠虚伪的谢无妄，脸上的笑容竟不经意地流露出那么一丝凄凉。

"我没事，"他缓缓垂眸，低沉絮语，"只是偌大个池子，有些孤独。"

宁青青十分同情。最脆弱的时候，一定很想和自己的同伴紧紧依偎。

　　他的衣袍早已破碎，热气氤氲的池面上，宽阔的肩膀和结实的胸膛非常漂亮，非常孤独。

　　宁青青是最善良的蘑菇，自然不会坐视不理。她抿抿唇，眸中闪过坚定的光，探出菌丝，迅速凝出一只惯用的、合拢菌帽的大蘑菇，扔进谢无妄的怀中。

痛是真的，孤独也是真的。只不过，谢无妄心中并无半分脆弱和虚弱，脸上那些细微情绪，都是装的。他向来懂得如何利用自己的优势，最方便最快捷地达到目的。

他想拥她在怀，想吻她那对花瓣般微微开启的唇，想彻底打开她的心。从前给她的好，他会继续做到极致。从前的坏他会收着，再不伤她。做一个世间最好的夫君，又有何难？

他不动声色地瞥着她，见她那双漂亮的眼睛里清晰地浮起软乎乎的同情，他不禁沉了眸，喉间发干。他想要她下到池子里面来，想要她陪他。

有句话，方才他只说了一半。从前不让她知道他如何稳固道体，不仅是怕她心疼，更重要的原因是，极火蛰息的这一刻，是唯一一个可以用外力抽走他道骨的机会。夺他道骨，便能将他这一身通天修为拿去十之八九。这是他最致命的秘密，虽然不为人知，却不能不防。

正因为如此，从前她为了这种事情与他吃醋吵闹，他觉得何其无聊。两个人思考的事情根本不在同一个层面，说起来也是鸡同鸭讲，多说无益。从前，他绝不会让任何人知道他在何时何地、以何种方式来压制极炎，今日却为她破例，不仅如此，他还想要在自己露出致命破绽的这一刻，与她亲近。她不会知道，对他这样的人来说，迈出这一步究竟有多难。

"阿青，我愿信你。"

然而，扑入他怀中的并不是软玉温香，而是一只噩梦般的蘑菇。谢无妄瞳仁收缩。说实话，即便此刻宁青青暴露"真面目"对他出手，伤他，夺他道骨，他的心情恐怕也不会如此复杂和惊悚。

宁青青觉得谢无妄好像在生气。

他一扬手，把她的蘑菇扔了回来，用几乎没有起伏的声音说道："我的乾坤袋在你脚边，帮我取一件衣袍。"

他身上的那些虚弱不翼而飞，虽然脸色还是惨白得吓人，但套上完美虚伪的外壳之后，再没有什么能够伤得到他。

她耸耸肩膀，躬身拿起那只绣着暗金色竹叶纹的乾坤袋，探进灵力。

"咦？"

她原以为他的乾坤袋也会乱七八糟，没想到里面竟十分整齐，衣袍、灵宝、丹药，分门别类，特意摆成一模一样的长度和宽度，一眼扫过去，好像一道道整齐致密的菌丝。

她忍不住偷偷瞥了他一眼。没想到，连看不见的地方他都要打理得这么清爽。他这只蘑菇，一定是最克己自律的蘑菇。

谢无妄接住她偷瞄的视线，有一点无奈地摁了下眉心，叹道："我没动过里面的东西，不用翻来覆去地倒饬。"

他知道，自己的妻子有一点怪癖。她总要把所有的东西都摆放得极其整齐，他偶尔弄乱一些，她立刻就会打起十二万分精神，专心致志地将它们复原归位。有时候她睡到一半，迷迷糊糊半梦半醒间，也会从床榻上爬起来，游魂一样在屋里走来走去，将上榻之前弄乱的东西一件一件收拾好，连扔在榻下的鞋，也要对得整整齐齐。

她最爱倒饬的便是他的乾坤袋，里面东西多，如果他不制止她的话，她可以翻来覆去地折腾一整日。但很奇怪的是，她自己的乾坤袋却乱七八糟，从不整理。

宁青青无辜地眨眨眼。

二人对视片刻，谢无妄忽地轻笑出声："自己的乾坤袋乱成狗窝，见天就折腾我这几样东西，什么毛病？"

最后一句话像是教训小辈一般，尾音却有一点轻飘，又像是宠溺。

宁青青不自觉地缩了下肩膀，很心虚地把自己的乾坤袋藏到背后。他什么时候偷看她的乾坤袋了？蘑……蘑菇不就是不爱打理看不见的地方吗？而且，她什么时候折腾过他的东西啦？

想不明白的事情，她就先不想。她匆匆扫过他那一排宽袍，发现他只穿黑、白二色。

"谢无妄，"她说，"你这样穿衣，别人会以为你只有两件衣裳。"

他恍惚地挑了挑眉。从前她便是这样说的，语气、神情，就连眉梢挑起的弧度都与从前一般无二。他自己都不知道，竟把她三百年前的一颦一笑记得这般清楚。

他笑了笑："不。哪怕我每日都穿同一件，旁人也只会以为我日日都在换新衣。"

她偷偷摆了个嫌弃的表情，然后随手挑了一件白袍扔给他。

对上她天真清澈的眼睛，谢无妄无奈蹙眉："转身。"

宁青青偷笑。又不是没见过，在妄境中他身体坏了半边，还是她帮他穿的衣裳呢，还害羞，真像个刻板严肃又无趣的老学究。

她负起双手，轻盈地背过身，听着身后的水声由远及近，"哗啦"一下上了岸。

很快，一条死沉死沉的胳膊压住她的肩膀。

她知道他看着瘦长挺拔，其实骨骼极沉，像铁一般，肌肉精瘦，蕴藏着可怕的爆发力，自然也是非常有质量的。这么一压，都快把她压矮了。

又重又硬的身躯向着她倾斜过来。经历了一通天崩地裂的沐浴之后，他的身上已没有了血腥味，只剩那股独特的冷香，好闻极了。

"如今知道了？"他俯身下来，薄唇若有似无地擦过她的耳尖，声音慵懒低沉，"我是如何为你守身如玉。"

他的嗓音很沉，这般贴着耳朵说话，字字句句都要坠进心湖里去。

宁青青偏头，生无可恋地看着他："你是不是又把我当成妄境里面的那个人啦？"眼角一垂，她摆出不想理他的样子，心很累，实在没有精神再给他讲一遍那些常识。

他沉着眸子看了她片刻，然后懒洋洋地立直身体，只松松搭着她的肩，很突兀地换了话题："今日便是青城剑派大师兄席君儒身染魔毒的第五日，魔渊那边毫无动静。靠寄怀舟？等死吧。"

宁青青想起席君儒的那副模样，心中隐隐有一点焦灼："那怎么办？"

机缘巧合之下，她身上的魔毒倒是被谢无妄一把火烧干净了，却忘了还有另一名受害者。

灵光一闪，她晃了晃识府中的蘑菇，把粘在蘑菇帽子上面的器灵芽摇醒过来。

蘑菇："儿子，能不能给大师兄制造一个妄境，然后把他体内的心魔也引到妄境里面消灭？"

器灵："这个简单，只需要三个步骤。"

蘑菇："激动，快说！"

器灵："首先，给你爹我找一件神器来。第二，弄死里面的器灵，让你爹我上位。第三，让那个需要帮助的人毁掉这件神器，爹爹就可以给他制造妄境啦。是不是很简单呀？"

宁青青此刻只想大义灭亲。她失落地将神念抽离识府，眨了眨眼睛。

谢无妄垂眸淡笑："不必忧心，我已送了魔灵胎过去。"

药王谷的长老阅遍古籍，知道在万魔汇聚的魔渊之下，大道会自发生长出专门克制魔毒之物，此物被称为魔灵胎，理论上说应当可以消解一切魔毒。知晓此事的寄怀舟"主动请缨"，义无反顾地去了魔渊寻魔灵胎。

宁青青微愕，茫然地看向谢无妄。他找到魔灵胎了？比寄怀舟还快？

谢无妄的身体靠她近了些，唇角勾起的弧度带着些神秘，他低低地道："能解魔毒的并不是魔灵胎，而是魔灵胎吞下魔物克化之后，余下的泄物。子母魔蛊双位一体，魔灵胎的泄物并不能彻底解毒，也就是暂且压制。我岂会让你吃那种东西？"

宁青青眼角微跳，不自觉地把双唇紧紧抿起来。真是多亏了器灵，多亏了妄境，多亏了谢无妄的一把火，她宁死也不吃那个！

谢无妄漫不经心地挑起眉梢，平静地阐述一个最傲慢的事实："阿青，这世上，旁人能做到的事，我都能做到。旁人做不到的事，我亦能做到。所以，不要看别人，只看着我。"

宁青青非常礼貌地咽下了一句险些脱口而出的话。善良的蘑菇已经悄悄发过誓，再也不当面揭他的短了。

她低低地嘀咕道："可是我很喜欢雪星啊。它的信息素很干净很凛冽，会让孢子更坚强的。"

谢无妄默了片刻，心下忽有感应，龙曜暴躁地在他设下的封印中震荡不休。

它已被他封了好些日子，因为它犯了个致命的错。残墓一战原不至于那么惨烈，最后一击时，白淮淮的残念聚合墓中全部力量，向他发出惊天一剑。谢无妄战得酣畅，长声一笑，祭出龙曜直迎而上。没想到，龙曜竟没能顺利出鞘。它不配合。

电光石火的碰撞之间，谢无妄忽然后知后觉地意识到，自从宁青青出事，龙曜便气息全无，一直沉沉蛰伏，还在关键时刻扯了后腿，害他变招不及，只能凭借强悍的肉身硬吃下那一剑。

胜是胜了，代价却不轻。

事后，龙曜还是不驯不服，使小性子的模样与她如出一辙，他好气又好笑，将它扔进乾坤袋的角落里，封印起来，抛于脑后。

在妄境中看到龙曜断剑，他心中有些不是滋味，下意识地解掉了一部分封印，所以此刻这个家伙才有挣扎的余地，倒是提醒了他。

"雪星。"谢无妄淡笑，"那种东西也值得喜欢？比龙曜差远了，无半点可比之处。"

一听这话，封印中的龙曜立刻不再胡乱扑腾，而是老老实实地收敛气息，专心地做一把工具剑———一把被主人用来争宠的工具剑。

宁青青很不高兴他在背后说雪星坏话，但是她不擅长吵架，便抿住唇，慢吞吞地把头转到一旁，只当他在自言自语。

这副油盐不进的模样逗乐了谢无妄，他微眯长眸，神念淡淡扫过可怜兮兮的龙曜。看在它跟了他千余年的分上，便替它说上几句他本人绝对不屑说出口的话吧。

"寄怀舟，他吃蘑菇。"谢无妄慢条斯理，一字一顿地说，"那把雪星，曾将许许多多的蘑菇串起来放在火上烤熟了吃。阿青，勿忘族耻。"

他说得一本正经，声音沉痛，连龙曜都快被谢无妄的无耻惊呆了。

身为一把完全没有节操的凶剑，面对夺妻之仇，龙曜能想到的就是把寄怀舟和雪星一起砍了，砍成十八段。没想到，它的主人居然能够如此卑鄙无耻，堪称杀人诛心。

宁青青微微张开口，傻乎乎地点头道："这样啊，难怪你不喜欢他。"

"嗯。"谢无妄泰然自若地应着声，挑眉勾唇，不动声色地解了封印，将龙曜取出。

龙曜是凶剑。每一柄有灵性的剑都会有自己鲜明的特质，龙曜的剑意是纯正的凶煞，孩童式的天然残忍。倘若它的主人不是谢无妄，而是旁人，十有八九会噬主，反把剑主人制成自己的剑傀儡。

这样一柄凶剑竟能与宁青青相处融洽，谢无妄一度觉得不可思议。

龙曜一出，立刻"铮"地发出古朴沧桑浑厚的剑鸣，一身煞气凝成苍龙，环住宁青青娇小的身躯绕过一圈，清声长吟，缓缓消散。

宁青青能清晰地感知到它的欢欣雀跃，她不禁弯起眉眼，从谢无妄掌中接过这把剑。

它分明极沉，但在她抱起它的时候，这柄劈山断海的凶剑非常自觉地减轻了重量，抱在怀里就像一个空剑鞘。

宁青青小心翼翼地将这把纯黑的钝剑抽出一部分来，用指尖轻轻抚过。它又乖又强大，气势凶残。宁青青一见它便有种奇异的熟悉感，像是前世有缘，又像是一见钟情。

"我喜欢龙曜！"直率的蘑菇毫不吝啬地表达爱意。

剑息立刻像蛇一样缠上她的手指。

"你是凶剑，注意自己的气势。"

谢无妄看着这两个东西，脑海里突兀地浮出一句令他非常不爽的话——父凭子贵。

"该去沧澜界杀寄如雪了。"谢无妄面无表情地夺回龙曜，扔回乾坤袋中。

工具剑"嘤"的一声表示不服，封印从天而降。

沧澜界外。

谢无妄声音平缓，全无情绪："寄如雪，昆仑剑宗的创立者，也是第一任掌门。一千二百年前，他为了一个死去的女人自甘堕落，求助魔道，将她的尸身制成傀儡，常伴身侧。我眼皮底下容不得邪魔猖獗，将他击败，一把火焚了尸棺。此后，再无人见过寄如雪。"谢无妄负手踱到阳光下，"昆仑是名门正派，门人弟子还算安分，我也懒得毁他声名。没想到许多年后，他竟处心积虑送上门来找死。"

这一次，便是寄如雪暗中联合十三个宗门世家，设计了一系列针对谢无妄的绝杀之局，只可惜到了最后一个环节，宁青青意外毁掉须弥芥子，保存了谢无妄的实力，寄如雪眼见胜算不大，并未现身。

寄如雪想要继续蛰伏，等待下一次机会，却被谢无妄设下的水幕结界捕捉到与阵中修士传音的痕迹，于是谢无妄顺藤摸瓜，逮到了他的藏身之处——沧澜界。

沧澜界这个地方，非常特别。此界割裂于尘世，方圆约有百里，是一处类似于须弥芥子的特殊小界，界中有奇异的规则限制，无法动用灵力、魔息、妖力，进入沧澜，无论仙魔妖鬼，个个在界中都只是肉体凡胎，唯有界主不同。

界主，便是这一方小世界中的神，在沧澜界中拥有绝对的力量，主宰一切。界主无法离开沧澜界，永远只能受困于界中，与器灵无异。

宁青青听得一愣一愣的："好可怜啊。"

"可怜？"谢无妄失笑，"一方小界中的至尊之位，世人亦是趋之若鹜。"

他带着她走向瓶口状的山谷，远远便能看见天圣宫门人封住小界的出口，严阵以待，防止寄如雪逃脱。

谢无妄放慢脚步，继续说道："沧澜界中，仙魔妖鬼云集，贸易繁荣，与凡界纸醉金迷的城池一般无二。想要成为界主，只有一个方法，那便是杀死前一任界主。但界主拥有绝对的力量。阿青觉得，旁人如何才能上位？"

宁青青沉吟半响，说道："界主无法离开沧澜界，活啊活啊就活腻了，于是寻一个合心的继承人，自愿死于对方手上。"

谢无妄垂眸微笑："历代界主更替，几乎都是尔虞我诈，骗取信任和真心。杀人者人恒杀之，卑劣者最终栽在诡计之上，也算是因果循环，报应不爽。"

宁青青"哦"了一声，很不开心。她不喜欢全是坏人的地方。

他偏头看她，懒懒地勾起唇角："不过，目前这一位新界主，却是因为与前一任界主气性相投，旧界主禅位于他，是阿青喜欢的自然更迭之道。"

宁青青笑了起来："那他一定是一个好人。"她轻快地走出两步，狐疑转身，"如今的界主，该不会正是寄如雪吧？如果是他的话，我们进了沧澜界岂不是死路一条？"

"不是。"谢无妄道，"那是一只即将消散的鬼，于苦痛之中能够保持本心，襄助旁人，令老界主心生恻隐。"

"无巧不成书，万一就是寄如雪死翘翘了，又正好遇到老界主还得了他的青眼怎么办？说不定就有这么巧的事。"宁青青谨慎地抿抿唇，"要不然你自己进去吧，我和龙曜在外面等你。"

不患寡而患不均，她不关心他的死活，却惦记着龙曜的安危，这就令人非常不愉快了。

谢无妄淡声道："休想离我半步。"垂眸一顿，又补充道，"不安全。"

再往前，便来到了沧澜界的入口。

整个沧澜界，就像一只卧在两座山之间的细口玉瓶，瓶口便是入界处，此刻，谷外重兵封锁，层层叠叠的杀阵密不透风，一只苍蝇也休想从界中逃出。

一名服饰精贵的天圣宫高阶门人匆匆上前来报。

"禀君上，今日沧澜界界主娶亲，无任何一人离界。"

谢无妄眉梢微动，颇有一点玩味："界主娶亲？"

这位界主继位不过数日，之前是一只浑噩纯善的鬼，如今撞大运成了一方至尊，第一件事竟是娶亲。十有八九，便是被那些虎视眈眈准备以色上位的宵小之流给骗了。

就连单纯的宁青青也不禁长长叹了一口气，用菌丝想，也不会觉得这位界主双喜临门，先遇上伯乐，又正好遇到真爱。

"是的。"天圣宫门人认真地回禀道，"这位界主倒是非常实诚，他直言想要娶一位生得像西阴神女的女子做侧室，也算是做替身。"

此言一出，谢无妄身上的气势明显冷了下去。

"哦？所以他寻到了？"

天圣宫门人心神微凛，连余光也不敢往宁青青那边瞟，垂首道："寻到了。额间有红花，长相也与画像泥塑有七八分相像。"

与夫人也极像一对姐妹花啊……门人额头冒出细细的汗。

谢无妄有那么一会儿全无气息，周遭连鸟雀声都消失了，杀阵之中，人人屏息，大气也不敢出。

谢无妄缓缓侧头看了宁青青一眼。

宁青青知道西阴神女。在药王谷便知道了谷主音之溯与西阴神女玉瑶的一段旧情，妄境中，谢无妄也是因为西阴神女，把宁青青的心伤了个透。而眼下，这位界主上任第一件事，便是找个像西阴神女的替身……总之，西阴神女就是男人们的共同向往和终极追求就对了。

"阿青，"谢无妄唇角缓缓化开缥缈的笑容，"龙曤给你，他们会送你回宫。"

宁青青微微错愕。方才他不是还说不安全，不让她离开他半步吗？

他干脆利落地取出龙曜，反手摁进她的怀中，然后转身大步走向沧澜界的入口。

宁青青心头忽然浮起一些画面和情绪——

"当初娶我，是因为我长得像西阴神女吗？"

"是。"

那是妄境的最后，她和他最后的对话，那么清晰地浮现在她的心中，犹如亲历。

"谢无妄？"她动了动唇，没能发出声音。

他忽然停下脚步，急急转身掠到她的面前，将她往怀中一扣。

"阿青，我今生只喜欢过你一人，回来会向你解释。等我。"

宁青青被谢无妄搂得有点喘不过气。他的身体硬得像铁，呼吸极缓极沉，手臂把她箍得死紧。

他说他只喜欢她一人。

她轻轻拱了两下，扬起脸来看他，只见他的黑眸幽暗得有些异样，像一对冰冷的、无杂质的灵琉石，眸底敛着一层锋锐的精芒，似是暴戾杀意。

他并没有看她。她能看出他的心思已经不在此处，身上气息缥缈无定，已是随时可以出手的绝佳战斗状态，就连身上的冷香都敛得无影无踪。

他垂下头来，轻轻一吻，印在她的额头上。

触感仍在，他已倒掠身形，带着残影直直落进沧澜界。

宁青青缓缓抬手抚了下有些不舒服的心口，然后举起手背，抹掉额上残留的温热感觉。

"他是在向我表明心迹吗？"宁青青问龙曜。

"嘤。"

"'嘤'是'是',还是'不是'？可是出征之前说那样的话，很不吉利啊！"宁青青忧郁地叹了一口气，用苦大仇深的口吻说道，"这种故事我听得太多了，什么回来就娶你啊，回来好好解释啊，回来揭穿幕后主使的身份啊……但凡说出这句话的人，总是回不来的。"

她说着俏皮话，但胸口那一团郁郁之气并没有散去。

她微微蹙起眉，妄境中的那段记忆清晰地浮上脑海。她感到有些不值、有些悲伤，分明他说一句她就会信，可在她死去之前，他却只会说"不要闹""别乱想""懂事些"。

妄境中的宁青青用情丝做了个茧，把她自己困在里面，而谢无妄没有拉她出来，反倒乐于看她作茧自缚。就那么日复一日，她的路越走越窄，喘息的空间越来越小，目光再也望不到外面，最终把自己困死了。

走到那一步，是必然的结果，不单是哪一个的问题。

宁青青心头有些怅然，她举目环视，目光从聚在沧澜界外的重兵杀阵之上掠过，铁血铮铮，杀意凛凛，这样的世界，与一株嫩弱的菟丝花格格不入。所以，宁青青最终选择了蜷起柔软的触角，把幼嫩的身躯缩回温暖馨香的家中，在那里日复一日地等着他回来，放任他变成她生命中的全部，就像寄生菌。

菌菇有时候会和植物共生，攀附植株，相互提供对方需要的养分，互惠互利。这是良性的共生，但这良好的关系有一个最重要的前提——菌菇与植株，都必须从外界获取养分来与对方交换，而不是向对方索取。

妄境中的宁青青，就像一只缩起菌丝的蘑菇，将自己的全部寄托在谢无妄这株大树上，一味依赖他的爱意过活。这样的菌菇，最终只会把自己活成一块不讨喜的霉斑啊。

“我是最漂亮的蘑菇，”宁青青十分珍惜地抱了抱自己，“永远不要变成霉菌。”

她弯起眼睛想了想，最理想的状态，该是深深扎根于大地，愉快地摇晃着漂亮的菌帽，时不时与自己相中的配偶依偎或碰撞，交换信息素，然后快乐地喷吐孢子云，绝不是畸形的依赖。

前方传来的动静打断了她的思绪。

一队高阶修士迅速集结，整整齐齐地迎上前来，准备护送她返回天圣宫。

宁青青抬眸看了看他们，又望向山谷入口的沧澜界。

西阴神女的事情，她十分好奇，她也想见识见识。而且，谢无妄是她的同族，她不可能全然不关心他的安危。她不是妄境中那个缩起触角的宁青青，她不会傻乎乎地等他回来、等一个结果。蘑菇想知道什么样的真相，便会想办法把菌丝探过去自己看。

她缓缓噘起嘴，把脸凑到龙曜的剑柄旁边。

“龙曜，我们悄悄溜进去怎么样？”

凶剑一掠而起，宁青青就像一只被拽着跑的风筝一样，身体横飞，“嗖”的一声掠过半空，落进沧澜界。

“哇！”

宁青青发出非常没有见识的惊叹声。

虽然谢无妄提过一句，说沧澜界是一个三界混杂的大集市，贸易十分繁华，但她怎么也没想到，竟能繁华到这样。

山谷左右各有一株玉樱，树干、枝叶、花，皆是最上等的灵玉雕琢而成，每一片叶和花瓣的脉络各不相同。脚下一条金光阶梯，一望便知是纯粹的灵金铺就，边缘贴心地裹了雕着精致纹理的翡翠。

此地地势较高，放眼能看遍大半个谷地，一望便知那些层峦叠嶂的楼阁精致异常，用料皆是不俗，宝光炫目，堪比仙境。

北面有一处极高的殿宇楼台，恢宏华贵，直入云端，此刻凌空的巨大白玉平台上正盛开着一朵艳红的牡丹花。定睛一看，原来是千人群舞，舞者穿着大红裙，结成一朵硕大的、鲜活流动的红牡丹。袅袅乐音随风飘满整处仙境，抬手一捞，似能抓到满满一把浓香。

巨大的金鼓看起来足有三丈高，腰间扎着飘带的壮汉光着上半身，手举攻城圆木一般的鼓槌，敲出浑厚韵律的咚咚声。广殿之下人头攒动，金灿灿的宝光与五彩剔透的灵芒交错着，大把大把从殿台上抛向四方，因为太过致密，就像是一片五光十色的灵云浮在半空，比天上下钱还夸张！

整个谷中喜气洋溢，一片欢腾。

宁青青立刻忘记了什么寄如雪，什么谢无妄，什么西阴神女，她抓着龙曜，愉快地走下台阶，前往北面去看热闹。

行到半途，她忽然想起自己长得也像西阴神女。一只谨慎的蘑菇是不会让自己被人捉去做替身小娇妻的。宁青青在乾坤袋中扒拉了好一会儿，翻出一只颓丧的兔子面罩戴上，脑海中隐隐浮起一些画面，她摇晃着头顶耷拉的两只兔耳朵，放火点了煌云宗的粮仓。身后追着一群大呼小叫的人，她左冲右蹿，躲开一把把飞来的刀剑，还有磨盘、水盆、擀面杖……她被撵得鸡飞狗跳，忙乱之中掀了一间又一间屋，还随手撩起一床大被褥，露出底下的一对少男少女。

男的从脸红到了肚脐，扯着嗓子大吼道："竹叶青！我要了你的命！"

她哈哈大笑："小狗你不行！"

一只追杀竹叶青的夜壶从破碎的窗户飞了进来，正扣在他身边的小丫头的脑袋上，还嗡嗡地晃了三圈。

嗯……煌云宗，是个很有生活气息的地方啊！

宁青青摇晃着脑袋，藏在面罩下面的脸上露出缥缈的微笑。

后来不知道从哪里听到消息，说自那之后，煌云宗少宗主黄小泉就彻彻底底恨上了竹叶青，据说还留下了心理阴影。

这些不知道从哪儿来的记忆让宁青青笑了一路，笑得双肩一颤一颤的。快乐的蘑菇很快离开了金翡翠台阶，进入山谷腹地。谷中密布着仙草繁花，只不过都不是自然的杰作。原本长着花草树木的地方都被清理得光秃秃的，地面铺满了细碎通透的浅绿色灵晶，一缕缕灵藻织成细草密密地铺在灵晶中，踏上去松软舒适。左右两旁种着从别处移植来的琼花玉树，看着有些水土不服，就好像女子们把自己原本细弯的眉毛拔掉，画了两道假的上去。

玉树琼花之间，是一处处华丽的店铺和小摊，今日界主娶亲，绝大部分仙魔妖鬼都聚在北部山谷。此间景象，与外界大是不同。

宁青青踱进左边一间门口立着象牙色牛角雕像的店铺。

木柜台后面蔫蔫地坐着个伙计，无精打采，整个上半身瘫在柜上，趴得像一只晒死在沙滩上的章鱼。

"朋友，能否打听个事？"宁青青友好地打了个招呼。

伙计软绵绵地坐起来，身体坐直了，头却依旧留在木柜上，脖颈拖得细长，像根软面条。他下巴贴着柜台，翻起眼皮，阴恻恻地瞥向宁青青："嗯？"

摆明了不想搭理的意思。

"请问界主叫什么名字？"宁青青为了照顾他的高度，弯下腰，把自己折成一个直角，扬起脑袋，对上他的眼睛。

伙计："界主就是界主，没有名字。"

"那请问，你知道寄如雪吗？"

"不知道。"伙计非常不耐烦地皱起眉头，脑袋在柜台上一滚，又一滚，"到底买不买东西？不买就滚，滚滚滚！"

细长的脖子拧成个麻花。

好家伙，搞得她也很想炫技，可惜沧澜界里探不出菌丝。

她点了点头，指着伙计那根用来吓人的脖子："请问，鸭脖怎么卖？"

愤怒的蛇妖把兔头怪追出了一条街。

甩掉蛇妖之后，宁青青摸着自己毛茸茸的兔子面罩，一路向北走去。

界主殿附近的道路堵得水泄不通，放眼一望，当真是群魔乱舞，什么种族都有。她来得迟了，百丈白玉殿台上歌舞已歇，界主也不再撒钱，一对火红的新人顺着仙雾缭绕的玉阶一路向上，消失在云巅顶殿。

宁青青草草地寻了一圈，没看到谢无妄的踪影，直觉告诉她，他一定已经潜进了界主殿中。他是一个非常谨慎却又非常狂妄的家伙。

聚在界主殿前的仙魔妖鬼还没散，正聊得热闹。

"别羡慕什么傻人有傻福，瞧着吧，这傻子不出三日，必定要被那小娘子骗丢了性命！早先老界主还在的时候，我就亲眼见过那小娘子半遮半掩，露半张脸一个劲往界主殿凑，可惜人家老界主不吃这一套，瞧不上什么西阴神女！"

"烦死了！"一名妖艳异常的狐女拼命扇着香风，"奴家好不容易在老界主那里混了个眼熟，都快要搭上了，却被这么个傻小子抢了先。抢了就抢了呗，这傻子又被个花脸怪捷足先登，这下好了，等傻子一死，换个女界主，我们这些娇花岂不是都没戏啦？奴家都已经蹲了三百年，还要跟这个花脸怪比命长不成？"

"呵呵。"雌雄莫辨的男鬼微笑着摇头，"往后的事，谁说得准。"

狐女面露不屑："啧啧啧，瞧瞧这细胳膊细腿，恶不恶心啊你？死兔子！最瞧不起的就是你们这些兔子！"

戴兔子面罩的宁青青无辜被骂，不就听个八卦吗，莫名其妙骂她干吗？

败了兴致的宁青青耷拉着眉眼，避开人群。

巨殿背靠着山崖，高耸入云，很快便入了夜，殿前璀璨华光乱人眼，宁青青把龙曜收进乾坤袋，绕到殿后，将袖口和袍摆一扎，开始攀登那面遮蔽在阴影之中的险峻山崖。

登山爬树翻墙这种事情，她可是太熟了。

顺着山壁一路向上，与界主殿的距离越来越近，这座华美恢宏的巨殿很像高楼，一层一层，金叠着玉，玉嵌着金，飞檐雕着精致的琉璃玉，再往上，明月仿佛与楼体等高，伸手便能够得着。偶尔能见着身穿鲛纱的侍女行走在厚厚的金缕白绒毛毯上，寂静无声，她们一个个绾着云鬓，肘间飘着丝绦，仙气四溢。

宁青青继续向上爬。沧澜界没什么风，她很快就接近了殿顶。

殿顶东侧是一处突出的小木阁楼，玉梨木建的，散发出暖黄的光，阵阵梨香氤氲开，让宁青青浑身泛懒，就像回到了自己家里。

她打算从阁楼的平台上翻进去。她已经很累了，十指僵硬发麻，小腿肚也隐隐有一点打转。这里距离阁楼的木台尚有一段距离，她打算稍微歇息片刻，恢复一点体力，然后一鼓作气跳进去。

这时，忽然听到木阁楼中传来人声，一道细细长长的人影印在窗纸上。

女子嗓音沙哑，像是大哭过，情绪有些激动，声音越来越大，传到宁青青耳中逐渐分明——

"方才你执起我的手，我已将你当成托付终身的良人，真正的夫婿，唯一的爱侣。我是真心喜欢你的，你却只把我当成别人的替身，实在是太残忍了，呜呜……"

宁青青纳闷地把脑袋歪成直角。

这个"西阴神女"莫不是把界主当成了傻子？他娶亲的时

候本就说过要找一个替身啊。

阁楼上传出一个木讷的男声："可是我说过了啊，就是要一个替身。"

女子的声音伤心极了，嗓音全哑："你知不知道，我早在你还是一只浑浑噩噩的鬼时，便已偷偷喜欢你了。你知道吗？若不是我，你根本撑不到今日，早就横死街头了。这些日子我帮了你不止一次，为了赶走那些想要欺负你的恶人，我还受了伤……"

"这样啊？"界主被唬得一愣一愣的，"我都不知道。"

"你忘了就忘了吧，我也没怪你。"女子轻轻抽噎，泪中带笑，"是我太傻，是我自作多情，是我傻乎乎地以为，你想要找的人就是我。在你最难的时候，是我陪在你的身边，你说，你叫我如何能猜到，你清醒过来要找的却是别人？我怎么能想到，你真的就只是把我当作一个替身？"

"可是我……"界主全无招架之力，"我真不知道啊。"

"什么都不必说了，"女子笑得哀凄，"所以在你眼中，我只是一个趋炎附势之辈，图的就是你这个界主身份，对吗？不用再解释了，我一腔真情，终是错付了。"

宁青青感慨万千。这世道，果真是太险恶了啊！听着这个心碎的声音，实在是让人忍不住开始怀疑人生，是不是当真误会了这个女子，她与这个新界主，是否真的有一段前缘？

"你先不要太着急，"界主笨拙地安抚她，"你慢慢说，我没有不信你。"

女子抽泣两下，一顿一顿地道："你来到这里第一日，自身难保，却救下了一个被欺负的小孩，我当时便对你很有好感。我觉得你这样的，才是真正顶天立地的大英雄。然后我便跟在你身边，你一直浑浑噩噩，却懂得冲我笑，还曾在路边采了朵花给我，那一次，我为了保护你受伤，你还蹲在我的面前，一直一直看着我，眼神那么真挚，那时候我们明明那么好！"

界主的声音十分赧然："对不住，我肯定是把你当成了别人才这样。"

"你定要说这种话来剜我的心吗？"

"对、对不起……"

"不要说对不起！我要你试着爱我，把你的真心给我，可以做到吗？"她的声音隐隐带上那么一丝不易察觉的蛊惑，"试着对我敞开心扉，全心地信任我，回报我的一腔痴心和恩情，可以做到吗？哪怕试着一点一点把真心交给我呢，就像你还在做鬼的时候那样，全然地信任我、陪伴我。"

宁青青心头微微一凛——来了来了，露出真面目了，果然是个坏人！那个傻乎乎的界主恐怕是要上当了！

她凝神听着，不自觉地抿紧唇。她知道界主是个好人，她不希望好人上当，栽到坏人的手里。正义的蘑菇飞快地转动着思绪。

"好不好？"女子道，"别拿我当替身，认真地和我在一起。"

"有点不容易啊，"界主为难地说，"你看，你声音不好听，身材也不算好，也就一张脸长得像她而已。"

攀在山壁的宁青青险些没抓稳掉下去。憨厚老实的人说起大实话来，是真的非常扎心了。

女子受到的刺激显然比宁青青更大，阁楼里传出掀杯摔盏的声音。

"不然我试试吧？"界主小心地讨好，"你先别扔东西，我知道你喜欢我，看着你的脸，我也很喜欢。这样吧，你有什么想要的？我都可以送你啊，你不要那么激动好不好？"

摔东西的声音消失了，女子伤心欲绝："所以，你还是以为我图的是那些身外之物吗？好啊，我证明给你看，我把一颗真心摊出来给你看！"

只听砰的一声大响，木窗被狠狠推开，明亮的光芒从屋中照出来，刺得宁青青眯了眯眼。模糊的视野中，一个瘦瘦高高的女子爬上窗台，悬在万丈高楼上。

夜风很轻，却成功拂起她的裙裾，她生了一副耀眼的容颜，最夺目的便是额心鲜红的梅花印。

乍然看见这么一张与自己有六七分像的脸，宁青青不禁心神一阵恍惚。还未回过神，只见这个女子脸上露出凄婉的神情，艳得惊心动魄，她朱唇微启，道："我活着已经没意思了。"

她作势要跳。

一哭二闹三上吊，对付老实人，这一招总是非常管用。

不过，此刻似乎出了些意外，只见身穿大红华袍的界主身形一僵，一眼都没去看这个闹自杀的女子，而是失神地、直勾勾地望向窗外。

愣怔片刻后，他猛地合身向前一扑，悬坐在窗台上的女子就这么被他撞了下去。

"呃⋯⋯"

变故来得太突然，宁青青发个呆的工夫，穿着红色喜袍的"西阴神女"就直直坠下了万丈阁楼。

俊秀的界主身体微晃，扶着窗棂，一边喘气一边喃喃道："好，好你个竹⋯⋯竹叶青⋯⋯你、你猫在这里打什么鬼主意，是不是又要整我？"

他的眼睛一眨不眨，死死盯住戴着兔子面罩、像只壁虎一样趴在山壁上的宁青青，右手食指微微颤抖地指着她，像是恨极了。

宁青青没顾上这个人，她看见那女子坠下楼，不禁悬起心脏，目光随着她的身影快速下坠。忽见一道利落至极的身影出现在下方楼台。虽然身无修为，但他的姿势仍然潇洒漂亮，只见他足尖点地，疾跑几步，长身一掠，白袍划过一道凌厉的半弧，长臂一捞，将坠楼的"西阴神女"拽了回来。

谢无妄。

宁青青恍惚地眨了下眼睛。

她知道谢无妄进入沧澜界有两个目的，一是杀寄如雪，二就是找这个替身小娇妻。

失神时，一身大红袍的界主已浮到她的面前。

"喂，竹叶青。"他发出凶巴巴的声音，"落到我的手上，你死定了！"

宁青青怔怔抬起眼睛，眨了眨。一身大红华袍的界主生得十分俊秀，他色厉内荏地瞪着她，眼眶被一身赤袍映得隐隐发红。正是青城剑派的敌对势力煌云宗的少宗主，黄小泉，煌云三狗之一的黄小狗。

宁青青的眼珠缓缓转过一圈。有句话真叫她说对了，无巧不成书。没想到沧澜界的新界主当真是位故人，只不过不是寄如雪，而是月前死于魔祸的煌云小狗。

如今宁青青已经查清了煌云宗命案的来龙去脉，凶手是药王谷少谷主音朝凤，此人心性阴暗扭曲，骗身骗心，残害无数女子，又在事情败露时用魔蛊除掉知情人，煌云宗宗主一家正是受害者。

黄小泉的胞妹黄小云痴恋音朝凤，为他堕胎伤身。事发之际，宗主黄威惨中魔毒，在魔蛊控制之下残忍地杀害妻儿，其中一名受害者想要用血写下音朝凤的名字，可惜刚写完"音"与"十"就被拖走，合在一处恰好是个"章"，误导了旁人，以为凶手是章天宝。

再后来，黄小云自缢身亡。青城剑派大师兄席君儒目击黄小云自尽之前与音朝凤的会面，对音朝凤起了疑心，禁止同门师妹武霞绮再与音朝凤亲近，随即，席君儒也染上了魔蛊。宁青青正是追着这条线索追查到了音朝凤，音朝凤亲口承认罪行，临死反扑之时被谢无妄的一把极火焚成飞灰，就此结案。

没想到黄小泉命不该绝，残魂消散之前飘进了沧澜界，恰好得了老界主青眼，继承了界主之位。

此刻忽遇故人，宁青青不禁有一点思绪纷乱。她的记忆中有不少片段，都是自己变着花样把黄小狗以及他的侍从们气到跳脚的情景。

她还没来得及开口说话，界主黄小泉再一次凶狠地吊起眼睛："你！不准自作多情，我、我喜欢的是西阴神女，找替身也是找、找西阴神女的替身，不是找你的替身，听明白了没有？我才不会喜欢你这个阴险歹毒的竹叶青！"

宁青青慢吞吞地看了他一圈，懒洋洋地开口："哦。"

他恨恨地盯着她，不知想起了什么，慢慢从脖子红到了耳朵。

这个兔子头，当真是阴魂不散的噩梦，真是奇耻大辱，仇深似海！

他叉着腰命令她："给我扔了这个兔子头！"

"我没手。"宁青青十分无辜。

黄小泉这才反应过来她攀在山壁上。他伸了伸手，又缩回去搓了两下，然后万分嫌弃地抓着她的胳膊，把她拎进了那间玉梨木小阁楼。

刚一落地，他就收回手，好像她是块烫手的烙铁。

宁青青站稳，活动着酸麻的四肢，抬眸望向黄小泉。

他暴躁无比，原地转了两圈，回过身时，俊秀的脸笑得又阴又邪："竹叶青，你想好怎么死了吗？我可以成全你。"

对上一张颓丧的兔脸，黄小泉气急败坏，暴跳如雷，一把薅掉她的兔子面罩，狠狠摔在地上。

宁青青垂着眼角，看猴一样看着他："你新娶的小老婆，掉下去啦！"

"哎呀！"黄小泉原地蹦起来，"我把她给忘了。"

刚说起那个替身小娇妻，便看到两名穿着仙纱的美貌侍女迈着小碎步来到阁楼外，垂头禀告道："界主，侧夫人被贼人掳走啦！贼人身手实在了得，抓着侧夫人的后脖领，就像拎一只草扎的山鸡似的，三两下就从殿外翻走了，侍卫们连一片衣角都摸不着！"

美貌侍女非常机智地把侧夫人贬作草鸡，能踩一脚是一脚，杏核眼上，长长的睫毛扑扇扑扇，一副看好戏的模样——在这沧澜界，界主便是绝对的神祇，虽然无数人处心积虑地算计着界主的性命，但是从来无人胆敢这么公然在太岁头上动土，没想到，居然有人敢掳走侧夫人！界主要是一怒之下把贼人连着侧夫人都杀掉，那可再好不过了。

宁青青听到谢无妄已经把那个女子带走，心中什么情绪也没有，只是觉得运气还不错——她与界主是旧识，正好可以帮着谢无妄周旋一二，让他顺利做他自己的事情。

黄小泉令侍女退下，然后憋着笑望向宁青青："你把人弄走的？竹叶青，你这是见不得我娶亲啊？你以为弄走那个替身我就会娶你呀？哼，今日的我，你已高攀不起！你肯定想不到我现在有多厉害，我给你说，你的好日子已经到头啦！从今天起，你的小命攥在我的手里，明白不明白？"

黄小泉看起来高兴极了，肩膀微微左右摇晃，眼睛里一闪一闪地迸出黑亮的光芒，发自内心地愉悦着。

宁青青感觉不太对劲。满打满算，距离他家中出事也就一个月，这么快就摆脱悲伤了吗？她抿抿唇，没说话。

黄小泉把两道大红色的宽袖甩出利落的飒声，双手负在身后，微微躬下身来，弯起眼睛盯着她："喂，竹叶青，小爷大人有大量，给你个机会求饶，来，说两句好听的哄哄小爷！"

宁青青眨了眨眼睛："你真的是黄小狗？"她狐疑地问，"你证明一下。"

"扑哧！"黄小泉捂住嘴笑出了声，"竹叶青你没病吧？还来这套，你就是不愿意承认小爷现在牛上天的事实。"他转了个圈，伸出一根手指，虚虚点着她，"好，就让你死个心服口服。小爷家中四口人，你竹叶青是个孤儿。小爷的煌云宗实力远远碾压你青城剑派，家父化神大圆满，你师父宁天玺却剑骨全毁。小爷带人上门挑战，你们吓得闭门不出，就你这条竹叶青动不动跑到我家里捣乱，你，你就是个蛇！"

他顿了顿，睫毛软软向下一趴，眼睛里的愉悦掩去了大半。

"要不是你跑得快，麻雀飞上枝头，飞进了天圣宫，小爷早就、早就剁了你的蛇尾巴！哼，知道你嫁人后过得不好，小爷可开心了，每天都要喝酒庆祝，逢年过节还要多放几串炮仗！怎么，谢无妄终于把你甩了？哈哈哈！我真是做梦都要笑醒！现在知道了吧，门不当户不对的婚事，不会有好结果的！”他说着说着又高兴起来，"我已经让人去接我爹娘和小妹，还有我煌云宗的弟兄们，让大伙都来沧澜界。喂，竹叶青，看在相识一场的分上，我帮你把宁老蛇他们也接进来如何？从此吃香喝辣，跟着小爷过好日子！”

宁青青心头微震。

原来黄小泉忘记了生前的事情。他根本不知道他已经没有了父母，也没有了妹妹，也忘记了他惨死在自己父亲的剑下。他以为自己遇到了大机缘，还在幻想着一人得道鸡犬升天。

看着他这么开心的样子，宁青青不知道该怎么告诉他实情。她也不知道，是让一个人沉浸在虚假的美梦中更好，还是清醒过来面对现实更好。

她轻轻眨了下眼睛，试探着说："黄小狗，你是不是个傻子？你真不知道多少人想要取你狗命，夺走你这界主之位吗？还派人去煌云宗接人，你就不怕被人拿住软肋威胁你？”

他摆了摆手："不怕。我请的人是严天正，就是那个以凡人之身修习浩然正气，脱凡入道的大儒修。他在沧澜界中给妖魔鬼怪讲大道讲了几百年，老界主正是受他感化，决心脱离尘世追寻大道，这才将衣钵传给了我。严天正一定会将我的人好好接来，我信得过他！”

他这么笃定的模样，让宁青青下意识就想到了寄如雪。这个严天正，会不会就是寄如雪呢？如果是他的话，那他岂不是已经离开了沧澜界？

她微微蹙眉，心中暗暗记下。

黄小泉偷偷打量着她，见她面露愁容，不禁轻轻咳了两下，清了清嗓子，不情不愿地开口道："那个……看在你长得也、也像西阴神女的分上，就……就算娶你做我的界主夫人，也不是不行。喂，竹叶青，我不嫌弃你嫁过人！"壮着胆子说完这一句，他立刻就想跑，还顺嘴找了个借口，"我先去救我的侧夫人！你，你自己在这里等着！"

宁青青赶紧一把拽住他的袖子。

黄小泉扭过半张脸来看她，秀白的耳垂渐渐染上红晕："干、干吗？"

"我问你，"宁青青把他扯到矮案前坐下，"如果一个人忘记了一些很不好的事情，你觉得别人是告诉他实情比较好，还是瞒着他比较好？"

她拿不定主意，干脆直接问他。

黄小泉狐疑地盯了她一会儿，"啪"地拍了下腿，恍然大悟道："哦——"他慢慢笑成了一朵喇叭花，眼睛里亮起黑漆漆的光芒，"你是不是忘记了什么人，什么事？我说呢，又是爬山又是翻墙，还把那个兔头都翻出来了，这不就是当初那个竹叶青吗？喂，你是不是不记得你遇人不淑的事啦？你失忆啦？"

宁青青牟拉着眼角："我说别人，不是说我自己。"

"好好好——"黄小泉拖长腔调,"说别人,说别人。那我们就说别人啊,发生过不好的事,那当然得让她知道啊,让她知道自己睁眼瞎,识人不清,被坏人骗了!还要让她知道,坏人都做了什么对不住她的事情,这叫吃一堑,长一智!怎么能让人蒙在鼓里呢,那不是害人吗?"

"你觉得应该说出实情对吧?"宁青青有些不确定地看着他,"万一他接受不了呢?"

"有什么接受不了的!"新上任的界主大人豪情万丈,"你不看看,在你面前的是谁。我给你说,往事啊,就让它随风而去,从今往后只有好日子,知道吗?没什么坎是过不去的。来来来,说吧,有什么想不通的事情,只管问我!快点快点!"

宁青青见他这么笃定,便试探着说:"没遇上老界主之前,你是个鬼,对吧?"

"对啊。"黄小泉毫不在意,"我也不知道我怎么就死了,可能这个就是命定的机缘,要是没死,我也不会摸到沧澜界来,还捡到这么一身绝世的力量,就像做梦似的。不过竹叶青,运气也是实力的一部分,明白吗?这就应该是我的。反正如今我已拥有了超绝的力量,你只管放心,以后你竹叶青只有我能欺负,别人休想动你一根汗毛!"

宁青青眨了下眼睛。

"所以你就放放心心地跟着我吧!"黄小泉得意地弯起眉毛,"谢无妄要是胆敢进我这沧澜界,我叫他有来无回!在我的地盘,我就是天王老子。咳,你问,你问,你想问什么只管问,我也就是这么一说，让你不用有什么顾忌。"他笑眯眯地看着她，一副天塌下来也能扛得住的自信模样。

宁青青下定决心："那我就说啦！"既然他这么坚决，那她实在没理由继续瞒着。

"说。"黄小泉轻飘飘地挑了下眉。

"你的家人……他们，来不了沧澜界了。"宁青青一脸担忧地看着他。

她已经能预见到黄小泉知道真相后的样子。他一定会像一株被雨打蔫的小草一样，一点一点蜷缩起来。

她伸出一只手，隔着他身上火红的喜袍，摁住他的小臂准备给他一点关怀安慰："你忘记了一些很不好的事情，"她温和地说道，"你父亲入了魔，杀了你们母子……"

黄小泉反手攥住她的手背，疾疾打断了她："竹叶青！我知道你嫁给谢无妄之后过得一点都不好！你在世人眼中，根本没有任何存在感，谁都知道他随时可以抛弃你，谁都敢大大咧咧地往他身边塞女人，你这道侣和侍妾没什么两样！"

宁青青怔怔地望着他。

黄小泉冷笑道："我猜都不用猜，谢无妄肯定找了别人，不要你了！要不是被他抛弃，你怎么可能跑到这里来？不要自欺欺人了宁青青，他不要你了！醒醒吧你！"

宁青青脑海一片空白——他在说什么？

黄小泉额角一道接一道地迸出青筋，双眸渐渐泛红，死死盯住她。她茫然与他对视，一时忘记了自己本来打算和他说的事情。

气氛正僵持时，忽见黄小泉掌心有微光一闪。他勾唇笑了笑，眉尾一挑，得意地道："严天正，严大儒，严先生传来消息啦！他定是替我把人接回来了。竹叶青，你马上就能看到我爹娘啦，哼，看到他们，你可别吓到尿裤子哦！不要怕，你老实一点，我会护着你的。"

宁青青定神望向他。他的父母亲人已经没了，哪还能接得过来？此刻传来的只可能是噩耗。她抿住唇，目露同情。

黄小泉抬手一抹，眼前忽然浮起了一幕画面，栩栩如生，纤毫毕现，正是沧澜界入口处的景象，由远及近，迅速铺开。

黄小泉嘿嘿一笑："竹叶青，惊奇不惊奇啊？你想不到的多了去了，我乃一界之主，这沧澜界内外，我想看哪里便看哪里。"

一道青色身影深陷杀阵之中，正被天圣宫布置在沧澜界外的重兵围剿。黄小泉长吸一口凉气，手一抹，距离拉近，一张正直严肃的脸出现在面前。此人浑身浴血，目光颇有些涣散。

"严先生？"黄小泉瞳仁紧缩，喉咙中低低地憋出一声轻唤，"怎么回事？"

"界主！"画面中的严天正聚了聚眸光，厉声吼道，"道君谢无妄杀害了你的父母亲人，夺你宗门！此刻他与宁青青已进入沧澜界，想要斩草除根，对你不利！界主千万当——"

一柄重剑自严天正身后穿心而出。严天正的眸光渐暗，尸首跌落在地，杀阵复位，有风拂过，卷起尘埃。

黄小泉怔怔地张着口，极慢极慢地转过视线，眨了下眼睛，歪着头问宁青青："你刚才说什么？我父亲怎么了？你说，谁来不了沧澜界了？"

宁青青的心脏沉沉一坠，方才黄小泉提及这个大儒严天正时，她便有种不太好的感觉，怀疑严天正会不会就是寄如雪。没想到事情来得这么快，不过片刻工夫，严天正就这样死在了面前，并且临死之前把污水泼在了谢无妄身上。这一切发生得实在是太快了，令人措手不及，一时竟不知是许多事情凑巧撞在了一处，还是有人处心积虑地设下这么一个局，一个针对她和谢无妄的局。

"他真的死了？"宁青青指着依旧清晰的画面，"这个有可能作假吗？"

黄小泉的瞳仁继续收缩，眼眶中白多黑少："呵，我说了，沧澜界内外，我想看哪里便看哪里。"他扯唇笑了笑，伸手一拨，只见画面迅速变化，一幕一幕，皆是沧澜界内的景象，草木分明，近在眼前。

"眼见为实。"他目光微散，"竹叶青，你方才要说什么？来，说，一口气说完它。啊？特意跑到这里来，是要找我说什么啊？"

宁青青心中迅速转动着念头。聪明的蘑菇知道，此刻局势十分不妙。

"黄小狗，你先冷静。"

"我很冷静啊。"黄小泉的眼珠缩小了许多，像两颗黑沉沉的小珠子，坠在眼白下方，他反手攥住她的手腕，声音颤抖，"我就是让你，把方才没说完的话说出来。"

他这般说着，却完全没有给她再开口的机会，他的声音越放越大。

"你说什么来着？我爹入魔，杀了我和我娘？哈哈哈！竹叶青啊竹叶青，你蒙谁呢？"

宁青青抿了抿唇："你刚才故意打断我说话，其实是因为你自己也有感觉，对吗？你心中知道家中出了事，但是不愿意承认，对吗？"

他赤红着眼睛："骗子！你这个骗子！竹叶青，我把你当朋友，你怎么能这样对我！你就是来杀我的，对不对？谢无妄杀了我全家，如今知道我还未死绝，便追到沧澜界来？而你，你就是帮他来杀我的，对不对？"

"不是。"宁青青摇头，"看到你之前，我和谢无妄都不知道界主是你。"

黄小泉微笑道："你猜我信不信？啊？一个一个，真把我当傻子啦？哈哈！虽然我成为界主只有短短几日，但是不要忘记，我可以随心所欲地看这界中的每一处，那些议论声，说我傻，说我走了狗屎运，说要用美人计来算计我，我都听在心中，明白吗？"

"我没有。"宁青青看着他，"谢无妄不是凶手，我们也没有要算计你。"

黄小泉笑得比哭还难看："我只问你一句，我爹娘，我妹妹，真的死啦？"

"凶手是音朝凤。"宁青青碰了碰他抖得不成形的手，"他害了你们之后，也对青城剑派下手了。你先冷静下来，严天正很可疑，我细细与你说。"

他缓缓抬起一双猩红的眼睛："听你狡辩？你是要告诉我，严大儒用自己的命来污蔑你和谢无妄？竹叶青，别把人看得太傻。既然事情已经败露，不如干干脆脆地认输。"

宁青青一阵头疼："你被骗啦，我这里有许多证据的，你不能只听别人一面之词啊。谢无妄没有杀害煌云宗的人。"

黄小泉露出一个诡异的笑容："所以，方才抢走我侧夫人的，正是道君谢无妄吗？真是好大的胆子啊。不必再说，既然来了，那就永远留在这里吧。虽然一切与我想象中的稍有不同，不过，结果似乎没什么区别。你等着，我先去杀了谢无妄，然后……"他那一双疯狂猩红的眼睛从头到脚扫过她的身体，"竹叶青，我不喜欢什么西阴神女，我想娶的人，就是你。等着，我杀了谢无妄，然后娶你为妻。"

红袖一荡，只见浮在黄小泉面前的画面急转，定在沧澜界入口处。两株玉质的樱树焕发着微光，金翡翠台阶熠熠生辉。

黄小泉低低地笑起来，颤抖的双手缓缓握紧，只见那台阶倒卷而起，左右山峦亦如丝帛一般卷曲，将沧澜界的进出口封堵得严严实实。

这便是界主的实力。身在界主殿，却能够操纵入口处的山峦！

"谢无妄若是还在界中，"黄小泉俊秀的脸庞上浮起一个假到极致的笑容，"那他，就别想走了。在这里，我才是真正的主宰。"

封住沧澜界出入口之后，他抬起手来，白皙细长的手指摁住宁青青肩头，怪异的震荡拂过她的周身，宁青青发现自己变得无法动弹了。

宁青青的身体被黄小泉封印，完全无法动弹，她抬起眼睛，安静地看着他，只见他白皙的额侧迸出两道可怖的青筋，眼眶张得巨大，嘴唇绷成一道下弯的弧。

他在笑，笑得古怪极了。

"我怎么可能忘记发生过什么事呢？"他的手摁住她的肩膀，痉挛般颤抖着，"我记得很清楚啊，那个章天宝不就是在替谢无妄办事吗？他威逼我们迁宗的模样，你知道有多嚣张、多猖狂？"

宁青青脑海里浮起一幕画面，章天宝穿着一身在阳光下非常刺眼的绸缎，在青城山上耀武扬威，说什么煌云宗的事情就是前车之鉴。

其实章天宝并不是凶手，只是他生性跋扈，看不上这些三流小宗门，压根不屑于澄清。宁青青忧郁地垂下目光。

黄小泉凑近了些，因为怒意上涌，口中的呼吸隐隐带上一丝淡淡的腥气。他龇开牙："我怎么死的？用脚趾头想都知道是章天宝干的！章天宝背后站着谁？谢无妄！我这就去杀了他，然后回来与你成亲。"

他缓缓松开手，后退一步。

宁青青看着情绪失控的黄小泉，仿佛看到了另一个"宁青青"。那个时候，宁青青也是固执地认定章天宝是凶手，执拗地认定谢无妄包庇他。当时谢无妄的心情，想必就与此刻的她一般无二。

她定了定神，将心神沉入识府。

蘑菇："儿子，不想死的话，赶紧出点力。"

器灵："我都惨成这德行了，还能出个鬼的力。"

蘑菇："第一个简单的步骤：找到一件神器。沧澜界不就是个大神器？虽然我知道你是个废物，但是身为一个器灵，在神器里面做一点简单的搬运活计应该不难。来，听我指挥，乾坤袋看见没有？我挂在腰上，那么大一只乾坤袋，对，乾坤袋里面，左手边，卡在那堆瓶瓶罐罐上面的簪，就是它！"

黄小泉重重跺了两步，唰的一声扬起双袖，像一只火红的大蝴蝶，准备从这万丈高楼上飘出去。

微光闪过，一根断簪摔在他的胸前，然后落到地面上。黄小泉停下动作，狂躁的眼睛里缓缓浮起一线清明，狐疑地看着宁青青："你怎么还能动？"

宁青青用目光示意他去看那断簪。既然他记得章天宝的事，那自然也该记得他妹妹黄小云遇人不淑的遭遇。

趁着黄小泉面露迟疑，宁青青指挥器灵，一鼓作气将乾坤袋中的物证一件一件翻出来，抛到黄小泉的脚下。带血字的床脚、凶案现场的详细记录、过往受害者的亲人指证音朝凤的证词，还有煌云宗宗主黄威那颗枯萎灰黑的心脏。

因为在妄境中有过同样的经历，所以宁青青理解黄小泉的心情，知道此刻他需要的是什么。不是指责他不信任自己，也不是等他冷静下来慢慢谈，而是第一时间摆出证据。

黄小泉长袖一卷，地上的物证一件件浮在他的身前，他一一看过。

宁青青期待地看着他。就算真是个傻子，看到这些证据也会知道凶手不是章天宝，也不是谢无妄。这样一来，严天正的谎言便不攻自破，算计不成，反倒白白丢掉一条命。

黄小泉额角的青筋缓缓平复，怪异的笑容也敛了下去，他很认真地抬起手指，抚上那支断簪。半晌，他攥住那根簪子，手一捏，它化成了星星点点的粉末，从他拳头底下流走。

只见黄小泉面无表情，手指一划，又捏碎了带血字的床脚。再一划，证词、枯萎的心脏一件一件消失在他的掌心。

"骗子。"他轻轻吐出一口气，"休想骗我。"

宁青青错愕地对上他的视线，他眸光微闪，瞬间转开。

她的心缓缓一沉，明白了。黄小泉不愿意承认。他宁愿去恨谢无妄，去复仇，这样就不需要继续去深想，不需要面对那样的人间惨剧。他在沧澜界就是绝对的至尊。与其无仇可报痛苦煎熬，不如畅畅快快地杀掉本就看不顺眼的谢无妄。他毕竟是个鬼，还是一只死得异常惨烈，心中满怀不甘的鬼——若非怨鬼，又怎么可能维持住鬼气不散，跑到千里外的沧澜界？

黄小泉疾退两步，毫不迟疑地倒跃出窗台，一眼都不看神情发蔫的宁青青。

宁青青忧郁地摇了摇识府中的蘑菇。

蘑菇："儿子，他用来封印我的力量是神器之力吧？你不馋？来，我把菌丝借你用用。"

器灵："呸！你就是想利用我的身份来搞事情！"

受沧澜界规则限制，这里无法使用任何灵力、妖力或魔息，但界主不受任何限制，无须修炼便能拥有超绝的力量。聪明的蘑菇早就猜到，这般神异的现象只有一个解释，那就是沧澜界是个大神器，所谓界主，其实就是神器中的器灵。

好巧不巧，她的识府里也住着一只器灵。

蘑菇："少废话，一个字，干还是不干？"

器灵："不干是两个字。"

蘑菇："那就是干喽！"

在器灵的帮助下，宁青青指尖成功地探出一缕细小的菌丝。菌丝触到她周身的封印，立刻贴上去，大口吞噬起来，源自神器的力量源源不断地落入识府，器灵的小尖芽慢慢膨胀。

器灵："两个时辰能啃完。"

宁青青忧郁地望了望天。不知道谢无妄能不能撑过两个时辰？但愿可以，她真诚地为他祈福。

当然，她并不认为自己解除封印之后可以帮得上谢无妄什么忙。她很有自知之明，谨记谢无妄前辈的教诲，这种情况不需要管他死活，自己走为上计。

黄小泉显然已经失去理智，她才不要留在这里被他强迫着做一些奇奇怪怪的事情。

沧澜界的夜空看起来很清凉，聪明的蘑菇安静地想着不太聪明的心事。她有些想不明白，自己的记忆是怎么回事。她非常确定自己是一只蘑菇，因为她拥有清晰的记忆，记得自己身为孢子的时候，是如何与同伴们一起迎着风飞翔。她记得孢子们前仆后继，用无数生命开辟出了一条很长很远的生存之路，她闯过火焰山，飞过酷寒的冰川，她有着坚韧的念头，一心想要活下去。她还记得和最后一只孢子同伴告别的感觉。孢子不像现在这样拥有强烈的情绪，但她记得那种淡淡的哀伤和感动。最终只剩下她一个，她飞了很远很远，终于找到一个安全舒适的地方扎下了根。

可是，她脑海中也有许多关于青城山和煌云宗的记忆，这些记忆就像一个一个小小的墨点，连成一幅完整的画卷，让她知道自己曾在青城山生活，在那里成长。

黄小狗说，她嫁给了谢无妄，过得不好，名为道侣，实则就是个养在后院的小娇雀。这又与妄境中发生的事情对上了号。器灵和心魔曾说过，妄境是用她的记忆造出来的。这一切，让她不禁怀疑自己当真是一个在青城山长大的少女，情窦初开之时不小心落进谢无妄编织的情网，在三百年的情爱中彻底迷失自己，最终郁郁死去。

可是，她是蘑菇啊！她非常确定自己是一只蘑菇，而不是一个傻乎乎的人。她不可能是人，因为如果她是人，识府里面的元神又怎么会是一只蘑菇呢？

人类的元神不可能是蘑菇，只有蘑菇的元神才能是蘑菇。

宁青青晃了晃蘑菇，暗暗给自己压了下惊。

刚定下神来，心头忽然一寒，涌起诡异恐怖的直觉，出事了！

有一刹那，天地骤然寂静。再过了一瞬，无形的气浪冲击波轰隆撞击在界主殿底部，万丈高楼震颤不休。

宁青青眼睁睁看着面前的桌案左右乱晃，"嘭"一声撞在窗台下方。她动弹不了的身体也跟随着这道气浪开始摇晃，就像风暴中的一只小破船。

不远处，传来山体倾塌的巨响，仿佛天崩地裂。阵阵尖叫声连绵不断，汇成一道交织繁杂的声浪音波，荡破云霄，悠悠传到这座高耸入云的巨殿顶端。

隔得太远，听不清人群在高亢地喊些什么，却能清晰地感知到蕴藏其中的恐惧和绝望。轰隆声不绝于耳，伴随着恐怖的气浪，更多清脆的破碎声渐次传来。只听声音，便知道被夷为平地的不仅是山，还有那些金碧辉煌的亭台楼阁，那些富贵华丽的玉树琼花。宁青青用菌丝猜都能知道，定是黄小泉找到了谢无妄，和他打起来了。

不对。谢无妄在沧澜界中无法动用灵力，所以，不是他们打起来了，而是谢无妄正在天崩地裂地挨打！

轰隆声渐密，恐怖如斯！宁青青的心脏一揪一揪，每一次地动山摇，她都忍不住发出灵魂疑问——这都没死？谢无妄，当真是铁做的吧？

"轰——"

这一次，连身下的界主殿中也响起了此起彼伏的尖叫声。

宁青青感觉不对劲，大地好像被打斜了。整座耸入云端的楼台巨殿，正在缓缓向着东南方向倾斜。她堪堪没摔倒，她座下的小软圆杌子却摇摇晃晃地向着阁楼外的木台挪移过去，义无反顾。

宁青青惊恐地看着自己动弹不得的身躯离开阁楼，歪歪斜斜地向着木台外缘滑去……

蘑菇："啊啊啊！要掉下去了！快！解了封印！"

器灵："没那么快，至少还得半个时辰！"

蘑菇："能不能不管封印，先用菌丝钩住窗台？"

器灵："封印不解我出得去吗？"

"嗖——"凉凉的夜风拍在脸上，宁青青迅速滑过阁楼外的木台，斜斜地仰望着清凉的夜空。

"咔——"她的身体卡在了两道木栅栏中间，险险悬在万丈高空之上。

暂时安全。

宁青青轻轻舒了一口气，视线左右一转，看到云层底下燃着熊熊火光，一蓬蓬黑烟直入云霄，仙境般的谷地满目疮痍。巨殿对面的崖壁崩塌了大半，滚滚落石如斜梯一般，覆住了大约五分之一的谷地，碎石之下隐隐还能看到一些断壁残垣，繁华盛景零落成泥。伤亡自不必说，只不过身处这么高的地方，看不清底下的血迹。

"轰——"又一个巨坑出现在谷底。

殿体微微一震，宁青青听见背后传来木头的断裂声，她后背汗毛直竖，把呼吸放到最轻，全身的敏锐感知都放在了这几根救命的木条上。她完全不觉得它们还能再撑半个时辰。

很快，她嗅到了硫黄的味道。底下连岩浆都打出来了，黑红的熔岩像蛇一样在谷底流淌，爬过一处处华丽楼阁，珠玉琉璃被吞噬包裹，破灭得惊心动魄。

木台狠狠一晃，宁青青的视线荡向南面。

沧澜界的出入口被黄小泉卷起山体封锁起来，那道长长的金玉阶上挤满了人，熔岩在后方追逐，跑在后面的人一茬一茬落进火海，当真是炼狱般的景象。

"咔。"

身后的一根木栏断去，宁青青柔软的脊背滑向无尽高空。

"别打了别打了！要打倒是换个方向打啊！"

遗憾的是，战场却越来越近，轰隆声直直冲着界主殿而来。

"要死啦！器灵你给我搞快点啊！"宁青青无能狂怒，咆哮不休。

器灵无奈道："你别吼了，再吼也是这么慢。精力旺盛不如多多求神拜佛，保不齐还有点作用。"

眼看着她柔软的身躯一点一点陷进断裂的木栏之中，小半边身体已危危悬在半空，下方每一记惊天动地的对撞都像是催命符。

宁青青幽幽地望着天。这个世间，有摔死的蘑菇吗？应该是没有吧？

木台隐隐晃动，脚步声由远及近，有人迅速向她奔来。总算有人发现她这只命在旦夕的蘑菇了。

身下的木板一震一震，很快，有人来到面前，一只很有力量的手蓦地抓住她的胳膊，狠狠一扯，把她拽回到木台上。那只圆圆的小软杌子滚了滚，顺着断裂的木栏掉下万丈深渊。

宁青青怀揣着以身相许（占人便宜）的感激之情，望向这位救命恩人，视线一震，她怎么也没料到，竟看见了一张和自己相似的脸。对方额心的红梅耀眼夺目，刺得宁青青不自觉地缩了缩瞳仁。

怎么会？拉她上来的人，竟然是黄小泉今日娶进门的替身小娇妻。

宁青青茫然地看着她，脑海中划过几个零乱不成形的念头，怎么想都觉得此刻这位替身小娇妻不应该出现在这里。她不是被谢无妄带走了吗？黄小泉和谢无妄打得这么天崩地裂，她竟然抽身回到界主殿？

只见这位侧夫人的脸上没有任何表情，把宁青青从半空拖上来之后，只定定地盯了一眼，然后便像扔一条破麻袋一般，把宁青青甩到背上很随便地背着，身形快如闪电，疾疾掠向楼梯。

宁青青胸口有点疼。她发现这位侧夫人比外表看上去更高更瘦，瘦到骨骼硌人的地步。底下轰隆声连绵不休，高楼危危摇晃，侧夫人的脚步却稳如泰山，掠过一道又一道殿阶，旋身的姿势利落至极。宁青青忽然觉得，就算谢无妄没有出手相救，想必这一位也不会摔死。

她的下巴软绵绵地搁在侧夫人的肩膀上，随着下楼的动作，脑袋一摇一晃，眼睛执拗地瞥着侧夫人的神色。

掠下几层楼之后，侧夫人总算淡淡斜眼睨了宁青青一下，轻轻启唇，语气平静："谢无妄待你，倒是情真。"

宁青青："啊？"

侧夫人轻轻一哂："他将我带出老远，竟一下也没碰我。可惜啊可惜，倘若不是这般为你守身如玉，想必早已察觉了我的秘密。"侧夫人冷笑道，"鹬蚌相争，倒是便宜了我！听说你被界主封印在界主殿，谢无妄真是变成了一个疯子啊。"

宁青青明明白白地在自己的眼睛里面画了两个问号。可惜的是，侧夫人却不再吱声。她健步如飞，层层向下，很快便落到了那个昨日婚典表演千人牡丹群舞的白玉大殿台上。她把宁青青从背上掼下来，右手把她绵软的身躯箍在身前，左手一晃，捏住一把寒光凛凛的匕首，压在宁青青纤细的脖颈上。

侧夫人身量极高，这般挟制着她，就像成年人搂住一个半大的孩童。她推着宁青青向前，大步来到白玉殿台边缘。

昨日黄小泉便是令人在这里向下撒钱，宁青青记忆犹新，十分后悔自己来迟了没赶上。

到了台边，一声震耳欲聋的轰声自脚下传来，震得人心肝直颤。宁青青垂目一看，只见两道拖着残影的身形已打到殿阶之下，拳拳到肉，抵死相搏，碎石飞溅，一个个深坑在他们身下爆开。

"真是强悍啊。"侧夫人俯下身，贴在宁青青耳畔幽幽道，"凭借肉身力量，居然能在界主面前逞凶，我还真是小看谢无妄了。"

颈侧的寒刃微微用力，宁青青感觉到一道火辣辣的血线在颈间拉开。

这会儿，她的心思已如明镜般雪亮，侧夫人、严天正，必定与寄如雪是一伙的。寄如雪本就不是一个人，魔皇当时的原话是"那些老东西"。不过此刻猜到也没用，人为刀俎，我为鱼肉，宁青青只能丧气地耷拉着视线，随便身后的侧夫人怎么倒饬自己。

侧夫人冲着殿阶下方轰隆对撞的二人，扬声笑道："界主大人，道君大人，且歇息片刻，抬头看看谁在我手上。"

"轰——"扬尘落下，下层的殿阶正中，赫然留下一个巨大的蛛网裂洞，巨洞左右各立着一道人影，两个男人齐齐抬头望上来，俱是瞳仁一缩。

黄小泉袖中的手正要动作，侧夫人立刻压了压匕首，笑道："看看谁快？来试试啊。"

一道更深的血线在宁青青颈间氤氲开。

黄小泉阴沉着脸，垂下双手。

谢无妄倒是全无异色，唇角勾着笑，漫不经心地转开视线。

平日看惯了他的模样，倒已有些习以为常，此刻乍然从远处望上一眼，便发现他着实是比常人醒目许多——黄小泉算得上是一个玉树临风的美男子，但是与谢无妄站在一处，顿时失了颜色和风度。

"两位最好不要轻举妄动。"侧夫人冷冷一笑，"莫逼我手抖。"

宁青青很努力地斜过眼珠，瞥了侧夫人一下，用眼神说道：你想太多啦！

她记得清清楚楚，就在昨日，谢无妄曾对她说过，倘若有人用她的性命威胁他，他会杀掉她。他，绝对不受任何威胁。所以她想保住小命，绝不能指望谢无妄。

侧夫人慢声道："我的要求很简单，很容易办到的。首先，我要界主引沧澜界全界之力在脚下造一方界池，否则……"匕首再一压，锋刃紧贴宁青青颈脉。

"动手。"侧夫人轻轻咬着牙齿。

"好。"黄小泉笑了笑，手一挥，顷刻间，整个谷地翻涌的熔岩都聚了过来，汇在他面前。道道黑红的岩浆不断注入他的脚下，范围却并不扩大，只在一丈方圆的区域越卷越烈，生成一个气势骇人的熔岩漩涡。

黄小泉扬起俊秀的面庞："然后呢？"

"然后啊，"侧夫人微笑道，"反正二位本来也是你死我活的仇家，便在这界池中，放弃防御，痛痛快快杀一场，活着出来的那一位，便可以与我手中这位如花似玉的小娘子双宿双栖，如何？"

宁青青非常想翻一个白眼。谁会上这鬼当啊？倘若吃了她这威胁，当真死掉一人，剩下的那个还不是要继续受她威胁吗？

黄小泉冷笑出声："你是觉得我太傻，还是觉得谢无妄太傻？"

话音未落，只见侧夫人以迅雷不及掩耳之势，一刀扎进宁青青右锁骨下方。电光石火之间，带上血珠的匕首重新架在她雪白的颈间。

宁青青痛得整只蘑菇都精神了，微微抿了下唇，正要用眼神示意谢无妄，眸光忽地一顿，双眼睁大，瞳仁急急收缩——只见谢无妄拖着半道残影，忽然掠到黄小泉身后，反手肘击，带着他落入界池，留下一声极为狂妄的轻笑。

谢无妄反手肘击，带着黄小泉落进熔岩界池，分明是血肉之躯相撞，却发出了恐怖的金石碰击之声。

轰鸣声犹在，二人已摔进恐怖的漩涡中。宁青青目瞪口呆，有那么一瞬间，她连疼痛都抛在了脑后。

不是吧？谢无妄这是在做什么？不是说好了绝对不受任何威胁的吗？就因为侧夫人扎了她一刀，他就发疯了？

他动作这么快，让她连使个眼色向他示意的机会都没有。封印就快要被器灵啃完了，只要再稍微拖上那么一时半会，她就可以想办法脱身。如今可好，谢无妄和黄小泉都下去了，害她也不敢轻举妄动。他是失心疯了吗？难不成真如这侧夫人所说，谢无妄爱宁青青爱到发疯，连自己的命都不要了？

不对。谢无妄绝不是这样的。

宁青青的脑海中隐隐闪过几个画面——自她醒来，谢无妄似乎一直就是面色惨白的样子。他有伤，却不治。怒乾坤巨阵那一战，他分明有能力按着高矮次序杀人，却刻意忽略防御，放任那些人在他身上制造一道又一道伤口。随后他又去了液息池，折腾没了半条命。再然后，他一刻不歇地来到这里，与界主黄小泉对上。

他做这些事情，很显然并不是为了她，所以谢无妄一定另有算计。

宁青青定了定神，心中暗暗松了一口气——谢无妄不傻就行，再聪明的蘑菇，也带不动猪队友。

心神一松，右锁骨下方的刀伤立刻发作起来，火辣辣的撕裂剧痛让她垂下眼角，后背一滴接一滴渗出冷汗。她委屈巴巴地摇晃着识府中的蘑菇，把侧夫人家祖宗十八代问候了一遍，不仅株连九族，还连带着侧夫人家的瓶瓶罐罐也一并痛骂一通，措辞激烈，毫无节操，听得器灵瑟瑟发抖。

那一边，界池之中熔岩翻腾，映得谢无妄绝色的脸庞更加冷白。他的唇角勾着笑，眸色却隐隐有些冷戾，显然是想要速战速决。

他出手极为狠辣，不施术法时，那些娴熟利落的杀技展现得丝丝分明，望之令人心惊肉跳——谢无妄这一身本事，是杀出来的。平素有超绝的道法遮掩，旁人只知道他的手段异常干脆利落，颇有几分雅致风骨，此刻没有灵力，便能清晰地看到那份刻入骨髓的张狂冷酷。

与这样的谢无妄相比，黄小泉的战技就像花拳绣腿。只不过此地乃是沧澜界，身为一界之主，他在这里就是无敌的存在。谢无妄的杀招落在黄小泉身上，并不能让他受到任何伤害，只是令整个界池漩涡激荡，翻卷起黏稠的涟漪。

"在界池中战斗，力量不会逸散。"侧夫人弯下脊背，偏着头在宁青青耳畔说道，"没有卸力的余地，每一击都只能硬挨。你猜猜，谢无妄能撑得几时？"

话音未落，便见漩涡中的黄小泉终于接下谢无妄当胸一击，双掌对撞，黄小泉身后的漩涡荡出圈圈涟漪，谢无妄却是胸骨凹陷，嘴角涌出鲜血。

"强，真是强啊。"侧夫人目露感怀，"这么强的谢无妄，怎就有了你这么个软肋呢？还真是令我特别失望。为了把他弄下界池，我可是预先设下了无数连环计，如今却一个也用不上，真是白费许多工夫。"

宁青青觉得这就是典型的得了便宜还卖乖。

她有一点冷。锁骨下的伤口不算深，却一直在渗血。血就是生机，流多了整只蘑菇就蔫了。不过她的脑子却更加清醒。

设下怒乾坤之阵时，这些敌人显然只是把她当作一个普普通通的诱饵罢了，甚至没怎么管她死活——要不是她机智地与魔皇周旋，凭本事保下自己的小命，早在那时，她就已经变成一具只会嗷嗷叫唤的魔尸了。

谢无妄也曾直言，那日若是寄如雪拿她威胁他，他只会毫不犹豫地爆了乾坤阵。那么今日，侧夫人怎么又会选择铤而走险，直接捉了自己来威胁谢无妄呢？短短几日之间，是什么改变了敌人的想法？是什么让敌人认定，自己在谢无妄心中非常重要？

答案呼之欲出——妄境。

宁青青黑白分明的眼睛里闪过一丝狡黠的光芒，看来，她的后手果然留对了啊。

她的目光不动声色，轻轻拂过腰间的乾坤袋。

失神的片刻，界池之中再度黑浪翻涌。

黄小泉的无敌终究是有上限的，这个上限，便是沧澜界自身的力量极限。一界至尊与天下共主殊死对战，谢无妄强悍的道体惨烈破损，黄小泉也好受不到哪里去。只不过，他所受的伤害都是由整个沧澜界来承担，准确地说，由这一方凝聚了全界之力的界池来承担。

界池猛烈地摇晃，清晰地呈现出一道又一道奇异的裂痕。谢无妄在与一界之力对抗，他浑身伤痕，与黄小泉身后的界池逐一对应。

两败俱伤。

界池之中无从卸力，这些恐怖的伤害拳拳到肉，谢无妄尚未痊愈的身躯再遭重创，界内亦是地动山摇，空间不稳。漩涡转得更疾，将殊死相斗的两个人死死吸在漩涡中心，就连轰撞的力量也无法让二人挪动分毫。两个人，都已深陷局中，大有同归于尽之势。

鹬蚌相争，渔翁得利。宁青青感觉到自己身后的侧夫人放松了很多，似乎是因为胜券在握，所以她下意识地吁了一口气，压在宁青青颈间的匕首也稍微移开了些。

宁青青手指微微一动。封印解除！

宁青青没有丝毫犹豫，在身体能够动弹的第一瞬间，立刻调动足量的醉花蜂功能，混上蚯蚓波动，通过器灵狠狠探出菌丝，扎向侧夫人的腰！

指尖触到对方的身体，隔着喜袍略显厚重的布料，宁青青清晰地感觉到一个坚硬的触感传回来。侧夫人的腰虽然不粗，但没有半分纤细柔软，而是硬邦邦的，平坦得像一截木头。

这，不像是一个女子的身体。

宁青青脑海中瞬间浮起侧夫人不久之前说过的那句话——

"他将我带出老远，竟一下也没碰我。可惜啊可惜，倘若不是这般为你守身如玉，想必早已察觉了我的秘密。"

她的秘密是——"她"是个男人。

念头转动的一瞬间，宁青青蓄足力量，狠狠用后脑勺向身后撞去。

沧澜界中没有灵力防御，中了足量的醉花蜂与蚯蚓波动，无论这个侧夫人是男是女，都会软成一条醉醺醺的虫。

砰，她撞上一具坚硬的身躯。对方没有中招，她的指尖并没有探出菌丝。

身后的人发出嘲讽的笑声，一只大手扣住宁青青的右手腕，扯着她旋了个身。两张像了六七分的脸，面对面。

"你的所有伎俩，我都了若指掌。"侧夫人的嗓音发生了显著变化，不再模仿女子说话，而是恢复成一个很平淡、毫无特色的男声，"不必挣扎，为了今日，我准备了太久太久，不可能因为你这样一只小小蝼蚁而出任何纰漏。"

宁青青眨了下眼睛，缓缓发出僵硬麻木的声音："你是男的——你就是寄如雪。"

对方微微一笑："聪明。正是在下。"

他的目光落到宁青青的右手食指上，很好心地道："是不是很疑惑为什么我没有中招？不着急，等到一切结束的时候，你自然就会知晓答案。现在，且安心看戏。"

宁青青不太灵便地转头看了眼白玉殿台下方的界池："黄小狗这么疯，是你做了手脚？"

"是。"寄如雪答得坦然，"不过说来话长。你想听吗？"

宁青青诚实地点头："当然。既能满足你的倾诉欲，我也能拖延时间保住性命，可谓双赢。"

"沧澜界，我经营了数百年。"寄如雪无所谓地笑了笑，"严天正以仁善之道感化旧界主，令其诚心皈依。'为正道杀死谢无妄'是我们埋下的一颗种子，数百年来，在严天正的不懈耕耘下，这颗种子已深植于旧界主的意志之中，成为他生命的一部分。而黄小泉，我第一日见他，便知道他是更加适合的人选。"

他用那张"西阴神女"的脸笑了笑："哪有什么傻人傻福？所谓因为善良而得到大机缘，不过是我与严天正一手设计的。在黄小泉还是浑噩鬼物时，我便将仇恨灌输给他，埋下绝杀谢无妄的种子。等到我们助他继承了旧界主的衣钵，两颗种子便合二为一，杀死谢无妄，既是出于大义，亦是出于私怨。"

"这颗种子深埋在黄小泉无法觉察的神念最深处。严天正临死前的说辞，便是引爆这颗种子的导火索。"他抬起手，比了一个开花的手势，"一瞬间，早已根深蒂固的种子变成了参天大树，枝繁叶茂，势不可挡。在这样的精神力量面前，任何证据都不值一提，黄小泉会蒙住心，闭上眼，一意孤行定要绝杀谢无妄。"

宁青青点了点头："明白了。"

难怪黄小泉会无条件地信任一个认识不过数日的大儒严天正，原来是受了旧界主的影响，也难怪他会没皮没脸地毁掉那些证据，原来那只傻狗已经被彻底催眠洗脑了。

寄如雪淡然道："即便在这沧澜界内，谢道君也没那么好杀，需以界池缚住他，令他不得逃脱，再有界主以死相搏，同归于尽。这是个死局，只要进去，他们两个都要死。不过谢无妄这般干脆地跳进去，倒也让我小小地吃了一惊。当初谢无妄焚我爱妻时，想必不会料到他自己亦有这么一日，沦陷于他一生最为不齿的情爱之中。"

宁青青看了他一眼，没接话，只是想，寄如雪倒是小瞧谢无妄了。

周遭的摇晃越来越剧烈，脚下的白玉殿台咔咔作响，一道道脆裂的缝隙渐次炸开，两个绝色"女子"仿佛站在即将破冰的湖面上。巨殿已开始倾倒，殿顶最先崩溃，雕满精致繁复纹理的圆木柱与片片琉璃瓦如落雨一般滚下来，一层一层，砸碎无数飞檐，繁华之幕缓缓降下，几簇碧玉碎屑如流沙瀑布一般坠到二人身侧。

界池漩涡已崩溃大半，谢无妄浑身浴血，黄小泉的脸色亦是惨白如纸，身体隐隐变得透明。

宁青青问："你就不担心谢无妄杀了黄小泉，拿到界主的力量来对付你吗？"

她奄拉着眼角，一副垂死挣扎的颓丧之相。锁骨下的伤势让她的身体微微蜷缩，时不时轻轻颤抖。脚下的白玉殿台裂缝越来越密，宁青青站立不稳，身体一个踉跄，险些撞到寄如雪的匕首上。

"自然不担心。"寄如雪的目光软了少许，手指一晃，扔开匕首，搀了她一把，"事已至此，便如这巨厦将倾，已经没有任何力量能够阻止我了。你且看谢无妄如何死。"

宁青青堪堪站稳，忧郁地望向界池。

谢无妄骨骼破碎，黄小泉周身透明。双方都已经杀红了眼，尤其是黄小泉，力量急剧流失之后，他俨然已被那个堪称心魔的念头彻底控制，没有任何章法，只顾着疯狂地攻击谢无妄。而谢无妄……就像个刚刚粘好的瓷娃娃，此刻又碎了。

"轰——"

又是一记恐怖的对撞。漩涡彻底崩溃，那些可怕的浓郁的力量缓缓浮起来，飘在漩涡中心的二人身侧。沧澜界的震颤停歇下来，倾塌的巨殿暂时凝滞，一束束如瀑布般垂落的琉璃翡翠玉尘也像界池中的黑火一般，停止下坠，幽幽地浮在空中。

"是时候了。"寄如雪微笑着踏前一大步，掠过一道宽阔的裂缝，站到唯一一块完好的白玉殿台边缘，回眸温和地看着宁青青，向她伸出手："仔细脚下。"

宁青青警惕地挪开一步，距离他更远了些。

完好的地方被他占据，她落足的地方密密地分布着几道细缝，随时有坍塌的危险。

寄如雪用看死人的目光瞥了她一下，然后转开视线，不再理会这只蝼蚁。

"器灵破碎，神器之力复归混沌，能者得之！"他扬起双袖，眉心沁出一缕殷红元血，"器灵何在！"

宁青青感到识府一震，那只蛰伏在她身上数日的器灵咕咕叽叽地怪笑着，从蘑菇上脱离，一掠而出，径直扑向寄如雪的眉心元血。

"可明白了？"寄如雪并未回头，只随手将器灵化成的白光与自己的元血捏在一处，"我的神器，自然认我为主，器灵与我神魂相通，它所知所感，如何能瞒得过我的眼睛？宁青青，利用了你，我十分抱歉。"

须弥芥子是寄如雪的神器，器灵自然是寄如雪的器灵，所以方才宁青青让器灵控制菌丝去扎寄如雪，就是一个笑话。

寄如雪扬手一掷，将那只完好的、精力旺盛的器灵扔入混沌界池！这便是他的最终计划，鹬蚌相争，渔翁得利。两败俱伤的黄小泉与谢无妄，自然争不过一只来势汹汹的器灵，在神器之中，器灵可谓占尽天时地利。

"蘑菇蠢崽！"器灵飞扑向混沌漩涡，忍不住得意大笑，"你都知道神器里面是我的主场，居然半点没有防范？我可生不出你这样的蠢崽啊！"

界池之中，神志已然不清的黄小泉犹在继续攻击谢无妄。

谢无妄总算是缓缓抬起头来，薄唇轻扯，神色微哂："就这？"

"就这。"寄如雪扶住殿台边的玉栏，"器灵入主沧澜，秩序漩涡重新生成，足以将你碾成碎屑。"

谢无妄依旧是一副全无波澜的模样："大可一试。"

宁青青踮着脚，悄无声息地跃过几处摇摇欲碎的大玉砖，伏到两截断裂的玉栏之间。

"器灵傻儿子！"她手一晃，只见一道黑光落向混沌破碎的界池，"你果然忘了我还有个大宝贝！"

自进入沧澜界，宁青青便刻意抹去了龙曜的存在感，只让它静静地躺在乾坤袋中。此时，龙曜意气风发，趾高气扬，戾气幻作苍龙，猛然一抻、一荡，将凶剑送入混沌界力之中。

掷出龙曜之后，宁青青飞快地从乾坤袋中找出调元丹，像吃糖豆子一样，把十几粒珍稀无比的疗伤圣药塞进嘴里。

"唔……蠢崽！你怕不是忘记了，你爹我方才是如何骂遍你祖宗十八代的！"宁青青一副小人得志的模样，"等的就是你们先亮底牌啊傻子！"

寄如雪眸光猛地一沉。

在谢无妄与黄小泉坠入界池后，宁青青气急败坏地把侧夫人祖宗十八代以及家中的瓶瓶罐罐都骂了一遍。寄如雪和器灵都没把这当回事，只以为宁青青在无能狂怒，没想到她竟是在指桑骂槐。

"我怎么可能想不到神器必定要认主嘛！"宁青青的声音有些虚弱，却无比猖狂，"不要用你们低等生物的智力水平来侮辱高等生物好不好？"

尾音猛然一变，她的身体险险歪向左侧，避开寄如雪刺过来的匕首。

破碎界池中，龙曜与器灵的争夺厮杀也开始了。

龙曜并未成灵，但它距离成灵只有一步之遥。而须弥芥子本体已毁，空有一只器灵，算下来，两个也是半斤八两。

匕首带起凌厉风声，宁青青仗着身体轻盈，在破碎的废墟中上蹿下跳，躲避寄如雪的锋刃。方才好不容易止住血的伤口再度被撕裂，迎面有风吹来，宁青青感觉右半边身体又麻又胀，既火辣辣的，又冷冰冰的。

眼见龙曜与器灵陷入僵持，寄如雪心知不妙，下手更加狠绝。宁青青后背一辣，一凉，衣裳被割开一条长长的口子，皮肤被刀风割破，沁出一粒粒小血珠。

风中传来谢无妄无奈宠溺的叹息："阿青。"

寄如雪瞳仁骤缩，余光匆匆掠过，只见谢无妄用后背硬挨下黄小泉的攻击，身体微微一晃，像一只从地狱中爬出来的厉鬼，周身染血，半个身体自破碎漩涡中探了出来，修长五指深深嵌入地表，留下五道渗血的抓痕。

这般一撑、一晃，拖着血衣，摇晃着站立起来，笑容虚伪温和，眸中的暴虐杀意却叫人心惊胆寒。

寄如雪倒抽一口凉气，身体快过脑子，将手中匕首掷向宁青青的同时，长身倒掠，足点着破碎废墟，向着沧澜界的出入口疯狂逃窜。

谢无妄血衣一晃，没有去追寄如雪，而是扬起五指，抓住匕首的寒刃，将它捏停在宁青青身前，再一旋身，将她摇摇晃晃的身躯揽入怀中，手指微紧，沉沉地吐出一口血气，然后垂眸望向她。

宁青青小脸苍白，神色却无半分虚弱，微微睁大眼睛，恨铁不成钢地瞪着他："捉我干什么？还不快去抓寄如雪？你不会没力气了吧？谢无妄你行不行了？你不会没留后手吧？"

谢无妄的一腔怜惜生生憋在薄唇之间。他忽然有些恍惚。他记得她被他养得娇气极了，偶尔磕了碰了，或是不小心弄破一点几乎不流血的小伤口，总是要嘤嘤呜呜地向他撒娇。他闲暇逗留在玉梨苑时，总会耐心地抱着她，哄着她，抚着她的身体，安慰那个再不治疗就要自行痊愈的小伤。

他在外面办事时，她倒是很安静，不会用这种小事打扰他，只在他回来时嘀嘀咕咕地抱怨几句，说她某日小伤小痛了，缠着他赖着他，找他讨要心疼和安慰。

那一次，是她第一次传音撒娇，说她受了伤，让他早些回去。

接到传音时，他下意识地扔下刚攻破的魔尸城，径直返回圣山，只不过在即将落进玉梨苑的时候，他忽然醒过神来，察觉到她对自己的影响有些过界了。

道君谢无妄，绝不会放任自己沉溺于美色。他带着些薄怒，返身回到乾元殿，然后召来在山下等待多日的章天宝。

就在那一日，余怒未消的他，对她说了不少平日不会当面说的冷话，伤透了她的心。

那时候他希望她长大，希望她懂事。而今日，他将她揽入怀中，本是想要好生安抚的，他以为那么娇气的阿青，必定会垂着她那双漂亮的大眼睛，氤氲着一团好看的泪光，委屈巴巴地向他撒娇。

他会喂她服下调元丹，然后助她化开药力，将她团成小小一团，好生呵护在怀中。他愿意说些温软的话来好好哄她，抚慰她的惊怕伤痛，却不料，她竟不再向他撒娇了。

谢无妄的视线缓缓下移，落到宁青青右边锁骨下方。直到此刻，他仍然记得十分清楚，那把闪烁着寒光的匕首刺进她的身体时，她肩膀微缩，颤抖着蜷了蜷身体的模样。此时血已冰冷，凝结在她的衣裳上，深深浅浅一片，显然那伤口曾经凝了血痂，又再度崩裂开了。雪白的脖颈上也有一道层叠的血线，他记得很清楚，寄如雪用那把匕首压过她的颈整整三次。当时他不假思索就把黄小泉打进界池中，既是因为他本来就要故意遂了寄如雪的愿，也是因为看不得她再受伤害。

覆在她后背的手掌敏锐地感觉到了那道刀风刮破的细长伤口，一道断续的血线，印在她雪般的肌肤上，指尖虚虚抚过，谢无妄心中觉得，她就像一片碰到就要碎的柔嫩花瓣，无比脆弱，让他不自觉地放轻了呼吸。

受了这么多伤，她定是极痛，小脸惨白如雪，唇色也浅得如同淡樱，眼底分明蕴含着泪水，她的眼神却柔韧坚定，就像一株被风雨打弯，却丝毫不服软不认输的小幼苗。

恍神之间，他忽然想起她其实已经有好一阵子不曾向他撒过娇了。

那日传音，正是最后一次。在那之后，他替她清理胸间淤积的火毒，她只是把脸埋在软枕上，默默晕湿一片。再后来，她在青城山出事，却并未在他面前表现出丝毫软弱，只是哀伤地、淡漠地要求和离。她再没有撒过娇了，就像丢了那对小木人之后，她再没有做过木雕。

谢无妄的心，忽然一沉。她其实是有脾气的。他弄丢的，她便不会再给。

如今，他弄丢了她的柔情蜜意，也弄丢了她。她一个人，被扔在某个暗无天日的角落。

宁青青见他目光深邃，一直不吭声，忍不住伸出一根食指，轻轻戳了戳他的胸膛："谢无妄，你还行吗？"

他回了下神，微眯长眸，冷硬的齿间咬出一个字："行……"

男人怎能说不行？

"行就去捉寄如雪，这里我会看着。"她眨了眨眼睛，踮脚望向那道在废墟中穿梭的身影，抬手一指，"快，还能追上。"

谢无妄却丝毫也不着急，一双大手小心地环着她，像捧一朵云般，将她捧到完好的白玉殿台边缘，随手抓过几块巨大的破碎白石，堆了个稳固的小堡垒，把她圈在里面，长袖拂过的地方留下一道道暗色血痕。

宁青青幽幽叹了口气，从乾坤袋中刨出两粒调元丹，想了想，放回去一粒，然后很大方地用左手捏着一粒丹丸，塞向谢无妄漂亮的唇。

"吃了药，该有力气干活了吧？"她的神色颇有一点心疼，"这个药丸很珍贵的。"

谢无妄垂下头来，启唇，用冷白的牙尖衔走她手指上的丹丸。

药力化在口中，温暖的热流渗入残破躯体，忽然便有一丝眼热。他陡然察觉，其实被她碰过的东西，都会变得不一样。她穿过的衣裳，住过的院子，打理过的灵宝，都会带上独特的气息和温度，一碰便知与她有关。

他的生命，早已处处被她染上了明媚温暖的色彩。

"快，去追。"她非常自然地发号施令。

他抬眸，见她盯着那道身影遁走的方向，神色极为专注，就怕看漏一眼叫寄如雪跑了。

他抬起手，抚过她的发丝，动作温柔，声音寒凉："无事，我倒情愿，寄道君能有所作为。"

宁青青见他意有所指，不禁缓缓眨了一下眼睛，依依不舍地将视线从那道已遁入倾斜界主殿的背影上收回来。

他垂下广袖，逐渐凝固的血极缓地坠落在白玉废墟上，一下一下，声音沉闷。

谢无妄长眸微微眯起，转过身，背对宁青青，很平静地叙述道："倘若我强破须弥芥子，必定极火暴动，道体不稳，寄道君出手，胜率有七成。不过寄道君心中清楚，只杀我一次，是不够的，因为我有两条命。在我用涅槃骨起死回生之时，寄道君将会狼狈逃入沧澜界，实则是为了引我进来，落入第二次杀局。计是好计，只可惜两次都毁在了阿青手上。"

周遭的气氛隐隐发生了极微妙的变化，宁青青心神微凛，下意识地将身体稍微缩进谢无妄方才为她搭的白玉巢中。

谢无妄轻笑一声："事已至此，倘若功亏一篑，连我的涅槃骨都未能毁去，寄道君又如何甘心？只怕拼上性命，也定要灭杀我这副残躯才是。在此之前，若能让我亲历丧妻之痛，那寄道君便当真是死而无憾了。"

宁青青远远瞄了一眼那道已经只有指甲盖大小的红色身影。这么远的距离，就算有顺风耳也不可能听到谢无妄的声音。

她恍然大悟："明白了，逃走的那个不是寄如雪，而是寄如雪的替身。"

寄如雪以男儿之身"嫁"给黄小泉，在某些时候，自然得用上替身。这位心腹替身不可能离他太远，必定就藏在界主殿。

断壁残垣之中，很容易就能调包两个人。换作任何一个聪明人，此刻都会选择让那个替身把谢无妄引开，自己或潜伏，或逃走，或是绕回来再次挟持宁青青。

宁青青微微睁大眼睛，感慨万千："十分狡猾！"

蘑菇还真没这么多心眼。

谢无妄温凉地笑道："出来吧，给你机会。"

片刻静默之后，界池旁边一座倒塌的雕花塑像后面，缓缓踱出一人，不是寄如雪又是谁？

界池里面战斗激烈，正好掩盖了他藏身的动静。

只见寄如雪微蹙着眉，似有不解。

谢无妄倚在白玉殿台的扶栏边，居高临下地睨着寄如雪，脸色惨白，神态显出些疲惫慵懒。

寄如雪扬起头来，双眉拧在额间的花底上："谢无妄，你既什么都算到，为何还要步步入阵？我很了解你，你很狂妄，但从来不会让自己真正伤筋动骨。今日我虽身死，但必定能拼去你唯一的涅槃机会，你觉得值？"

谢无妄轻笑着，语气傲慢："倒是有几分自知之明。你，自是不值。"

寄如雪也不恼，只问："那是为何？"

谢无妄腮骨微动，没回答，转头看了宁青青一眼，目光极复杂。一顿之后，他偏过头去，语气更懒："我没有涅槃骨，你若有本事取我性命，只管放马过来。"

寄如雪瞳仁猛烈收缩，一时气息全无，好似僵成了一块木头。他知道，谢无妄不屑说谎，也没有必要说谎。他说他没有涅槃骨，那就必定没有。

谢无妄他……什么时候用掉了涅槃骨？没了涅槃骨，他竟还敢以身赴险？

"为何？"寄如雪双眉皱得更紧。

"不为何。"谢无妄松开玉栏，顺着破碎殿阶缓步踏下。浸透血的衣袍拖曳在地，他的身体略微有一点摇晃，煞得叫人心惊。

寄如雪下意识地退了半步，一退之后察觉不妥，又强行踏前半步。

血煞的身影一掠而上，招招皆是夺人性命的绝杀之技。寄如雪不敢大意轻敌，立刻拿出了十成的实力。他亦是道君之身，哪怕不能动用灵力，肉身也是极其强悍的。

这二人打斗起来，动静虽然不及黄小泉那么声势浩大，但也是拳拳到肉，如金石相击。

谢无妄与黄小泉拼杀时已身受重伤，周身处处是破绽，寄如雪明显占了上风，心中却更加惊骇。他发现，谢无妄好像根本就不会痛。打断了骨头，他唇畔的笑容连晃也不曾晃一下，就像一件没有情绪的兵器，以一成不变的姿态，战斗至死。

这样的对手，足以让任何人心惊肉跳。

"谢无妄！"错身而过时，寄如雪忍不住低声吼道，"你这一族，究竟是不是人！"

谢无妄反手切他颈脉，轻笑着，漫不经心道："是不是人？说不好。"

几招之后，谢无妄胸骨又凹陷了两处，寄如雪也受了些皮肉伤，几处并非要害的地方渗出血来，洇湿了大红嫁衣。

寄如雪低头看了看自己受了轻伤的身体，冷声道："可惜，你伤势太重，大失水准。今日是我乘人之危了，再这样下去，不出三十招，你必败无疑。"

"那又如何。"谢无妄只低低一笑，凌厉攻上。他身上的新旧伤一齐裂开，血液挥洒之间，冷白的容颜就像冥界修罗。

二人浴着血，杀意冲天。

宁青青抿住唇，心下有那么一丝丝后悔——要是早知道寄如雪这么难打，她方才就把两粒调元丹都塞给谢无妄吃了。

她转动视线，望向破碎界池，那边的战斗也很艰难。

龙曜是谢无妄的本命剑，与他气息相通。黄小泉这只傻狗被"绝杀谢无妄"这个执念控制，拼了命地攻击龙曜，器灵便趁机大肆抢夺那些无主的混沌界力。

只要夺取过半界力，它便会成为沧澜界的新界主。

"黄小狗你是不是傻！"宁青青气到爆炸，"器灵要是赢了，第一个死的就是你！"

她把龙曜扔下去牵制器灵，是要让黄小泉自己收回那些界力的，谁知这傻子却跑去对付龙曜。她愁得薅住自己的头发。

"咦？"

宁青青双眼忽地一亮，想起当日与器灵的对话——

"能不能给大师兄制造一个妄境，然后把他体内的心魔也引到妄境里面消灭？"

"首先，找一件神器来。第二，弄死里面的器灵，让我上位。第三，让那个需要帮助的人毁掉这件神器，就可以给他制造妄境啦。"

她自动忽略了对话中的粗鄙之词，只留下个中精华。

所以此刻的情况是，找到沧澜界这个大神器，界主黄小泉虽然还没死，但是神器之力已经混沌破碎，他失去了界主之位，并且，方才与谢无妄一战，黄小泉亲自把界池打成这副鬼德行，与毁掉也相去无几，制造妄境的基本要素大致是齐全了。

"龙曜！"

宁青青扶着白玉栏翻下去，脚步微微踉跄，扑入混沌界池，一把抓住她的大宝贝。她已顾不上混沌界力会不会伤害身体了，因为器灵一旦得手，她也只有死路一条。

双手握紧龙曜，刹那之间，心念相通。

寄如雪冷若冰霜的声音渐渐模糊："二十招内，谢无妄，你必死无疑……"

白光泛滥，宁青青急急睁开眼睛，顶着一片刺目光线望出去。青砖黄瓦，她身处枝头，俯视着熟悉的庭院——煌云宗。

成功了！

借助汲取的混沌界力，龙曜成功制造妄境，将黄小泉带回了从前的记忆中。

宁青青低头一看，只见黄小泉正满脸暴躁地和黄小云说话。

黄小云神色怯懦，弱弱地拽着他的衣袖："哥，哥！求你了，不要告诉爹！爹会打死他的！"

黄小泉恨铁不成钢地瞪着妹妹："怎么会有你这种蠢货！给人骗了身子还护着他？你要护到几时？音朝凤他敢不娶你？敢不娶，我要了他的狗命！松开！我这就去与爹爹说！"

"不要不要不要！是我自愿的，是我，是我勉强他的，是我一厢情愿，都是我一厢情愿，求你了，别告诉爹！我配不上他，我哪敢奢望嫁给他……哥你不要再逼我了！你伤害他，那就是叫我去死啊！"黄小云泣不成声，"你要逼我死是不是？"

黄小泉险些被这个被猪油蒙了心的妹妹气得晕过去。

宁青青心下有一点焦急。她的时间不多。谢无妄打不过寄如雪，器灵也在疯狂夺取混沌界力。她必须尽快解决这里的事情，让黄小泉清醒过来。

身体一动，她蓦地发现不对劲……她，在黄小泉的妄境里，居然是一条盘在树上的蛇，颜色倒是漂亮极了，像青玉。她变成了一条竹叶青。她是条蛇？在黄小泉心里，她就是条蛇？很好，将来若是有机会，她一定会让黄小泉知道，他就是只狗！

"好好好。"黄小泉无奈地甩袖，挥开妹妹，"我不管你，随便你，行不行？我就看不懂了，音朝凤是怎么了，就把你迷成了这个鬼样子？"

"哥，哥！"黄小云呜呜地哭，"我的事我自己心中有数。我愿意把这件事告诉你，就是因为从小到大就你对我最好。爹娘都不爱管我，他们就希望我安安静静的，不要烦他们，不要吵他们，只有哥哥偶尔还愿意理一理我……像我这样卑贱的人，能碰到少谷主一下，都是我的福气，我已经心满意足了！我只求这件事能这么过去，我这一生，已经被他的光芒照亮，我没有遗憾了。"

黄小泉死死掐住眉心："行了行了，你回去躺着，我不说，不说行了吧！你爱嫁不嫁吧，我以后再也不管你，行了吧？"

他暴躁地赶走黄小云，深深吸了几口气，压平胸腔，然后大步向着父母的院子走去。

"烦死了！"他把脚下的落叶踢得七零八落，"我怎么就摊上这么个蠢妹子！一个两个都那么蠢！竹……竹叶青再傻，好歹也混了个名分，黄小云怎就这么不争气？烦死人了！"

竹叶青顺着树干滑下去，跟在他的身后。

黄小泉径直走向父母居住的正院。

宁青青一看就知道，他并没有打算为妹妹保守秘密——这世间，父母兄长十之八九都是这样，他们并不会把那个不懂事的孩子放在与自己平等的位置上，他们会轻易向那个孩子许下承诺，然后并不遵守这个承诺。

黄小泉谨慎地关上庭院的大木门，并且插上门闩，进入父母居住的正屋。

宁青青跟了过去，游上窗台，拱开那扇蒙着绢纱的窗，探进半个三角脑袋。她心中快速地判断局势，今日应该是黄小泉最痛苦的那一日。他既已知道音朝凤是害了自己妹妹的奸夫，那么接下来，必定就是黄威入魔，残杀妻儿的那一幕了。

龙曜行事倒是快准狠，直击要害。

黄小泉进了屋中，大步踏进正房。

宁青青抬头望去，诧异地发现黄威并无半点入魔之相，他与夫人对坐堂中，正沉着脸商议黄小云堕胎的事情。

黄小泉急急踏入，张口便出卖了妹妹："爹！娘！儿子已知奸夫是何人了！是那药王谷少谷主，音朝凤，妹妹鬼迷心窍，被他骗得神志全失！"

宁青青打起十二万分的精神，悄悄顶开纱窗，游到黑木桌底下，身体盘着桌脚，探出两只小小的眼睛。

黄夫人大惊失色，陡然站起："泉儿，此话当真？你如何得知？不对啊，音少谷主温润斯文，怎会做出这种事情？怕是误会了吧？"

黄威浓眉微蹙，双眸隐隐失神。

"是小妹亲口告诉我的！"黄小泉急道，"那簪子正是音朝凤亲手所制，小妹那里还藏着他们二人的往来信件，而且我已细想过，桩桩件件，都能对得上号，就是音朝凤！"

黄威慢吞吞地站起来："知道了。夫人，小泉，随我过来。"

黄夫人丝毫没有怀疑，跟在黄威身后走向卧房。

宁青青旁观者清，一眼便看出黄威的状态有些不对劲。身陷妄境的黄小泉显然也想起了什么，垂在身侧的双手微微颤抖，嘴唇无意识地翕动。

然而黄小泉并不能掌控自己的身体，黄夫人拉了他一把，将他拉进了卧房。

宁青青急急跟上，她顺着房梁游进卧房，从高处望下去，屋中境况一览无余。只见黄威守在门口，等到母子二人进入卧房之后，他慢慢地插上门闩，然后从墙上抽出一柄剑。

黄夫人并未察觉有何不妥，上前去劝说道："夫君莫要冲动，先问清……"

长剑贯穿她的身躯。黄威的瞳仁已变成纯黑色。黄小泉失神地怔在当场，微微睁大眼睛，看着那染血的剑尖从母亲身上抽出，然后斜斜向自己劈来。

他猛地后退，后背却撞在紧闭的屋门上。

黄夫人紧紧抱住黄威的腰，凄厉地尖叫："泉儿快逃！你爹入魔了！"

黄威怪异地偏了偏头，咧出一个阴冷无比的笑。

宁青青看过凶案现场的详细记录，她知道此刻黄小泉会颤抖着去开门，被黄威斜着一剑，从左肩劈至右臀。

不过妄境中的黄小泉却没有动。他在挣扎，眸中迸出血丝，就像谢无妄那样，黄小泉尝试着在妄境中夺取身体的控制权。他已经记起来了，他想要阻止悲剧发生。

黄威的模样，已经不再像一个人。

盘在屋梁上的宁青青感觉浑身发冷。黄威方才分明很正常，还在和黄夫人商议黄小云的事情，就像个寻常的父亲那样。从入魔到手刃至亲只在一瞬间，根本猝不及防。

此刻，奄奄一息的黄夫人正拼尽全部力量搂住黄威的腰将他往后面拖，想要阻止他对黄小泉下手。

"泉儿快跑！快跑！你爹爹入魔了！"这位母亲痛得语不成调，双手却箍得越来越紧。

长剑劈过时，黄小泉眸中血丝爆裂，夺过身体的控制权，狠狠向旁边一滚。

"铮——"一剑劈下，木门上留下恐怖的剑痕。

"爹！"黄小泉失声吼道，"音朝凤，定是音朝凤！"

又是一剑当胸横掠过来。

黄威双眸只余一片漆黑，唇角咧着怪笑，提剑追杀黄小泉。黄小泉修为远不及父亲，即便做了沧澜界主，那也只是嗟来之力，自身并无长进，很快，便与记忆中一般挂了彩。

为了护他，黄夫人连吃了好几剑，脸色越来越白，抠在黄威身上的十指也渐渐失去了力道。

"娘，娘！"黄小泉的心神彻底沦陷在妄境之中，他不再记得什么沧澜界，不再记得什么谢无妄、竹叶青，他飞扑上前，用自己的身体替娘亲挡住了几次致命剑伤，鲜血飞一般地流失，眼前只有父亲发狂的眼睛。

"怎么会这样……怎么会……音朝凤，对，音朝凤……肯定是他！"

黄威一脚踢中他的腰，他滚到了床下。

目眦欲裂间，他眼睁睁看着黄威竖起剑，贯穿黄夫人伤痕累累的躯干，直直穿心。

母亲只哀哀地望了床下的他一眼，然后永远闭上了眼睛。

黄小泉已经没什么力气了，他用手指沾着血，在床脚上写音、朝……刚写完朝字左上方的"十"，左脚便被黄威拽住，拖出床底。

黄威将他掀了个身，狞笑着双手握剑，对准他的心脏……

沾满鲜血的长剑落下之时，黄小泉看到青色的寒光一闪，从屋梁滑落。一条青玉般漂亮的蛇，疾如闪电般落下，缠住剑身。

血剑直直贯下，这条蛇与他同生共死，蛇头垂到他的面前，两只明亮的眼睛直直盯着他，在他濒死放大的瞳仁中，三角形的蛇口开开合合，发出了人声："黄小狗，给我醒来！"

"呃——"黄小泉骤缩的瞳仁中，映出了一张熟悉的面庞，"竹叶青！"

"轰——"

谢无妄骨骼尽断，落在界池边。

寄如雪谨慎地停下脚步，看了看自己身上的伤。局势与预期一般无二，谢无妄在与黄小泉一战中，已拼掉了八成实力。

三十招之内，他成功击败了谢无妄。

虽然已筹谋多年，但当真到了这一刻，寄如雪还是觉得自己像在做梦一样。谢无妄，当真已经没有涅槃骨了？若这是真话，那么今日，便是他的陨落之日。

界池中，器灵已疯狂吞噬了近半混沌界力，再有几息时间，它便会成功拿下沧澜界这个神器。届时，即便谢无妄还有一条命，自己亦有一战之力。

寄如雪有一些恍惚，似乎不敢相信胜利的天平就这么砸到了自己的头上。虽然有些魂不守舍，但他并未大意，下手仍是利落之极。他一掠而上，右手五指成爪，嵌入谢无妄破碎的胸骨。

寄如雪微微一怔。到了这个时候，谢无妄竟还是如他脸上表现的一般虚伪平静吗？

寄如雪瞳仁收缩，心脏剧烈跳动，望向谢无妄的眼睛。他已捏住他的心脏，不会再有任何变故。

"就这样了？"谢无妄淡笑着，口里涌出鲜血，眸光有些恍惚，语气却带着轻嘲。

寄如雪声音微颤："就算你有涅槃骨，复生之时也必定虚弱，集一界之力杀你，不难。"

"寄如雪。"谢无妄语声轻慢，似是在诵叹，"你就不想夺我道骨吗？"

寄如雪一怔。

谢无妄唇角染血，笑容风华绝代："你既知我身世，竟毫无觊觎之心？"

寄如雪眸色微沉，半晌，低低开口道："谢无妄，我要杀你，是因为你毁我亡妻的尸骨，也是因为我知道你这一族必定要为祸苍生……为了杀你，我愿意付出代价，但我有我的底线，有我的坚持。"

"哦，这样。"谢无妄挑了下眉梢，"当真不动我道骨？我若死了，道骨便会随我陨灭。"

寄如雪面色更沉："说不要，便是不要。你且安心去死吧。"说罢五指一紧，不再多言，便要捏爆他的心脏。

谢无妄敛去神色，薄唇微动，似是失望："如此，便予你一线生机。"

寄如雪心头寒凉，动手之际，却发现五指再不听从使唤。紧缩的瞳仁中泛起大片大片的白色，他清晰地感觉到，自己正在变成一块冰，寸寸碎去。

极寒，是从身上那些不致命的小伤处开始的。

思绪被冻住之前，寄如雪迟缓地察觉了自己败亡的缘故——谢无妄以液息压制极火暴动，他的元血之中仍然残留着那恐怖的极寒之息。他故意在自己身上制造流血的小伤，打斗时，携有液息的元血渗入自己的伤处，随着血液流动，侵入心脉，就像温水煮青蛙，等意识到的时候，一切已经无可挽回。

之前这些携有液息的元血隐而不发，是因为谢无妄想要知道，自己做这一切，为的是不是夺他道骨！

"此人，恐怖如斯……"

寄如雪眸光涣散，脆弱的元神飘离身躯，倒是当真未受任何伤害。

他知道，谢无妄言出必行，说要给他一线生机，必不会赶尽杀绝。

破裂的瞳眸中，缓缓浮起一丝惺惺相惜的笑意。

"若再有机会，我还是要杀你，谢无妄。"

寄如雪元神离窍，迷迷茫茫飘浮，眼前的世界冰蓝晶莹，有一丝浑噩的神志陡然清明了片刻。他忽然记起，自己曾见过眼前这一幕。破合道、晋道君之时，会有那么一霎，通彻天地，得窥天机。他那时所见的未来，便是这一片破碎冰蓝。

"原来如此，竟是如此……这就是我的既定命运……"

大道不会赶尽杀绝，天衍四九，必留一线生机。

谢无妄容了他这一线生机。

混沌视线再一荡，于虚空之中对上谢无妄寒凉深邃的双眸。灭杀强敌，谢无妄脸上却无半分喜色，他眉心微拢，薄长的唇向下抿，神色冷硬，眸中隐有几分失望和阴鸷。

仿佛一点灵光落入额心，寄如雪忽然悟了。他终于明白，谢无妄为何对西阴神女抱着莫名的执念。谢无妄毁自己爱妻的尸身、留意肖似西阴神女的女子、故意给自己机会夺他道骨，以及此刻那显而易见的失望……

谢无妄，他在应劫！他进阶道君时窥到的天机必定是一个生着神女面庞的女子，夺走了他的道骨。

此人当真是狂妄至极，旁人得知身上有劫，或是极力躲避，或是先下手为强，灭除一切可疑的人与事。而谢无妄却反其道而行，就像生怕天命收不了他，他竟故意往上凑！

竖子！竖子！何其猖狂！真是嚣张之至，轻狂之极！

寄如雪的神念失声长笑，已然模糊的心绪沸腾翻卷——能与这样的人为敌，痛痛快快殊死一战，当真是没有白来这世间一遭！不过……

涣散的视线缓缓扫过破碎界池，只见那个苍白美丽的女子立在狂卷的界力中，像一片即将被风暴扯碎的娇嫩花瓣。虽然身躯羸弱，但她那双黑白分明的眼睛异常明亮坚定，就像迎着狂风前行的生命之种。

彻底失去意识之前，寄如雪再度恍然——

"谢无妄，不想承认吧，你的劫数远在天边，近在眼前……哈哈哈哈哈，真是迫不及待想要重修归来，亲眼看你栽跟头的模样啊！"

寄如雪的身躯碎成一地冰碴，一张奇异的面具缓缓从他脸上飘落。

谢无妄身躯微晃，长袖一捞，将那张面具捞入掌中。玉石制成的面具，僵硬死板，颜色也不算新鲜。

寄如雪一个大男人，自然不会长成西阴神女的模样，让他改头换面的，正是这张玉质的奇异面具。此物并非世间之物，而是来自西阴。

修长的手指缓缓收紧，面具碎成屑，谢无妄站稳，稍微理了下血衣，然后回身望向界池。

"黄小狗！给我醒来！"

宁青青攥住黄小泉的衣襟，像摇晃一只破布娃娃那样，摇得他的脑袋和脖颈前后乱晃。

龙曜掠成一道黑光，拼命阻止器灵吞噬混沌界力。

黄小泉蓦然睁眼，眸中血丝密布，恍然回神："竹叶……"

宁青青见他醒来，二话不说把身体向下一弯，搂住黄小泉的腰，将他从肩膀上摔了出去："解决器灵，否则你第一个死！"

"呼——"红衣新郎的身体砸向器灵。

黄小泉应变还算及时，五指一抓，将灵体状态的器灵捏在掌中。苍龙戾气绞住他的手，合力压制掌心器灵，就像攥住一只圆滚滚的白仓鼠。

"吃了我的，都给我吐出来！"黄小泉合拢另一只手，在龙曜的帮助下，把器灵这只胖仓鼠捏成了瘦仓鼠。

器灵尖叫挣扎，丝丝缕缕混沌界力被生生捏吐出来，眼见就差那么一丝一毫，它就能够成功主沧澜界，谁知功败垂成，此刻无论如何挣扎，体内的混沌界力仍是像榨汁一般，被点滴挤了出去。

宁青青没能看见这一幕。她躬下腰之后，再没能立起身子，她拄着腿，双眼一阵阵发黑，耳旁响彻着金属回音般的嗡鸣。

伤口崩裂了，漫卷的界力在疯狂带走她的生机，身体很冷，很疼，也很疲惫。她试着挪了挪腿，却像是陷在泥沼中一般，动弹不得，怕是要小命不保了。

血液汩汩涌出，每一缕涌泉，都在带走她的温度。冷啊……她快要站不稳了，即将摔到地上去。

脚下的混沌界力更加狂暴，她可以想见，它们会像细细的锋刃一样，一层一层刮下她的皮肤、血肉，将她削成一只光滑平整的骨架。

那……那该有多疼……

身后忽然贴上来一个身体，一条骨骼错位却依旧坚硬结实的手臂从身后绕来，揽住她的腰，坚定强大的力道拖着她，向后疾退几大步，将她带出了界池。

宁青青的心情忽地一荡，冷得牙关打战，下意识地将柔软的后背贴了过去，轻轻拱着，试图从这个身上汲取温暖。

他的身躯明显一僵，似是有些不敢相信她的依赖和亲昵。

就在她与他的身体彻底贴合的一霎，宁青青停住了动作。

和想象中完全不一样。身后这个结实强壮的东西，一点也不健康，不温暖。他的袍子是一件浸透的血衣，有冷硬干涸的血，也有新鲜却丧失了温度的血，这么往上一贴，就像冬日里忽然裹了块大湿布。

她的视线已经有些模糊，却明明白白地用表情和动作表示了嫌弃。

"还不如黄小狗。"她弱弱地嘟囔着，把这块大湿布推开。方才把黄小狗扔出去的时候，她还能从他身上偷到那么几丝温度。

朦胧晃动的视野中，她发现自己的指尖触到了破碎的胸骨，血染的断骨之下，一颗心脏正在急速跳动，听到她那句话之后，却蓦地一滞。

破碎却好看的胸膛闷闷一震，沙哑透风的声音从头顶沉沉压下来——

"什么？"

宁青青的注意力尽数被眼前的心脏攫住。她的脑子已经不太转得动了，看着这颗心脏缓缓地、一下一下地跳动起来，心中着实有些想不明白，为什么她能看到别人的心？

腿一软，她被他打横抱了起来，在废墟中上上下下行了一段，然后她被放置在一张松软的床榻上。

他敞着长腿，懒散不羁地斜坐在她身侧，扬手摘走她的乾坤袋，不问自取，在里面掏来掏去，将装了调元丹的小瓶罐一只一只找出来，口中时不时发出嫌弃的啧声——嫌她的乾坤袋太乱。

宁青青见他这么毫不见外地掏空她的家底，既心疼又不服气，颤巍巍地道："你自己没有疗伤丹药吗？"

为什么只薅她的羊毛？

他微勾着唇，斜侧下头来，慢吞吞地看了她一眼："每日少不得要磕碰三五次，不把调元丹全给你，会够？"

宁青青视野微微一缩，心头小小地惊跳了一下。这个家伙，轻飘飘懒洋洋地说话的样子，可真是太好看了，简直是以色杀人。

他取了调元丹，捏在修长如竹的手指间，瞥她一眼，左手捐住她的下巴，分开她的唇，右手将丹药碾碎，喂她服下，指甲轻轻磕到她的牙齿，发出玉石相撞的清脆声音。

虽然她有一点嫌弃他手上有血，但丹药入喉立刻化成暖融融的热流，让她舒适得顾不上卫生问题。况且，那冷白如玉的修长指节上染着血，就像是上好的血玉一般，从视觉效果来看，也不是无法忍受。

"你也吃，"她被喂得飘飘然，"分你一粒……不，两粒。"

他的眼睛里闪过一丝笑意，随手抛了两粒丹药服下，然后继续捏碎了喂她，手指时不时擦过她的唇，痒痒的，像是被树上落下来的飞絮蹭一下，再蹭一下。

她眯着眼睛，不再需要他捏住她的下巴，便会自觉地张着口等待投喂，就像一些寺庙里，修在水池中央，张着嘴巴承接香客们投掷铜板碎银的石蛤蟆。

他懒懒地缓声开口："告诉你一个秘密。"

宁青青并没有太大兴趣，敷衍地"嗯"了一声，一双眼睛依旧巴巴地看着他那只捏了调元丹的手。

"会有一个人，夺去我的道骨，并让我痛。"他垂下长眸，语气平静，连心脏的跳动频率都没有丝毫变化，"我不喜欢什么西阴神女，只是一直在找这个人。找到，杀掉。"

说出最后两个字的时候，语气又轻又寒凉，像是一片化去的冰雪。

宁青青眨了下眼睛："是寄如雪？"

他只笑了笑。

半晌，他淡笑着，语声温柔："阿青，我很强，远比任何人以为的更强。哪怕被人抽去道骨，实力十不存一，我亦有那么一招后手，可以一击杀死任何人。端看我愿不愿意。"

带着血的手指轻轻抚过她的脸颊，他的眸色极深极暗，她看不懂。

她面露迷茫之色，歪着脑袋，陷入装模作样的沉思："哦……好厉害？"

谢无妄失笑，转了话题："知道寄如雪的妻子是谁吗？"

宁青青没什么兴趣，毕竟那是千年前的死人，她又不认识。她对寄如雪的全部印象，便是一个处心积虑想要杀谢无妄的人，一个长得很像西阴神女，嫁给黄小泉做侧夫人的替身小娇妻。至于寄如雪的妻子，那更是一个八竿子也打不着的人。

不过她是一只友善的蘑菇，即便没有兴致也不会故意让别人扫兴，她眨着眼睛，问："是谁啊？"

"西阴神女，玉瑶。"谢无妄眸色淡淡。

"啊？"宁青青垂死病中惊坐起，激动之下，险些直接蹦到地上，"谁？是谁？"

谢无妄无奈地伸出一根手指，点着她未受伤的那一边锁骨，将她摁回软榻上。

"玉瑶离开音之溯后，便跟了寄如雪。"谢无妄语气平淡，"没多久就死了。"

宁青青愣愣地点了下头："寄如雪连她的尸体都不舍得扔，想来是真的爱她。再怎么样，总好过那个与连雪娇纠缠不清，害她伤心难过的音之溯。"

若放在从前，这样的情爱纠葛谢无妄根本不屑于过脑，更不可能让他开启金口。不过今日二人双双伤重，这般懒洋洋地倚着一张废墟中的软榻上，气氛环境与往日截然不同，倒是很适合聊一些有的没的。

谢无妄随口道："与音之溯相比，寄如雪确实更强。"眯了眯长眸，他继续说了一些很有男性特质、很不解风情的话，"若我要杀音之溯，只需遣人去办。杀寄如雪，倒是要费些心神，少不得亲自动手。"

宁青青垂下眼角，决定继续和他跨物种聊天。

"音之溯生得好看。"她回忆着那个青莲般的男子，"像一朵神游天外的大莲花。寄如雪太像女人……嗯？"

她发现不对了。寄如雪的妻子是西阴神女玉瑶？那夫妻两个岂不是长了一样的脸？

谢无妄一看她的表情就知道她在纳闷什么。他解释道："寄如雪戴着玉瑶的面具，自身并不是那样的外貌。"

"那他本来长什么样子？"宁青青好奇地挑高了眉毛。

谢无妄长眉微蹙，似乎不知道该如何描述："就那样。"

宁青青转了转眼珠："有音之溯好看吗？"

"差不多吧。"

宁青青对他的敷衍十分不满："那有你好看吗？"

"大概。"

宁青青垂下眼角："和浮屠子相比呢？"

"没差。"他顿了下，语气认真，"浮屠子永远修不成道君之身。"

所以她为什么要和一个雄性谈论外貌的问题？

"谢无妄你真是活该没媳……"

谢无妄用调元丹堵住她的嘴，道："历代西阴神女，都戴着面具，故弄玄虚。"

宁青青眨了下眼睛，难怪西阴神女的雕像都长一个样。

谢无妄多解释了一句："章天宝寻来的那个女子，并非天生肖似西阴神女，而是人为做了手脚。"

宁青青怔怔地看着他。

他垂下眼睫："阿青，除你之外，我谁也没有碰过，日后也不会。"幽邃的黑眸中，视线凝成实质，缓缓落到她的身上，声音低沉惑人，"阿青，回来。"

目光灼灼，攻击性十足，极有压迫力。

她犹豫了好一会儿，纠结地瞟了他一眼，道："其实……你不用跟我说这些，我不在意的。"

谢无妄的眼角明明白白地跳了一下，向来波澜不惊的黑眸中，瞳仁微微收缩，气息尽数消失。

"是吗？"他哑声道。

宁青青抿抿唇："我想起从前在青城山长大，想起了师父、师兄师姐们，以及黄小狗和他的狗腿子。黄小狗和我说了些话，我能猜到，妄境中的那些，都是你和我曾经经历过的事情，我已知道了个大概。"

她看见谢无妄那颗裸露在破碎胸骨之间的心脏越跳越快，好像要冲出胸腔。

"但只是知道而已。"她弯起眼睛,"就像做了个梦,醒来之后什么感觉都没有。"

那段记忆,仿佛被关进了一扇门中,她没有钥匙,无法开启这扇门,走不进去,哪怕曾在妄境里面与那个宁青青共情过,仍是无法感同身受。

她不怨谢无妄,不恨谢无妄,自然,也不爱他。她知道自己是蘑菇,骄傲的自信的蘑菇。

宁青青眉眼弯弯地说:"你不用有什么负担,也不需要想着如何弥补……"

"那边结束了。"谢无妄打断她,陡然起身,"我去看看。"

他的伤势十分骇人,纵然意志冷硬,但身体由内而外的战栗却无法抑制。

他大步离开,背影依旧高大挺拔,断裂凹陷的骨骼和遍身的血,也只是为英雄的身姿添了少许寂寥。

界池中的争斗已经结束。破碎的界力已被黄小泉收回体内，器灵消失无踪，黄小泉冷着脸，正与龙曜对峙。

谢无妄手一扬，龙曜飞掠而回，沉沉落入他的掌心，他缓缓横剑收于身侧。

黄小泉望了过来。他的身形已变得不再透明，夺回沧澜界之后，他第一时间给自己换了一身新袍子，不再穿着那件与寄如雪成亲的喜服——他，黄小泉，喜欢的从来都是女人，发现新娘是一个大男人假扮的时，重伤的他简直是挨上了摧心一击。

他抬眸望向谢无妄，眸光颇为复杂："咳，"黄小泉轻轻一咳，"本界主，对什么有夫之妇，没有半点兴趣。既然你不是害死我爹娘的凶手，我自然不会为难于你。你，带她走吧，趁我还没改变主意。"

谢无妄缓缓抬眸，一身血煞，令人心惊胆寒。他勾出个笑容，语气平静："替我做件事。"

　　黄小泉喉结微动，下意识想要说不，但不知道为什么，抗拒憋在嗓子眼里，怎么也发不出声。

　　说来也奇怪，他方才和谢无妄生死对抗，并没有觉得对方哪里可怕，而此刻，分明周遭风平浪静，可是看着破碎虚弱、浑身是血的谢无妄，他却无端感到惊骇心悸。

　　"帮你什么事？"黄小泉努力昂了昂脖子，以示不惧。

　　谢无妄薄唇微动："我要知道，她是怎么死的。"

　　黄小泉愣怔片刻，蓦地瞪大眼睛："你是说……竹叶青？死？她死了？"

　　谢无妄默然点头："死过一次，涅槃复生。不要告诉她。"

　　黄小泉的眼眶迅速泛起红色，鼻子也红了起来，声音迅速哑了下去："你堂堂道君，居然连她的性命都护不住吗！她那么开心地嫁给你，那么开心！你怎么能叫她死了？！"

　　他的唇角微微向下撇去，脖颈两侧迸出两道粗筋，下意识地上前一步，抬手攥住谢无妄的前襟。

　　"你怎么能让她死了！"黄小泉压着声音咆哮，"你不能好好待她，为什么要娶她！为什么要害她！你是道君！你若有心要护，能护不住这么一个小小的女子吗？为什么！她嫁给你，过得不好，谁都知道她过得不好！你还让她死了！你怎么能让她死了？你知不知道死亡有多痛苦！好好的一个竹叶青，那么好的一个竹叶青，你都干了什么！"

　　吼到后头，已是语无伦次，情绪失控。

　　谢无妄面无表情，破碎的胸骨间，心跳滞了片刻。他垂眸，抬手拨开黄小泉攥住他衣襟的双拳，淡声道："做不做？"

"做！"黄小泉双眸通红，咬牙切齿，"倘若她的死与你有关，谢无妄，哪怕拼个粉身碎骨，我也会把你永远留在这里。"

谢无妄缓缓垂眸，不言不语。

宁青青的死，与他有关吗？想必是有的。只不过时至今日，他仍然不知道宁青青身死的内情。

那一日，他已让浮屠子动身前往青城山，准备将她接回来，谁知那朵蘑菇极突兀地在眼前凋零了。

早些年，他将自己的涅槃骨融在蘑菇中送给了她，用元血温养三百年。涅槃骨毁去，意味着她丢掉了性命。他当时什么也没想，只是拖着肆虐七千里的狂火，一路掠到青城山，找到她，保护她，生怕她又死一次。

有那么一瞬间，他脑中只余杀意。

见到她的那一刻，他险些控制不住自己心头的暴戾，杀掉眼前所有的人——这些人中，总有那么一个或几个，害死了她。

当时她刚刚涅槃重生，状态实在太差，连自己怎么死的都不知道。他查遍所有线索，也只能查到她的死与魔毒有关，再无更多细节。

妄境，可以告诉他真相。

黄小泉通红着眼，恨恨地盯了他好一会儿，然后抬手召来沧澜界力。

"不要让她知道。"谢无妄淡声道，"做一场梦，醒来便忘记。"

"用得着你说！"

黄小泉方才亲历了一次妄境，已不再是懵懂新人，而是有过一次经验的老手。

界力如落雨一般，淅淅沥沥荡起圈圈记忆涟漪。

二人走向废墟，望向已经沉沉睡去的宁青青。

白光闪过，宁青青第一次在青城山入魔身死的梦境浮现在二人眼前。

心魔在耳畔喈喈怪啸，梦中的她遍身魔纹，举剑刺向谢无妄的心脏。这个时候的她刚刚遭受巨大打击，谢无妄把章天宝送来的女子带回了她的家，逼得她黯然离去，回到青城山之后，她又发现他纵着章天宝，即将把青城山也夺去。

她的身体瘦得惊人，眼睛里全是惊惶、孤独和茫然，她还受了伤，又被人下了魔毒。

她一无所有，伤心欲绝，她该恨死谢无妄才对，她该毫不犹豫地杀掉他才对。

看着这一幕，黄小泉不禁冷笑连连，恨不得握住宁青青的手，赏谢无妄一个一剑穿心。

谢无妄亦是气息消失，心中涌起浓浓的不祥。

"阿青，伤我，切莫自伤。"

下一瞬，只见那个柔弱无比的女子眸光迸出坚定的光芒，她自绝了心脉，长剑在触到谢无妄的心脏之前脱手掉落。

"当啷——"

宁青青身上的魔纹褪去，唇角浮起轻快解脱的浅笑。她死了，不仅死在梦中，还孤零零地死在了青城山那张小小的床榻上，身边一个人都没有。

查了多日都未能查出的真相，竟然如此简单。

妄境碎去，废墟中的两个人缓缓回过神来。

黄小泉长吸一口气，双眼圆睁，难以置信地望向身侧的谢无妄。一时之间，连他这个局外人，亦是心绪翻涌，又恨又痛又惊，还有心疼。

"这么好的女子……这么好……你怎能如此待她！"黄小泉冷笑连连，牙根紧咬。

谢无妄本就白如霜雪的脸色更白了一层。他的神色倒是变化不大，仍是一副无波无澜的样子，只不过在踏前一步时，忽然单膝摔跪在熟睡女子的榻前，口中喷出最激溅的心头之血。

他疾疾垂首，扬袖擦去血迹。

她，宁死也不愿伤他。他的阿青，柔弱的阿青，为他丢了性命。

而他呢？那一日察觉她对自己的影响过了界，他为何那般惊怒？多多少少，总是因为心有所感，不想再让自己泥足深陷，以防着……她变成那个劫吧。

他筑起最冷硬的心防，防着那个宁死也不愿伤他的人。

谢无妄垂下头，低低地笑了起来，笑得又艳又绝，极好听的男人的声音，沉沉地回荡在这片华丽苍凉的废墟之中。

"难怪啊……难怪啊……"

黄小泉眼神泛空，轻声喃喃。他极慢极慢地躬下身体，凝视着宁青青沉睡的容颜。

他只是被绝杀谢无妄的执念控制了心绪，又没丢掉脑子。今日与宁青青重逢，他分明能感觉到她还是那个无忧无虑、很能使坏的竹叶青，戴着那个兔子头，笑得又懒又坏，与少女时候的模样全然重合。

他当时便觉得不对，怀疑她是不是失去了记忆，没想到，她竟是死了一次。

"所以在涅槃之后，她就忘记了你？"黄小泉失神地微笑，"很好，你活该。"

垂在身侧的手握成拳，眸光缓缓掠过谢无妄的后心。这个睥睨天下的男人，此刻看起来并不设防。他单膝跪地，笑声凄凉，像一头失去一切的孤狼。

黄小泉的指骨捏出脆声，锐疼锥心，敛去杀意。

方才他都听见了，涅槃骨是谢无妄的，他本可以有一次涅槃重生的机会，但他把它给了宁青青。同为男人，黄小泉心中十分清楚，若不是爱极了，又怎会把命都给她？

能把命给她，却又那样伤她。情情爱爱的事情，当真是算也算不清，旁人插不进去。

黄小泉盯着谢无妄，心中百味杂陈。

浑身浴血的男人发出低沉沙哑的声音："是我伤害了她。"

黄小泉垂下视线："谢无妄，我若是你，定会离她远远的，让她就这么快乐下去，永远不要想起那些痛苦的事情！"

谢无妄缓缓站起来，挺拔的身躯微微摇晃着，极慢极慢地转过那张仿佛已经支撑不住的脸，与黄小泉对上视线。

薄唇略微勾起少许，他的声音轻而强势："离开她？不可能。她的伤，只有我能治愈。"

黄小泉瞳仁收缩，不自觉地屏住呼吸。

谁都知道，谢无妄君临天下，权势滔天。谁都知道，道君修为超绝，屹立于世间的强者之巅。今日黄小泉亲身领教过，谢无妄的狠绝，更是天下无双。

一个强大、冷酷、恐怖如恶魔的男人，偏偏生着一张谪仙般的脸，拥有一身令人无法忽略无法抗拒的气势，还有那份……孤注一掷的爱意。

这个男人太过浓墨重彩，他留下的痕迹，旁人根本没有能力抚平。

　　黄小泉胸间一阵发闷，别扭地拧开脸，望向软榻上的宁青青。

　　这条蛇很会骗人，此刻，她闭上那双狡黠的眼睛，看起来温柔美好得像是一小团暖融融的光，让人恨不得将她捧在心头上，用命来呵护。

　　"是吗？"黄小泉听着自己发出干巴巴的声音，"你未免太过自信。她留在这里，我能给她一切。你在外面能给她的，我在这里都能给。"

　　谢无妄只轻轻地笑了笑。他什么也不必说，黄小泉便已感觉到浓浓的无力。

　　"当……当初要不是我太矜持……哪有你什么事！明明是我先认识她，我们青梅竹马打到大……"黄小泉暴躁地薅住自己的头发，原地打了两个转。

　　他回忆起当初谢无妄拐走宁青青的情景。

　　最初，谁也不知道谢无妄的真实身份，只以为他是一个出来猎艳的世家子弟。黄小泉不想看着竹叶青上当受骗，就偷偷溜上青城山，一边鄙视自己，一边学着竹叶青的样子爬到树上，偷瞄她的院子，结果并没有看见谢无妄在诱骗小姑娘，反倒见他像个严厉的夫子指导她练剑。

　　她垮着小脸，颤抖着酸麻的胳膊哀号不止："骗子，"她的声音摇摇欲坠，"什么最后练一遍，都是骗人的！这都多少遍啦！"

　　谢无妄冷冰冰地拿剑鞘敲在她偷偷放低的胳膊上："偷懒不算，重来。最后一遍。"声音清冷严厉。

　　谢无妄面无表情，树上的黄小泉却在他那双黑眸中发现了很好看也很刺眼的笑意。

宁青青委屈巴巴地扁着嘴，生无可恋地嘀咕："以我的实力，碾压三狗已经绰绰有余了好吗？如今天下太平，也不需要我来拯救苍生呀，我为什么要和自己过不去？都练了一整天啦，我该歇息啦！喂！我要睡觉！"

"最后一遍。开始。"谢无妄不为所动。

然后一遍又一遍，每一遍她都要弄一点么蛾子，被罚重来。到了后头，就连蹲在树上的黄小泉都快看不下去了，恨不得跳下去抓那个笨女人的手，让她老老实实练过一遍，然后重获自由。

直到月亮爬上树梢，借着夜色她终于成功糊弄了过去。

扔了剑，她毫无形象地倚着院门目送谢无妄离开，然后弯起眼睛，笑得像一条最狡诈的蛇。

"嘿嘿，又蹭了他一整日。"她偷笑着，笑得肩膀微微颤动，"他真好看，真香啊！明天我还要继续偷懒，赖着他才行。总之，既然答应了我要教我一套剑术，他就必须手把手地教会了才行啊！嘿嘿……"

想起往事，更是扎心，黄小泉恨恨地望向面前这个可恶的男人。此刻谢无妄浑身是伤，衣袍已被血浸透，但仍然很讨厌，是那种玉树临风、耀眼夺目的讨厌。

谢无妄眸光微动，淡声道："我还要知道她心死的那一幕。"

黄小泉目光复杂，半晌，冷笑道："你还有心头血可以吐吗？"

谢无妄温柔假笑："不劳费心。"

等待黄小泉制造妄境时，谢无妄凝望着宁青青的睡颜，脑中如走马灯般，闪过往日的一幕一幕。

如今再向后回望，他已意识到自己其实有很多次机会，可以把她从悬崖边拉回来。

在他将涅槃之后最虚弱的她带回玉梨苑时，她曾目光微颤着，看了东厢一眼。他抱着她，能够清晰感知到那具身体最轻微的颤动，他知道她的心还会疼痛，身体还会下意识地蜷缩。那时他分明可以解释，让她知道他与那个女子什么都没有，但他并没有开口，而是放任她露出自嘲的哂笑。

蘑菇的死，他也没有向她好好解释。他当时满心冷戾，只恼恨于她任性出走弄丢了性命，未能察觉到她声声泣血，情绪已滑向崩溃的边缘——他这一生并不顺遂，一路是踏着荆棘血火过来的，在那条冷酷的杀戮之路上，情绪是最没用、最不值一提的东西。他从未照顾过任何人的情绪，只会用一把把冷刀子捅得她遍体鳞伤，逼着她成熟、清醒。

直到她的脸上露出缥缈的微笑，她的眼睛里彻底失去光芒，他才隐隐意识到不对。但即便到了那个时候，他仍然自负地认为，她要求和离只是一时任性，是在和他闹脾气，谈条件。他没有认真对待，而是犯了一个无可挽回的错，然后一错再错。

他用一场极致的欢爱把她推下无底深渊，最后在她绝望地向他伸出手时，他没有拉住她，反倒用冷冰冰的刀子一次次刺穿她的心。

"不是要听假话吗？"

"是。"

"问完了？满意了？"

每一次，他都有机会把她拉回来，拢入怀中悉心安抚，但他并没有。

她很聪明，也很敏感。他的好、他的坏，她都照单全收。她就这样疼得放开了手，沉沉地坠进最黑暗的绝望之中。他怎么会以为，她眼角滑出的泪水是因为欢愉？

她说得没错，那个用全部身心爱着他的宁青青，已经死了，就死在了那一日。

他其实不必再看，也知道她经历了什么。

但他还是要亲眼看一看，这是他该受的。

白光渐渐泛滥，妄境在眼前生成。

波光晃动，旧日重现，谢无妄麻木地看着宁青青经历过的这一切。

她昏睡得十分彻底，苍白的小脸泛着红晕，唇瓣殷红，微微肿起一点，柔软娇小的身躯窝在云丝衾中，看着无辜又可怜。

枕畔放着他留给她的"书信"，他纡尊降贵，在她的贴身衣裳上留下了两行字——

"青城山，留下便是。"

"若你听话，夫君身边，从此只你一人。"

何其讽刺。

她的呼吸渐渐变得急促，她看起来很累，很渴，无意识地翕动着唇，想要找水喝。她陷在梦魇之中，挣扎得微弱无力。

渐渐地，她身上爬满了魔纹，她终于惊恐地醒来，下意识地向他求助，却发现他并没有在她身边。

她挣扎着爬起来，随手抓过枕畔的衣裳胡乱套在身上。她摔下床榻，打翻了玉盆，躺在满地碎土之中，那双曾经无数次带给他温暖的小手，无力地抓握着地上的泥土，留下一道又一道绝望的痕迹。

那个时候，他在做什么呢？他高高坐在自己的銮座上，将传音镜扔在御案角落，等她自己想通、服软，给他传音。

眼前的画面交叠，一边是他漫不经心地掌控自己的无边权势，一边是她顽强求生，抵抗魔毒侵蚀，一下一下拖着沉重的身躯向外爬去……

他的心口极闷，窒息感像一只巨手，攥住他的心脏，狠狠碾压。

这样的痛苦，竟是前所未有。他不禁有些怀疑，是不是黄小泉趁机对他出手，将一把钝刀捅进了他的心脏，然后绞碎，极疼，疼到麻木。

他忽然想起了另一幕，那日他带着额上有花的女子回去，她像个游魂一样飘回屋中，一杯接一杯地饮着茶。她的神情是麻木的，像个木头人，呆呆愣愣的，看起来并不痛苦。

原来不是不痛。痛到极致，是麻木。

终于，她没有力气了。

她最后挣了挣，然后绵软地瘫倒在满地碎土中，灰黑枯败的蘑菇伞帽恰好贴着她的脸侧，在最后的时刻，她的蘑菇和她相依为命。

"我不要……变成怪物……"

一滴晶莹透亮的泪水滑落，渗进枯腐的蘑菇残体。

她睁着那双好看的眼睛，涣散的瞳仁中，两粒细小的星火熠熠不灭，像是生命的种子在迎着风努力前行，柔韧不屈，抵死不向魔念妥协。

妄境破碎。

黄小泉笑出了声，笑得越来越猖狂放肆。他一步一步倒退，一面退，一面扬起双袖，荡出道道界力旋风。

废墟之中，残垣断壁随着他的动作缓缓竖立起来，那些破碎的琉璃玉砂如飞瀑倒流，窸窸窣窣地复归原位，倾塌的巨殿与山峦重新站立，破碎的地面修复如镜，鸟语声声，花香阵阵。

黄小泉的身影渐渐隐入繁华盛景，只留下了一道没有情绪的声音——

"谢无妄，我可怜你。"

周遭的一切复原如初，尽在嘲讽谢无妄。

他，回不去了。

这么美好的她，就静静地躺在他的面前，仿佛唾手可得，却是咫尺天涯。

《她变成了蘑菇1》完